MANHATTAN BOSS, DIAMOND PROPOSAL

MANHATTAN BOSS, DIAMOND PROPOSAL

BY

TRISH WYLIE

All the characters in this book have no existence outside the imagination of the author, and have no relation whatsoever to anyone bearing the same name or names. They are not even distantly inspired by any individual known or unknown to the author, and all the incidents are pure invention.

First published in Great Britain 2008
Large Print edition 2009
Harlequin Mills & Boon Limited,
Eton House, 18-24 Paradise Road,
Richmond, Surrey TW9 1SR

ISBN: 978 0 263 20601 2

Set in Times Roman 16½ on 19 pt.
16-0609-49746

Printed and bound in Great Britain
by CPI Antony Rowe, Chippenham, Wiltshire

For Marilyn,
the kind of reader who makes me remember why
I write, even on the days words are hard to find…
And for John—the best tour guide in New York City.

PROLOGUE

'HE'S NOT COMING.'

'What do you mean he's not coming?'

Clare O'Connor turned away from the floor-length mirror, her chin lifting so she could search his eyes. Not that she knew him well enough to be able to read anything there. Tall, dark and brooding she'd named him after their first meeting. And despite the fact she'd since had glimpses of a wicked sense of humour, when he chose to use it, she still thought her initial impression was on the money.

She shook her head. 'What do you mean he's not coming? Did something happen to him?'

A muscle jumped in his jaw. And it was the first indication she had that he was telling the truth. She shook her head again, nervous laughter escaping her parted lips. No way. There was no way Jamie had done this to her. Not now.

'I'm sorry, Clare.'

When one long arm lifted towards her she stepped back, the world tilting a little beneath her feet. 'Where is he?'

'He's gone.'

'Gone?'

Gone where? Why? What had happened? This kind of thing didn't happen in real life! She tried to form a coherent thought rather than parroting everything she was told. Why now? Why not yesterday or the day before that or the day before that? When there'd been time to cancel everything and let everyone know. Why let her follow him all the way across the Atlantic if—?

'He didn't have the guts to face you.'

Clare laughed a little more manically. 'So he sent *you* to tell me?' Of all the people Jamie knew he had felt *this guy* was the one to send? It was almost funny. 'No phone call? No note? Is this a joke?'

'No joke. He's gone and he's not coming back.'

The determined tone to his voice made the edges of her vision go dark. When she felt herself swaying, two large hands grasped her elbows to steady her while she blinked furiously.

'You need to sit down.'

Clare yanked her arms free, her gaze focusing on a smudge of dirt on his jacket before sliding over the dark material and noticing several other smudges along the way. But she wasn't interested in how they'd got there, she just needed to think. She needed to—

When her chin jerked towards the door and her eyes widened with horror, his husky voice sounded above her head. 'I'll go.'

Dear God. All the people beyond that door, waiting for *her*—how was she supposed to face them? But she couldn't let him go out there and do her dirty work for her. Not that the offer wasn't tempting, but they were waiting for *her*. And some of them had flown thousands of miles—*for her*. So it was her responsibility to tell them…

Swallowing down a wave of nausea, she reached for his arm. 'Wait. Just give me a second here.'

Taking several deep breaths of cool air, she tightened her fingers around his forearm, as if the part of her that was drowning naturally sought out something solid to keep her from going under.

From somewhere she found the strength to keep her voice calm. 'Did he leave with her?'

'Clare—'

She flexed her fingers as she looked up. 'Did he? I want to know.'

'How long have you known?'

Up until he'd asked that question she'd never really known for sure. But she had her answer now, didn't she? So much for telling herself it was paranoia…

Letting go of his arm, she nodded firmly while biting down on her lower lip to stop it from trembling. If the price of naïveté was the death of the starry-eyed dreamer then the job was done. And she was about to receive her punishment on a grand scale, wasn't she?

'I'll tell them. It's because of me they're out there in the first place.'

'You don't have to.'

'Yes, I do.' An inward breath caught on a hint of a sob so she closed her eyes and willed it away, promising it: *later.* Later when no one could see. 'Jamie might not care about them but I do. They'll hear it from me.'

When she opened her eyes and glanced up, she saw what looked like respect in his eyes. And for some unfathomable reason she felt laughter bubbling up in her chest again—hysteria, probably. Possibly a hint of irony that it took something so completely degrading to earn respect from the man who had never approved of her in the first place.

When she lifted the front of her long skirt in both hands, he stepped back and opened the door for her, towering over her as she took a deep breath and hovered in the gap.

'I'm here if you need me.'

She smiled at him through shimmering eyes and then stepped forwards, her gaze focused on the flower-decked arch at the top of the room instead of the sea of faces turning her way.

It was the most humiliating day of her life.

'I'm afraid there won't be a wedding today...'

CHAPTER ONE

'I'LL CALL YOU.'

'Do.'

Quinn opened his office door and looked up from the file he'd been reading, not entirely sure if it was the tail-end of the conversation or the sight of his personal assistant being hugged so tightly by some guy he'd never set eyes on before that brought a frown to his face. He should be aware of everything that happened in his own offices after all, shouldn't he? And he had the distinct niggling feeling he was being left out of the loop somehow—something he never, *ever* let happen.

Leaning his shoulder against the doorjamb, he watched with narrowed eyes until the stranger cut her loose.

'New boyfriend?'

The familiar lustrous sparkle of emerald eyes locked with his as the main door closed behind her mystery man. 'And when exactly do I have time for a boyfriend?'

'You know what they say about all work and no play.'

With a shake of her head, Clare bent to retrieve a sheet of paper off her desk. So Quinn allowed his gaze to make a cursory slide over her tailored cream blouse and simple linen trousers, watching the subtle grace of her movement. If he'd been a romantic of any kind he'd have said Clare moved like a ballerina. She certainly had a ballerina's body: fine-boned and slender—a few more curves maybe, not that she ever dressed to flaunt them or that Quinn had ever looked closely enough to confirm their presence.

But since Quinn Cassidy had graduated with honours from the school of hard knocks he was somewhat lacking in anything remotely resembling romance. So if forced to use a word to describe the way she moved it would quite simply be feminine.

One of the things he'd liked right from the start was the fact she never felt the need to do anything to bring that femininity to a man's attention. It was also one of the many reasons she'd survived so long working as his PA. The one before her had barely had time to take off her jacket before she'd started leaning her cleavage towards him. It had been like sharing an office with a barracuda.

He shuddered inwardly at the memory.

'Speaking of work—' she calmly handed him a sheet of paper when he nudged off the doorjamb and took a step forwards '—here's a list of all the places you have to be today and when. Try and make a few of the appointments on time if you can—for a wee change.'

When she accompanied the words with a sideways tilt of her head and a small smirk that crinkled the bridge of her nose, Quinn couldn't help smiling, even though technically he was being told off. In fairness he didn't think his timekeeping had ever been bad, but in the year since Clare had come to work for him she'd been determined he should be at everything at least ten minutes early. He reckoned, however, that if he was early for every single meeting, and had to twiddle his thumbs while he waited for people to turn up, it would add up to a whole heap of wasted time in the long term.

So he rebelled regularly on principle.

He glanced over the neatly typed list before lifting his chin in time to watch Clare perch on the edge of her desk, a thoughtful expression on her face while she swung her feet back and forth. So he waited…

Eventually she spoke in the softly lilting Irish accent she hadn't lost since she'd come to New York. 'On the subject of *play*—it's been a while since I had to make a trip to Tiffany's…'

Quinn cocked a brow. 'And?'

She shrugged one shoulder. 'I just wanted to make sure I wasn't falling behind. Up till recently I'd been considering keeping a stock of those wee blue boxes here to save me some time.'

He watched as out of the corner of her eye she caught sight of an errant pen lying on the edge of the desk, giving it a brief frown before she dropped it into a nearby container with a satisfied smile. It never ceased to amaze him, the amount of pleasure she derived from the simplest of things.

'You're just missing your trips to Tiffany's.' He shook his head and looked her straight in the eye. 'I can't run all over Manhattan breaking hearts just so you can while away a few more hours down at your favourite store, now, can I?'

'Never stopped you before.' She thrust out her bottom lip and batted long lashes at him comically.

True. But he wasn't about to get drawn into another debate about his love life when he was suddenly much more interested in hers. 'So who was the Wall Street type?'

'Why?'

'Maybe I need to ask him what his intentions are towards my favourite employee…'

'So you get to vet all my boyfriends now, do you?'

Quinn folded his arms across his chest, allowing the corner of the sheet of paper to swing casually between his thumb and forefinger. 'You said he wasn't your boyfriend.'

Another shrug. 'He's not.'

She lifted her delicate chin and rose off the desk to walk round to her swivel chair, swinging forwards before informing him 'He's a client.'

Quinn knew what she was getting at, even if it apparently meant her part-time hobby had morphed into something bigger when he wasn't looking. 'This matchmaking game of yours is a business now, is it?'

'Maybe.' She drummed her neat fingernails on the sheaf of papers in front of her. 'Problem?'

Two could play at that game—she should know that by now—and her poker face wasn't worth squat, so Quinn continued looking her straight in the eye. 'Maybe.'

'Because it's during working hours or because you still think the whole thing is a great big joke? I'm not falling behind with my work, am I?'

The thought had never crossed his mind.

Thanks to Clare, his working life ran like a well-oiled machine. Not that he hadn't managed to get things done before, but with her around everything was definitely less stressful than it had been before. There'd once been a time when he'd thrived on the adrenaline of being under pressure, but he'd outgrown those days. And, frankly, the matchmaking thing was starting to grate on him.

'I'd have thought you of all people would understand the danger of matching starry-eyed people with someone who might break their heart.'

It was a sucker punch, considering her history. But he knew Clare pretty well. If dozens of people came back to cry on her shoulder in a few months' time she'd feel responsible, and she'd silently tear herself up about it. She was digging her own grave. Quinn simply felt it was his responsibility to take the shovel out of her hand.

'C'mon, if they're so desperate they can't find a date without your help, then—'

Disbelief formed in her eyes. 'Is it so very difficult for you to believe that some people might simply be sick to death of trawling the usual singles scene? Not everyone has the—' she made speech marks with crooked fingers '—*success* you have with women…'

Quinn ignored the jibe. 'I s'pose that means I should expect to find long lines of Ugly Bettys and guys who still live with their mothers arriving in here every five minutes from here on in?'

If she thought for a single second he was going to be happy about that she could think again. He hadn't batted an eyelid when she'd matched up friends of mutual friends outside of work, but the line had to be drawn somewhere. And he was about to tell her as much when she pushed the chair back from her desk and walked to the filing cabinets.

'Don't worry, Quinn. If word keeps spreading as fast as it has these last few months, then pretty soon I'll be making enough money to be able to afford my own office. And then it won't be your problem any more, will it?'

'You're quitting on me now?'

The thought of the endurance test involved with breaking in another PA made him frown harder. Prior to Clare he'd gone through six in almost as many months.

'If you needed a raise all you had to do was say so…'

Clare continued searching the drawer. 'It's got nothing to do with getting a raise. It's a chance to build something on my own. And if I can help make a few people happy along the way, then all the better.'

Okay, so he could understand her feeling the need to stand on her own two feet. That part he got. But he'd been pretty sure the arrangement they had had been working for both of them. Why rock the boat?

Stepping over to the desk, he turned on his heel and sat down on the exact same spot Clare had, schooling his features and deliberately keeping his voice nonchalant.

'You've obviously been thinking about this for a while. So how come I'm only hearing about it now?'

'Maybe because you've never asked…'

'I'm asking now.'

It couldn't possibly be taking so long to find whatever it was she was looking for. Not with her hyperefficient filing system. Half the time he only had to think about information he needed and the next thing he knew, it was in front of him. She was avoiding looking at him, wasn't she?

'O'Connor—'

'You know, if you'd bothered reading the schedule I just gave you you'd see you have a meeting in less than twenty minutes…'

Nice try. Setting the schedule down, Quinn pushed upright and took the two strides necessary to bring him close enough to place his hands on her slight shoulders, firmly turning her to face him. When her long lashes lifted, her eyes searching each of his in turn, he did the same back before smiling lazily.

'Working for me proved too tough in the end, did it? If you recall, I warned you at the start I was no walk in the park.'

Clare's full mouth quirked at the edges—they both knew she dealt with him just fine, even on the days every other person on the planet would have avoided him.

'Well, I won't say there aren't days I have to bite my tongue pretty hard. But it's got nothing to do with the work—it's something I need to do for me. If I can make it here, I can make it anywhere.' Her smile grew. 'That's how the song goes, right?'

Quinn fought off another frown. 'So how much notice are you giving me?'

'Oh, I'm not handing in my notice just yet.'

But it was coming, wasn't it? She was serious. And her job had long since exceeded the usual remit of personal assistant. She was his girl Friday—co-ordinating the Clubs, making sure staffing levels were sufficient, putting together promotions, booking live acts, filling in when someone was sick even if it meant working for fifteen hours straight...

Everyone who worked for him had even taken to *calling* her 'Friday', and she always smiled when they did, so Quinn had assumed she was happy in the role she'd taken on. The thought that she *wasn't* happy irritated him no end. He should have known if she wasn't.

And how exactly was he supposed to list all she did for him in a Help Wanted ad if she *did* quit?

Realising his hands had slid downwards, his thumbs smoothing up and down on her upper arms while he thought, Quinn released her and stepped back. 'You'd miss all the craziness here, you know.'

Her voice softened. 'I will. I've loved it here.'

Despite the fact she'd just allayed one fear, it was the fact she hadn't used 'I would' or 'I might' but *'I will'*, that got to him most.

But he hid behind humour. 'I'd better think about making a trip to Tiffany's on my own to get one of those blue boxes for you, then, hadn't I?'

The smile lit up her face, making the room immediately brighter than it already was, with the summer sun filtering in between the Manhattan high-rises to stream through the large windows lining one wall.

'You should probably know I have a wish list…'

'And I'll just bet there's a diamond or two on it.'

She nodded firmly. 'Diamonds are a girl's best friend, they say. But don't go overboard.' She patted his upper arm. 'I haven't had to suffer my way through the usual broken heart required to get a blue box from you.'

Files in hand, she walked back to her desk, silently dismissing him even before she lifted an arm to check her wristwatch. 'Twelve minutes now—and counting.'

He stepped over to retrieve the schedule, and his gaze fell on the bright daisies she had in a vase on her desk. Like a trail of breadcrumbs, they were everywhere she spent any time—the simple flowers almost a reflection of her bright personality. Anywhere he saw daisies they reminded him of Clare.

When he didn't move she looked up at him with an amused smile. 'What now?'

'I can't stand in my own reception area for five minutes if I feel like it?'

'No—you can't. I have work to do. And my boss will give me hell if it isn't done.'

Another frown appeared on his face while he

went into his office to retrieve the jacket he'd left lying over a chair, remaining in place until he stopped at the glass doors etched with his company's name.

'We're still going to Giovanni's later, right?'

Clare's head lifted and there was a brief moment of hesitation while she studied his face, confusion crossing her luminous eyes.

'Of course we are. Why?'

'Want me to come back for you?'

'*No-o.* I think I can manage to make it back to Brooklyn on my own—always have before.' She dropped her head towards one shoulder, still examining his face. 'Did you get out of some poor woman's bed on the wrong side this morning? You're being weird.'

'That's what I get for trying to be thoughtful? No wonder I don't do it that often…'

Clare lifted her arms and tapped the face of her watch with her forefinger, silently mouthing the words, *Ten minutes…*

'You see, now—*that* I won't miss when you're gone.'

She smiled a smile that lifted the frown off his face. 'I'm not leaving the country, Quinn. You'll still see me. And we'll always have Giovanni's on a Wednesday night—it's set in stone now.'

When he stayed in the open doorway for another thirty seconds she laughed softly, the shake of her head dislodging a strand of bright auburn hair from the loose knot tied at the nape of her neck. 'Would you go away? I have just as much to do as you do. And I'll have even more to do if I have to answer phone calls all day from people wondering why you're late—which you already are cos there's no way you're making it to that meeting in eight minutes.'

'Wanna bet?'

She rolled her eyes. 'Five bucks says you don't.'

'Aw, c'mon—it's hardly worth my while stepping through this door for five measly bucks.'

'If you don't step through that door it'll cost you that much in cab fare to the nearest hospital.'

He fought off a chuckle of laughter at the empty threat. 'Loser picks up the tab for dinner.'

'You're on. Now, go away. Shoo.' She waved the back of her hand at him.

Reaching for his cellphone as he headed for the elevators, Quinn realized he'd miss their daily wagers. He liked things the way they were. Why did he have to have his life knocked off balance again? Hadn't he spent half of it on an uneven enough keel already? And it wasn't that he didn't understand her need to build something, but the dumb matchmaking thing wasn't the way to go. Not for Clare. Not in his opinion.

'Mitch—Quinn Cassidy—I'm on a tight schedule today, can you meet me halfway?'

See—sometimes in order to win a bet a guy had to bend the rules a little—play dirty if necessary. Occasionally he even had to get creative. And Quinn liked to think he was a fairly creative kind of guy when the need arose. Plenty of women had benefited from that creativity and none of them had ever complained…

He'd find a way to make Clare see sense about the matchmaking—he just needed the right opening, and it was for her own good after all. She'd thank him in the long run.

What were friends for?

CHAPTER TWO

'YOU KNOW, I THINK I'LL have dessert.' Quinn patted his washboard-flat stomach as he came back to the table, smiling wickedly in Clare's direction.

'You *cheated.*'

'You said I'd be late—I wasn't—*I won.*'

Clare couldn't hold back the laughter that had been brewing inside her all evening, thanks to his ridiculous level of gloating. But then he'd always been able to draw laughter out of her, even when he was being so completely shameless.

'I need someone else to hang out with twelve hours a day.' She glanced around to see if any of their friends, seated round the table, would take up her offer. 'Anyone?'

'Nah, I'm irreplaceable.' Turning his chair with

one large hand, he sat down, forearms resting on the carved wooden back while he dangled the neck of his beer bottle between long fingers with his palm facing upwards.

'She tell you she quit her job today?' The bottle swayed back and forth while startlingly blue eyes examined each of their faces in turn; a smile flirting with the corners of his mouth.

'Don't listen to him.'

Erin smiled. 'Oh, honey, we never do.'

There was group laughter before Quinn continued in the rumbling, husky-edged voice that made most women smile dumbly at him. 'Yup, she's dumping me to go help the sad and the lonely.'

'Leaving *you* sad and lonely?'

Clare laughed softly when Evan took her side with his usual deadpan expression. 'He'd never admit it out loud but he'd miss me, you know…'

'Rob and Casey got engaged.' Madison smiled an impishly dimpled smile when Clare's face lit up. 'That's three now, isn't it?'

'Four.' Clare almost sighed with the deep sense

of satisfaction it gave her. 'And I've had ten referrals in as many days.'

'You're charging the new fee you talked about?'

She nodded. 'And I talked to a website designer yesterday. He reckons we can have a site put together in a month or so—soon as I'm ready.'

'Make sure there's a disclaimer somewhere.' Quinn rumbled in a flat tone.

Clare scowled at him. 'Just because you don't believe in love in the twenty-first century doesn't mean other people don't.'

His dark brows quirked just the once, his gaze absent-mindedly sweeping the room. 'Never said I don't believe in it.'

Clare snorted in disbelief. 'Since when?'

Attention slid back to her and he held her questioning gaze with a silent intensity that sent an unfamiliar shiver up her spine.

'So if I'm not married by thirty-four it automatically means I don't believe in it, does it?'

'You only believe in it for *other people...*'

And, come on, he couldn't even say the word out loud, could he? Not that she doubted he felt it for family and friends, but when it came to Quinn and *women*...well...they probably cited him in the dictionary under 'love 'em and leave 'em'.

Without breaking his gaze, he lifted a hand to signal a waitress—as if he had some kind of inner radar that told him where she was without him having to look. Or more likely because he knew waitresses in restaurants had a habit of watching him wherever he went. They were women after all,

'I could throw that one right back at you.'

It was just as well he was sitting out of smacking distance, because he knew why she wasn't as starry-eyed about love as she'd once been. Not that she didn't believe she might love again one day. She'd just be more sensible about it next time. It was why the method she used for matchmaking made such sense to her. Didn't mean his words didn't sting, though...

And now he was putting her back up. 'If you believe in it, then how come you have such a problem with me doing what I do?'

Quinn broke the visual deadlock to order

dessert with a smile that made the young waitress blush, and then attempted to drum up support. 'C'mon, guys—tell her I'm right. People will blame her when they don't end up riding off into the sunset on a white horse.'

Clare dipped her head towards one shoulder, a strand of hair whispering against her cheek while she blinked innocently. 'Aren't you always right? I thought that was the general impression you liked people to have.'

There was chuckling around the table, but Quinn's expression remained calm, inky-black lashes brushing lazily against his tanned skin. 'I'm right about *this.*'

'You're a cynic.'

'I'm a *realist.*'

'You don't have a romantic bone in your body.'

A dangerously sexy smile made its way onto his mouth, light dancing in his eyes. 'I have a few dozen women you can call who'd disagree with that.'

Clare rolled her eyes while the male contingent at the table laughed louder and the women groaned. 'Whatever miracle it is you pull with women it has nothing to do with romance—it's got more to do with your *availability.*'

'I keep telling you I'm available, but do you take advantage of me? Oh no…'

It was impossible not to react. And since it was either gape or laugh, she went with the latter. Quinn could say the most outrageous things, smile that wicked smile of his, and he *always* got away with it. He was that guy a girl's mother warned her about: the devil in disguise.

Clare could hardly be blamed for having had the odd moment of weakness when she'd wondered what it would be like to flirt a little with someone like him. Thankfully, with age came the wisdom of experience. And she'd been burned by a devil in disguise once already, hadn't she?

She smiled sweetly. 'You see, I *would*, but I hate queues.'

'I'd let you jump the line, seeing we're friends…'

'Gee, thanks.'

'You believe in love at first sight now as well,

I s'pose?' Erin leaned her elbows on the chequered tablecloth and challenged Quinn.

'Nope.' He shook his head and lifted his hand to draw a mouthful of liquid from the moisture-beaded bottle. 'Lust at first sight? That's a different story.'

He clinked his bottle with Evan's in a display of male bonding that made Clare roll her eyes again.

'And we wonder why you three are still single.'

Quinn's face remained impassive. 'I still maintain you can't use the 'finding soulmates' tag line on business cards. It's false advertising…'

'Soulmates *exist*—you ask anyone.' She reached for her wine glass while Erin and Rachel agreed with her.

Quinn nodded. 'Yep, right up there with chubby cherubs carrying bows and arrows. They had a real problem with one of them stopping traffic on East Thirtieth a while back—it was on CNN…'

Morgan almost choked on a mouthful of beer.

Taking a sip of wine and swirling the remaining liquid in her glass while she formulated a reply, Clare waited until Quinn had thanked the waitress for his slice of pie.

And then, despite deeply resenting the fact that she felt the need to justify her fledgling business, she kept her tone purposefully determined. 'Soulmates are simply people who are the right fit for each other. That means finding someone with common goals and needs, someone who wants what you want out of life and is prepared to stick with you for the long haul, even when things get tough—'

'You go, girl!'

Madison winked while Clare kept her gaze fixed on Quinn, watching him stare back with a blank expression so she couldn't tell what he thought of her mission statement.

She persisted. 'What I do is put a person looking for commitment with someone who feels the same way they do about life. That's all. Whether or not it works is up to them. I'm the middle man in a business deal, if you want to put it in terms you'll understand.'

Quinn's eyes narrowed a barely perceptible amount. 'And now who's the cynic?'

She set her glass down on the table and leaned forwards. 'If I was a cynic would I even bother in the first place? People need other people, Quinn; it's a fact of life.'

'And meeting the right guy's not easy—you ask any girl in New York.'

Erin's words raised a small smile from Clare. 'No, it's not. But men in the city find it just as tough as the women, especially when they *both* have busy careers.'

Quinn set his bottle lightly on the table, lifting a fork. 'You don't feel the need to go out and date any, though, do you? Hardly a good ad for your business: the matchmaker who can't find a match…I think this is your way of avoiding getting back in the game when everybody at this table thinks it's about time you did.'

Clare gritted her teeth. He could be *so* annoying when he put his mind to it.

'Clare will date when she's ready to—won't

you, hon?' Madison smiled a smile that managed to translate as sympathy into Clare's eyes.

But Clare didn't need any help when it came to dealing with Quinn. She'd been doing it long enough not to be fazed. 'It's not that I'm not ready, it's—'

'Jamie wasn't a good example of American guys, O'Connor—you need to get back out there.'

The words drew her gaze swiftly back to his face, and her answer was laced with rising anger. 'And how am I supposed to find the time to date anyone when I spend so much time with *you*?'

It stunned the table into an uneasy silence; all eyes focused on Quinn as he frowned in response. 'So I'm your cover now, am I?'

She opened her mouth, but he'd already shrugged and returned his attention to his plate, digging forcefully with the edge of his fork. 'Funny how it hasn't stopped *me* finding time to date in the last year.'

Now, *there* was the understatement of the century! Without looking round the table to confirm it, Clare felt five pairs of eyes focusing on her. Waiting…

She damped her lips before answering. 'So long as the relationship doesn't last more than five or six weeks, right?'

The eyes focused on Quinn, who shrugged again. 'You know by then if there's any point wasting your time or theirs.'

'And you're too busy to waste any time, right?' Which kind of proved her point.

'Still made the time to begin with, didn't I?'

Okay, he had her on that one. But before she could get herself out of the hole she'd apparently just dug for herself, he added, 'Maybe I should just save myself some of that precious time by getting you to find my 'soulmate' for me. Then I can settle down to producing another generation of heartbreakers and you can stop using me as a stand-in husband.'

Clare inhaled sharply, her lips moving to form the name for him that had immediately jumped into the front of her brain.

But Erin was already jumping to her defence. 'That was uncalled-for, Quinn.'

'Yet apparently overdue.' The fork clattered onto the side of his plate before he leaned back, lifting his arms and arching his back in a lazy stretch. 'Can't fix a problem if I don't know it exists in the first place, can I?'

He said it calmly, but Clare knew he wasn't happy. So she made an attempt at humour to defuse the situation before it got out of hand. 'And why bother finding a wife when I fill eight out of ten criteria for the job every day, right?' She added a small smile so he'd know she was kidding. 'Maybe I'm *your* cover?'

The corners of his mouth twitched. 'Okay, then, since we're in such an unhealthy relationship—you find my mythical soulmate and I'll not only get out of your way, I'll get off your case about the matchmaking too.'

Evan's deep voice broke the sudden stunned silence with words that would seal her fate: 'She'll never in a million years find someone for *you* to settle down with.'

And that did it—Clare had had enough of her fledgling business being the butt of the guys' jokes. So it was a knee-jerk reaction.

'Wanna bet?' She folded her arms across her breasts and lifted a brow at Evan. But when Evan held his hands up in surrender, she looked back at Quinn. To find him smiling the merest hint of a smile back at her, as if he'd just won some kind of victory.

So she lifted her chin higher, to let him know he hadn't won a darn thing. 'Well?'

'You win, you can do matchmaker nights at the clubs and I'll split the door with you.'

What? Her heart raced at the very idea, a world of possibilities growing so fast in her mind that she skimmed over the fact that the offer had been made so quickly. Almost as if he'd planned what to wager before the bet had been made. But she wasn't blinded enough by the business potential not to ask the obvious. 'And if I lose?'

Quinn cocked his head. 'Having doubts about your capabilities already, O'Connor?'

'Simply making the terms clear in front of witnesses. And if you're trying to claim you've only been playing the field all these years because you haven't met the right girl, then I guarantee you—I'll find you a girl who can last way longer than six weeks…'

'Wanna bet?' The smile grew.

Which only egged her on even more. 'I think we've already established that.'

Though she couldn't help silently admitting her unknown forfeit was scaring her a little. She'd call the whole thing off if her payoff wasn't so huge, and if he just didn't have that look in his eyes that said he had her right where he wanted her…

'I'm starting a pool—who's in?' There were several mumbled answers to Morgan's question.

None of which Clare caught because she was too busy silently squaring off with Quinn, neither of them breaking the locked gazes that signalled a familiar battle of wills. Well, she was no push-over these days, so if he thought she was backing down now they'd gone this far in front of an audience he was sorely mistaken.

'If you lose…'

She held her breath.

'It's a blind forfeit.'

Meaning he could chose anything he wanted when it was done? *Anything?* He had to be kidding! She could end up cleaning his house for months, or wearing clown shoes to work, or—well, the list was endless, wasn't it?

He continued looking at her with hooded eyes, thick lashes blinking lazily and silent confidence oozing from every pore of his rangy body. And then he smiled.

Damping her dry lips, she looked round at the familiar faces, searching each one for a hint of any sign they'd see what was happening as a joke and let it slide so she could get out of trouble.

No such luck.

'You could just admit I'm right about this business idea of yours and let it go. Keep it as a hobby if you must. That'd give you more time for dating, right?'

With a deep breath she stepped over the edge of

what felt distinctly like a precipice. 'No limit on the number of dates. And once you hit the six weeks without a Tiffany's box I automatically win.'

'Fine, but if I say it's not working with one we move on. I'll give you…' his gaze rose to a point on the ceiling, locking with hers again when he had an answer '…three months to find Little Miss Perfect.'

'Six.'

'Four.'

'Five.'

'Four from the first date…'

It was the best she was going to get and she knew it. *'Done.'*

There was a flurry of activity as their friends sought out a pen, and Morgan used the back of a napkin to place their bets. And in the meantime Quinn had Clare's undivided attention while he slowly made his way round to her, hunkering down and examining her eyes before extending one large hand, his husky-edged voice low and disturbingly intimate.

'Shake on it, then.'

Clare turned in her seat and looked at his outstretched hand, her pulse fluttering. She damped her lips again, and took another deep breath, before lifting her palm and setting it into his. Her voice was equally low when she looked up into his eyes.

'Cheat this time and you're a dead man.'

A larger smile slid skilfully into place a split second before his incredible eyes darkened a shade, and long fingers curled until her smaller hand was engulfed in the heat of his. But instead of shaking it up and down to seal the deal he simply held on, rubbing his thumb almost unconsciously across the ridges of her knuckles. Then his voice dropped enough to merit her leaning closer to hear him, and the combined scent of clean laundry and pure Quinn overwhelmed her,

'Don't have to. Cos either way I win—*don't I*?'

CHAPTER THREE

QUINN SINCERELY DOUBTED he'd be asked as many questions if he applied to join the CIA. Who knew proving his point was going to involve so much darn paperwork? It was a deep and abiding hatred of paperwork that had merited a PA in the first place…

Swinging his office chair back and forth while he read through the rest of Clare's questionnaire, he wondered why she couldn't just have answered the majority of them herself. Because if working together and spending time together socially wasn't enough, then the fact she'd lived in the basement apartment of his Brooklyn Heights brownstone for the last eleven months should have given her more than enough information.

She knew him as well as anyone he hadn't grown up with ever had; it was a proximity thing.

Lifting the folder off his desk, he challenged gravity by leaning further back in his chair, twirling his pen in and out of his fingers and laughing out loud when he discovered: *How important is sex in a relationship?*

It even came with a rating system. Unfortunately he didn't think the rating went high enough for most men.

'It's not supposed to be funny.'

Rocking the chair forwards, he swung round to face the door where Clare was standing with her arms folded. In fairness he thought she'd done well to stay away for as long as she had. He'd had the questionnaire for a whole ten minutes already.

'Aw, c'mon, O'Connor. Not only is it funny, you gotta admit some of it's pretty darn pointless too.'

'Like what, exactly?'

With a challenging cock of his head he wet his thumb and forefinger and loudly flicked back two pages, looking down to quote. '"Do you feel it's important that the man earns more money than the woman"?'

When he looked up Clare was scowling. 'Some people think that's important—you'd be surprised how many men feel emasculated if the woman earns more than they do.'

He nodded sagely. 'You know the *pathetic* rating on all your male clients just went up a couple dozen notches right there, don't you?'

'Spoken by the man who sends a gift from Tiffany's as a goodbye. Money is hardly an issue for you, is it?'

'I never felt like less of a man when I didn't have any. Money's not what makes a man a man. Women who think that aren't interested in who he really is.' He looked down and flicked over another page. 'And another one of my personal favourites: "Do you feel pets can act as a substitute family?"' Lifting his chin, he added, 'Shouldn't you ask about dressing them up in dumb outfits and carrying them around in matching bags?'

'Not everyone wants children.'

'Why don't you just *ask that*, then?'

Swiftly unfolding her arms, she marched across the room and reached for the edge of the questionnaire. 'It's on page five. I knew you weren't taking this seriously. You've no notion of finding the right girl.'

Quinn held the questionnaire out of her reach behind his head, fighting off the need to chuckle. 'I'm taking this very seriously. You just might want to think about tailoring the questions differently for men and women—no self-respecting guy is gonna read this without tossing it in the nearest wastepaper basket.'

Clare stood to her full five-seven, the look of consternation written all over her face making him feel the need to laugh again. But somehow he doubted she'd appreciate it, so he cleared his throat.

'I'm just giving you my professional opinion. You do questionnaires for the clubs' clientele all the time and none of them are ever this bad.'

'They have to be the same questions so I can put like-minded people together.'

'What happened to opposites attracting?'

'The things that matter have to match.' She folded her arms again. 'You can back out of this any time you want you know—just say the word and we can go back to the way we were before.'

Nice try. But it was attempting to get back to the way they were that had given him the dumb idea in the first place. It was the very opening he'd been looking for. There was no way he was letting her out of this one. And she was no more likely to find him a soulmate through a questionnaire than he was to start dressing pets in clothes. Not that he had time for pets right this minute but there was a dog somewhere in his future—a large dog—one docile enough to make a loyal friend for kids to climb all over.

He lowered his arm and flicked through the pages to see if he could find a question that asked about pets *and* kids. Every kid should have a dog, he felt—and, not having had one when he was a kid, Quinn had no intention of his own kids missing out. And, yes, he *would* be ticking the kids question on page five—he came from a large family—there had just better be a box that said 'some day'.

'If you're going to treat this like a big joke it'll never work. You have to give it a chance.'

'I already told you I'm taking it seriously.'

When she didn't say anything he looked up, momentarily caught off-guard by the cloud in her usually bright eyes. 'What?'

Clare pursed her lips and let them go with a hint of a *pop*, shifting her weight before her brows lowered and she finally asked, 'You're *genuinely* interested in meeting someone you can make an *actual* commitment to?'

What was that supposed to mean? He had a suspicion he wasn't going to like the way she was thinking. 'You don't think I'm capable of making an *actual* commitment?'

'I didn't say that.'

It was what she'd meant, though. And he'd been right. He didn't like what she thought one little bit. 'I'm financially secure, own my own home—in one of the highest-priced real estate areas outside of Manhattan, I might add—and

I've already done more than my share of playing the field. Why wouldn't I want to make a commitment at some point?'

And now she was frowning in confusion, as if none of that had ever occurred to her before.

Quinn happened to think he was an all-round pretty great guy if you discounted his earlier years. The vast majority of women seemed to agree. And surely the very fact he'd resisted the kind of trouble that could have led him into a rapid downward spiral in his teens was testimony to his determination to make a better life for himself—and anyone who might end up sharing it.

Okay, so he wasn't a saint. Who was? But what had he done to rate so low in Clare's opinion?

Clenching his jaw, he turned his chair back to the long desk lining one wall, tossing the questionnaire down. 'I'll throw this your way before I go. And then we'll see if there's anyone out there prepared to take on this bad boy.'

'Quinn—'

'Send in the monthly accounts and get Pauley on the line for me.'

In all the time she'd worked for him he'd never once dismissed her the way he just had. But he'd be damned if he'd feel guilty about it after *that.*

The accounts were set gently in front of him.

'Thanks.'

'Pauley's on line two.'

He lifted the receiver, his hand hovering over the flashing light when she spoke, her lilting accent soft with sincerity. 'It's not that I think you *can't* make a commitment, Quinn. I just didn't realize you felt you were ready to. I'm sorry.'

Taking a deep breath of air-conditioned air, he set the receiver down and turned in his chair to look up at her. And the gentle smile he found there had him smiling back in a single heartbeat. But then she'd been able to do that ever since he'd got to know her better. Sanding off the edges of a rough mood with her natural softness…

He could really have done with her being around for the decade of his life when he'd been angry every hour of every day, if she had that effect on him every time.

'We've never talked about any of this, that's all. And we're still pretty new to this friends thing, if you think about it.'

Clare nodded, her chin dropping so she could study the fingers she had laced together in front of her body before she looked at him from beneath long lashes. 'It's not felt that way in a long time.'

'I know.'

There was an awkwardness lying between them that hadn't been there in a long time either. Quinn felt the loss of their usual ease with each other, but he couldn't see how to fix it without continuing on the path he'd already taken.

'What happens after the questionnaire?'

Lowering his gaze, he caught sight of her mouth twitching before she lifted her chin. 'We have a sit down interview.'

His eyes narrowed. 'About what?'

'Dating etiquette…'

His eyes widened. She had to be yanking his chain. 'You think I don't know how to behave on a date?'

'It's *how* you behave we need to discuss.' And now she was fighting off laughter, wasn't she? He could see it in her eyes. 'Men and women can have very different expectations of dating.'

Quinn was at a loss for words. Now he wasn't just commitment-phobic, he didn't know how to treat a woman either? She probably thought he kicked kittens too.

'A lot of men expect a first date to end with—'

He held up a palm. 'That debate can wait.'

When her mouth opened, he pointed a long finger towards the door. 'Work now—deep water later. I don't pay Pauley to hang on the phone all day.'

Waiting until the door clicked shut behind her, he stared at the wood, and then ran a palm down over his face. If she thought he was discussing his sex life with her in that little sit-down interview of hers then she could think again. And if she was going to delve into his private life on any level beyond the one he'd given her access to, then she'd better be prepared for the turnabout is fair play rule. In fact she could go first. His mom had raised all the Cassidy boys to be mannerly—no matter how much they'd protested.

Actually, now he had time to think about it, getting to know her better appealed to him. There were plenty of things he'd like to know that he'd never asked because it felt as if he'd be crossing some kind of invisible chalk line. If he delved beneath the surface a little he could find out if she was hiding behind the matchmaking. And if she was?

Well. He could use that.

Not to mention the point he now had to make regarding his eligibility as potential long-term partner material, should he ever decide to settle down—which, in fairness, wasn't going to be any time soon.

But it was a matter of pride now…

All right, so she'd never believed her questionnaires were all that amusing until she started reading Quinn's that evening at home. It turned out knowing someone beforehand shed a whole new light on the answers—some of them so blatantly Quinn they made her laugh out loud.

But then there were the other ones…

Ones that made her wonder if she knew him anywhere near as well as she'd thought she did, or if she'd ever made as much of an effort *trying* to get to know him as she should have. Thanks to the questionnaire, she wanted to know everything. Everything she might have missed or misconstrued. Even if she discovered along the way that the friend she had was an illusion she'd conjured up in her head. Like an invisible friend a small child needed after they'd gone through an emotional trauma they couldn't deal with alone.

On paper Quinn was quite the package: stupidly rich, scarily successful at everything he did, liked pets, wanted kids one day, supportive of a woman's need for a career as well as a family. Add all that to how he looked and it was a wonder he'd managed to stay single as long as he had…

It certainly wasn't for the lack of women trying to hunt him down.

Ever since she'd first been introduced to Quinn

he'd been either in the company of or photographed with stunningly beautiful women. None of them she now knew, as his PA, lasted beyond the maximum six-week cut-off point before he backed off and Clare was told to send a little blue box. And miraculously, barring the few weeping females she'd had to lend a sympathetic ear to, Clare was unaware of any of them stalking him. But surely one of them would have been worth hanging on to?

Thing was, if he genuinely was ready to make a commitment to someone then she was going to have to take their bet more seriously.

When the phone beside her sofa rang she picked it up without checking the caller ID. 'Hello?'

'What you doing?'

For some completely unfathomable reason her pulse skipped at the sound of his familiar rough-edged voice. 'Talking to you on the phone. Why?'

It wasn't as if she could confess to committing all his questionnaire answers to memory, was it?

'Thought I'd come down for my interview.'

Now? Clare dropped her chin, her eyes widening at the sight of the minute cotton shorts and cropped vest she'd thrown on after her shower, *sans* underwear. Not that she'd ever felt the need to dress up to see him, but what she was wearing wasn't designed for *anyone's* eyes—not even her own in a mirror. It was a 'not going anywhere on a hot, humid summer's night' outfit.

'Are you home?' The slightly breathless edge to her voice made her groan inwardly.

'Yup, I'll bring down a bottle of something.'

'Erm…I'm not exactly dressed for company… You need to give me a minute.'

There was a pause.

Then, 'And now you know I need to know, right?'

The way his voice had lowered an octave did something weird to her stomach. And her lack of a reply gave him reason enough to ask the obvious: 'You *are* dressed right?'

'Stop that.'

'Well, at least I didn't use the tell me what you're wearing line.'

'You may as well have.' Feeling confident he

wouldn't appear while he was upstairs on the phone, she curled her legs underneath her and settled back, wriggling deeper into the massive cushions as she smiled at the all-too-familiar banter. '*Friends* don't do that kind of phone call.'

After a heartbeat of a pause he came back with another rumbling reply, adding an intimacy to the conversation that unsettled her all over again. 'I'd consider it, with that lilting accent of yours. We could do one as part of the date training I'm apparently in need of.'

She shook her head against the edge of the sofa and sighed. 'I give up.'

''Bout time too. So tell me what you're wearing that's such a big problem.'

When a burst of throaty laughter made its way out of her mouth she clamped a hand over it to make sure nothing else escaped.

'C'mon…it can't be that bad. It's sweats two sizes too big, isn't it?'

She frowned, blinking at a random point on the wall over her mantel. Because, actually, she didn't think she wanted one of the most eligible bachelors in New York thinking she couldn't wear something sexy if she felt like it. Not that she was looking for a blue box of her own at any stage.

Widening her fingers enough to speak, she felt an inner mischievous imp take over. 'How do you know I'm not wearing something sexy I don't want you to see?'

When there was silence on the other end of the line she contemplated jumping off the Brooklyn Bridge out of embarrassment. And then, above the sound of her heart thundering in her ears, she heard an answer so low it was practically in the territory of pillow talk. 'Are you flirting with me? Cos if you *are*...'

If she was—*what*? She swallowed hard and summoned up the control to keep her voice calm as she risked removing her hand from her mouth. 'You're the one who said he wanted it to be a training call.'

Another long pause. 'A training call before a training date is a bit of a leap, don't you think?'

'I didn't start this.'

Terrific. Now she was an eight-year-old.

'I'd argue that, but let's just give this another try. What exactly is it you're wearing that means I can't come down there right this second?'

'You don't think I even *own* anything sexy, do you? When you think of me down here you automatically assume I'm dressed like a slob.'

'Can't say I've ever wondered what you were wearing down there before this phone call.'

The Brooklyn Bridge was getting more tempting by the second.

Then he made her stomach do the weird thing again by adding 'Always gonna wonder after this though. And any inappropriate thoughts I have will be entirely *your* fault. You're the girl next door—I'm never s'posed to think of you as anything but cute.'

'I'm the girl *downstairs*. And for your information I'm wearing something entirely too sexy to be considered cute.' She almost added a *so there*.

'Liar.' She could hear him smiling down the line. 'And don't pout. With those braids in it makes you look about sixteen.'

Clare shot upright and looked out of the French

windows leading to their small garden. To find Quinn sitting on the stone steps, long legs spread wide and a bottle of wine tucked under one arm while two glasses dangled from his fingers as he grinned at her. She didn't even need to be closer to see the sparks of devilment dancing in the blue of his eyes. *The rat.*

He jerked his head. 'C'mon out. It's cooler now.'

'I don't drink wine with peeping Toms.' She smirked.

'I'm in my own backyard looking into an apartment *I own* and if you'd been naked I like to think you'd have had the sense to pull the drapes.'

She dropped her chin and looked down again.

There was another rumbling chuckle of laughter. 'I promise not to make a pass at you. We haven't even been on a training date yet.'

'That's not how it works.'

'No?'

Clare scowled at him. '*No.* It's a *discussion* about dating—not a dress rehearsal.'

'If you plan on winning this bet you might

have to treat me as a special case.' He even had the gall to waggle his dark brows at her before jerking his head again. 'Come on.'

'I'm staying where I am—it's your dime.'

Quinn shrugged. 'Okay, then.'

Clare sighed heavily while he lodged the receiver between his ear and his shoulder. Tugging the loosened cork free from the bottle, he set the glasses down before lifting them one by one to pour the deep red liquid. Then he set the bottle at the bottom of the steps before leaning forwards to place a glass by the door.

Lifting the other glass, he pointed a long finger. 'That one's yours.'

'Can't reach it from here…'

'You'll have to come get it, then, won't you?'

'I'm good, thanks.'

'I'm not actually so desperate—'

'Thanks for that.' And, ridiculously, it hurt that he'd said it. 'A little tip for you, Romeo: don't use that line on any of the dates I send you on.'

'I was going to say, not so desperate I have to

force myself on a woman. You really think I'm slime, don't you? When did that happen?'

Heat rising on her cheeks, she mumbled back, 'I don't think you're slime.'

'Good. Cos I was starting to wonder…'

Unable to hold his gaze for long, even from a distance, Clare frowned at the music she had playing in the background. It had been fine listening to the sultry tones when she'd been on her own, reading his questionnaire, but she really didn't need a romantic ambience now he was there in person—especially when she was feeling so irrational with him close by. So she lifted the control, aiming it at the CD player.

'No—leave it. I gave you that album for Christmas. Hardly likely to give you something I wouldn't like listening to, was I?'

Clare had discovered a lot of the music she loved thanks to Quinn's massive collection upstairs. When she'd first moved in she would hear it drifting downwards on the night air, and for weeks every morning conversation had started with 'What were you playing last night?'

Sometimes she'd even wondered if, after a while, he'd chosen something different every night just to keep her listening. It had become a bit of a Cassidy-O'Connor game.

'So, how'd I score on my questionnaire?'

The hand holding the controls dropped heavily to her side. He really didn't miss a thing, did he? And there was no point trying to deny she'd been reading it when she still had it on her lap.

'It's not a *test*. Did you tell the truth all the way through it?'

'The whole truth and nothing but; didn't take the Fifth on a single one. Why?'

Clare shrugged, risking another look at him. 'There was some stuff I didn't know, that's all.'

The familiar lazy smile crept across his mouth, and his voice dropped again. 'Ahh, I see. Surprised you, did I?'

'Maybe a little…' She felt the beginnings of an answering smile twitching the edges of her mouth.

'I did say we were still pretty new to this friendship thing.'

'Yes, you did, but I really thought I knew you

better. Now I feel like I wasn't paying enough attention.' When the confession slipped free of its own accord, her heart twisted a little in her chest, and her voice was lower as she followed the old adage of 'in for a penny'. 'And I'm sorry about that, Quinn—I really am. I should have been a better friend. You helped me out when I needed help most, when I was broke and jobless and about to become homeless. If you hadn't been there…'

Quinn's reply was equally low, and so gentle it made her heart ache. 'Don't do that.'

'But—'

'But nothing.' She heard him take a breath. 'I needed a PA; you needed a job. I had an empty apartment; you needed a place to live. It was good timing. And you were right to stay when you did. Don't second-guess that—it took guts to stay.'

Great, now she had a lump in her throat. She even had to look away long enough to blink her vision back into focus. What was with her tonight? She hadn't felt so vulnerable in a long, long while.

'Do you miss home, O'Connor?'

'I *am* home.' Clare frowned down at her knees when she realized how the statement could be misconstrued. After all, she couldn't keep living in Quinn's basement for ever any more than she could keep relying on the job he'd given her. It was well past the point where she should have been able to step out from underneath his protective wing.

'New York is home now.' She made an attempt at lightening the mood. 'And when I have lots of successful matchmaking nights at your clubs and half the door I can afford an apartment of my own, can't I?'

The teasing smile she shot his way was met with one of his patented unreadable expressions. 'Can't get away from me fast enough, can you?'

'I'm not trying to get away from you.'

'Looks that way…' He twisted the stem of the wine glass between his thumb and forefinger, dropping his gaze to study the contents. 'You need to be careful there, O'Connor. You might hurt my feelings…'

He threw her a grin, but Clare's heart twisted

at the very thought of hurting him even the littlest bit. Not that she thought she ever could. It took a lot to get through Quinn's outer shell—ninety-nine point nine percent of things were water off a duck's back.

Without thinking, she swung her legs out over the edge of the sofa, looking straight into the dark pools of his eyes so he knew she was sincere—because she *was*.

'Why would I want to lose one of the best friends I've had since I moved here?' She smiled a little shyly at him. 'And anyway—you'll have met the woman of your dreams pretty soon and, hard as it is to believe, she might actually want you to herself. Though I'm sure that'll wear off with time. And when it does you can both have me over for dinner—I'll even bring the wine…'

Somehow she managed to hold her smile, but it hadn't been easy. Because she knew the relationship they had would change if they both had partners. What she hadn't known was how much the idea of it would hurt. They'd never be the same again, would they?

A part of her wanted things to stay the same.

Quinn continued staring at her across the divide. 'She's gonna have to be something pretty darn special to pin me down. You know that, don't you?'

'I wouldn't let you settle for anything else, would I?' She lifted her brows in question.

'Not even to win the bet?'

'Not even to win the bet.'

'Promise?'

It was the huskier-than-usual edge to his rough voice that did it. Clare's subconscious was taking it as a sign of vulnerability. And in a man like Quinn it was so potent she felt herself drawn to her feet and tugged towards the windows—the need to reassure him was as vital as the need for air. When she was standing on the other side of the glass she smiled, hoping he understood how much she wanted to see him happy.

'Cross my heart.'

When she lifted a hand to back up the pledge she knew she'd made a mistake. Because with the open invitation he immediately lowered his gaze to her breasts, where it lingered long enough for her to feel as if she'd been touched. She watched the rise and fall of his chest change rhythm, her own breathing matching the faster pace. And then she saw his gaze slide lower still: over her bare midriff, down the legs she'd always thought were too skinny and all the way to the tips of her toes—the toes it took every ounce of control she possessed to stop from curling into the wooden floor.

With a sharp upward jerk of his chin his gaze tangled with hers, making her irresponsible heart kick up against her ribcage before he frowned—as if he wasn't any happier with what he'd just done than she was that she'd invited it to happen.

'Should have pulled the drapes…'

'I wasn't expecting company.' Clare dug her fingernails into the soft flesh of her palm to stop any attempt at covering up when the damage was already done. 'Just as well it's only you, really…'

'Many things I may be. Blind isn't one of them.'

Her jaw dropped.

But before she could think of anything coherent to say Quinn pushed to his feet and turned away, looking over his shoulder to add, 'We'll have the dating talk in the office.'

'Okay.'

'And pull the drapes.'

Her hands lifted to do as she was bid while she watched him make short work of the steps with his long legs. And when the curtains were closed she kept her hands gripped tight to the edges, while she took long, deep breaths to bring her heart-rate back into a normal rhythm. She felt as if she'd just run a marathon.

And he'd done that just by looking at her? No wonder women fell all over him!

It was because it was the first time he'd ever looked at her the way a man looked at a woman, that was all. Up till then she'd been—well—she'd just *been there* as far as he was concerned.

Thing was, she wasn't entirely sure she wanted to be in the background to him. Not that she wanted anything more, but she didn't want to be invisible either. There were times when it was all too easy to feel that way in a city the size of New York—especially for someone who came from a tiny village in the west of Ireland where everyone knew everyone.

If a connoisseur of women like Quinn Cassidy couldn't see her then what hope did she have of not disappearing into the crowd? And she *wanted* to be seen. The thought surprised her, but it shouldn't have. Not really. It was time. She was long since over the mistake she'd made; it was time to move on—to get back in the game as Quinn had said. And if he was ready to make a commitment to someone then surely she could give love another try too? She'd just have to make sure she didn't pick someone who was a womanizer this time round—been there, done that. If she hadn't, then she might have been tempted to try some of that flirting with Quinn she'd wondered about. And that?

Well, that was a disaster waiting to happen.

CHAPTER FOUR

'HAS O'CONNOR TALKED to Madison about any plans she's been making?' Quinn casually bounced the basketball from one hand to the other, bending at the knee and raising an arm above his head before gauging the distance, pushing off the balls of his feet, and sinking it through the hoop.

He'd been sinking hoops with Morgan and Evan at the court a couple of blocks from where he now lived since they'd been tall enough to stand a chance of scoring points. And while he was avoiding Clare's dumb talk on dating etiquette he'd felt the need for some male bonding—even if it meant broaching the subject of her in front of the new guy who had joined their team.

Jamie had been the original fourth member of their crew, but after his run-in with Quinn there was no question of him ever returning without a replay of their last talk. It didn't stop Quinn's resentment of anyone new taking his place though…

'The matchmaking thing, you mean?' Morgan got the ball before it hit the ground. 'How's that panning out for you? You registered for a dinner service yet?'

'Funny.'

'You better win this one.' Evan slapped Quinn's back hard enough to rock him forwards. 'My money's on you—don't let me down.'

'There's no way she's pinning me down—I'd have found the right woman on my own by now if she existed—it's a percentages thing.' It wasn't his fault he'd never met a woman he wanted to keep around for long. And anyway, he was a busy man—women had a tendency to expect a guy to commit to more time at a certain point in the relationship.

If Clare left he'd be even busier. Not to mention

on edge and tense in a way he hadn't been in two years. With her there he'd been calmer, more relaxed, less likely to suffer an ulcer by pushing himself too hard when there wasn't as much of a need to succeed as there had once been. Going back to the kind of life he'd had before Clare was less and less appealing the more time he had to think about it…

He set his hands on his hips, watching for an opportunity to steal the basketball back. 'I take it she hasn't talked about quitting work and moving out, then?'

The bouncing stopped and a huddle formed around him. Morgan was the first to ask 'Since when?'

Evan followed, in the traditional pecking order. 'She heading back to Ireland?'

'O'Connor? That's the cute redhead, right?'

Quinn glared at the new guy as he dared to join the conversation. Since when did he think he had the right to join a discussion on Quinn's private life? But Morgan was already getting down to details.

'What makes you think she's leaving?'

After another five seconds of glaring to make his point, Quinn turned his attention to Morgan. 'Maybe when she said so. I'm intuitive that way.'

'Oh, this is really bugging you, isn't it?'

Quinn shrugged, lifting his forearm to swipe it across his damp forehead while he fought off another wave of anger for coming on to her the way he had. 'I thought she might have said something to one of the other girls.'

Evan's dark eyes sparkled in a knowing way that merited a *don't go there* glare from Quinn, to which he responded with his trademark surrender hands.

'I'm just saying—'

'Well, don't.'

The new guy tried again. 'I didn't know you two were a couple.'

Morgan smiled. 'Oh, they're not a couple in the traditional sense of the word…'

Quinn snatched the ball out from under his elbow. 'I can afford to go join a country club somewhere, you know. I don't have to mess about on this court with you losers any more.'

'Yeah, but this is *our* court. You don't ever forget where you came from—remember?'

Evan nodded. 'Nowhere's better than Brooklyn.'

When they high fived each other while still looking at him, Quinn shook his head. An investment consultant, a cop-turned-security-specialist and a big-shot club owner, they'd all come a long way from their early days. But when they got together with any shape of a ball they still had an innate ability to act like teenagers. There was probably a reason women believed men never grew up. What they didn't get was that the responsibilities that came with age and hard-earned money meant there was an even greater need for time spent messing around with a ball.

But it wasn't helping Quinn.

If Clare had been talking to the other women about her plans to go it alone then he'd know she was further down the line. If she hadn't then he'd know it was a new idea, which meant he had time to—

Well, he'd get to that part when he had the information he needed. All he knew was that it wasn't just about work any more. Her running hotfoot out of every corner of his life felt distinctly *personal.*

So he asked the one question that had been eating at him most. 'Does she know about Jamie?'

'You have another girl?'

Quinn's head turned so fast towards the new guy he heard the bones in his neck crack. 'Look—I know you're just here to shoot hoops, and I'm sure deep down you're a great guy, but take five, would you? Go get some iced water or something…'

The commanding tone to his voice was all it took.

When the younger man shrugged and turned away, Morgan lifted and dropped an arm. 'Is there any chance of you not scaring off another one? I'm running out of second cousins.'

Quinn pushed again. 'Does she know?'

'I don't see why you don't just tell her. You stood up for her when you barely knew her—she was nothing to you back then.' He threw in a smile of encouragement. 'She might be grateful you did it.'

'Before or after she works out I made things worse?'

Morgan grimaced.

And Quinn had his answer. 'So she doesn't know.'

'The only way she'd know was if one of us told her.'

Evan placed a hand on his shoulder, squeezing hard before he let go. 'It's always been your call.'

Quinn nodded brusquely, turning his head and letting his gaze travel to the wire surrounding the court and the traffic beyond as a walking tour made its way past, a guide's voice telling loud tales of the Brooklyn they'd all known most of their lives—even if Quinn had arrived a little later than the others.

'If she was planning on going home to Ireland we'd all have heard about it by now,' Morgan added.

Quinn mumbled the words 'This is her home now. She belongs here.'

There was a long enough silence to draw his attention back to their faces, each of them studying him closely enough to make him feel like a bug under a microscope. 'What?'

'Nothing…'

'Nope. Me either.'

'Well, let's finish the game, then—I'm at the Manhattan Club in a couple of hours.' This was his last respite before he had to take his genius plan to stage two—the plan that had seemed like such a great idea before he'd taken a good long look at Clare in what had barely made it past the quota of material needed for a swimsuit.

For coming up on eighteen months he'd managed to avoid looking at her that closely. *Eighteen months.* And now it was indelibly burned into his brain so he knew he'd never be able to look at her without seeing her as more than Clare who lived downstairs and worked for him.

Tearing up the court like a man possessed, he threw all his anger and frustration into the physicality of the game, ignoring the heavy heat magnified several degrees by a concrete cocoon of tall buildings around him and under his feet.

Why couldn't she have been wearing sweats two sizes too big? He didn't want to see her as a woman. The second he started looking at her that way it changed things. And he knew himself. If she didn't see him as a man in return it would become some kind of challenge to him, wouldn't it?

And then she'd be in *real* trouble.

Clare stared with wide eyes at her own reflection.

'You look amazing, Friday.'

Not the word she'd have used. 'It's too short.'

When she tugged on the hem in a vain attempt to make it longer the younger woman laughed, meeting her gaze in the mirror. 'Not with those supermodel legs it's not. Hostesses represent that kind of glamour, even if we're just glorified waitresses. We're the first thing people see when they walk in the VIP lounge. Think of us as business class air stewardesses, or Miss United

States contestants. You could do this job, you know, when you get bored looking at the boss every day…'

Looking at him? Oh, chance would be a fine thing. He'd been the Scarlet Pimpernel for the last forty-eight hours and she'd sought him here and sought him there while he'd deftly managed to find one reason after another to stay out of the office.

She tugged on the hem of the shimmering black dress again, trying to convince herself it was only her toothpick legs on show and that in the modern age legs weren't anywhere near scandalous. It could have been much worse, all things considered. But she wouldn't have done this kind of job unless they were really, *really* stuck—cute wasn't anywhere in the same region as glamorous, was it?

Her gaze lifted to her tumble of red curls framing a face so unfamiliar to her, with huge, darkly made up eyes designed to look sultry and full lips shining a bright enough dusky rose to make it look as if she was permanently ready to be kissed.

Well, she'd wanted people to see her, hadn't she?

'Come on, I'll show you the basics and we'll practise the patented smile and walking in those heels.'

Clare grimaced. 'Terrific.'

'You'll be great, Friday—you always are—it's why we all love you so much: you're a trooper.'

Yup, everyone who worked for Quinn Cassidy adored her—barring the man himself, who apparently couldn't bear to stand in the same room as her. If he wanted out of the stupid bet then all he had to do was say so. She didn't have a problem with that.

What she *did* have a problem with was how much she'd missed having him around. She'd missed his gruff voice, his lazy smile, the way he had of occupying her time with attempting to keep him in line work-wise, the number of times in a day he made her laugh...Not that she was likely to tell him any of that when he already had an ego the size of Manhattan.

But it didn't bode well for the long term if she missed him before their relationship had been changed with the arrival of new partners...

Well, maybe she wasn't as independent as she'd thought she was. It was a depressing thought.

By the time Quinn had showered, changed, and made it back into the city, the club had filled to capacity with members from their exclusive guest list. So he checked there hadn't been any major hiccups anywhere before stepping into his usual role. It was a few hours in, when he was halfway round the VIP lounge making sure the more famous of the faces were being pandered to, that he did a double take.

A blinding rage swiftly followed.

With a forced smile for the A-List actor who'd had his arm around Clare's waist, he closed his fingers firmly round her elbow and guided her forcefully through the crowd into a deserted hallway, where the music was lower.

'What do you think you're doing?'

Clare twisted her elbow free, rubbing at it while she frowned up at him. 'I'm sorry—it's been so long since I last saw you I didn't recognize you in there.'

'I could say the same—why are you wearing that?' To his complete and utter fury he let his gaze slide over her again, what he could see making him stifle a groan of frustration. It was like some kind of test. He'd meant it when he'd told her he wasn't *blind*!

It wasn't as if he didn't see at least a dozen women wearing short dresses coated in overlapping onyx discs a minimum of three nights a week. He'd seen so many he barely looked any more—but then none of those women had been Clare, had they?

Clare wearing one was something entirely different.

What was with his obsession with her legs all of a sudden anyway? He'd seen them hundreds of times. Granted, it had never been when they were encased in sheer black stockings with their shape enhanced the way only dangerously high heels could.

His gaze rose.

The hair and make-up were something new too—new and completely unnecessary. Clare didn't need that much stuff on her face, or her hair curled. He'd always liked the way her hair framed her face in soft waves and the fresh, natural—

He gritted his teeth. *'Go home, Clare.'*

Moist lips parted in surprise a split second before he saw fire spark in her eyes. 'I'm not being sent home like some kind of rebellious teenager. We're three down with flu on a night this place is packed to the gills. What is your *problem*?'

'You don't belong in here!'

Raising his voice proved a bad move on his behalf, simply fuelling the fire. 'I've worked behind the bar here at least a half dozen times!'

'*Behind* the bar! Not on the main floor with Hollywood actors coming on to you and trying to get your phone number.'

'Well, *excuse me*, but who was it told me to *get back in the game*? You can't have it both ways—make up your mind, Quinn.' She shook her head, curls bobbing against her bare shoulders. 'I'm going back to work.'

'This isn't your job.' He blocked her escape, anger still bubbling inside him like boiling water.

And he couldn't remember the last time he'd been so angry.

That was a lie—he could remember the exact time and place—and the fact that it had indirectly involved her that time too.

'I'm not kidding—you're not going back in there. Get changed and go home. I'll get one of the limo drivers to take you.'

For a heartbeat he thought he'd got through to her. But then she took two steps back and lifted her chin, her eyes sparkling as she held her arms out to her sides. And when she spoke her voice was thready with what he assumed was suppressed anger.

'If you think I'm not up to the glamorous standard you expect in the VIP room then just say so, because—'

She thought she wasn't gorgeous enough to work alongside the other girls? It was precisely *because* she was gorgeous that he didn't want her there. It was the very fact his eyes had been all too recently opened to how sexy she could look in or out of that short, little dress.

With considerable effort he managed to stop himself swearing. 'It's got nothing to do with how you look. You don't work in there.'

'I work for *you*!' She dropped her hands to her hips and scowled hard. 'And working for you means filling in wherever we're short—you know that—so why is it suddenly such a big deal this time?'

Because it was. That was why. But it was hardly the most mature answer. And, yes, he knew he was being unreasonable—date/don't date—keep working for him even if he had to trick her into it/don't let her do the job she'd always done…

She was making him crazy.

'If I have to carry you out of here over my shoulder you know I'll do it.'

Clare chewed on her lower lip, then damped it with the rosy tip of her tongue, drawing his gaze and increasing his frown. Then she took a deep breath and focused on his jawline.

'If you want me to leave you'll have to fire me. I don't think I want to work for you any more anyway. Not when you're being like this.'

When her lower lip trembled before she caught it between her teeth Quinn dropped his chin to his chest and took several calming breaths, puffing his cheeks out as he exhaled while his heart thundered as hard as it had during his session on the basketball court. And naturally Clare chose that moment to step in close enough for the light scent of springtime flowers to tease his nostrils.

Closing his eyes for a brief moment, he breathed deep and then looked up without lifting his chin. 'I'm not firing you. I just need you to go home. Please.'

Please had to help, right? Desperate times and all that—and it was for her own good. If she kept wandering under his nose pointing out how sexy she could be then there was going to come a time when he wouldn't be held responsible for his own actions.

She shook her head, her eyes shimmering as she asked in a tremulous voice, 'What's happened to us lately?'

Now, there was a question. One he wished he

had an answer for. Because *something* had changed. The equilibrium was gone—and whatever it was had him in the kind of free fall he had absolutely no experience of.

Until he'd sorted through just what was making him act the way he was, he couldn't keep taking it out on Clare, could he?

He lifted his head. 'You don't belong somewhere partygoers might paw you after a few drinks. The girls who work that room know how to deal with them—they're tough cookies.'

'You still see me as some pathetic female in need of rescuing? Great—it's good to know I've come so far in the last year.'

'You're not a pathetic female.'

'You're treating me like I am.'

'No, what I'm doing is looking out for you. I'm told it's what friends do.'

She tilted her chin up the way she always did when she was drawing on her inner strength. 'I'm not your responsibility, Quinn.'

'In here you are—my club, my rules. And if I say you're going home, then you're going home.'

For a second she gaped at him. Then her hands rose to her hips again. Her head was cocked at an angle, and sparks danced in her eyes just before they narrowed…

Heaven help him—he'd never been so tempted to kiss an unreceptive woman in all his born days.

But before he did something incredibly stupid, and before she let loose, he lowered his voice to the deathly calm, deliberately slow tone that signalled he'd reached the end of his rope.

'Walking out or being carried out?'

'You wouldn't *dare*—'

'Your choice.' He bent over at the waist, grabbed her hand in a vice-like grip—and tossed her over his shoulder, turning swiftly on his heel.

'Quinn Cassidy, you put me down this minute or—'

When she struggled he lifted his free hand and reached for a hold to steady her, his fingers curling above her knee. She gasped, stilled, and Quinn felt the impact of what he'd done clean to the soles of his feet.

The silken material of her stockings seemed to crackle against the tips of his fingers. And he couldn't stop it happening, errant fingers sampling the softness of the material and the heated skin underneath. Would her skin be as soft if he touched it without the minute covering, or even softer? There had always been something incredibly enticing about the sensitive skin behind a woman's knees, or inside her elbows, or in the hollow where her neck met her shoulders, or on her inside leg further up—

Quinn's stride faltered as he felt the most basic of male responses slamming into him uninvited. And as a result he had to grit his teeth so hard to regain some semblance of control that his jaw ached from the effort.

'If that hand goes so much as one millimetre higher I'm going to scream harassment so loud your mother will hear me in Brooklyn.'

'What hand?' He lengthened his stride.

Clare grasped hold of fistfuls of his jacket as he jogged down the stairs. 'And if people can see my underwear—'

Glancing sideways, he scowled at the lacy upper edge of stocking he could see, swearing beneath his breath.

'I told you to leave. *You* wouldn't listen.'

'You are the most ill-tempered, unreasonable, stubborn—'

'I've been called worse than that in my time, sweetheart—trust me.' Kicking the toe of his shoe on the bottom of the front doors he dumped her on her feet in front of one of the club's massive security guards. 'Get Clare a limo. She's going home.'

'Feel sick, Friday?'

Clare lifted her hands to push her curls off her flushed cheeks, grumbling beneath her breath. 'To the pit of my stomach, Leroy.'

When he went to call a limo forward Quinn spread his feet and crossed his arms, forming a human barrier over the swinging doors. He watched while Clare tugged angrily on the hem of her skirt.

'I hate you when you get like this.'

'I said please.'

'You said please as a last-ditch effort and we both know it.' She blew an angry puff of air at a curl of hair, folding her arms to match his. 'You are *not* a nice person.'

Quinn shrugged. 'Never claimed to be.'

'Has it ever occurred to you the reason you have so few friends is because you can be like this?'

It was out of his mouth before he knew his brain had formed the words: 'Has it ever occurred to you I have so few friends because I like it that way?'

When the obvious questions formed in her eyes he turned his profile to her. May as well just throw his entire life story at her and have done. It was cheaper than therapy, right?

'Why?' Her voice had changed.

From his peripheral vision he saw her take a step forward, his spine immediately straightened in response. Enough was enough. 'I'll bring your things back with me. Just go home, Clare. I don't want you in there dressed like that. End of story.' He turned his head and fixed her gaze with a steady stare. 'Just this one time do me a favour—and don't push me.'

When he saw the limo pull up behind her he jerked his chin at it. 'Go.'

He turned and had his palm on the door when he heard her low voice behind him. The emotion he could hear crushed the air from his chest.

'I don't want to go back to the way we were before we became friends…'

Quinn felt the same way—but rather than saying so he pushed the door open and walked away. If she'd been anyone else—*anyone*—he'd have acted on how she was making him feel. He'd have found an outlet for all his frustration. But she was Clare. She was *Clare*, damn it—and she mattered to him. The fact he'd reached out a helping hand when she needed it in the past may have been partly because he felt bad about the tangled web of lies woven around her not long after she came to the States. But she mattered to him now.

Maybe more than she should.

CHAPTER FIVE

'CAN WE TRY AGAIN?'

Clare didn't get it. This was the third woman in a row Quinn hadn't got past a first date with. What the heck was he doing wrong? Because if he was doing it on purpose…

She tried to get to the root of the problem. 'Can I ask exactly what it was that put you off going on a second date with him?'

It was the kind of question she always asked so she could build up a better profile of her clients. Maybe a little more than professional curiosity on this occasion, but still…

'It'll help me with your next match if I know…'

There was a pause. 'Don't get me wrong—I mean, he was charming and attentive and all that. And there's no doubting he's incredibly good looking. But…'

'But?'

'Well, it took me a while to figure it out, cos he was clever about letting me talk about myself. And, let's face it, we like it when they're interested in what we have to say. But when I tried getting to know *him…*'

Ahhh—now, *that* she got. It had taken spending practically every hour of every day with Quinn before Clare had had a chance to get to know him better. Prior to that he'd been a constant brooding presence in the background. Everyone else had made her feel welcome from the day she'd arrived, but Quinn…

'Thanks for telling me, Jayne. I'll call you in a few days, when I've had a chance to look through your match list again.'

'Actually I was wondering about maybe seeing Adam again…'

Clare smiled. 'I think Adam would like that. I'll talk to him and get back to you.'

Her gaze slid to the glass doors as she hung up.

Quinn's dark head was bowed as he flipped through the mail.

'Congratulations. You're three for three.'

'Hmmm?' He didn't lift his head.

'That was Jayne. You want to tell me what was wrong with this one?'

When he glanced briefly her way she smiled, ignoring the way her pulse skipped out of its regular rhythm. Not that she wanted to put it down to nervousness, but things had been different since the night he'd carried her out of the club. And she knew she couldn't blame it all on the fact that they'd argued either…

She had watched him that night. It wasn't as if she hadn't seen him working the floor on the odd nights she'd stood in, but she'd never paid as much attention before. And in the VIP lounge, between all the smiling and accepting tips from customers, she'd been more than a little impressed by what she'd seen.

She'd always assumed he'd gone into the club business because he loved the constant party atmosphere—and there was certainly no disputing that he'd laughed loud and often. But he hadn't partied alongside the guests, hadn't touched a single drop of alcohol, and he'd had a quiet hold on the room that had been positively palpable. He'd noticed everything—down to the tiniest, seemingly insignificant detail; the merest hint of a voice rising and he had been there to defuse the problem with a hundred-watt smile and a good dose of patented Cassidy wit. He'd greeted everyone, no matter how internationally famous or infamous, as if they had been long-lost family members, nearly all of them returning the courtesy by making sure they'd seen him to shake his hand or kiss his cheek before they left…

And in a dark designer label suit he hadn't been just sexy as all get out, he'd been imposingly in charge. It was *business* to him—and a firm reminder to Clare never to make assumptions about him ever again.

'She was high maintainence.'

When he headed for his office, Clare pushed her chair back and followed him. 'In what way?'

Tossing the mail on his desk, he shrugged his shoulders out of his jacket, hanging it on a rack in the corner before glancing at her. 'In every way. Did nothing but talk about herself all night, for starters…'

Clare quirked a brow. 'Really? That's funny—she says you encouraged her to do that to avoid answering questions about yourself.'

When he began to roll up the sleeves of his pale blue shirt, Clare's gaze dropped to watch the movement of his long fingers. A flex of his forearm muscle and the stilling of his hand jerked her gaze back up.

He was studying her with hooded eyes and lazy blinks of thick lashes. He looked away and swapped arms. 'She picked at every course, complained four times to the waiter, name-dropped for all she was worth and spent a half-hour talking to me about the best beauty treatments in her favourite spa—*high maintainence.*'

Clare leaned her shoulder against the door-jamb. 'The last one was no good because "she barely talked, ate too much and dressed like a Quaker." Quote, unquote.'

'And?'

When he smoothed his hand up to push the folded sleeve into place she found her gaze dropping again, convinced she could hear the sound of his skin brushing over the light dusting of hair on his forearm.

'O'Connor?' The edge to his gravelly voice brought her gaze back up again. 'Could we get to the point?'

Impatient. He'd been that way more and more of late. And he'd just seen her watching him, hadn't he? There was no way he hadn't. Judging by the tic that had developed on one side of his strong jaw, he wasn't best pleased about it either.

It was the third time he'd made her shrivel up inside with embarrassment. First when she'd inadvertently invited him to look at her semi-naked body, then when he'd made it plain she wasn't up to the standard expected of hostesses in the VIP room, and now because she'd just given away the fact that she was noticing him physically.

But then the latter had been creeping up on her of late; she still hadn't quite got round to hiding it. It was because she was matchmaking for him, at least she hoped it was—couldn't be anything more. She wouldn't *let it* be anything more.

Slowly damping her lower lip, she smoothed both lips together, as if evening out lipstick, before lifting her chin. 'If you're going to dismiss all of them after one date, maybe I should just let you see some of the files before I set up any more.'

That was something she never did normally, because allowing someone to judge someone else on looks alone was one of the major mistakes people all made before they came to her. Something she'd once done herself.

He took a breath that widened his broad chest and it took every ounce of self-control she had not to drop her gaze again to watch the movement.

Quinn shrugged. 'It might speed things up some.'

Silently she vowed she was never matchmaking for someone close to her again. It took too much out of her. Though she somehow doubted she'd have fretted as much if it had been Morgan or Evan.

The silent confession made her frown.

Quinn lifted an arm and checked his heavy watch. 'Bring 'em in now, if you like. I have ten minutes.'

Ten minutes to select someone he might end up spending the rest of his life with?

She turned on her heel and marched to her desk, muttering below her breath. 'Taking this seriously, my eye. He spends more time selecting people for his flipping VIP list than he does with someone he might wake up with every morning. God help her. She'll be wielding an axe after less than six months—'

He called after her from the other room. 'You need to speak up if I'm s'posed to hear that.'

Clare closed her eyes and quietly called him a name.

When she dumped all his matches on the desk in front of him he rolled back his chair and reached out a long leg to toe another chair forward.

'Sit.'

Her brows rose; the vaguest hint of a smile toyed with the corners of Quinn's mouth before he turned his attention to the first file.

'Nope.'

Clare reluctantly sat down as he lifted another file and began reading. And since she had nothing better to do she decided to study his profile to see what else she might have missed.

Her examination started with his close-cropped midnight-black hair, down over the equally dark brows folded downwards as he concentrated on the file. It lingered on the flicker of thick lashes framing his amazingly blue eyes, and then she smiled at the way his nose twitched the tiniest amount a second before he glanced her way. Almost as if he could sniff out her unusual levels of curiosity.

'How long are you gonna stay annoyed about what happened at the club?' He tossed the file.

Clare rolled her chair closer, glancing down at the photograph on the next file before he discarded it. 'Who says I'm still annoyed? And what was wrong with that one, exactly?'

'Dated her last year.' He studied the fourth one with a little more interest. 'And you're still annoyed—I could cut the atmosphere in this office with a knife.'

'Oh, and that's entirely my fault, is it? What's wrong with *her*?'

'Dated that one too. I'm just trying to remember what it was that bugged me about her.'

He nodded, tossing it to one side with the others. 'Now I remember. Has a million cats.'

Clare rolled closer still, his scent wrapping around her like a blanket. '*Three* cats.'

'In a tiny one-bedroom apartment. And they slept on the bed.'

Yes, obviously he'd know that, wouldn't he? She took a deep breath of his scent and rolled back a little when she realized he was about to discard the next one. She'd forgotten she'd offered to find matches for a few girls after tearful post-Tiffany-box phone calls, but she remembered the one he was looking at now.

'Go ahead and lose that one too. She spent a

half hour calling you names when you dumped her.'

'Built your business on my cast-offs, did you?'

No. She could probably double her client list if she did. 'I knew I shouldn't have let you skip the dating talk.'

'So why did you?'

Because having felt his hands on her when he'd carried her, she hadn't wanted to chance getting details to go with the images born of her furtive imagination, that was why.

She sighed heavily when another file bit the dust. 'What's wrong with that one? She's stunning.'

'Redhead.'

Clare fought the urge to tuck a strand of red hair behind her ear, her voice sharp. 'Maybe you should just tell me what it is you're looking for.'

'Maybe you should tell me why it is you're still so mad about that night at the club.'

'The fact that you hauled me out of there, tossed me over your shoulder and sent me home with my tail between my legs isn't enough?' To say nothing of the fact she'd made an idiot of herself by saying what she had before he'd walked away. Would it have killed him to say something in reply?

'I said please.'

'Yes, I remember. But I never really had a choice, did I? And I hate to tell you, but these bullying tactics of yours need to stop. They're not remotely attractive in my opinion.'

His hand hovered over the next file and then dropped while he slowly turned his chair towards her. 'So what *is*, then—in your opinion?'

He wanted a list? She was supposed to just sit there, with his knee scant inches from hers and the vivid blue of his sensational eyes studying her face so intently, and tell him what she found attractive about him? Had the air conditioning gone down? Lord, it was warm.

She fought the need to flap a hand in front of her face. The cotton of her blouse was sticking to her back so she was forced to lean forwards, away from the heated leather of the chair.

Which Quinn apparently took as an invitation

to lean forwards too, so that when Clare's gaze lifted his face was a little too close for comfort.

Her breath hitched.

And Quinn's washed over the tip of her nose as he spoke. 'Go on, then. I'm all ears.'

Clare tried to find general answers to his question rather than personal ones. Not an easy task with her brain wrapped in cotton wool. And when the portion of it still working was finding so many of the answers straight in front of her eyes: the sinful sweep of that mouth, the one narrow lock of short hair just long enough to brush against his forehead. How could she possibly be attracted to him *now*, when he was being a jerk? Instead of before, when he'd made her smile every day and she'd loved spending time with him?

Her tongue stuck to the roof of her mouth.

Quinn's gaze shifted, the blue of his eyes darkening a shade while he examined a wave of hair framing one side of her face. And when Clare saw his fingers flex against the files she wondered if he'd considered brushing it back for her. A part of her ached when he didn't…

'Well?'

'It's...well...it's subjective, isn't it?'

'All right.' His gaze locked with hers again. 'Tell me what it was you found so attractive about Jamie, then.'

Clare's eyes widened. No way was she having that discussion with Quinn. *No way*.

Apparently he knew her well enough to see that, because he nodded brusquely and changed tactic. 'You still hung up on him? Is that why you're not dating?'

Where on earth had *that* come from? Surely he knew the answer? There were days when she couldn't even remember what it was that had made her throw caution to the wind in the first place, defying good advice from family and friends who'd worried that if she got into trouble so far from home they wouldn't be close enough to help. Justifiably worried, as it had turned out in the end...

But it had taken the all-consuming misery of complete humiliation for her to know she'd probably never loved Jamie the way she should have. She'd just been swept away by the romance and the adventure of it all. And it hadn't been enough. If he'd been right for her she would never have felt the niggling doubt in the back of her head that had been there even when she'd said yes to his proposal…

So she could answer Quinn's question with complete conviction. 'No, he has nothing to do with it.'

'Do I remind you of him?'

Clare gaped at him. *What?* But she could tell from the determined fix of his jaw that Quinn wasn't messing with her; he needed to know. Though why he would even think it in the first place astounded her.

'You're nothing like him.'

All right that wasn't a completely honest answer, and judging by the look on Quinn's face he knew it too, so she silently cleared her throat to say the rest more firmly. 'You use the same phrases sometimes and you have the same accent—but so do Evan and Morgan. The only reason you're like that is because you all grew up together.'

'And that's it?'

His voice was even rougher than usual, and a harsh cramp crushed the air out of her chest so that she exhaled her answer. 'Yes.'

And, with her all too recent revelations on the subject of how little she really knew him, it was reassuring to know there were still some things she knew with her whole heart. Quinn might be a serial-dater but at least he was open about it. He didn't pretend to be someone he wasn't. Forewarned was forearmed. And any woman who fell for him fell for him faults and all. He would never let her be made a fool of the way Jamie had.

Quinn Cassidy had an honourable streak a mile wide, despite the matching streak of wicked sensuality.

He studied her some more—as if he needed to find visual confirmation in her eyes. Then—Lord help her—his gaze dropped briefly to her mouth. And Clare couldn't even manage an inward breath to ease her aching chest until he looked back into her eyes.

'So you're not dating because you're afraid of getting hurt again? Is that it?'

'No. I'm not dating because I—'

'Don't have time?' His mouth twisted into a cruel impersonation of humour. 'Yes, you tried that one already. And it's part of the reason I'm putting a stop to all the extra shifts you put in at the clubs. I've told them you'll not be filling in any more.'

Clare opened her mouth.

But Quinn kept going. 'It's not like you're not being asked out on dates either, is it? Mitch has been flirting with you for months now.'

When he frowned, Clare's eyes widened in amazement, because for a second it almost looked as if he was—*jealous*? Was that why he hadn't wanted her in the club that night? Had the thought of men coming on to her bothered him?

As if able to read the thoughts in her eyes, Quinn frowned harder and turned towards his desk, leaving her looking at the tic that had returned to his jaw. 'Next time he asks you out you should say yes. You gotta start somewhere.'

So much for jealousy; a jealous man didn't

send the woman he was interested in out on a date with another guy, did he?

'No one high maintainence, no cat ladies and *definitely* no exes from here on in.' Gathering the files into one pile again, he set them on the edge of his desk.

And if he was remotely interested in her as anything other than a friend he would hardly continue dating under her nose, would he? Clare reached for the files, angry with herself for momentarily feeling pleased he might have been jealous.

'Can she breathe in and out?'

'Take that as a prerequisite.'

'You know you can still back out of this any time you want.' Clare took a deep breath as she prepared to push to her feet. 'Just say the word and I'll start planning my matchmaking nights at your clubs.'

Reaching for a padded envelope on the top of the pile of mail, Quinn grumbled back, 'Would I still be wading my way through them if I wanted to quit?'

'So you're not messing up the dates on purpose?'

'Why would I do that?'

'You tell me.'

'I may twist the rules but I've never shied away from playing the game—have I?'

The phone began to ring on her desk, and Quinn glanced sideways at her when she didn't move. 'It's traditional to answer it when it makes that noise.'

Clare stared at him for a long moment. But she never could leave a phone ringing—even if it was a public phone box somewhere. So, pursing her lips in annoyance, she pushed to her feet and walked into the reception area, wracking her brain for reasons why she'd used to enjoy Quinn's company…

'Cassidy Group.'

'Hi, gorgeous. How you doing?'

'Mitch.' Clare smiled when she saw Quinn look towards the open doorway. 'All the better for hearing your voice—as always.'

He chuckled. 'Ready to go out with me yet?'

It was the same conversation they'd been

having every week for months. But with Quinn frowning Clare smiled and changed her usual answer. *'I'd love to.'*

Quinn sharply pushed his chair back and took two long strides forward to swing his door shut. It slammed. And Clare smiled all the more.

'So, where are you taking me?'

CHAPTER SIX

QUINN LEANED BACK IN his chair, dropping his hands below the table, where they formed fists against his thighs. It was as visceral a reaction as he'd ever experienced and, realistically, he had no one to blame but himself. But telling her to go out on a date was one thing. Listening to her accept Mitch over the phone was another. *Seeing them together...* Well...if he'd taken a second to think about how that might feel he might have been better prepared.

'Quinn?'

He forced a smile for the woman across the table from him. Under normal circumstances he'd have been pretty pleased with date number four. Blonde, gorgeous, bright, funny, easygoing… The kind of woman he'd have asked out if he'd met her on his own. But he'd known inside fifteen minutes that there was no spark.

His errant gaze sought Clare again as she walked through the room with that damned feminine grace of hers. No legs on display, but she was sensational regardless, the material of her long skirt flowing like liquid silk with each step. Had she known where he was taking his date for dinner? There was no way she could have. And Mitch was obviously out to impress if he was paying for dinner in the Venetian Renaissance-style dining room at Daniel.

She had her hair up in one of those ultra-feminine styles that made a man's fingers itch to let it loose. And when she leaned her head to one side to listen to what Mitch said as he drew out her chair a long earring brushed against her neck. Her eyes sparkled, she laughed musically…

Quinn fought a deep-seated urge to storm over and remove her from the room the same way he had from his club.

'Is that Clare?'

He dragged his gaze away. 'Yes.'

Lorie's eyes lit up. 'Is that her boyfriend?'

A part of him wanted to yell *no* good and loud, but he swallowed the word. 'You work at the Natural History Museum? What do you do there?'

While Lorie talked he forced himself to stay focused on her. Being a course ahead of Clare and Mitch was a bonus—all he had to do was concentrate through dessert and they were out of there.

When the waiter laid the napkin across her lap Clare smiled up at him and accepted the menu. She knew Mitch was making a real effort and she appreciated that—she did. He was a genuinely nice guy. It was just a shame that every time she looked into his brown eyes she found herself wishing they were blue.

She lifted her water and took a sip, glancing over the rim at the other tables as she swallowed.

The water went down the wrong way.

Mitch chuckled as she grasped for her napkin, choking behind it as tears came to her eyes. 'You okay?'

'Mmm-hmm.' She managed to surface for a weak smile.

Someone, somewhere, really had it in for her, didn't they? She coughed again, waving a limp hand at him. 'Went down the wrong way.'

'I guessed.'

Her chest ached. And she could try telling herself it was due to the coughing, but that would be a big fat lie. Had Quinn known where Mitch was taking her for dinner? If he had she was going to kill him…

'This place is lovely,' she managed in a strangled voice she hoped Mitch would put down to the choking.

'It is, isn't it?'

Smoothing the napkin back into place on her lap, she lifted the menu and tried her best to study it. After three attempts she gave in and peeked over the edge to look across the room again. Well, at least it looked as if Quinn was getting on better with this date than he had on the others—that was something. She frowned.

Mitch smiled. 'Do you know what you want?'

Now, there was a question. Clare smiled back, and then forced her gaze to the menu. She could do this. She could pretend Quinn wasn't across the room from her—on a date she'd set up for him—she just needed to concentrate

'So, Mitch, have you always been a wine merchant?'

Lorie dropped out of Quinn's favour the second she decided to start eating off his plate. He hated women who did that. If they'd wanted what he was eating then they should have ordered it in the first place as far as he was concerned. And it didn't help that when he glanced at Clare she was feeding Mitch something off her fork, one hand cupped beneath it in case anything dropped while she watched him lean forward to accept the offering.

Quinn lifted his napkin and tossed it to one side of his plate while he fought the need to growl. Was she playing up to Mitch on purpose because she knew he was there?

Although she hadn't given any indication she'd

even seen him, had she? Not that he knew for sure, when he was trying so hard not to look at her every five minutes.

Quinn had more respect for the woman he was on a date with—normally. And it wasn't Lorie's fault his head was so messed up—oh, no, he *knew* whose fault it was. And right that minute she was using a thumb to brush something off Mitch's chin while she laughed.

'You want coffee?' Quinn willed Lorie to say no.

'I'd love some.'

Clare laughed at Mitch's antics as he rolled his eyes and made exaggerated noises of pleasure. He really was a nice guy, but it was like being on a date with a sibling, and instinctively Clare knew they both felt that way. It was just one of those things—no chemistry. Mutual liking, yes, but no spark. They could be friends, though, she felt.

'Okay, your turn.' Mitch loaded a fork with some of his chanterelle-filled corn crêpes.

It had seemed like a nice thing to do when neither of them could decide what to have from the menu, but Clare suddenly felt a little self-conscious about leaning across the table to share. Especially if by some miracle Quinn happened to look her way. Not that he'd done anything but devote his attention to Lorie all flipping night long, but even so…

As a compromise, she reached out her hand and took the fork, rolling her eyes the same way Mitch had. 'Mmm.'

'Amazing, isn't it?'

'Mmm.' She nodded, handing him back his fork.

When she sent the seeking tip of her tongue out to catch any lingering hint of the flavours from her lips she looked across the room again—and her gaze clashed with Quinn's.

He didn't even flinch.

He remained unmoved while holding her gaze in silent siege across the room. *She* wasn't unmoved. She could feel her pulse beating a salsa, could feel heat curling in her abdomen, her breathing was laboured. But Quinn just stared.

He didn't even blink.

'Clare?' Concern sounded in Mitch's voice.

When it took another moment for her to break eye contact, Mitch turned and looked over his shoulder. Quinn at least did him the courtesy of nodding in his direction, which was more than he'd managed for Clare.

Mitch then studied her face, and the knowing look that appeared in his eyes made Clare want to crawl under the table. He smiled softly. 'Do you want to leave?'

She was officially the worst date in the world. How was she supposed to look people in the face and give them dating advice when she was so bad at it herself? Do as I say…*not as I do…*

'No.' She smiled back at him, equally as softly.

'It's awkward for you with the boss here.'

Clare wished it was that simple. But Quinn being her boss had nothing to do with it. So she took a deep breath and laid her hand on Mitch's, squeezing as she spoke. 'It's fine—honestly. And I'm having fun. Why wouldn't I? You're a great guy.'

'That's almost as bad as being told I'm *nice*.'

She laughed, sliding her hand back across the table. 'You're more than nice. Because you're going to swap desserts with me too, aren't you? And that's the mark of a *great* guy—trust me.'

Why, oh, why couldn't she be attracted to a great guy for once in her life, instead of the kind of man who would inevitably break her heart? Was it so much to ask?

Quinn's impatience grew after the silent stand-off with Clare. He wanted to be as far away from her as humanly possible, especially after she'd looked at him that way, leaving him with a dull ache in his chest and a heavy knot of anger in his stomach.

The distance between them suddenly felt like a gap the size of the Grand Canyon. He hated that. Perversely, he wanted to be the one sitting there while she smiled the soft smile she used to use to haul him out of a dark mood—the very smile she'd just given Mitch before setting her hand on his. He wanted to be able to laugh with her the way they used to. He wanted the familiarity of the back-and-forth teasing that had brightened his days since he'd got to know her better.

He missed her. It didn't make any sense to him, not when he saw her every day. But he missed her.

The next morning he threw on a faded Giants' T-shirt and sweats before allowing the sights to blur together around him as he ran his usual route round Brooklyn Heights and along the promenade. He did his best thinking while running. Things became clearer.

Usually.

He stopped at the end of the promenade and grabbed hold of the railing, bending over as he evened out his breathing and frowned at the Statue of Liberty across the shimmering bay, his heart still pounding in his chest.

Nope, catching his breath didn't help either.

So he pushed upright, turning and running harder towards home until the aching in his lungs distracted him again. But when he got to his front door and looked up he frowned harder; nowhere to run, nowhere to hide…

Clare was sitting on his stoop.

When she lifted her chin and casually looked

him over, Quinn's body responded. She really had no idea what she did to him.

It took considerable effort to force nonchalance into his voice. 'You're up early.'

'Always been a morning person.' She lifted a thin newspaper off the step beside her and waved it at him. 'I kept the sports section for you. And I brought you some of that juice you like.'

Quinn's eyes narrowed as he braved a step closer, taking the sports section from her before he sat one step down and accepted the proffered juice.

'Is it my birthday already?'

Clare shrugged and leaned back against the brownstone wall that lined the steps. 'If you don't want it, don't drink it.'

After drinking half of it, Quinn set it down and then shook the paper open before laying it out on his knees. If she had something she wanted to say he reckoned she'd get to it soon enough.

'So how was the date with Lorie?'

He feigned interest in the paper. 'There won't be a second one, if that's what you're asking.'

'Why?'

'She ate food off my plate.' He shrugged. 'It makes me crazy when someone does that.'

Exasperation sounded in her voice. '*That's* the reason you're dismissing her after *one date*?'

'Up till then she'd been doing fine.'

'Well, she obviously wasn't that distasteful to you—your car wasn't here when I got home last night.'

Quinn took a silent breath to keep his impatience in check. 'At what time?'

When she hesitated, he held the breath he'd taken—inwardly cursing himself for giving her a hint of how curious he was about *her* date.

Fortunately for him, she didn't seem to notice. 'Just before midnight.'

'Mitch turned into a pumpkin, did he?'

'Very funny. I thought I talked to you about sleeping with someone on the first date.'

The edge to her voice brought his chin up, his gaze searching her eyes until she turned her face away. 'You let me skip the dating etiquette talk, remember?'

Quinn studied her for a long moment, the instinctive need to reassure her surprising him. He lowered his voice. 'I didn't sleep with her, O'Connor.'

'You just talked all night, did you?'

'No-o...I dropped her home and went to the club for a while. This whole jumping to conclusions thing working out for you, is it?' He let a half-smile loose.

'Well, it's not like your track record helps any.'

'There you go with that low opinion of me again. If you'd bothered having that etiquette talk with me you might've discovered I'm not completely lacking in morals.'

While she mulled that one over he turned his attention back to the paper, calmly turning the page to make it look as if he was actually reading it.

'Well, maybe we should have that talk. That's four for four now, so something's not right.'

'I should string them along some, should I?'

'I'm not suggesting that—'

'Good—cos I think you'll find I do the opposite of that in general.' He raised a brow as he turned the page again. 'So how was *your* date?'

'It was…' she hesitated again '…nice.'

Quinn grimaced. 'Ouch—poor guy—what'd he do to deserve that? I thought you liked Mitch.'

'I do like him. He's—'

'Nice?' He lifted his chin again and saw the colour rising on her cheeks. That was the thing with creamy clear skin like Clare's—the slightest rise in colour was a dead giveaway. 'Nice enough for a second date?'

Clare hesitated for a third time, and when he dropped his gaze he saw her worrying her lower lip, the sight forming an unwarranted wave of warmth in his chest.

She exhaled. 'Probably not.'

Quinn nodded, guessing that looking pleased wouldn't endear him to her. 'Best not to string him along, then…'

It took a second, but Clare sighed deeply. 'Fine, you've made your point. But at least I didn't dismiss him offhand over something trivial. He didn't do anything wrong—it was me.'

Quinn's interest was piqued all the more. 'What did *you* do wrong?'

She avoided his gaze again, the thinning of her lips letting him know what it was costing her to tell him. 'I'm just out of practice, I guess; I couldn't relax.'

It hadn't looked that way to Quinn—but telling her that would be admitting he'd been watching. So that option was out. Option two might be to tell her she should try again, but he didn't want her to try again. Not if there was even the vaguest chance she might do it under his nose a second time.

He thought of something. 'Have you ever filled one of those questionnaires in?'

'No, of course I haven't—'

The idea began to grow. 'Maybe you should. You might be surprised what you learn about yourself. And it might give you a better idea what to look for in the next guy, don't you think?'

Clare's mouth opened.

But Quinn kept going. 'Yankees or Mets?'

'What?'

'Are you a Yankees or Mets fan? Can't have a divided house when it comes to sports—what if the guy you fall for takes his sports seriously and you're on the wrong side?' He tutted at her. 'I did say a different questionnaire for men and women might be a better idea.'

'I hate to be the one to tell you, but sports isn't high on the list of things that make a relationship work.' She looked highly indignant that he might think it was. 'A glorified game of rounders is hardly that big a deal in the greater scheme of things.'

Quinn shot her a look of outrage. 'I'll have you know that's my country's national sport you're talking about there, babe. A little respect please.'

'Don't call me babe.' She lifted a hand and began counting off her fingers. 'Kids, careers, goals for the future, similar backgrounds, shared hobbies…'

When she ran out of digits she frowned down at her hand and lifted the other one to repeat the process. Quinn cleared his throat and interrupted her.

'All more important than sports—I agree.' He

let a lazy smile loose on her when she looked up at him. 'Little things can matter too, though. They count.'

'I'm not saying they don't. I just—'

'Like, for instance, I know if anyone dares set a cup of something hot down without a coaster it makes you crazy.'

'It leaves a ring.'

'Yeah.' He found his gaze drawn to a wisp of her hair caught in the breeze that had picked up. 'You told me. And I know no amount of expensive flowers will ever be as big a deal to you as a bunch of daisies…'

Clare's voice lowered, her mouth sliding into a soft smile that drew his attention to her lips as she formed the words. 'They're smiley flowers.'

Quinn looked up into her eyes, his voice lower too. 'Must be. Always make *you* smile, don't they?'

She nodded, smiling. So he kept going.

'Horror movies give you nightmares. Girl movies that make you cry actually make you happy.' Which had been a source of great amusement to him for a long while, but she knew that. 'So even though a guy might not get what the deal is with that, he should keep it in mind on movie night. Knowing the little things matters…'

She took a somewhat shaky breath. 'I guess so.'

'As does knowing the little things that'll bug someone—like a person who eats off your plate or talks too much, or would rather spend a day in a spa than go play touch football in the park with the rest of your friends.' Something *they'd* done together dozens of times. and she knew he'd never brought another woman to. 'You should fill in one of your own questionnaires, O'Connor.'

Clare looked defeated. 'Maybe we should just forget the whole thing. It's obviously not working.'

To his amazement Quinn disagreed. 'You're not quitting on me that easy. If you even think about it that blind forfeit is gonna be a doozy. Trust me.'

Suddenly a third option came to him…

When they'd spent time together before he hadn't been so aware of her, had he? Maybe what they needed was a little more familiarity rather than the cavernous gap between them. It was worth a try…

He set the paper to one side and folded his arms across his chest. 'What you need is a no-pressure date. And we could combine it with the dating etiquette talk before you set me up again—two birds, one stone kinda thing.'

Clare's eye's widened. 'I'm not going on a date with *you*, if that's what you're suggesting.'

'A *practice* date with me.'

'*Any* kind of a date with you.'

Clare could feel her palms going clammy with nervous anticipation. He couldn't be serious.

Quinn merely blinked at her. 'It would be a good chance for us to try and get past all this awkwardness since the night at the club too, don't you think? Friends can go out for a night.' He nodded in agreement with himself. 'And we already agreed back at the start that I'm a special case matchmaking-wise. You gotta admit I'm being pretty magnanimous about giving you a chance of winning.'

'Yes and why exactly *is* that?' It made her suspicious that there was something she didn't know. 'You find a way to cheat on these things ninety percent of the time…'

'I don't cheat. I think outside the box. You should take a trip out here some time—you might be surprised how much you like it.'

Which was a third generation Irish-American way of telling her she was boring and predictable, wasn't it?

'Last time I took a trip outside the box it didn't turn out so great for me.' She smirked.

'Too chicken to try again?'

Clare swallowed hard as he studied her with one of the intense stares that had been making her so uneasy of late. Thing was, now she knew *why* they made her so uneasy she really couldn't take a chance on *him* finding out. How could she ever face him again if he knew?

'Quinn…' She closed her eyes in agony when his name came out with a tortured edge that hinted at her discomfort. He really had no idea what he did to her.

When she opened her eyes he was still studying her. Heat immediately built inside her and radiated out over every pore of her body until she could feel the flush deepening on her cheeks. He could turn her inside out when he looked at her that way.

The devil's own smile appeared, and his voice was temptation itself. 'I promise you'll enjoy whatever we do.'

A worrying thought on a whole new level.

He nodded again. 'Monday night's good for me.'

Clare sighed. 'It's this kind of railroad tactic that'll lose you the right girl somewhere along the way, you know.'

'I'd heard a rumour it was about taking the bad with the good. And when I put my mind to it I can be *incredibly good.*' He gathered up the paper and the juice. 'I'll take that as a yes, then.'

When he pushed to his feet and stepped over her, the smile on his face was so smug Clare dearly wanted to hit him.

But she could survive *one date.*

She *could.*

She was pretty sure she could…

CHAPTER SEVEN

'SO IS THIS ONE OF your usual date destinations?' Clare watched him lay out the contents of the large paper bags he'd made up at a deli on their way there.

'That's the conversation opener you'd go with on a real date.' Quinn shook his head. 'If we'd just met you wouldn't know I'd left a half million women sobbing all over Manhattan, would you?'

The simple answer to her question would have been no. He'd never brought a woman to the Monday night movie in Bryant Park. None of the women he'd dated would have appreciated it, whereas Clare's face had lit up the minute she'd known where they were going. And, yes, it could have been because it took some of the pressure off. But he knew Clare. Her enthusiasm had just as much to do with her love of the simple things in life. Quinn liked that about her, always had.

He also liked that she hadn't been to Manhattan's version of an open-air mass movie night before. It made paying someone to snag a space for them before the crowds descended worthwhile.

Clare curled her legs underneath her on the blanket, one fine-boned hand smoothing the pale green skirt of her summer dress before she folded her hands together in her lap. It was a dress he hadn't seen before, and Quinn liked that she might have bought it for their date. Elegantly simple, it flowed in around her legs to hint at their shape when she moved, subtle and sexy at the same time—Clare O'Connor in a nutshell.

When he'd seen her wearing it, it had made him think about the first time Jamie had brought her to meet everyone—when Quinn had wondered why someone as classy as her had fallen for Jamie. Jamie was a player—always had been, always would be. It hadn't affected his friendship with Quinn, though, even when they'd been rivals for the girls in high school. Not until Clare.

'What's the movie?'

'*Casablanca.*' He continued laying out the picnic, watching from the corner of his eye as she plucked a whispering strand of rich auburn hair from her cheek.

Amusement danced in her luminous eyes when she looked at him. 'Oh, you really pull out all the stops, don't you?'

'Unfortunately I don't have that much pull with the people who organize this. I should take the credit on a real date, though, shouldn't I?'

The recriminating frown was small and brief. 'Only if you make it clear you're not telling the truth.'

'Complete honesty from the start, huh?' He smiled. '*Man*, you're a tough date already.'

Smiling softly in return, she turned to observe the crowd, giving him a chance to study her profile.

'If you're honest from the get go there's less chance of trouble further down the line.'

Quinn knew her statement was a personal conviction. Having been sucked in by a pack of lies from Jamie, she wouldn't want to make the same mistake again. Trouble was, there were secrets he was keeping about what had happened with Jamie that landed Quinn squarely in the territory of trouble further down the line if she ever found out.

When her gaze swung back towards him he made himself smile. 'So when she asks if she looks fat in something…?'

A burst of musical laughter trickled through the air, and the lilt to her accent was more pronounced. 'Ah, now, that'd be different, that would.'

'Mmm. Thought it might…'

She shook her head. 'So, is this the kind of date you prefer? Not a fancy restaurant like Friday night?'

Digging out the bottle of sparkling water she'd chosen instead of wine, he shrugged his shoulders. 'Thought you'd enjoy this.'

He could still feel her gaze on him while he focused on filling plastic glasses. It was getting to the stage where he was completely aware of what she was doing at any given time, even without looking. And when he *was* looking it was becoming an obsession. If she brushed her hair back he would swear it sent a whisper of her scent towards him. If she breathed deep or sighed he could almost feel the air shift. And if she touched her hand to her face or her neck—or idly ran the tips of her fingers over her forearm while thinking—he would find himself mesmerized, wondering what it would feel like to touch her.

She was rapidly becoming addictive.

The thought made him frown, which Clare took as a need for reassurance. Her voice took on a soothingly soft tone that caressed his ears. 'I will. I've wanted to do this since I moved here…'

'Passed dating test number one, then, did I?'

'You did.'

When he looked up she turned away again,

and Quinn felt the reappearance of the gap between them. He hated that gap—hated that its presence made him feel the need to reach out for her.

Instead he made an attempt at humour. 'And I haven't even got started yet…'

It didn't go down the way he'd hoped it would. Because instead of a smile he saw her throat convulse, her fingers clenching and releasing in her lap. 'You shouldn't try too hard on a first date; just be yourself and you'll do fine.'

She was handing him *advice* now?

'Thanks. I wouldn't have known that if you hadn't told me.' Quinn's tone was purposefully dry. It would be nice if she could place him somewhere between Casanova and a guy on his first prom date. She couldn't have it both ways.

She let the comment slide. 'So what do you normally do on a first date?'

'Depends…'

'On what?' Her gaze tangled with his again.

Quinn handed her a half-glass of chilled water, the accidental brushing of their fingers sending a jolt of awareness to his gut. 'On whether or not I'm trying to impress the woman I'm with.'

Long lashes flickered upwards. 'And you felt the need to impress *me*?'

He cocked a brow. 'After you stomped all over my male pride by suggesting I didn't know how to treat a woman on a date?'

'I didn't say that.'

'My ego heard it that way.'

Clare scowled. 'So in order to impress me you thought picnic and a movie, an apple pie kind of date. Whereas if I was one of your usual women I'd get the champagne and caviar date: expensive dinner, best seats at a sold out Broadway show, limo to drop me at my door. That's what you're saying?'

Not as it happened.

'Is that what you'd have preferred?' He managed to keep the frown off his face, but it took considerable effort. She made it sound as if he saw her as less somehow. When in actuality he'd spent more time thinking about where he'd take Clare than he'd ever thought about a date venue.

'Do you have some kind of sliding scale?'

'No, I don't have a sliding scale. And I think you should stop this line of questioning before we have an argument on our first date, don't you?'

'It's a *practice* date.'

'Then play the game. Make small talk like we've never met before.' Striving for patience, he stretched his legs out in front of him, leaned back, turned onto his side and then propped an elbow to rest his head on his palm. 'Tell me about Clare O'Connor…'

'You already know me inside out.'

No, she was becoming more of a mystery to him every day. How her mind worked, for instance. He hadn't a clue about *that*, and it might help if he did. 'Play nice, O'Connor. This is s'posed to be a practice run for you too, remember? Try entering into the spirit of things.'

Confusion flickered over the green of her eyes; there was a split second of indecision. Then her chin tilted to one side and a hint of a smile quirked the edges of her full mouth. The latter made Quinn suspicious—because unless he was very much mistaken the accompanying sparkling he could see in her eyes was *mischief*. What was she thinking *now*?

'Okay, then.' Setting her water down on the rug between them, she unfolded her legs, stretched them out in front of her as she turned onto her side. Then she casually propped one elbow so she could rest her head on her hand, a curtain of softly waving hair immediately covering it as she smiled a slow, mesmerizing smile.

'Hello, you…'

Quinn forgot to breathe. She was playing up to him. She was flirting with him as if they were on a real date.

Clare was smiling impishly. 'This is where you say hello to me. You could smile too—that would help.'

Okay. He'd play. His answering smile was deliberately slow. 'Hello, you.'

She chuckled throatily, the sound intensely sexual. 'Tell me about you and then I'll tell you about me.'

'I asked first.'

'Whatever happened to ladies first?'

'I'm *letting* the lady go first.' Quinn's smile grew—he couldn't have stopped it even if he'd wanted to. 'Tell me something I don't already know.'

Shaking her head against her hand, she sighed dramatically, rolling her eyes. And then, while raising her knees to get more comfortable on the blanket, she confessed, 'I can stick out my tongue and touch the end of my nose.'

A burst of deep laughter rumbled up out of his chest. 'No, you can't.'

'Oh, yes, I can.'

He jerked his chin at her. 'Go on, then.'

Rolling her narrow shoulders to limber up, she wiggled her nose, eyes shining when he laughed at her antics. And then she took a deep breath and calmly stuck her tongue out at him.

Lifting her free arm, she made a flourishing move of her hand, lifted her brows—and touched her forefinger to the end of her nose…

Making him laugh even more. 'You're a funny girl.'

She rewarded him with a full, engaging smile that lit up her face. 'Your turn.'

'I like to save my best moves for the end of the night.' He threw an exaggerated wink her way.

'And you're a funny guy.'

'My PA tells me that every day.'

'She must be a very patient woman.'

'Practically saint-like…' He nodded.

Clare made a sound that sounded distinctly like a snort. 'With a halo, no doubt.'

'Oh, I'd say she has her fair share of mischief tucked away somewhere. It just doesn't come out to play very often.' As it was now, for instance. And Quinn liked it. He liked it a whole lot. 'She should let her hair down every now and again.'

'You don't think she does?'

'No.' He shook his head, his gaze fixed steadily on hers as he purposefully lowered his voice. 'I think she's cautious about letting loose.'

'Do you, indeed?'

When he made an exaggerated nod she surprised him again. This time by leaning closer, her face a scant foot from his when she looked at him from beneath heavy lashes. 'Didn't anyone ever tell you you should never judge a book by its cover?'

And when she bit down on her lower lip to control her smile it was suddenly as plain as day to Quinn why Jamie had been so taken with her that he'd persuaded her to follow him across an ocean. He still didn't know why she'd followed. But what he *did know* was that now he'd got a glimpse of a different side of Clare he wanted more.

'And now I'm intrigued.'

When she lifted her head a little, and her hair fell into her eyes, he instinctively lifted a hand and brushed it back so he could see her, his fingertips lingering against her soft cheek for a brief second.

Clare's eyes widened in response, studying him with an open curiosity he'd never seen before. But instead of asking her about it, he smiled, letting his heavy hand drop as he pushed for more information.

'Were you a mischief-maker back in Ireland?'

It brought the impish smile back, her chin dropping as her hand rose to check he'd tucked the strand of hair away properly. 'I had my moments. Doesn't everyone in their teens?'

'What was it like growing up there?'

Clare searched his eyes, and then shifted her gaze to look at the people over his head. But he knew she wasn't seeing them. The wistfulness on her face told him she was across the Atlantic again, in the land his own ancestors had travelled from.

'I was happy—free—but kids who grow up on a farm have a lot of freedom. We ran riot in all weather, made secret huts, tried to catch wild rabbits so we could keep them as pets, searched for fairies in the woods…'

Quinn was spellbound. By her expression as she shared the memories as much as by the picture she'd painted. Why had he never noticed how beautiful she was? Had he ever looked at her properly? He'd always thought she was pretty, but now…

'Find any?'

'Rabbits or fairies?'

'Fairies.'

'Nah.' She gave him a sideways, twinkle-eyed glance, lowering her voice as if sharing a secret. 'They're slippery wee things are fairies.'

'I'd heard that…'

The fact he'd lowered his voice to a similar level seemed to make her eyelids heavy. 'We had a fairy ring in the woods. So when we were little we were convinced they couldn't be that far away. My mother encouraged us to search for them—I think it gave her peace for a few hours. Three kids under the age of ten can be tiring.'

'I know.' It had been the same with the four in the Cassidy household when Quinn had been growing up. 'You should try it with a house full of boys.'

Her lashes lowered, making Quinn feel the need to crook a finger under her chin so he could continue looking into her eyes. 'I'd love a house full of boys. They'd love me their whole lives. Whereas a girl will have to hate me for at least half her teenage years; it's traditional she'll think I'm ruining her life…'

Long lashes rose, oh, so slowly. And Quinn smiled. He'd never thought of Clare with kids and he had no idea why. She'd be a great mom some day. She'd make sure they were ten minutes early for every school activity, she'd paint pictures of daisies with little girls—make sure boys knew all the right things to say to any girl they were thinking of dating…

'So you don't think pets can be a substitute for a family, then, I take it?'

She caught the reference and scowled playfully at him, dragging another chuckle of laughter free from deep inside his chest.

Which made her laugh softly in return. 'No, I don't. Pets *and* a family, that's the box I'd tick. Every kid should have a dog.'

Quinn's smile faltered. Had she got that off his questionnaire? He racked his brain to see if he could remember finding the question when he'd looked for it.

Clare shifted suddenly, pushing upwards and

curling her legs back underneath her as she reached for some of the cheeses he'd set out. 'What were you like as a kid?'

A date with Clare was like riding a roller-coaster. Quinn shook his head as he pushed up into a similar position to hers, because his childhood couldn't have been more different from hers if it had tried.

'You want crackers with that?'

Oh, he was a clever one, wasn't he? Clare took a much needed inward breath as she realised what had just happened. He'd done exactly what match number three had said he'd done with her—steered the conversation onto her, so that she'd end up doing all the talking. Well, he needn't think he was getting away with it. A practice date he wanted; a practice date he'd get. And she might be a tad rusty but she was pretty sure it involved a two-way conversation…

Then she remembered something. 'You had a nickname, didn't you? I remember Evan and Morgan keeping you going about it. What was it again?'

A quick glance in his direction saw his wide chest rise and fall before his gravelly voice grumbled back the answer. 'Scrapper.'

Lifting her chin so she could look into his amazing eyes, she smiled to encourage him to keep going. 'How'd you get landed with that, then?'

Quinn cocked a brow at her.

She smiled all the more. 'Got into a few fights, did we?'

'More than a few.'

'How come?'

'Anger management issues.'

Watching while he loaded a cracker with cheese, Clare felt a dull ache forming in her chest. 'What were you angry about?'

'I was nine when I got that nickname. You don't know why you're angry back then; you just know you are.'

He'd been getting into regular fights at nine? How bad had they been? Why hadn't anyone done anything to stop it happening? Had he been bullied? The Quinn she knew was the most in control man she'd ever met. He could defuse a difficult situation with a single glare. Had he learned that at some point because he'd *had to*?

The ache became a bubble of emotion. 'But you know now, don't you?'

'Yup.' He popped an entire heavily laden cracker into his mouth, his gaze straying out over the crowd.

Another memory came to her: she'd tried talking to Quinn about his past before, hadn't she? Way back at the start, when Jamie had first introduced her to his friends. She'd tried making conversation on the usual subjects, family, work, the weather… And Quinn had been so unresponsive she'd simply assumed he didn't like her much, so she'd stopped trying. But add that to the recent information from his date with match number three and she suddenly had a different picture. So she waited.

Opening up wasn't something that came easily to him. She got that now.

Eventually Quinn looked at her from the corner of his eye as he slapped large palms on jean-clad hips to remove residual crumbs. When she continued waiting in silence, he shook his head and grumbled out another piece of the puzzle. 'I met Morgan, Jamie and Evan the day I got that nickname…'

The slant of wickedly sensual lips formed a thin line before he continued, his voice lacking in emotion. Not even a hint of sentiment at the memory of the first time he'd met the men who'd been his best friends ever since—well—two of them anyway…

'It was my first day at school after we moved to Brooklyn from Queens. Word had got around about my old man before I got there—parents gossiping, probably. And when some of the boys made comments I didn't take kindly to—I took them on.' He shrugged. 'The guys broke it up and walked me home. I was pretty banged up.'

Clare's brows wavered in question. 'How many did you take on?'

'Five.'

On his own? The odds alone told her what state of *banged up* he must have been in. She thought of a nine-year-old Quinn, all bloody and bruised, being walked home by his new protectors—more than likely determined not to shed a single tear in front of them—and it broke her heart. She knew his father had died. How could those kids have said dreadful things to him when he'd just lost his father?

The anguish she felt must have shown in her eyes, because the smile he gave her was dangerous—doubly so when it was Quinn wearing it. It was a side to him she'd never seen up close before.

'Don't worry—I learned my lesson that day, picked up a move or two after that. And a decade of scrapping made me one heck of a bouncer at the first club I worked.'

Despite his reaction to what he obviously considered pity, Clare couldn't help it. Her jaw dropped. *That* was where he'd started his career with clubs—breaking up fights? New York was the best city in the world, but for a while it had been rough in places. He could have been seriously hurt—and if anything had happened…

She might never have met him.

Quinn misinterpreted her reaction again.

'Guess I should skip this little talk on the first date? Knew there was a reason I hadn't done it before.'

'Did you get in any trouble?'

'No—but thanks for the vote of confidence. First time I dealt with a cop was the night I got offered the security gig.'

Again he'd misinterpreted her. Clare was frowning in annoyance as much as confusion, because he did that *a lot.* And he should know her better. 'That wasn't what I meant. A police officer offered you the job?'

'Me and the guys were heading home when a fight got started. Some guy hit a woman—so I put him down and kept him there till the cops arrived. That's when the club offered me the job.' He jerked his shoulders again. 'Apparently I did it faster and with less fuss than anyone they'd ever seen before. Practice makes perfect, they say. And I'd got to the point in my life where I believed the best offence was a good defence.'

Clare stared at him, which started the beginnings of another dark frown on his face. 'So I wasn't your first damsel in distress, then?'

The frown dissipated. 'Guess not.'

When he searched her eyes for the longest time, Clare's heart thudded hard against her breastbone—a thought making her breath catch. Had he thought telling her about his past would change how she saw him? Didn't he know the fact he'd not only stayed out of trouble but turned himself into a respected self-made millionaire before thirty only made her respect him *more*? He was living, breathing proof of the American dream.

She thought he was amazing.

Unable to hold his intense gaze any longer, she dropped her chin and played at putting cheese on a cracker—being particularly fussy about the angles until she got her emotions under control.

'That's why you ended up owning clubs in the end?'

'I own clubs because they make money.'

'And money is all that matters?'

'Matters when you don't have it.'

Her gaze rose again to find him studying her, then he took a breath and turned to study the large screen where the movie would play.

'There are worse ways of making money.' He smiled, glancing at her from the corner of his eye. 'Opening night for the Manhattan one was fun, though, wasn't it?'

Clare smiled at the shared memory. 'It was.'

As manically insane as it had been on the run-up, she knew it had been the kind of night she'd never forget. When Quinn had offered her a job he'd still been at the planning stages. But one by one and side by side they'd worked their way through the many lists Clare had made to keep everything on schedule until they had had the kind of opening that had been the talk of New York and beyond for weeks afterwards.

It had been the first time she'd really felt her decision to stay in New York had been the right one. She had felt she'd achieved something—helped build something—and in a small way she'd felt as if she'd repaid a few of the many favours she owed Quinn. Best of all, they'd become friends along the way…

Or she'd thought they had.

'How did you afford the first one?'

And just like that he was frowning again. She'd never known his moods to fluctuate as much as they had of late.

'What difference does it make?'

Clare kept her voice purposefully soft. 'None. I'd just like to know.'

'All that matters is the first one made enough for the second one and the second made triple what the first one did…Thanks to Morgan's investment advice and the thousands of dollars VIP members pay annually I don't lose any sleep when bills come in.'

He took another breath and looked over the crowd.

Except now Clare wanted to know even more than she had before. He had a lesson or two to learn about reverse psychology. 'I've just figured out why it is I don't know you as well as I thought I did.'

When he didn't say anything in reply she smiled at his profile. 'Don't you want to know what I figured?'

'I'm sure you'll tell me regardless.'

'I will.' She waited until he glanced at her again. 'It's because you don't want me to.'

Quinn looked confused by the reasoning. 'That's not true.'

'Isn't it?'

'Who I was back then isn't who I am now.'

'But it's *a part* of who you are now…'

'You're like a dog with a bone, you know that?' He shook his head, turning so he could study her eyes with open curiosity. 'You know me well enough, O'Connor—little bit more than most, as it happens. Even before that questionnaire of yours. Why does it suddenly matter now?'

That was the million-dollar question, really. But Clare simply studied him right on back. And when she smiled softly at him it took a moment, but soon enough the light reappeared in his eyes and his mouth slid into an answering smile. Making her smile all the more…

'Okay, then, how did you learn the least-fuss method for your good defence?'

He chuckled ruefully, letting her know she wasn't fooling him with her change of subject. 'I lived in the local boxing club—fought in the ring as a junior to deal with the anger management.'

'Really?'

'Really. Even broke my nose, *twice.*'

'There's nothing wrong with your nose.' She studied it just to be sure.

'Second time straightened it some.'

When she looked back into his eyes she saw the light twinkling, and her jaw dropped with a gasp of mock outrage.

'*Fibber.*'

Deep, rumbling laughter echoed up from his chest and Clare felt her heart expand. See, now, there he was. *That* was the Quinn she knew. She'd missed him so very much.

'Had you for a minute…'

'Did not.'

'Did so.'

She lifted a handful of crackers and flung them

at his chest, laughing with him when he rocked backwards, scrambling to catch them only to have them disintegrate in his large hands, scattering crumbs everywhere.

'You're a dreadful date, Quinn Cassidy.'

'No, I'm not.' His vivid eyes danced with silent laughter. 'And the first date is a trial run. By date three I'd win you over.'

It was a theory he could have done with putting into practice on some of the dates she'd sent him on. Before she could point out there wouldn't be a second date, never mind a third, with her, the huge screen came to life and Clare exhaled.

Saved by Humphrey Bogart.

Probably just as well. Because the fact there wouldn't be other dates with him left Clare's heart heavy. And that really didn't bode well…

CHAPTER EIGHT

IT STARTED TO RAIN the second the credits rolled. But when Quinn raised a hand to hail a cab, Clare tugged on his sleeve.

'Can we take the subway? The novelty hasn't worn off for me yet.'

Quinn normally avoided the crowds and the stifling heat at all costs, especially in summer. But her enthusiasm for the simplest of things was infectious, so he gave in. They weren't the only ones with the same idea; people crowded down the stone steps to stand in the ridiculous heat of the platform at Forty-Second Street.

The wave of bodies moved forward *en masse* when the train arrived, leaving Quinn and Clare standing in the packed compartment, which for the life of him Quinn couldn't find a reason to be unhappy about. Especially with Clare close enough for him to catch the scent of springtime from her hair. So instead he leaned down and teased her with a grumble of mock complaint.

'Oh, yeah, this was a great idea—very romantic end to the evening.'

Clare wrapped her fingers around a metal pole, smiling over her shoulder at him as the doors slid shut. 'Just think of the good impression you're making on your carbon footprint.'

'It's not my carbon footprint I was trying to impress…'

'If you really were trying to impress me then you did fine with the movie and the picnic. It's the kind of night a girl doesn't forget too fast.'

An outdoor movie and a picnic in the park were the way to a girl's heart? Who knew? But Quinn knew he wouldn't forget it either. And he wouldn't be able to take another woman to Bryant Park without thinking of his night there with Clare.

The train jolted to a halt at the next stop, rocking Clare back on her heels. Quinn automatically lifted an arm and snaked it around her narrow waist to steady her—drawing her close. For a moment she tensed, the way she had the night he'd carried her, glancing sharply over her shoulder. Then he felt her take a deep breath and her slight body relaxed into his, curves moulding into dips and planes as if she'd been there hundreds of times and knew exactly where she would fit.

As was now usual, Quinn's body reacted. Meaning he had to focus on a random point down the compartment to give him something else to think about. So much for his familiarity theory…and his control theory…and…

The doors slid open, letting in more hot air. People got out; people got in. Then the doors slid shut again and the train jumped forwards.

Clare shifted her weight from one foot to the other, her body sliding against his as if she was dancing to some kind of silently sensual melody. It made Quinn close his eyes, frowning as the need to harness his physical reaction like an adult was overridden by a sudden vision of dancing with her. On the back of his eyelids he could see the play-by-play movie of it. He was turning her around in his arms, placing her hands on the back of his neck one by one, and then drawing her close, her breasts pressed tight against his chest, her hips swaying from side to side…

He snapped his eyes open. Now he was being tugged into erotic fantasies. By *Clare.*

Then he made the mistake of glancing down over her shoulder—in time to see a tiny trickle of moisture run from her collarbone down into the dark valley between her breasts. He stifled a groan.

Never had he felt so cornered by a woman: trapped deep underground in a dark tunnel in a compartment packed with people he barely noticed—and Clare pressed close enough to feel what she was doing to him.

She turned a little, her chin lifting and long lashes rising until her darkened green gaze was impossibly tangled with his. She even damped her lips with the tempting tip of her tongue.

Now Quinn's chest ached with the need for

oxygen—the need to kiss her was so primal that his head was lowering before he had time to think about the consequences…

The train jerked to a halt again, bringing him back to his senses. So when a woman seated next to them stood up, Quinn practically manhandled Clare into the space. There. That was better. Now maybe he could breathe.

Clare being Clare, she spotted an elderly man behind him and immediately stood up to offer him her seat. Even more frustratingly she returned to where she'd been before—this time facing him while holding the metal bar, her eyes sparkling with what looked like comprehension. She knew, didn't she? Knew what she was doing to him and wasn't the least bit upset about it. Well, if that was the case and she played up to him again, then all bets were off—new rules, new game.

Quinn's blood rushed faster at the thought of it.

She smiled. 'I think I can manage not to fall over this time…'

Meaning she was amused at his concern for

her, or meaning she'd known he was about to kiss her and was letting him off the hook?

Quinn bent his knees and ducked his head to look out of the windows. 'Couple more stops.'

When he risked another look at her she lifted her finely arched brows. 'Are you okay? You look flushed.'

Quinn cleared his throat, purposely keeping the sound low so she wouldn't hear. 'I'd forgotten how hot it is down here.'

When he frowned at the double entendre she smiled all the more. 'It has all day to build up. But yeah, it's hot…'

Then she upped the ante by lifting a hand to the front of her dress and flapping the material against her breasts—which automatically drew his gaze downwards. It would serve her right if he reached out and hauled her in to kiss her until she was as affected as he was by their 'pretend date'. Quinn was hanging by a thread.

But she obviously wasn't as caught up in the moment as he was. When the train stopped again and *he* was the one that rocked towards *her* she giggled girlishly at his expression. Then she had the unmitigated gall to smile at another man as he walked past her to get to the doors.

Right under Quinn's nose.

So that was how she was playing it. She was on a pretend date with her best buddy after all. Part of the genius idea had been to help her ease back into the dating game. She'd tell him that if he called her on it too, wouldn't she?

It was just a shame the idea of her flirting even casually with someone else irritated him so thoroughly. That a part of him was now determined to make it very clear who it was she was with. So when the random guy smiled at her again as he stepped off the train, Quinn stepped closer, glaring at the man. Who in turn had the good sense to leave while Quinn lifted his hands to Clare's shoulders to turn her round, hauling her firmly against his body for the second time.

'What are you doing?' She looked down at his arms as they both circled her waist and held her tight. 'I can—'

'Shh.' He placed his cheek next to her silky

soft hair and grumbled into her ear. 'If we were on a date this is exactly what I'd be doing about now. Play by the rules, O'Connor…'

Play by the rules? It was the second time he'd said that. Hadn't she played by the rules all night long? Hadn't she forgotten it was a pretend date entirely too much for her own good? Hadn't she—for a brief moment of insanity—been completely overwhelmed by the hope he was going to kiss her?

And, heaven help her, it was the most wonderful case of insanity she'd ever experienced. Just as crazy as it was to feel so right being held by him, with her body pressed so tight against his and his arms wrapped so firmly around her waist. Oh, Lord but it felt good.

Quinn was hard and lean, coiled muscle and heated skin and warm breath against her cheek. And he smelled sensational. Clare had never felt so very alive.

When his thumbs absentmindedly brushed back and forth against the base of her ribs she closed her eyes and leaned her head back against his shoulder, surrendering to sensation. She could have stayed there a lot longer—except the train was already slowing down…

Quinn immediately released her, stunning her when he tangled his long fingers with hers, her downward glance simply met with a gruff 'C'mon.'

It was still raining outside. And with a sideways glance and a smile that made her smile ridiculously back at him he asked, 'Can you run?'

Clare lifted her chin. 'Can you keep up with me?'

It was an empty challenge for someone who ran for miles round Brooklyn every day regardless of the weather. But with another smile and a squeeze of his fingers he glanced down at her low heels and back up into her eyes.

'I'll give it a shot.'

So they ran. The warm summer rain had soaked them through to the skin by the time they arrived breathless and laughing at the brownstone and Quinn saw her all the way to her door, still holding her hand while she fitted her key in the lock.

Heart pounding from exertion and a rising sense of anticipation, Clare looked down at their hands, watching as raindrops trickled off his skin onto hers.

'I need—' When her voice sounded thready, even to her own ears, she took a second to control her voice. 'I kind of need that hand. It's attached to the rest of me.'

Lifting her lashes, she found his head bowed, wet fingers sliding over wet fingers while he watched. And then his chin rose, his eyes dark pools in the dim light, his face filled with shadows. But she didn't need better light to see him—he was Quinn—she could see him with her eyes closed.

As if the thought was a suggestion, Clare felt her eyelids growing heavy.

'For future reference, where does kissing on the doorstep fall in the dating etiquette rules?'

'Erm…' Clare nodded, her voice thready again '…I'd say that was under optional…or…'

In the shadows of his face she saw a smile forming, the sight making her heart flip-flop almost painfully.

'Or?'

If he didn't kiss her she might have to kill him. 'Or…at your own discretion…'

'Good to know.'

Clare held her breath. Quinn squeezed her fingers. Then he loosened them, sliding them free so slowly she felt the loss all the way to the pit of her soul. When he spoke his voice was so low she had to strain to hear over the sound of raindrops on concrete, on the leaves of the trees lining the street, bouncing off cars…

'Night, O'Connor…'

What? He was leaving? He wasn't going to kiss her?

Of course he wasn't going to kiss her; Clare felt like a complete idiot. They were *friends*. She was the cute girl who lived downstairs. He could have any woman he wanted in the whole of New York…

She'd never felt so foolish—even when Jamie had left her to face all those guests alone. No, not alone. He'd left her with the best man. *The best man*; it was so ironic Clare almost laughed.

Quinn hadn't moved. And neither had Clare; her laboured breathing was nothing to do with the run they'd made and everything to do with how much she ached for a kiss she shouldn't want so desperately.

From somewhere she found the power of speech again. 'Night, Quinn.'

But he still didn't move. Didn't he know she was slowly dying in front of him?

The air caught in her lungs when his large hands rose and turned—knuckles brushing wet tendrils of hair off her cheeks in heartbreakingly gentle sweeps. The simple touch closed her heavy eyelids while the air left her lungs in one endless breath. How could a man with his experience not know what he was doing to her? The Quinn she knew would never torture her so severely.

'You should go inside.' The rough timbre of his voice was the sexiest thing she had ever heard.

'I should.'

But not before he left. She doubted she could get her feet to move. Every shuddering breath she took added to the yearning that had developed inside her, a shaking starting at her knees and gradually making its way upwards. The word *please* hovered precariously on the tip of her tongue…

If he didn't leave soon then she was going to make such a complete and utter twit of herself.

'I'll see you tomorrow.' Quinn's hands turned over, the very tips of his fingers whispering the last strands of hair off her cheeks.

Somehow Clare forced her eyes open, her ears hearing her voice say 'You will' while her heart yelled, *Don't go.*

After what felt like an eternity, he took a deep breath. 'Couldn't you just run your dumb matchmaking thing from my offices?'

Clare blinked up at him. Huh? Had she just missed something in the haze? Not that it wasn't the kind of suggestion she mightn't have considered before they'd made the stupid bet, but—

She shook her head to make her brain work. 'If

you still think it's dumb then why are you doing it?'

Quinn's fingers stilled. 'If you're like this on a date then how come you're still hiding?'

'I'm not hiding. I just haven't met anyone I wanted to date…' It took all her strength not to add *until now* to the end of the sentence. Hadn't it occurred to him she'd been the way she had on their pretend date because she was with someone she already cared about? Maybe a little too much for what was supposedly a platonic relationship.

Quinn's arms dropped to his sides. 'Think about the office share—we could move things around some.'

'I can't keep relying on you to help me out.'

'Yeah, you can.'

No, she couldn't. Not any more. What had been tentative plans a few weeks ago were going to have to become more solid. She knew he'd always be there if she needed him—as a friend. And she loved that. She did. But she knew the relationship they had couldn't stay the same any more. Not if she was falling for him…

Quinn tilted his head back, letting the rain wash over his face as he stepped away from her. He dropped his chin as he spoke. 'Just think about it, O'Connor.'

Then he turned. When he took the steps two at a time and was on the pavement, a lucid thought finally entered Clare's head.

'Quinn?' She stepped forward.

He stopped, the street lights making it easier for her to see his face. 'Yes?'

'Are you doing all this matchmaking stuff to try and stop me from leaving work? Is that what this is all about?' A glimmer of hope sparked in her chest. If he wanted to keep her close by then maybe he cared as much as she did. Maybe he would miss her. Maybe, just maybe, that was a place to start?

Quinn frowned, glancing down the street and back before he replied, 'How honest do you want me to be about that?'

'Completely—as always.' She smiled somewhat tremulously, even though she knew she shouldn't. If he'd thought the whole bet up as part of some devious plan to keep her working for him then she should at least be miffed. It just wasn't easy to feel that way under the current circumstances. 'Any kind of lie breaks trust, remember? So are you?'

'You see everything in black and white, don't you? None of the hundreds of shades of grey in between…'

She shook her head, unable to understand how they'd got to where they were when not five minutes ago—

'Straight answer to a straight question—I just think if more people thought that way there'd be less heartache in the world.'

He looked down the street again.

Clare watched him push his hands into the pockets of his jeans. 'You could have told me you wanted me to stay.'

When he clenched his jaw, Clare willed him to talk to her. She'd never felt so far away from him. And it hurt. If he just said he wanted her to stay they could at least forget the dumb bet—because she really, really didn't want to matchmake for him any more.

'Go in, Clare.'

When he turned she took another step forward. 'Try it: "Clare, I want you to stay."'

With his profile turned to her she could see the clench of his jaw more clearly. 'That's all it would take, is it? You'd be content working for me and living here and never wanting more than that?'

Now, there was a question. She'd been happy working for him and living in the basement apartment. But never wanting more than that? *From him?* If that was even what he'd meant. It could simply have been a reference to the fact he thought she was hiding away and avoiding dating by using him as some kind of substitute boyfriend. If he'd meant the latter then her answer would certainly be less complicated. But if he'd meant the former—did she want more *from him*? Well, a little encouragement might help, a sign, a flicker of…*anything*…that might indicate *he* was interested in there being more…

Clare floundered in a sea of uncertainty.

And while she did Quinn walked away.

CHAPTER NINE

'YOU DID *WHAT*?'

'It was a practice date.'

Madison laughed incredulously. 'The king of dating needed practice? I'm not buying it. Sorry.'

Clare tucked the receiver firmly between her shoulder and her ear. 'It wasn't my idea.'

'But you agreed to it.'

'Have you ever tried changing Quinn's mind when he sets it on something?' She practically growled at the file of a woman who was a ninety-four percent match for Quinn, immediately setting it on a teetering pile of discarded files. 'It made sense because he wasn't getting past the first date with any of his matches. I needed to find out why…'

'What *did* you find out?' Madison sounded highly amused. 'Tell all. Don't skip a single detail.'

'He didn't do anything wrong. That's just it. This whole thing is making me crazy.' She sighed again, feeling distinctly as if she was carrying the weight of the world on her shoulders. Hence the phone call for moral support. 'How do I get out of this dumb bet?'

'Oh, like hell you're getting out of it. You should hear the debates we've been having with Morgan and Evan—you know they hero worship Quinn because of his rep with women? They think Quinn settling down is the end of an era. We think they're scared silly cos Quinn settling down means they might be next.' She paused for a moment. 'Do you think he's serious about it?'

'About settling down? I don't know. All I know is we've done nothing but bicker since it started.'

There was a much longer pause, then, *'Okay.'*

'What does *that* mean?'

'Let me ask you this—how long since you took a trip to Tiffany's for one of those little blue boxes?'

'Too long.' And she missed it. Spending hours

browsing around the serene calm of the iconic store had been one of her favourite things to do. She should make a trip in her lunch break to see if it helped; it would be nice to find some sense of inner peace *somewhere.* Then it hit her.

'You think it's a sign he's got sick of playing the field, don't you?'

'That didn't occur to you?'

Obviously not. A small part of her had really believed he was playing some kind of game with her, hadn't it? There had certainly been clues along the way: the look in his eyes when he'd made the bet to begin with, his irreverence with the questionnaire, the ridiculous excuses for the lack of second dates—and that had been before she'd thought he'd only agreed to it as a way of getting her to stay put.

But if the lack of need for Tiffany's gifts was a sign he really was ready to settle down, then…

'Well…that'll be me moving out sooner rather than later, won't it?' She'd mumbled under her breath but her friend heard every word.

'You're seriously thinking about moving out?'

Madison's voice was filled with incredulity. 'When Morgan asked me about it I thought he was insane. Do you know how many people would give their right arm for an apartment like yours in Brooklyn Heights? That house of Quinn's has to be worth millions now.'

'*Morgan* asked you about me moving out?' Clare shook her head, frowning in confusion. 'When did that happen?'

'Not long after the bet was made. He even made me double check with Erin; wouldn't get off my case till I did. Apparently Quinn said something about—'

'*Quinn* did?' He'd been talking to Morgan about her moving out? What was he doing—looking for potential replacements before she'd even packed a bag? She hadn't said she was planning on going anywhere that soon! Did he want her to go? Was *that* it? Yes, she wanted to be able to afford her own place one day, and, yes, she would have to move if Quinn settled down with someone—what new wife would want a female friend of her husband's living downstairs from them? But Clare hadn't planned on going anywhere for a good while yet and she loved that apartment. Leaving it would be—

'Morgan seemed to think Quinn wasn't too pleased about you going, if that helps any.'

It did help—some.

Taking a deep breath and puffing her cheeks out as she exhaled, she leaned her elbows on her desk while she added the new information to the myriad of confusion she was already struggling with. There was really only one way to get out of the mess. What she should have done to begin with, and then she could have avoided *all* of the confusion. Things could have stayed the way they were. When she'd been *happy*...

The choice was clear. She wasn't going to matchmake for him any more. She was done. Even if it meant wearing a T-shirt that said 'Loser' as her forfeit. He could go out and find someone to make a commitment to on his own. And while he did she was going to work night and day to get the matchmaking up and running as a viable business. Then she could quit working for him sooner rather than later. And she could afford a place of her own too.

If he *had* made the bet as an underhanded way to get her to stay, then it had just backfired. Because he hadn't been asking if she wanted more *from him*, had he? Oh, no. If Quinn Cassidy was the remotest little bit interested in her that way he'd have done something about it. It wasn't as if he was famous for being the least little bit behind the door when it came to women…

Clare wasn't confused any more. She knew exactly where she stood. Lord, but she needed ice cream. 'I've gotta go—I have a gazillion things to do this afternoon before we go to Giovanni's.'

'Is Quinn going?'

'Course he's going. Why wouldn't he?' Things had been complicated beyond belief for Clare before the phone call with Madison, but Quinn didn't know that. So why wouldn't life go on the way it always had as far as he was concerned?

'Because it's the scene of the crime and all that…' Madison joked.

Clare smiled half-heartedly. 'Not helping. Just be a good girl and help me have fun later, okay?'

'It's that bad?'

'It's that bad.'

'Then it's a deal.'

'What's the deal with you and Clare?'

Quinn shot a frown at Morgan. 'Meaning?'

Morgan glanced at the two girls at the bottom of the table to make sure they were distracted enough not to overhear their low-toned conversation. He turned his back on them just to be sure. 'She's acting weird.'

'Weird how?'

Quinn did his best not to look at her. He'd barely been able to keep his eyes off her all night as it was, but that was what he got for being out of the office so much in the last forty-eight hours. Apparently he was so addicted to her he physically ached when she wasn't nearby. He wasn't the least bit happy about that.

Morgan shrugged. 'She's too bright—she laughs just a little too loud—like she's forcing herself to have a good time but she's not, if you know what I mean. Have you two had a fight?'

'No.' When he focused his attention on the thumb nail he was using to pick at the label on his bottle he could feel Morgan's frown.

'Something's going on, though.'

'Leave it be, Morgan.'

Quinn leaned back in his chair and gave in to his need for a fix of Clare—his mood quickly darkening when he spotted her chatting to some guy he'd never set eyes on before. The guy was laughing with her—and leaning close to listen to what she was saying—

When he set a hand on the small of her back Quinn was on his feet before Morgan had finished asking 'What's wrong?'

He saw her eyes widen in question as he worked his way through the tables. But he simply smiled back, stepping past the shorter guy to stand at her side and dismissing him with a quick glance before he placed an arm around her waist.

'You want dessert?'

Clare gaped at him. 'Excuse me?'

'We were just thinking about ordering dessert, so I thought I'd see if you wanted anything.' He shot her new friend a calm glare. 'This guy bugging you?'

Aiming an embarrassed smile at her new friend while removing Quinn's arm, Clare took hold of his hand and started moving away. 'I'm glad it went well for you, Sam. Good to see you.'

'You too, Clare. Thanks again.'

She nodded, tightening her fingers around Quinn's and tugging harder. 'Bye, Sam.'

Two steps away, she smiled through gritted teeth. 'Now we're going outside, where you can tell me just what you think you're doing.'

A quick check across the room was enough to confirm the suspicion that four pairs of eyes were watching them, so Quinn smiled for their benefit as he pushed open the door. 'You like dessert.'

'*I* like ice cream—*you* like dessert. Where do you get off coming on all Neanderthal man in front of one of my clients?'

Another client? How many clients did she

have? They were everywhere. But it wasn't the fact that he'd just made a fool of himself so much as the fact she'd let go of his hand as if it had burnt her the second the door closed that made Quinn frown at her the way he did.

'Hasn't he ever heard of *office hours*?'

'Last time a client visited me during office hours *you* didn't like it.' She marched down the street, stopping on the kerbside where she swung round, her arms lifting and dropping. 'I've had it. I swear. You're making me crazy. I can't keep smiling and pretending everything's fine when it's not. Tonight has been the worst night I've ever had out with the gang. They've done nothing but watch us the whole time. I feel like we're some kind of *sideshow*!'

'They're just curious about how the bet is going.'

At least he hoped that was all it was. Frankly he didn't need any outside pressure or, heaven forbid—because the thought alone made him shudder—*advice.* 'It was made here—it's only natural they're thinking about it when we're at the scene of the crime.'

Clare's eyes narrowed. 'What did you just call it?'

The deathly calm edge to her voice made him frown again. 'Scene of the crime. Why?'

'That's what Madison called it on the phone today.'

'It's a common phrase.'

Her hands rose to the curve of her hips. 'Have you been talking to them about this? Because if this is some big joke and you've all been making with the funnies behind my back—'

Quinn's brows quirked. 'Yeah, cos I'm famous for being a big one for talking about my private life, aren't I? You're overreacting just a tad here, don't you think?'

Clare took a minute to debate it in her head before taking a breath that lifted her small breasts beneath her sleeveless blouse. Then she looked away from him, focusing on the people milling along the street in the humid evening air while she blinked hard and worried on her lower lip.

When she spoke her voice was thready. 'I don't want to do this any more. You win the bet.'

'Why?'

Quinn held his breath while he watched her struggling with an answer, her hands lifting from her hips so she could fold her arms defensively across her breasts. 'Because I don't want to matchmake for you.'

'Why?' His feet carried him a step closer to her.

When her gaze met his again he could see the lights from restaurants and passing cars sparkle in the glittering tears in her eyes. She was genuinely upset. Even though his very bones ached with the need to do something to fix it, he stood his ground, clenching his hands into fists so he wouldn't reach for her. He just needed her to say the words—and then he'd know crossing the line wouldn't be a big mistake…

Silently he willed her to say them.

Instead she shrugged her shoulders all the way up to her ears. 'I just want to go back to the way we were before all this started.'

It hadn't been all that long ago he'd told himself he wanted the same thing, but now… 'Clare—'

'So I think we should just drop all this and give each other a little space, don't you?'

Panic billowed up inside him, and the appearance of outward calm was costing him. 'I don't need space.'

Quinn's chest cramped at the anguish he could see in her eyes. It brought him another step closer before she added, 'Well, it's not like we've been the same since we made the bet, is it? Some space might do us good.' Her throat convulsed. 'I have plenty of holiday time chalked up. I might take a break. I'd make sure everything was up to date, obviously…or you could hire a temp…'

Now he was crowding her? He forced his feet not to take him any closer while she looked so fragile. How was he crowding her? If anything hadn't he been giving her space already? Apart from on their night out that was, when they'd got on better than ever. Until the very end anyway.

He didn't want space, damn it. It was the very fact she'd been so keen to get away from him that had made him start to look at what he *did* want.

He wanted *her.* The thought of losing her had made him open his eyes.

Finely arched brows disappeared under the waving curtains of her soft hair. 'Say something.'

Quinn frowned harder. What was he supposed to say? There was a danger if he pushed too hard too soon she might run. Maybe if he gave her some space she'd have a chance to miss him, absence and the heart and all that. But what if he'd already left it too late?

It was the most complicated relationship he'd ever been in. But then it was the first one he'd ever wanted to fight for, which was probably why he was behaving so out of character for him…

Clare searched his eyes, and when she spoke her voice was threaded with emotion. '*Please* say something.'

His heart beat erratically; the simple act of breathing in and out became difficult for him. It felt as if he was having his heart dug out of his chest. He couldn't imagine what it would be like not to see her every day. She was tangled up in his life in so many ways. He wanted to hear the soft lilt of her accent, wanted to see the smile that always made him smile back, wanted that hint of light springtime scent as she walked by. He wanted daisies in pots and pens in those holders with dumb pictures of fluffy animals on the front. He wanted to be told off for not being at meetings on time and to be teased when he rebelled.

He searched frantically for a way to tell her all that without backing her into a corner. But she was shaking her head and unfolding her arms…*and moving away from him.*

Quinn had had enough of being someone he wasn't.

One step forward was all it took, and then his fingers were thrusting into her hair, her face was caught between his large palms—and he was kissing her the way he'd wanted to kiss her at her front door. Except that the moment his mouth touched hers all the frustration he'd been feeling shook loose and the kiss became urgent, frenzied, almost desperate. As if he was trying to break through every obstruction that had been in his way to claim her somehow.

Clare rocked back onto her heels under the onslaught, but it was the way she clung to his shoulders, the moans that she made deep in her throat and how she met him halfway with an equal amount of ferocity, that finally broke through the haze.

He moved one hand from her face, snaking his arm down and shifting back enough to allow it space to slide around her waist. Then he drew her in close to where her body fitted against his so perfectly. His fingers flexed against the back of her head, his thumb began a slow smoothing over the soft skin of her cheek. And the kiss changed, slowing by increments until he eventually found a gentleness completely at odds with the passion they'd just shared.

A smile formed on Quinn's lips when her moans became sighs and hums of pleasure that vibrated against his mouth. She had as much fire in her belly as he did, he knew that from the preceding maelstrom, but she was still sweet, gentle

Clare. And he wanted to see her—to see how she looked after he'd kissed her.

So he dragged his mouth from hers and looked down into her heavy-lidded eyes. The green was so very dark, her pupils enlarged, and when his gaze dropped she ran the tip of her tongue over her swollen lips. She'd never looked more beautiful.

She would never know what it took to set her away from him. Or how much strength he needed to do what he was about to do.

He stepped back. 'I'll give you a week.'

Clare's eyes widened, her voice one decibel above a whisper. 'What?'

'You wanted space. I'll give you a week.'

She took a swaying step forward. 'Quinn—'

Saying his name so it sounded like a plea didn't help with his resolve, and his voice was terse as a result. 'One week, Clare. Think about what it is you want.' Taking a deep breath, he glanced to his side and then back, lowering and softening his voice so that she understood. 'If this happens there's no going back.'

Pushing. Yes, he knew he was—but he couldn't

stop it happening. She needed to understand. He'd tried to fight but it was pointless. Especially after that kiss. If he was going to take his first ever steps out of the land of catch and release and into the unknown universe of catch and keep then she needed to be very sure of what she wanted. There *was* no going back.

Quinn would do everything in his power to make her as addicted to him as he was to her…

If Clare was the culmination of all the dating experiences that had come before her then she was going to reap the benefits of that experience. Quinn had learned who he was. He remembered the women he'd thrown back while waiting for the mythical *one* he'd questioned even existed. What it came down to was that the way Clare had made him feel since he'd opened his eyes had gradually impressed on him the need to keep this one. There had never been anyone like her in his life before and there might never be another. So he was going to fight to keep her.

He'd never been so damn scared in his entire life.

CHAPTER TEN

CLARE HAD NEVER BEEN SO miserable in her entire life.

It was her own stupid fault—she shouldn't have let him walk away. He'd said he didn't want space from her but he'd given it to her in spades. He'd travelled all the way across the flipping country before she'd had time to catch her breath…

'I'm gonna go look at a few places for clubs on the West Coast,' he'd calmly informed her the next morning *over the phone.*

Clare knew he'd toyed with the idea of a place closer to where some of their A-list members lived, and that he'd planned a trip for later in the month. But she knew he'd moved it up. And she knew why. So she'd tried telling him over the phone that she didn't need a week, but he'd cut her off mid-sentence. Apparently since he was the one to set the deadline he was determined both of them would stick to it, whether she liked it or not.

How stupid was he? How could he kiss her like that and then leave? She'd come off the phone hating him. Distancing himself from her hadn't helped her confidence. Especially when he'd left her with the choice between being with him and possibly losing him or not being with him and losing him anyway. Because he was right; there was no going back—they would never be the same ever again.

Twenty-four hours later she'd descended into misery. She missed him so much she couldn't breathe properly. He felt so very far away—and not even in terms of mileage either. She'd never needed to be held so badly in all her life. His solid strength surrounding her—that fresh soap and pure Quinn scent, the feel of his warm breath against her hair and the gravelly edge of his voice sounding in her ears—and if she looked up she'd see the vivid blue of his eyes, and the sinful curve of his mouth would quirk as he tried to hold back a smile…

Another twenty-four hours and she was rapidly spiralling into the realms of tears. So she'd called the cavalry for an afternoon of retail therapy. It had seemed like a good idea at the time.

'Okay, spill.'

She blinked at Erin. 'Spill what?'

'What's going on with you and Quinn?'

Clare scanned the faces of the crowd in the Mexican place they'd found to have lunch off Fifth and Broadway, the fruits of their labours in at least a dozen bags spread at their feet. She didn't want to talk about it, as if part of Quinn's personality had rubbed off on her. She didn't want the whole thing debated, or differing opinions added to the myriad of emotions she was already experiencing. She just wanted him home.

'Can we skip it?'

Erin pushed the remains of her burrito to one side so she could rest her elbows on the table. 'Not when you look like someone just died, no.'

'I really don't want to talk about it.'

Her friends exchanged glances. 'The whole matchmaking thing opened your eyes, did it?'

'Possibly.' She smiled weakly at Madison, since Madison had asked the question. 'But I really don't want to talk about it.'

'How does he feel?'

Apparently not wanting to talk about it was getting her nowhere. Leaning back, she took a deep breath while she contemplated how Quinn would feel about her talking to the girls about him. Listening to the low mariachi music for a minute, she answered herself: he'd hate it. But desperate times and all that, so she leaned forward again.

'You've known Quinn a lot longer than me, right?'

'Not as long as Morgan and Evan. Why?' They all leaned closer together around the circular table.

'Do you know how he got started in business?'

It obviously wasn't the question they'd been expecting; a look of confusion was exchanged before Erin spoke. 'He already had two of the clubs when I started hanging around with them—I dated one of Morgan's cousins for a while back then…'

Madison shrugged. 'I don't know either…'

Clare frowned and shook her head. 'I swear, it's like some kind of state secret.'

'Does it matter?'

That had been Quinn's theory too, hadn't it? But Clare nodded, because it did; it was a prime example of the kind of things she didn't know about the man she was going to trust with her heart.

Madison continued, 'There's no point asking the guys either—they guard Quinn's privacy like Rottweilers. I don't think he lets that many people get close to him. It's why everyone was so surprised when he ended up such good friends with you.'

Oh, great. Now she was getting weepy. She could feel her chest tightening, her throat was suddenly raw, and next her eyes would start stinging… The words were making her ache right down to her bones. It wasn't as if Quinn was uncomfortable with people or lacked confidence—in fact he could probably do with a little less of the latter—so why did he hold people at arm's length that way? And, more to the point, why was he still doing it with her?

It was only when a hand squeezed hers again that she realized she'd been staring into nowhere. Her gaze dropped and then followed the arm upwards until she met Erin's eyes.

'Everyone has always wondered what the deal was with you two. Haven't you noticed how many people treat you like a couple already?'

Actually, no, she hadn't. And the idea astounded her. 'Since when? We weren't a couple.'

Madison let the past tense slip by. 'Not in the traditional sense of the word, no. But there's always a fine line between friendship and something more. Didn't you see the way we all reacted the night of the bet? When you made that comment about being a wife in eight out of ten ways we all gasped. It was the first time either of you had ever confronted it. We've been wondering if it would make either of you look at each other differently…'

A little heads-up would have been nice.

'When you think about it, Quinn's been in a relationship with you longer than he's ever been with any other woman.'

Clare had never thought of it that way. It gave her hope, but, she said, 'Doesn't mean I'd make it past the six week cut-off point.'

Erin scowled at her. 'Hey—where's that famous Irish fighting spirit we all love you for, huh?'

Drowning under a quart of ice cream a night—that was where it was. She was going to weigh three hundred pounds by the time Quinn came home. Forcing a smile into place, she took a deep breath, lifted her shoulders and nodded firmly. 'You're right. Let's go and look in the windows at Tiffany's. I'm going to pick a parting gift so expensive it'll bankrupt him.'

They shook their heads in unison, joint smiles negating the admonishment Madison aimed her way. 'Stop that. If he breaks your heart he'll have us to deal with.'

A week was seven days too long for Quinn. He'd known there was no way he was sticking to it, so he'd put himself on a plane. Even if he hadn't been feeling the need to bang his head against a brick wall for that genius idea he couldn't have stayed away the full seven days. Not while he missed Clare the way he did…

By day three, having dutifully looked over all the potential real estate, he decided enough was enough.

Her time was up. So when another summer day had come and gone away in an eternally sunny Los Angeles he booked a flight home. It didn't matter what she'd decided, he was going home and he was going to launch a charm offensive. He liked that plan much better. It wasn't backing her into a corner. Not the way he had by giving her an ultimatum in the first place. Granted, it wasn't giving her the space she'd asked for either, but tough. By giving her space he'd taken a chance she might form a list of reasons not to get involved with him…

The thought made his need to get home more urgent than before. So by the time he got out of a yellow cab in front of his house—when he should have been bone tired after three nights without sleep and an eight hour flight—he was edgy, restless and frustrated beyond belief that he couldn't just go knock on her door. But it was late—he couldn't go and wake her up just so he could start seducing her, could he? Slow and steady won the race, they said. Whoever they might be…

One of the worst things Clare had endured since Quinn had left was insomnia. It was getting to the stage where she felt like the walking dead. So for the third night in a row she groaned loudly in frustration and threw the light covers off her body before swinging her legs over the edge of the bed and sitting up.

She glanced at the blue digital readout on her alarm clock—half past midnight—so that meant she'd been tossing and turning and feigning sleep for two hours. And she'd tried watching a movie, she'd tried reading a book—heck, she'd even tried some of the relaxation techniques she'd learnt in the handful of yoga classes she'd taken with Madison and Erin back in January, when they'd all said it was time to try something new.

But nothing had worked.

She made her way into the kitchen and poured a glass of water, then rinsed the glass, set it on the side and turned to open the French windows. It had been horrifically humid all day long, something the Irish girl in her still found it hard to adjust to. So when she stepped barefoot onto the lawn the fine mist of rain that appeared was almost a godsend.

Closing her eyes, she leaned back, lifting her arms wide and letting the lukewarm spray sprinkle down on her face. Then she turned slowly on her heels, feeling the grass between her toes and breathing a deep lungful of damp air. Actually, it felt quite good.

Now if the aching would just go away—if the part of her that felt as if it was missing could just be returned to her—if she just didn't hurt *so very much…* The next deep breath she took shuddered through her entire body; if he would just *come home…*

Then she could show him, literally, that space was the last thing she wanted.

Dumping his bags in the hall, Quinn walked through the darkness to the kitchen at the back of the house, not needing light to see where he was going. What he should do was go and run off the varying methods of seduction his imagination had decided to supply while repeating the words *slow and steady* until his body got the message.

The dim light from the house next door's motion-sensitive security lighting cast long shadows on the floor from the windows, where a fine mist of rain was frosting the glass. He'd gone running in worse. If he went running it would maybe help with the deep-seated need to go downstairs.

He hesitated in the middle of the room, unsure why he'd gone in there in the first place.

He wasn't going downstairs, but he wondered what she was doing. It was after midnight so she was probably asleep. Was she wearing what she'd been wearing the night he'd sat outside her window? Did she own any of the sexy things she'd talked about on the phone that night?

Okay—now he *really* needed to go for a run—and possibly a cold shower…

Yanking his jacket off, he stepped over to the French windows to throw it over the back of a chair. At first he had to blink a couple of times to be sure he was seeing what he was seeing. Once he'd convinced himself he wasn't seeing her simply because he wanted to see her so badly he smiled at what she was doing. What *was* she doing? Was she crazy? His heart didn't think it was crazy—his heart thought it was exactly the kind of unexpected and uniquely endearing thing Clare *would* do. Joy in the simple things, right?

Only Clare…only *his* Clare…

She focused hard on her breathing while she continued turning, forcing the need to cry—again—back down inside. It was all about control after all. And she really needed to get it under control before she saw Quinn again.

Tilting her outstretched arms from side to side like a child making impressions of an aeroplane, she leaned her head from shoulder to shoulder and smiled sadly at the sudden need for the comfort of childish games. She bent her knees, crossed one leg over the other and turned a little faster, resisting the urge to make aeroplane *noises* too—but only just. The buzzing when a child pressed its lips together to get the engine noise had always made her smile too.

When she tried the turn a second time she stumbled, arms dropping and eyes opening as she chuckled at her own ridiculousness—she really was losing her mind—and it was then she looked up and saw him standing on the edge of the patio…

The world tilted beneath her feet. Quinn smiled the most amazingly gorgeous, slow, sexy smile at her and her heart flipped over in her chest in response.

He was *home.*

When he dropped his chin and his expression held a hint of uncertainty, joy bubbled up inside her.

She breathed out the words. 'You're home.'

'I'm home,' the gruff-edged voice she loved so much replied. 'Miss me?'

Clare felt her eyes welling up, her throat tight so the most she could manage was to nod frantically.

She saw him exhale—as if he'd been holding his breath until he got her reply—and his voice was even gruffer than before. 'How much?'

When her heart stopped, her feet grew wings. She was across the lawn and flinging herself into his waiting arms before she'd allowed herself time to second-guess what she was doing. Then, with her arms around the thick column of his neck, her cheek against his, she laughed joyously as he lifted her off her feet; groaning against her ear. '*Good*—cos *I* missed *you*.'

She leaned back to look into his sensational eyes. 'How much?'

Quinn examined her eyes for a long moment before informing her. 'Okay, you better know what it is you want, O'Connor. This is your ten second warning.'

Clare smiled uncontrollably at him, wriggling her toes in the air. 'My what?'

'Ten-second warning.' He nodded the tiniest amount, his deep voice intimately low as it rumbled up from his chest. The vibration filtered through their layers of clothing to tickle her overly sensitive breasts. 'In ten seconds I'm going to kiss you. So that's how long you have to stop me…'

Clare stared at him in wonder, sure that any minute she was going to awaken and end up miserable again because she'd dreamed what was happening.

His chest expanded. 'Ten…nine…eight…'

She ducked down and pressed her mouth to his.

His lips were warm and firm, and for a long moment he froze, allowing her to tentatively explore their shape. But when her lips parted and she added pressure he moved with her, the kiss soft and gentle and so very tender that it touched her soul. It felt as if the part of her that had been missing was being returned with each slide of his mouth over hers. She could kiss and be kissed by him for days on end. She really could.

Moving her hands, she let her fingertips brush against the short spikes of his cropped hair while she breathed his scent in deep. And then she caught his lower lip between her teeth in a light nip, and smiled against his mouth when he groaned low down in his chest, the sound more empowering than anything she'd ever experienced.

Letting her feet swing from side to side, her body brushing back and forth against his with the movement, she smiled all the more when the sound in his chest became a groan, his words vibrating against her lips. 'Are nice Irish girls supposed to kiss like this?'

Clare lifted her head enough to change angles. 'Maybe I'm not as nice as you like to think I am.'

'Hmmm.' The sound buzzed her sensitive lips in the exact way the aeroplane noise would have if she'd made it. The thought made laughter bubble effervescently inside her. 'I wasn't complaining…'

He moved one arm, keeping her suspended off

the ground as if she weighed nothing while his free hand rose to thread long fingers into her hair. And then he cradled the back of her head in his palm and deepened the kiss—stealing the air from her lungs and making her feel vaguely light-headed.

Clare couldn't have said how long they kissed for; she didn't even realize he was gently swinging her from side to side until he began a slow circling to go with it. And it made her wonder how long he'd been standing watching her turning circles on the lawn—what he was doing was a more sensual version of what she'd been doing alone.

Using the hand in her hair to draw her back a little, so he could look at her when she finally lifted her heavy eyelids, his eyes glowed as Clare smiled drunkenly at him.

'Hello, you.'

Clare's heart swelled. 'Hello, you.'

She looked over her shoulder when he started carrying her across the patio and down the steps, turned to look at him again as they got close to her doors. The disappointment evident in her voice, she asked, 'Are we stopping kissing now?'

'Like hell we are.'

The firm reply made her wiggle her toes again while she openly studied his face.

'Forgot what I looked like, did you?'

'You were gone a very long time. I'm just checking nothing has changed.'

In front of her large sofa, he let her slide oh, so slowly, down the length of his body, until her feet touched the floor. Then he sat down, tugging her onto his lap before leaning over until she was lying on her back looking up at him.

Quinn's hand rose, and he watched as his fingertips smoothed her hair back before beginning a slow exploration of her face, his gaze rising to tangle with hers while he traced her lips. 'Something has changed.'

She knew he didn't mean their faces. 'It did—a while back.'

He nodded, lowering his gaze to watch in wonder as he brushed his thumb back and forth over her lower lip. 'One step at a time, okay?'

'Okay.' She lifted a hand and framed the side of his face, the small sigh and the lowering of his thick lashes to half-mast telling her everything she needed to know for now. 'I need you to talk to me, though, Quinn.'

He took a deeper breath. 'You might need to work with me on that. It's new ground.'

'I know.' Smiling softly, she moved her hand around to the back of his head and drew him towards her. 'Where were we?'

Thick lashes lifted again, his thumb moving to the corner of her mouth. 'Here.'

He kissed where his thumb had been, then lifted his head an inch and moved his thumb over her bottom lip to the other corner. 'And here.'

Clare didn't care how late it was, or that they both had work to think about when the sun came up—it didn't matter; the new day could wait. When she was eventually lying across him, with her head tucked beneath his chin, she lifted her chin enough to whisper up at him. 'Stay.'

'Here?'

'Right here.' She snuggled back into place, her palm resting against the steady beat of his heart. 'I haven't been sleeping so good.'

His arms tightened. 'Me either.'

'So stay.'

'Just so long as you still respect me in the morning.' He reached up for the throw rug she had tossed over the back of the sofa.

'Well, I don't know about that one…'

Lethargy settled over her as he smoothed his hand in circles against her back. 'Do you trust me, Clare?'

'You know I do.'

'You know I'd never do anything to hurt you?'

'I know.'

'But you know I'm not easy?'

She smiled sleepily. 'Spoken by the man sleeping over after our second kiss.'

'I need you to know what you're getting into. I'm not—'

'I know what I'm getting into. You said a while back that I knew enough. And I do.'

When he continued smoothing his hand over

her back she felt herself drawn down into the depths of the kind of languorous sleep she hadn't experienced since he'd left; still smiling as she did.

She was going to give that six week deadline of his a run for its money…

CHAPTER ELEVEN

'DISCO BABIES?'

Quinn smiled from his perch on the edge of her desk as she pushed the filing cabinet shut with her hip and turned to look at him with enthusiasm dancing in her eyes. 'Yes. Parents bring their kids along and they all dance together and have a great time. It wouldn't take much to get it going. And it doesn't interfere with what you already do.'

It wasn't that he didn't think it was a good idea. He did. He just liked having Clare persuade him that it was.

When she attempted to get past he casually reached out, hooking an arm around her waist and spreading his legs to make room for her.

She didn't put up a fight—she never did. Instead her hands slid over his shoulders and linked together at the back of his neck, her thumbs massaging the base of his skull so he automatically leaned back into the touch.

'You want to turn my clubs into kids' playgrounds?'

'No-o.' She smiled when he splayed his fingers on her hips. 'I want you to consider how much money parents spend, especially in a city with lots of rich parents…'

Quinn nodded. 'Uh-huh. It has nothing to do with the sight of all those dancing babies? The cute card isn't swaying you any?'

'You *like* this idea.' She turned her face a little to the side and quirked her brow knowingly. 'You know you do.'

It never ceased to amaze him how much her confidence seemed to have grown since they'd started dating for real. She'd blossomed before his very eyes. Not that she hadn't been something before—but now?

Well, now she was *something*.

And Quinn had real problems keeping his hands off her. For someone who'd never been renowned for being overly demonstrative in public, he'd gone through quite a transformation of late. He was holding her hand as they walked through Manhattan, kissing her at hotdog stands in Times Square, and randomly grinning like an idiot even when she wasn't there. She was shooting his reputation for cool, detached control down in flames. The thing was, he liked it that she was.

'It has possibilities.'

'See.' She sidled closer and leaned him back over the desk, her long lashes lowering as she focused her gaze on his mouth. 'I knew you'd like it. I'm getting much better at discovering things you *like*…'

Smiling at the innuendo, he removed one hand from her hip to brace his palm on the desk, lifting his chin. 'You think you have me all figured out now, don't you?'

'Oh, I still have a few secrets to discover; keeps you interesting, mind you…'

The thought of her finding out everything before he told her himself made his smile fade, and Clare immediately searched his eyes and saw what must have been a flash of doubt. Her voice softened in response.

'And I've told you a few million times now that nothing will change how I see you.'

With each passing week Quinn liked to believe that was true, but he'd wanted her to be more attached to him before he took the chance. The way he figured it, it was just a case of making sure she was insanely crazy about him first. With that in mind, he sat upright to bring his nose within an inch of hers, his fingers curling into her hair.

Angling his head, he examined her eyes up close, blinking lazily. 'Bring me any ideas involving pets and my clubs and we may need to have a serious talk.'

When a smile formed in her eyes he closed the gap and kissed her long and slow, until the hands at his nape unlocked and gripped onto his shoulders and she rocked forwards, pressing her breasts in tight against his chest. She was temptation personified. Resisting her was getting to be nigh on impossible. Slow and steady was a mammoth test of his endurance.

Quinn moved the hand on her hip around to her back, slipping it under the edge of her blouse so he could touch his fingertips to baby-soft skin. The fooling around they'd been doing had been escalating of late, and it couldn't happen soon enough as far as Quinn was concerned. He had only to think about touching her and his reaction was so strong and so fierce that it left his body in an almost constant state of pain.

She knew it too—the witch. Good little Irish girl, his eye. She'd been pushing him closer and closer to the edge for weeks.

When he slid his hand further up she made a muffled sound of complaint against his mouth and wriggled. 'Don't you dare.'

When she lifted her head he feigned nonchalance. 'Dare what?'

'You know what.' When she tried to wriggle free he dropped his hand from her hair and used the arm to circle her waist and keep her still.

Clare laughed throatily in response. 'I swear if you undo that before my client arrives you're in big, big trouble.'

With a flick of his thumb and forefinger he unhooked her bra. Her hands immediately lifted to hold the material in place—cupping her breasts. 'I *hate* that you can do that.'

Quinn grinned. 'Old high school party piece.'

'Too much information, Casanova.' She mock scowled at him, her eyes dancing with amusement. *'Fix it.'*

'Say please.'

'Fix it or I'm telling Morgan and Evan you bring me daisies twice a week…'

'Yes, because my ability to charm you is something I should be ashamed of—obviously.'

'Fix it.' She leaned closer to whisper in his ear. 'Or I'm telling them you watched *Breakfast at Tiffany's* and *enjoyed it.*'

Okay, that one would run and run, so he placed a kiss on the sensitive skin below her ear before lifting both hands under her blouse to fix what he'd done. 'I might have to stop being nice to you.'

Truthfully, he probably wouldn't have enjoyed the movie as much if she hadn't loved every minute of it. But then that was something else that had crept up on him: his state of happiness being directly related to hers. The fact that when she smiled he smiled had always been there, even when they were friends—but it was so much more than that now. Some days he even wondered if all the touching they did had led to her emotions being transmitted to him.

Quinn grimaced at the effort it took not to laugh when she wiggled about, making sure everything was back in place. His voice was filled with husky-edged amusement. 'Can I help you with that?'

'No—you can go away. You have a meeting in fifteen minutes.'

'I have another ten minutes, then, don't I?'

'Like heck you do.' But she smiled at him anyway, leaning in for another kiss. 'Go.'

Quinn sighed heavily. 'Maybe for the best. There's someone confused enough by the writing on the doors to be one of your clients.'

When he jerked his head in the direction of the doors Clare turned and smiled encouragingly at the woman before glaring back at Quinn. 'How do you *do that*?'

He shrugged. 'I have amazingly good eyes.'

The woman pushed the door open just as Quinn let Clare loose, the turn of her body giving him enough cover to slide his fingers over the curve of her rear as he stood and walked past. When she jumped a little he smiled, leaned in and shook the woman's hand,

'Hi, there—I'm gonna leave you girls to talk romance, and Clare will fix you right up.' He winked. 'She has excellent taste in men.'

The woman smiled back. 'If she has a few more like you on her books I'll be more than happy…'

'Why, thank you.' He inclined his head, glancing at Clare in time to see her roll her eyes. 'But I'm afraid I'm temporarily out of circulation.'

The woman laughed girlishly while Quinn walked towards the door, turning on his heel to walk the last few steps backwards so he could point a long finger at Clare over her client's head. 'Don't be late tonight.'

She made a small snort of derision. 'I'm not the one who's normally late for things.' She tapped her wristwatch with meaning. 'Would you go away, you clown? I'm going to find Marilyn the man of her dreams.'

Marilyn grinned at Clare when Quinn left. 'Boyfriend, I take it?'

It was the first time she'd been asked the question, and Clare hesitated on the answer. Telling the woman in front of her he was her boss would seem strange after the interchange she'd just witnessed. Boyfriend, however, suggested that it was something committed, and even though every bone in Clare's body ached for that kind of stability with Quinn she was still deeply aware of the fact they were in his usual honeymoon period. If she got past the six-week cut-off point she'd probably feel better...

One week to go...

It didn't stop her wanting to say it out loud, just

the once while he couldn't hear her, as if saying it would make it more real.

'Yes.' For now anyway…

'He's gorgeous.'

He played on it no end too, the brat. But she was so completely wrapped up in him she couldn't call him on it. Everything was so *right* in so many ways. She'd honestly never been happier. It was why she'd decided to seduce him. Sometimes a girl had to do what a girl had to do. Not that she'd ever set out to seduce a man before, or had the faintest idea how to go about it with a man like Quinn. But they'd been fooling around long enough for her to have a fair idea of what worked and what didn't…

Linking arms with Marilyn, she guided her towards the seating area. 'Let's see if we can find you someone just as gorgeous, shall we?'

Someone Marilyn could love as much as Clare loved Quinn. Because she did; she'd probably been falling for him long before she'd realized it. The slow build had led to a deeper emotion than she'd ever felt before. It made the relationship she'd had with Jamie look shallow and pointless in comparison. But then Clare supposed there was no way to know if what you felt was real until the real thing arrived. *You just know*, they said. They were right. Clare just knew.

She was head over heels in love with Quinn. And he now had the ability to hurt her as she'd never been hurt before…

'Where are we going?'

'We're here. Close your eyes.'

'If I close my eyes how can I see where we are?' She cocked a brow in challenge.

'In the future when you complain about a lack of surprises can we remember how bad you are with them?'

The very mention of the word future was enough to earn a firm kiss, her arm lifting to wrap around his neck. 'But we're already here. All you have to do is yell "surprise."'

Quinn smiled indulgently as the door behind her was opened by their driver. 'You have to promise you'll close your eyes in the elevator when I say so.'

Intrigued, Clare slid across the soft white leather and swung her knees out. Lifting her head when she was on the sidewalk, she blinked at her surroundings, smiling when Quinn's fingers tangled with hers.

'The Rockefeller Centre? Isn't it closed at this time of night?'

Quinn leaned his face close to hers, his gaze fixed forward as he stage whispered in her ear, 'Not when you have the means to keep it open, no.'

They walked past the row of United Nations flags, Clare's eyes automatically seeking out the Irish one so she could smile its way. Then she looked at the golden statue of Prometheus and the art deco buildings surrounding them before she turned towards Quinn and lifted her chin.

'So what are we doing this time?'

The night had started with a limo at her door, progressing to a sell-out Broadway show and supper at one of the chicest restaurants in

Manhattan, leaving Clare feeling distinctly like royalty.

Quinn chuckled, his smile lighting up his vivid eyes. 'Wait and see.'

She decided she liked champagne and caviar dates if he got so much enjoyment out of them. Not that she needed them every day, because she didn't. She was just as happy with a hotdog stand in Times Square, or sitting on the steps outside the house they shared eating bagels in the early morning after his run, or lying across the sofa watching a movie late at night…

But Quinn had excelled himself. She barely had words when they finally stepped out of the elevator at the Top of the Rock and he uncovered her eyes. The panoramic view of New York at night spread endlessly before her.

Hand in hand they walked to the edge, and she took in everything from the Chrysler Building lit up in green through to the Empire State Building with its ethereal glow of white light. It was breathtaking.

'Over here.'

When she turned she saw what she'd missed: a small table set for two—candles flickering inside glass globes—smiling daisies in a vase. It was perfect.

Squeezing his fingers, she pressed into his side, her voice filled with awe. 'How did you do this?'

Quinn smiled lazily, his gravelly voice low. 'One of the joys of dating a rich guy.'

The very fact he'd spent what must have amounted to a small fortune to hire the place after hours—*for her*—made her want to tell him there and then how much she loved him.

'You don't have to impress me on a date any more, you know. I'm a sure thing.'

He stopped at the side of the table, turned and wrapped the fingers of his free hand around the nape of her neck, his thumb tilting her chin up so he could kiss her before mumbling against her lips. 'Sure thing, huh?'

She bobbed her head. And was rewarded with another kiss before he stepped back, freeing his hands so he could lift a silver dome from a plate. 'Caviar…'

Clare chuckled at his theatrics as he jerked his head towards the table. 'Champagne, naturally…'

'You've never actually done a champagne and caviar date before, have you?'

'Never let it be said I can't rise to a challenge.'

'This cost you a small fortune, didn't it?'

Wide shoulders jerked. 'Not all of it…'

Naturally it made her look at the table again. 'What's under the other dome?'

'Good of you to ask.' He reached forward. 'Didn't know how you felt about fish eggs…so…'

When he revealed the other plate she laughed. 'Apple pie, perchance?'

'Apple pie.' He grinned. 'Best of both worlds.'

'You hate fish eggs, don't you?'

'Can't stand them.'

She took the dome from his hand and set it down before insinuating herself under his jacket and wrapping her arms around his lean waist. 'Okay. So the apple pie would be for whom, exactly?'

'I figured we could share.'

'Sharing works for me. Did you bring ice

cream?' Not that she had so much of a need for it any more.

'I did.' He leaned down and pressed a row of kisses up the side of her neck before whispering in her ear. 'Rocky road…'

'You thought of everything.'

Quinn kissed back down her neck, nuzzling into the indentation of her collarbone before surprising her by releasing her. 'Well, as it happens…'

When the haunting strains of 'Moon River' sounded over the whisper of city noises in the wind, emotion rose in a wave inside her, her voice wavering as a result.

'The *Breakfast at Tiffany's* music…'

He nodded, his gaze fixed on hers as he slowly made his way back around the table. 'Can't have you thinking I don't pay attention to the little details, can I?'

Heaven help her, he'd be like that as a lover too, wouldn't he? Clare knew it as instinctively as her body knew to breathe in and out. Never, ever had she wanted a man as badly as she wanted Quinn; all the patience he'd been exercising not to push her into sleeping with him was driving her crazy. How could he not know that?

He stepped backwards, drawing her into an open space before he wrapped his arm around her waist. When she lifted a hand to his shoulder and brought her hips in against his he began to sway them—oh, so slowly—and the softness in the vivid blue of his eyes was enough to bring tears to the backs of hers.

'Do I get to graduate from the school of dating etiquette yet?'

Clare had to clear her throat to answer. 'With flying colours.'

'Good.'

When he celebrated by whirling her in circles before dipping her backwards to kiss her breathless she looked up at him with dancing eyes.

'Where did you learn to dance?'

Dark brows waggled at her as he drew her upright and back against his body. 'My mother insisted all the Cassidy boys knew the basics. The dip and kiss I added.'

'Remind me to thank her when I see her.'

'And have her rub it in that she was right? I think not.'

Clare smiled softly. 'Anything else I don't know about that you want to tell me?'

The expression on his face changed in a heartbeat. 'Yes. There's a lot.'

She lifted her brows in question.

Quinn took a shallow breath and looked over her head. 'You asked me how I got started with the clubs.'

Clare kept her voice low in case she broke the spell. 'On the door, right?'

'Yes.' He frowned. 'But that's not how I ended up buying the first one. I could never have afforded it on the wages I earned.'

'Okay.'

Thick lashes flickered as he watched a fine lock of her hair catch in the breeze. 'My old man left a life insurance policy. For a lot more than anyone thought he could; he couldn't stick to much of anything else, but somehow he kept up the payments on it his whole life…'

'He left it to you?'

'No, but I'd pretty much been the provider for the family since I turned sixteen—worked construction sites during the day—so my mother trusted me to put it to good use. When I talked about trying to get a mortgage for the club after it came up for sale, she staked me. I paid it back with interest.'

Why on earth hadn't he felt he could tell her that?

'He'd have been very proud of you, your dad.'

It was the wrong thing to say. She knew it the second his mouth twisted. 'He wouldn't have given a damn. It'd been twelve years since he bothered with his family. Dying and leaving the money was the best thing he ever did for any of us.'

The bitterness in his words sent a shiver up Clare's spine. 'I thought he died when you were little?'

Quinn frowned at her. 'Who told you that?'

'No one.' She floundered. 'I just—well, when

you said about that fight you had—your nickname—'

His eyes widened. 'You thought I got into that fight to defend him?'

'Well, yes. Sort of. I thought—'

'Every word they said about him that day was true. What made me see red was the fact they said I was just like him. Apple never falls far from the tree, or words to that effect. The truth can hurt more than anything else…' He took a deep breath, held it for a moment, and pursed his lips into a thin line before continuing. 'I didn't want to be told I was like him. Problem is, I'm the walking image of him—the young version of him anyway. I see him in the mirror every day.'

Clare's eyes searched his, catching sight of an inner torture that made her ache for him. It made her fearful of knowing everything she'd wanted to know. But she knew what it meant for Quinn to let her in, so she asked the question. 'What did he do?'

'He was a drunk. A lousy one.' His arms tightened before he added the one thing he had to know Clare would feel the deepest. 'And he cheated on my mom from before I was born.'

Clare gasped, feeling the pain as keenly for his mother as she ever had for herself, maybe more. She'd met Quinn's mother countless times and adored her. She was one of the strongest, warmest, most caring women Clare had ever met. From the moment Clare had arrived in New York with Jamie—feeling more than a little lost and overwhelmed—Maggie Cassidy had made it her business to ensure she felt welcomed into their community. When Jamie had left she'd been the first to come and see her. Not once had she ever let on that she understood better than most how Clare had felt.

She shook her head, trying to make sense of it. 'But she had more kids with him. They must have—'

'Thought having each of those kids would save their marriage? They probably did. But it didn't. She put up with him for years, because she remembered what he'd been like when she fell for him. And she let him convince her time and time again that he could change. But he didn't change.' Quinn paused. 'He got worse.'

'My God.' Clare breathed the words at him. 'Is that why you were so worried I might think you were like Jamie? You thought because your father was a cheater…'

Was *that* why he never stayed in a relationship more than six weeks? Did he think if he even looked at another woman there was a chance he might stray, so rather than hurt anyone he cut them loose? It was a twisted logic, but it made sense.

Quinn's voice was fiercely determined. 'I may look like my old man, but…'

Clare slid her hand off his neck and framed his face, smoothing the harsh line at one side of his mouth with her thumb while she told him in an equally determined voice, 'You're talking about genetics, Quinn—not who you are inside. I *know* you.'

But he removed her hand from his face. 'For a long time I was more like my old man than I wanted to be. We're taught that growing up, people like you and me—aren't we? It's the Irish thing. We're taught how it runs through us, how it's part of who we are; the generations that went before run in our veins.'

'Yes, but not the way you—'

Just when she feared he was distancing himself from her, he caught her fingers in his and squeezed tight. 'I listened to that when I was a kid. I thought that his blood running through my veins and looking like him meant I'd end up exactly the same. I've spent a good portion of my life proving I'm not.'

He smiled a smile that didn't make it all the way up into his eyes. 'But I certainly had his temper. And that day in the playground showed me I could be just as quick with my fists.'

Clare's chest cramped so badly she could barely catch her breath—*no.* 'He didn't…?'

His gravelly voice said the words she didn't want to hear. 'Like I said—lousy drunk.'

'Oh, *Quinn.*'

Not her Quinn. Her eyes filled with tears. It all made sense to her now. He hadn't been able to defend himself against a grown up, but all the anger and hurt he'd felt had been directed at five boys his own age when they'd told him he was exactly like the man who'd caused him that pain. It wasn't *fair*.

Quinn smoothed his hand down her back. 'It only happened the one time. My mom had us all packed and moved to Brooklyn before it could happen again.'

Blinking the tears away, Clare found the strength to lift her chin. 'I'd have done the same thing.'

'I like to hope you'd have left sooner.' He smiled with his eyes before his mouth quirked. 'You're stronger than you give yourself credit for, O'Connor. I saw it that day when you had to go face those people and tell them there was no wedding. I don't think I've ever respected anyone more than I respected you that day.'

Untangling her fingers from his, she lifted both hands to the tensed muscles of his shoulders, shaking him firmly as she informed him, 'Listen up, Quinn Cassidy. You're *not* him. I know that. You know that. And you could have told me all of this any time and it wouldn't *ever* have changed how I see you. Nothing you do or say could change how I feel about you. I—'

The words were almost out before he interrupted her. 'I hope you mean that.'

'Quinn!' How could he think—?

'No, you need to know.' He took a breath, and then said the words that literally stopped her heart.

'I sent Jamie away that day.'

CHAPTER TWELVE

WHAT QUINN HAD SAID didn't make any sense to her. But as she searched his eyes she automatically stepped back, frowning when he set her fingers free, almost as if he'd known she would need space and been prepared for it.

'I don't understand. Why—?'

'Someone had to do something.' She saw a muscle clench in his jaw. 'I guess it was always gonna be me.'

'Someone?' He made it sound like—

Her brows jerked. 'Everyone *knew*?'

'That he was messing around? Yes. He didn't make much of a secret of it. He never did. He was one of the best friends I ever had, but on that one subject we never agreed; he was a player for as long as I knew him.'

Everyone knew? Having the man she'd followed blindly across an ocean cheat on her was bad enough on its own, but that everyone had known, and had no doubt been talking about it while she'd sailed through her fantasy bubble days blissfully unaware, was too much. It was like being slapped. She'd walked out there in front of all those people and they'd *known*—

She felt nauseous. 'You *all* knew and none of you thought to tell *me*?'

The sense of betrayal was overwhelming.

'It caused more arguments than we'd ever had before. But when it came down to it we didn't know you that well, and no one wanted to be the one to cause you that much pain. So I dealt with Jamie. *Him* I knew.'

'Draw the short straw did you?'

She saw anger flash in his eyes. *'No.'*

'Well, what then?' She flung an arm out to her side, humiliation morphing rapidly into anger. 'Because you're leader of the pack it was your job to fix things for the poor wee Irish girl?'

When he stepped closer she lifted her hands to his chest to push him away, but he grasped them in his and held on. 'Go ahead and let it out, O'Connor. Yell, shout, call me all the names you want. But I'd do it again.'

'You patronising, self-righteous…' She laughed a little hysterically, tugging on her hands. 'Let me go.'

He held on. 'I know you're hurt—'

'*Hurt?* Oh, hurt doesn't even begin to cover how I feel right this minute. I thought I'd made some real friends here—people I could *trust.*' She tugged again.

He still held on, looking down at her with an air of self-composure that made her want to lash out. To say things that would make him hurt as much as she did. Anything that might make him understand how much she hated him for bursting the bubble of happiness she'd allowed herself to inhabit—*again.* It wasn't that she saw him differently or loved him less; it was just that she was so very—

Hurt.

Just as he'd said—but she couldn't back down and tell him that. She didn't want to. He had to have known what telling her would make her feel. Why tell her now? Why, when it was all behind her, had he felt she needed to know?

Was it a way to make her hate him before he handed her a little blue box? But that didn't make any sense. Why set up such an incredible night and open up to her the way he had if he planned on cutting her loose?

But she ignored reason, unable to focus anywhere beyond putting the final pieces of the puzzle together. 'What did you do, exactly? I want all of it.'

When he grimaced she tugged harder to free herself, stumbling back a step when he let go and said her name with a pleading tone. *'Clare—'*

'No—come on—you were so determined I needed to know, so tell me. What did you do? What did you say to plead my case for me? To try and get him to stay with me when he so very obviously didn't want to?'

Quinn's eyes flashed. 'He should never have brought you here!'

Clare flinched. So much for what he'd said about her making the right decision to stay, then. She nodded, biting hard on her lower lip as she began to pace aimlessly. 'Right. I don't belong here. Good to know.'

Quinn swore viciously. 'That's not what I meant. I meant he should never have brought you here when he had no intention of staying faithful to you. You deserved better. I told him that.'

She nodded again. 'And how long after I arrived did you tell him that?'

When he didn't answer she stopped pacing, the set of Quinn's shoulders and the clench of his jaw telling her he was fighting a silent battle.

'How long?'

His gaze locked with hers. 'A month.'

Wow, the truth really did hurt. To know she'd managed to hold her fiancé's attention for less than a whole month was a real kick in the guts. Even knowing he was lower than a snake's behind didn't help how bruised her confidence felt.

Dropping her head back, she blinked at the sky as she tried to control her anger, her gaze flickering back and forth while her mind searched for answers to what it was she'd apparently been lacking.

Quinn's voice softened, sounding closer. 'It wasn't anything you did or didn't do. It was him. He was a fool, Clare—I told him *that* too.'

'So basically you warned him off. Did what—? Threatened to tell me what he was doing?' She laughed as she dropped her chin and looked at him. 'Bit of an empty threat that one, wasn't it?'

'What was I supposed to do? Drop in for coffee and just land it in your lap? I didn't know you well enough for that. It was none of my business.'

'You *made it* your business!'

'Yes.' He nodded brusquely. 'I *did*. Someone had to. Up till then I was his closest friend, so I told him straight what he was doing was wrong. I gave him a chance to make it right. He owed you that.'

Clare still didn't get it. Quinn was right about many things; it hadn't been any of his business, she'd meant nothing to him back then—hell, he'd barely given her the time of day. Why would he take her part against someone who'd been one of his best friends for years?

Her eyes widened with horror. 'Tell me you didn't run him off because *you* wanted me.'

Rage arrived so fast she felt it travel through the air like a shockwave. *'What?'*

'It's what *he* did, you know.' She nodded. 'I was seeing someone—just casually, mind you—but we'd been dating for a couple of weeks until Jamie came along and launched his charm offensive. He used to joke that he stole me away, that it took strategy and a long term plan. Did *you* have a long term plan, Quinn? Is that what *this* is? I remember what Morgan used to say about you and Jamie always competing for the girls in high school. He said you were always rivals when it came to women.'

Quinn bunched his hands into fists at his sides. 'I'm back to being slime again, am I? I stepped up because what he was doing to you was *wrong*! He was about to make a commitment to you—a lifetime commitment. Not only did he make the promises to you, he dragged you all the way over here—away from your family and your friends—and then after you'd given up so much to be with him he…'

He had to pause for breath, turning his face away while he fought to keep his anger in check. Clare read every sign, knew everything he'd said was true. It was that honourable streak of his—it was his belief in right and wrong and his ability to care about the welfare of others…

They were all part of the man she'd fallen so deeply in love with. He'd championed her, hadn't he? In that old-fashioned knight in shining armour way that women dreamed of.

She just wished she'd known. 'You should have told me.'

When he looked at her with an expression of raw agony the very foundations of their relationship shook beneath her feet. When tears formed in her eyes, she wrapped her arms tight around her waist to hold the agony inside, her voice barely above a whisper.

'You offered me the job and a place to stay out of guilt, didn't you?'

Even the words left a bitter taste in her mouth. Their entire relationship was based on a lie. How could they ever come back from that?

'Clare, please—'

'Didn't you?' Her voice cracked.

'At the beginning, yes—partly…' He swallowed hard, and the fact that he was so hesitant broke her in two. 'He humiliated you publicly and left you in debt, but you loved it here. You needed a job and I had one. Then you needed a place to stay—and I had one. It made sense.'

Quinn stepped into her line of vision, her gaze immediately focusing on a random button on his shirt before working its way up, button by button…

'But, yes, I did feel guilty about what happened. I told Jamie to fight for what he had with you or leave. I had no idea he would wait till your wedding day to make a decision. If I had I wouldn't have let it happen. When it did I told him never to come back.'

Clare's gaze lingered on the sweep of his

mouth before searching out the slight bump on the ridge of his nose, her voice suddenly flat. 'I bet you didn't say it as calmly as that.'

'No, I didn't.'

She nodded, somehow finding the strength to look into the reflected light shimmering in the dark pools of his eyes. 'Did you hit him?'

Out of nowhere she remembered the smudges of dirt on his suit when he'd come to tell her Jamie was gone. And when he sighed deeply she had her answer.

So she nodded again. 'Saved me doing it, I guess.'

'We said a lot of other stuff too; it got personal—and heated. We hadn't been seeing eye to eye on a lot of things even before you came on the scene.'

Because Jamie had been a player, and a man of honour like Quinn would have had problems with that. Clare got it now. If she'd known Jamie as well as Quinn had, she'd never have followed him to the States to begin with. But then she'd never have met Quinn…

She dragged her gaze from his eyes and looked out into the distance. 'Maybe you're right; I should never have come over here to begin with.'

'You belong here now.'

When she shook her head, the never-ending panorama of twinkling lights beyond the edges of the building blurred in front of her eyes and her lower lip trembled. 'I thought I did.'

'You *do*. This is your home.' His finger-tips brushed against her cheek. 'You belong with—'

Clare's breath caught on a sob as she moved her face out of his reach. 'Don't. Please. Not now.'

From the fog of her peripheral vision she saw his hand drop. 'Don't ask me for space, Clare. I mean it. I didn't want to give it to you last time.'

Sharply turning her head, she frowned hard. 'So I'm supposed to do what? Pretend I'm fine with all this and just let it go?'

'I'm not asking you to do that either.'

'Then *what is it* you expect me to do?'

'Work through it with me!' His large hands

rose to frame her face so fast she didn't have time to step away. Then he stepped in, towering over her and lowering his head so he could look into her eyes with an intensity that twisted her heart into a tight ball. 'You wanted honesty, Clare, and that's what I've given you. I want that for us. I don't want secrets. I don't want anything we can't work our way through—*together*. Because if we can't do that—'

With a calmness that belied the pain she felt, Clare peeled his hands from her face. 'This is a lot, Quinn. I can't—'

'Yes, you can.' The words were said on a harsh whisper. 'You just have to want to.'

It wasn't that she didn't want to. She wanted to with all her heart and soul. From the very second they'd started down the path they'd taken she'd known she didn't want to lose him. She still didn't. But she needed time to think, to piece everything together, to work her way through it all…

To find a way to get past her shattered illusions of the relationship they'd had—and the relationships she had with all the people she'd come to love as friends. He'd just shaken her little world to pieces.

She lifted her chin. 'Do you trust me?'

Quinn looked suspicious. 'You know I do.'

'Do you trust me to make the right decision for me?'

'Why?'

'Because if you do, you need to trust me enough to give me some time with this; it's a *lot*. You know it is. And you can't land it in my lap and not give me time to think it through.'

'Right, I get it.' Then he quirked a dark brow. 'So what's the time limit this time?'

Clare gasped. 'Don't you dare. You *lied* to me.'

'There's still no grey area with you, is there? I could have gone a lifetime without telling you this.'

'What I didn't know wouldn't hurt me?'

'Yes!' He threw the word at her in frustration. 'Because you'd already been hurt enough! You think I ever wanted to cause you the kind of pain he did? *Why* would I want to do that?'

'It wasn't pain.' Clare shook her head. 'It was

humiliation. I got it so completely wrong, don't you see? I didn't know him well enough to follow him all the way over here, let alone marry him!'

'Then why did you?'

'I wish I knew!' Just like that the tears came. Clare moaned in frustration. 'Damn it, Quinn, that's exactly why I need to think this time. Don't you get it? I'm not some starry-eyed dreamer any more. If I was, let me tell you, this would have knocked it out of me. It's not just that you lied—you *all* lied. I've never felt like such—like such an *outsider* before. I need to deal with that. So, please, let me do it.'

'I'm just supposed to wait for you to make the decision for both of us, am I? If you say it's over then it's over?'

'Like you do in every relationship you've ever been in?' She'd said it in the heat of the moment. It was uncalled for and she knew it, but it was too late to take it back. Quinn shut himself off before her very eyes, the control she'd always respected in him sliding into place like a shield.

Only this time she didn't respect it—she hated it.

'This'll be a dose of that thing called karma, won't it?' He even smiled a small smile. 'Well, while you're going through that decision-making process of yours maybe you'll think about why it is I've laid all this on the line for you tonight. And why it is I'm trying harder to make this relationship work than I ever did any of the others.'

Clare folded her arms across her thundering heart as he carried on. 'There was never going to be a right time to tell you all this, and believe me I searched for a right time. But I can't change the past, Clare, even if I wanted to. I can't tell you I wouldn't do it all over again either. Because I would—every damn time.'

When she gaped at him he jerked his shoulders. 'I am what I am. You wanted to know me better—well, now you know it all: the good *and* the bad. If I'm not what you want then I can't change that.'

She watched with wide eyes as he smiled meaningfully. 'I'd have a damn good try at it, though, don't get me wrong. If I'd been the kind of slime you thought I was, however briefly, along the way then I'd have been doing everything I could to tie you to me emotionally and physically these few weeks. But I haven't made love to you, no matter how much I wanted to, because I didn't want anything between us when it happened. More fool me, huh?'

He turned near the steps to the elevators, taking a deep breath before continuing. 'I'll take you home. Or wherever it is you plan on going.'

After a long moment of silent defiance she unfolded her arms and walked over to him, carrying her chin higher, but watching him from the corner of her eye. She was in front of him when he added, 'And to think I did all this tonight to reassure you the six week cut-off doesn't exist for us. I got that one wrong, didn't I? Only difference this time is it isn't me ending it. Guess I won the bet.'

Clare stopped and turned her face to look up at him; Quinn's gaze was fixed on a point above her head. She watched him blink lazily a few times, searched what she could see of the vivid blue of his eyes but saw nothing. She hated the fact that he could hold himself together the way he was. But then she looked down and saw the pulse jump in the taut cord of his neck and she saw a tremor in his breathing. It was then she knew he was hurting as much as she was. It was the worst argument they'd ever had.

When she lifted her lashes she found him looking down at her, and when he looked back to the point over her head she took a deep breath and told him in a low, soft voice, 'I won't hate you. No matter how hard you try to make me.'

She heard him exhale, as if she'd just knocked the wind out of him. Then his chin dropped while he took several breaths before raising his lashes. 'The driver will take you wherever you want to go.'

'I'm going to Madison's for tonight, to give us both time to cool down.'

'Right.'

'Because this is the worst fight we've ever had.'

'Yeah.'

'And right now we're just making it worse.'

'Uh-huh.'

She frowned at him. 'You're being like this because you're hurting from it just as much as I am.'

Quinn blew air out through puffed cheeks before lifting his chin and looking her straight in the eye. 'Are we done here?'

It was a loaded question. One she didn't have an answer for.

CHAPTER THIRTEEN

'YOU'VE REALLY MADE a mess this time, haven't you?'

Shouldering his way into Madison's apartment, Quinn ignored the other occupants in the room. 'Where is she?'

Morgan stood up. 'What do you want her for?'

Quinn frowned hard at him. 'Butt out, Morgan—*where is she*?'

'Not this time.' Morgan squared off against him, folding his arms and spreading his feet. 'Just how exactly are you planning on making this right? Do you have any idea how upset she was?'

'If she's here you know I'm moving you out of the way to get to her, right?'

Morgan jutted his chin. 'You could *try*.'

When Quinn sidestepped, Evan and Erin appeared, each of them assuming the same crossed-arms pose that said they meant business. Quinn practically growled at them, lifting both arms and dropping them to his sides before he asked in a raised voice, 'How am I supposed to fix this if you won't let me talk to her?'

'It took you all night to come up with a plan, did it?'

He glared at Evan. 'She needed time to *think*!'

Erin blinked at him. 'And her time's up now, is it? You're over here to bully her into forgiving you?'

Quinn scrubbed a large hand over his face and began to pace the room, grumbling under his breath. 'I don't need this.'

Madison's voice sounded from the door. 'It took from the early hours of this morning to talk everything through with her, you know.'

His head jerked up. *'Everything?'*

'Oh, she wouldn't discuss how she feels about *you*—seems you've infected her with that privacy disease of yours.' She shrugged. 'It took all that time for her to understand why none of the rest of us ever told her about you and Jamie. Worst eight hours of my life. She feels like we saw her as some kind of outsider. When the truth is we couldn't love her any more if we tried.'

There was a chorus of agreement from around the room, and then Morgan added, 'We all messed up. But she understands.'

'She does?'

'Jamie humiliated her on a grand scale—we should never have let it come to that. You were the only one who did anything about it.' Evan paused. 'We told her about the arguments we all had—how none of us could look her in the eye. And we told her you wanted her told from the get go.'

Quinn's eyes widened.

Erin confirmed Evan's words. 'We did. Though *you* could have told her that and it might have helped. But that's you all over, isn't it? We were the ones who told you to leave it alone—that it was none of our business. That made us guiltier of a lie of omission than you were. At least you *did something*.'

'I had to.' The confession was torn from so deep inside it came out in a croak.

'We told her that.' Madison's voice softened. 'She said she understood why. Don't suppose you want to tell *us* why, do you?'

Quinn shook his head. *Not so much.*

Morgan's large hand landed on his shoulder and squeezed in response. 'I think I know why.'

Erin ducked her head to look up into his eyes. 'Would it be okay if Morgan told us why?'

Quinn shrugged, despite the fact he'd just been spoken to as if he were a nine-year-old. 'If it's important you know.'

'It is. We do love you, you know. No matter how much of an idiot you can be.'

It honestly felt as if everyone on the planet was trying to rip his heart out with their bare hands. But Quinn nodded, the ache in his chest making it difficult for him to breathe, never mind find words. He just couldn't breathe properly until…

He lifted a fist to his chest and rubbed at it with his knuckles. And shifted his gaze in time to see

Madison watching the tell-tale action. Her mouth twitched. 'Heart aching a tad there, big guy?'

He smiled ruefully. 'Where is she?'

'Went looking for you, funnily enough…'

Quinn's smile grew.

Erin laughed at his expression. 'You still here?'

Madison waited until he'd left before holding a palm out, waggling her fingers as a satisfied smile formed on her lips. 'Ante up, boys.'

Hands disappeared into pockets, and Morgan grumbled as he slapped a note into her hand. 'Never should've gone double or nothing on it being Clare he ended up with…'

Clare was sitting on his stoop when Quinn ran down the street, her knees drawn up high and her arms hugging them while she rested her chin. When she saw him she swallowed hard, her eyes following him until he stood in front of her. Chest heaving, he looked at her with an almost pained expression. Clare couldn't seem to find the right words, no matter how many times she'd thought about what she'd say when she saw him.

In the end he broke the tension. 'Hello, you.'

Clare took a sharp, shuddering breath, her vision blurring at the edges. 'Hello, you.'

'You scared me.'

The confession surprised her. 'Did I?'

'Uh-huh.' He nodded.

'You scared me by not being here. I thought you skipped town on me again.' Her brows wavered in question. 'Where were you?'

'Looking for you.' She watched his throat convulse. 'I needed to tell you something. But we need to talk about all this other stuff first. Lay it to rest.'

With some considerable effort she found a voice barely recognizable as hers. 'We do.'

Quinn took a step closer and hunched down in front of her. He nodded, he frowned, and then he studied her hair.

Clare couldn't help but smile affectionately at him, her voice threaded with emotion. 'It'll involve the use of words.'

Quinn grimaced. ‘Yeah, well, I’m still not so hot on those when it comes to the things that matter, so you might have to give me a minute. I already messed up royally last night; I don’t want to do that to us again.’

‘Would it help if I started?’

‘Might.’ He smiled a somewhat crooked smile.

‘Okay…’ she took a deep breath ‘…you should have told me you wanted to tell me about Jamie but the others convinced you not to. It might have helped.’

‘They mentioned that when I went looking for you.’

‘You went to Madison’s?’

‘I did.’

‘Did they tell you we spent hours talking?’

‘They did.’ When his eyes shadowed she smiled a somewhat watery smile at him. ‘They said it helped.’

‘It did.’ Her lower lip shook, so she bit down on it. ‘I just needed to work it through with a neutral party. I’m sorry.’

‘It’s okay.’

She was never going to make it all the way through everything she needed to say if he kept looking at her the way he was. In all the time she'd known him she'd never once seen such intense warmth in his eyes. It made her want to crawl into him, wrap herself around him, and stay there until she didn't hurt any more.

'There were too many grey areas for there to be a right or a wrong. It was unfair that you were all put in that position in the first place. I know why you did what you did, Quinn.' She swallowed down the lump in her throat before continuing in a broken voice. 'You did it because you couldn't stand by and watch another woman treated the way your mother was. It was too close to home for you. Being so close to Jamie, you thought you could make him see sense. You thought you could fix it, didn't you?'

Thick lashes flickered as he searched her eyes, and then he nodded, almost as if he was afraid to say yes in case he got it wrong.

'When you couldn't fix everything, you gave

up one of your closest friends and tried to make up for his mistakes by looking after me.'

'It might have started out that way, yes.'

The first fat tears tripped over her lower lashes and blazed a heated trail down her cheeks. 'It's what you do. It's not like I was your first damsel in distress…'

'You're the only one that mattered *to me.*'

'Once you'd had time to get to know me.'

'There was no strategy, I swear.' His mouth quirked. 'I wasn't anywhere near that clever.'

More silent tears slid free, and Clare saw the flash of pain in his eyes as he followed their path. 'You didn't like me much at the beginning, did you?'

He sighed heavily. 'I wasn't supposed to notice you at all. When someone's engaged to someone she's automatically off limits. I just didn't understand what you were doing with him, was all.'

Not that it would have made a difference even if he *had* noticed her; he would never have broken the code of honour that ran so deeply in him. Clare loved him for that—he would never, ever cheat on her, or so much as look at another woman sideways. When he made a commitment it would be for life, wouldn't it?

'I didn't love him, Quinn. It was…I guess it was just the adventure of it: whole new life, new country. I was very starry-eyed back then. But when I got here I was more in love with the city than I was with him. I think I knew I didn't feel enough when I was able to stand in front of all those people that day. It wasn't heartbreak I felt—it was just complete and utter humiliation.' She paused to take another shaky breath. 'But I don't think anyone really knows they're in love until it's the real thing. Then it's the only thing that really matters. I know that now. And I'm not sorry I came here…'

When he frowned she tried to find the words to make him understand. 'If I hadn't, I would never have met you. It's because of you I know the difference…'

Clare damped her lips, took another shuddering breath and felt another tear slide free. And while Quinn looked at her with intense, consuming heat in his vivid eyes, she let the words slip free on a husky whisper. 'I love you.'

It was as if a dam burst. Hiccupping sobs sounded and tears streamed while she said it more firmly. 'You really have no idea how much I love you.'

For a moment Quinn froze, and then his gruff voice demanded, 'Say it again.'

'I love you.' Somehow she managed to smile. It was weak and tremulous, but it was the best she could do. 'I can't breathe properly when you're not there.'

Large hands framed her face and he kissed her as a man would drink water after a long spell in the desert. The vibration of the groan that rumbled up from his chest awakened every nerve-ending she possessed until she ached from head to toe with the need to get closer. So she did what she'd wanted to do. She crawled into him, wrapping her arms around his neck and pushing her breasts tight to the wall of his chest as they slowly came to their feet. But it still wasn't close enough for Clare—even when his hands dropped and he squeezed her waist tight enough to break her in half.

Her mouth followed his when he lifted his head and looked down at her with an incredulity that made her smile. 'Say it again.'

Clare's smile grew, her heart swelling to impossible proportions in her chest. 'I love you.'

The smile he gave her made her laugh. But instead of kissing her again he let go of her and tangled his fingers with hers, tugging her up the steps. 'Come on.'

Less than a minute later she was being steered across the hardwood floors into his study, where he pushed her into the leather chair behind his desk and hunched in front of her again.

'I've got something for you.'

Clare was vaguely aware of him pulling open the top drawer and reaching for something. But she was too mesmerized by him to look away. Too enthralled by how happy he looked. Too much in love to want to look anywhere else…

'Here.' Something was set into her hands.

When he looked expectantly at her she smiled and looked down, her gaze rising sharply when she saw what it was. 'You're giving me my goodbye gift *now*?'

'Open it.' He reached out and brushed tendrils of hair off her cheeks with his fingertips. Clare loved it when he did that.

She tugged at the white ribbon while still staring at him, only dropping her chin when she had the lid off. Inside was a smaller box covered in dark velvet.

Quinn smiled a smile that made the blue of his eyes darken to the colour of stormy tropical seas. 'Keep going.'

There was a slight creak as she opened the second box. Her gaze dropped as its content was revealed to her amazed eyes. Heart pounding erratically, she jerked her chin up, gaze tangling impossibly with his. And what she could see there stopped her heart, tore it loose from her chest…and allowed it to soar…

'My last Tiffany's box.'

Clare smiled dumbly.

The voice she loved so very much was impossibly tender when he told her; 'I love you back.'

Her smile trembled again. 'You never use that word.'

'I don't think you should unless you mean it.'

'I know you think that.' She lifted a hand and rested her palm against his face. When Quinn exhaled and closed his eyes as he leaned into her touch she saw her vision mist all over again.

His eyes flickered open. 'You crept up on me, and I like to think I fought a good fight, but I love you. I know they say that living together and working together is the kiss of death for a relationship, but I want to spend every minute of every day with you. And since I'm not good with words, I want to spend pretty much all night every night keeping you awake so I can *show you* how I feel—*lots.*'

A threatening sob magically morphed into a hiccup of laughter and she let her fingertips smooth against a hint of stubble on his cheek, turning her hand to draw the backs of her fingers along his jawline.

'And when I tire you out enough for you to sleep I want to wake up in the morning with you beside me. I want to be told off for not using a coaster and I want daisies everywhere, and I—'

She smiled at him. 'You had me at *I love you back.* Ask me the question.'

Quinn apparently felt the need to kiss her into a boneless heap before he did, just to be sure. So it was amidst a state of sensory bliss that she heard not a question, but another demand. 'Marry me.'

She loved him. She would love him till the day she died. He loved her. There was only the one answer. 'Yes.' The box still held firmly between her fingers, she wrapped the crook of her arm around his neck. 'And not just because I love you. But because I need you as much as you need me. It's your turn to be rescued this time. I'm rescuing you.'

'I'm okay with that.' He pressed a light kiss on her lips while reaching for the box to extricate the ring. 'And you're right, I do need you. You're so tangled up in my life now that I can't breathe right when you're not around either.'

The fact it was said with a husky crackling in his already gruff voice told Clare a million things about the depth of his feelings that words could never have conveyed. He needed her every bit as much as she needed him—they were a perfect match.

Using her right hand to tilt his chin up while he reached for her left, Clare informed him, 'It's a Lucida, by the way. The Tiffany setting you have that enormous diamond in.'

'You said diamonds were a girl's best friend. That's apart from me, obviously…'

'Obviously.'

Amusement danced in his eyes. 'You have all the Tiffany settings memorized, don't you?'

Clare bobbed her head. 'Pretty much. Everyone has a hobby.'

'I'm in love with a crazy girl.'

'And she's crazy in love with you.'

And there was no niggling doubt in Clare's mind, no fear for the future, and, yes, her starry eyes were back. But Quinn had put the stars there. He was her soulmate in oh, so many ways.

The thought made her grin as he slipped the ring onto her finger.

'You know what this means, don't you?'

She leaned forward, placing her hands on his chest to push him backwards as she slid off the chair and onto him; stretching her body along the length of his.

'What does it mean?' Quinn smiled as he pushed long fingers into her hair and drew her face towards his, where Clare whispered the answer against his lips.

'I win.'

EPILOGUE

'HELLO, YOU.'

Clare grinned at Quinn's reflection as he walked up behind her, one long arm snaking around her waist while his head lowered to the hollow where her neck met her shoulder. 'Hello, me.'

Quinn spread his feet and pulled her against his lean body, pressing a row of kisses along the neck she angled for him. 'You ready?'

'Mmm-hmm.' She lifted her hands and set them on his arm, leaning her head back against his shoulder. 'You?'

He'd kissed his way to the sensitive skin below her ear before he lifted inky lashes and his gaze met hers, his rough voice vibrating against her ear. 'I love you.'

Clare smiled softly. 'Getting easier to say that word, isn't it?'

'Practice makes perfect.'

Turning in his arms, she stood on her toes and kissed him. 'Love you back.'

'Course you do.' He bent his knees and lifted her off the ground, turning on his heel to head back towards the door. 'I'm irresistible.'

'At the risk of making it difficult for you to get your head through doors I'm going to have to agree with that.' She wrapped her arms around his neck and looked down at him. 'So, are you telling them or am I?'

'I am. You can fend off all the hugs and kisses.'

'You're still a work in progress, you know.'

'You can work on me more later…' He set her down by the door and studied her incredible emerald eyes for the longest time. 'Do you need a minute?'

'No.' She kissed him again.

It never ceased to amaze Quinn, as he looked at her, how he could love her more with each passing day. He hadn't known it could be like that. But then he hadn't known anything about love until Clare.

It felt as if nobody had ever known him till she knew him, touched him till she touched him—loved him till she loved him. She was air to him now. Without her he wouldn't exist. Turned out he was a romantic after all.

'Okay. Here goes.'

With her fine-boned fingers tangled in his, they walked to the front of the room. Quinn eventually gave up on the waved-arm method in favour of placing his thumb and forefinger between his teeth and whistling. It got everyone's attention a lot faster.

When he looked down at Clare she was laughing at what he'd done, so he winked at her before lifting his chin and clearing his throat.

'Thanks for coming—especially those of you who travelled so far. We appreciate it.' His smile grew. 'But I'm afraid you're not here for an engagement party. You're here for a wedding…'

MILLS & BOON PUBLISH EIGHT LARGE PRINT TITLES A MONTH. THESE ARE THE EIGHT TITLES FOR JUNE 2009.

THE RUTHLESS MAGNATE'S VIRGIN MISTRESS
Lynne Graham

THE GREEK'S FORCED BRIDE
Michelle Reid

THE SHEIKH'S REBELLIOUS MISTRESS
Sandra Marton

THE PRINCE'S WAITRESS WIFE
Sarah Morgan

THE AUSTRALIAN'S SOCIETY BRIDE
Margaret Way

THE ROYAL MARRIAGE ARRANGEMENT
Rebecca Winters

TWO LITTLE MIRACLES
Caroline Anderson

MANHATTAN BOSS, DIAMOND PROPOSAL
Trish Wylie

MILLS & BOON PUBLISH EIGHT LARGE PRINT TITLES A MONTH. THESE ARE THE EIGHT TITLES FOR JULY 2009.

CAPTIVE AT THE SICILIAN BILLIONAIRE'S COMMAND
Penny Jordan

THE GREEK'S MILLION-DOLLAR BABY BARGAIN
Julia James

BEDDED FOR THE SPANIARD'S PLEASURE
Carole Mortimer

AT THE ARGENTINEAN BILLIONAIRE'S BIDDING
India Grey

ITALIAN GROOM, PRINCESS BRIDE
Rebecca Winters

FALLING FOR HER CONVENIENT HUSBAND
Jessica Steele

CINDERELLA'S WEDDING WISH
Jessica Hart

THE REBEL HEIR'S BRIDE
Patricia Thayer

Le

ЭЛЛИ КАУНДИ

НЕПОКОРНЫЕ

ЭЛЛИ КАУНДИ

НЕПОКОРНЫЕ

«Издательство АСТ»
Москва

УДК 821.111(73)-313.2
ББК 84(7 Сое)-4
К30

Ally Condie
Crossed

Дизайн обложки Виктория Лебедева

This edition published by arrangement with Writer's House LLC and Synopsis Literary Agency

Каунди, Элли
К30 Непокорные: роман / Элли Каунди; пер. с англ. В. Максимовой. — Москва: АСТ, 2013. — 416 с.

ISBN 978-5-17-077934-5 (АСТ)

В идеальном будущем все решения за людей принимает Общество: что читать, во что верить, кого любить и когда умирать. Кассия безропотно следовала всему до тех пор, пока на долю секунды не увидела лицо Кая во время Банкета обручения. Проблема в том, что ее официальной парой должен стать Ксандер, друг ее детства. Но непредсказуемый сбой системы посеял крупицу сомнения о всемогуществе правителей... Решится ли Кассия бросить дерзкий вызов авторитарному Обществу и последовать зову сердца?

«Непокорные» – вторая часть трилогии «Обрученные», ставшей мировым бестселлером.

УДК 821.111(73)-313.2
ББК 84(7 Сое)-4

ISBN 978-5-17-077934-5 (АСТ)
ISBN 978-985-18-2559-8 (ООО «Харвест»)

Иэну, который посмотрел вверх
и начал взбираться

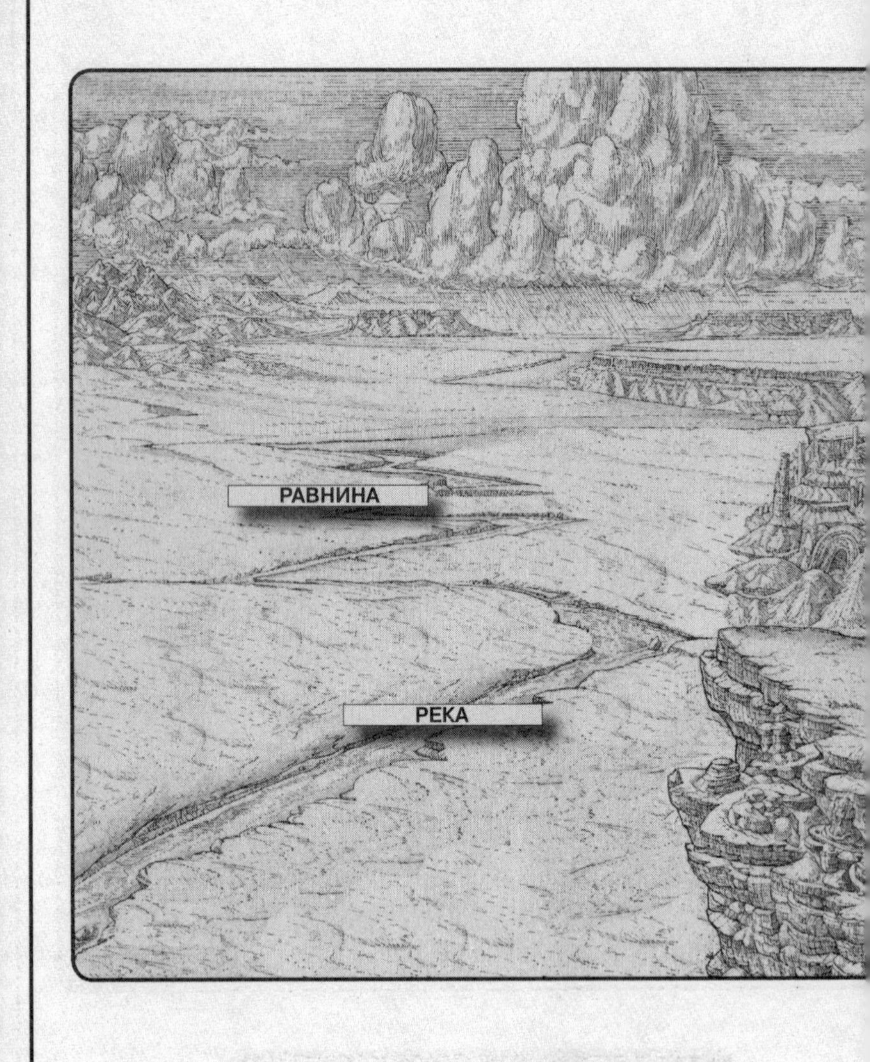

РАВНИНА
РЕКА

ЗА ПРЕДЕЛАМИ ОБЩЕСТВА

ДИЛАН ТОМАС

ПОКОРНО В НОЧЬ НАВЕК НЕ УХОДИ

Покорно в ночь навек не уходи,
Борись, борись, чтоб день не угасал,
Чтоб молниям не дать остыть в груди.

Уставшего от жизни не буди,
Пусть он мудрец, иссяк его запал,
Но ты покорно в ночь не уходи.

О семени пропавшем не грусти,
Пусть унесет его могучий вал,
Ты ж молниям не дай остыть в груди.

Дикарь мог солнцу приказать: Свети!
И против тьмы бесстрашно восставал.
Покорно в ночь он не желал уйти.

Когда померкнет свет в конце пути,
Огнем страстей воспламени финал,
Чтоб молниям не дать остыть в груди.

Отец, скажи душе своей: «Лети!»
Молись, чтоб свет очей не покидал,
Покорно в ночь навек не уходи
И молниям не дай остыть остыть в груди.

---

* Перевод Л. Иотковской.

АЛЬФРЕД ТЕННИСОН

ПЕРЕСТУПАЯ ЧЕРТУ

Закат, вечерняя звезда,
И тихий призыв — приди!
Не надо на отмели рыдать,
Когда время придет уходить.

Так высок прилив, что теченье спит,
Не шумит, не пенит волной,
Когда все, что восстало из бездны глубин,
Возвращается вновь домой.

Смеркается, вечерний звон,
А за ним придет темнота!
Пусть не будет горек прощальный стон,
Когда я уплыву навсегда.

Здесь останутся Время и Место,
А меня унесет далеко,
За последней чертой я узреть надеюсь
Кормчего своего.

---

*Перевод В. Максимовой.

ГЛАВА 1
КАЙ

Я стою в реке. Она синяя. Темно-синяя. Отражает цвет вечернего неба.

Я не двигаюсь. Это делает река. Она толкает меня и шуршит травой у края воды.

— Вылезай оттуда, — командует офицер. Он светит на нас фонариком с берега.

— Вы сказали положить тело в воду, — отвечаю я, притворяясь, будто не понимаю его.

— Я не говорил, что вы должны входить в воду сами, — напоминает он. — Так что вылезай оттуда. И принеси его куртку. Она ему больше не понадобится.

Я поднимаю глаза на Вика, который помогает мне с телом. Вик не зашел в воду. Он не местный, но слухи об отравленных реках в Отдаленных провинциях известны всему лагерю.

— Все в порядке, — тихо говорю я Вику. Офицеры и чиновники нарочно внушают нам страх перед этой рекой — перед всеми реками вообще — чтобы мы никогда не пытались пить из них и никогда не пытались перейти их вброд.

— Вам нужен образец ткани? — громко кричу я стоящему на берегу офицеру, когда замечаю, что Вик колеблется. Ледяная вода доходит мне до колен, голова мертвого мальчика качается на волнах, его открытые глаза устремлены в небо. Мертвый ничего не видит, но я вижу.

Я вообще слишком много всего вижу. Так было всегда. Слова и образы причудливо соединяются у меня в сознании, и где бы я ни был, я всегда подмечаю детали. Как сейчас. Вик не трус, но страх отражается на его лице. Рукава куртки мертвого мальчика обтрепаны по краям, нитки касаются воды там, где болтаются его опущенные руки. Его тонкие лодыжки и узкие ступни тускло белеют в руках Вика, который подходит ближе к берегу. Офицер уже приказал нам снять с тела ботинки. Теперь он раскачивает ими, держа за шнурки — туда-сюда, черные взмахи черного маятника. Второй рукой офицер направляет луч фонарика мне в глаза.

Я швыряю офицеру куртку. Ему приходится бросить ботинки, чтобы поймать ее.

— Можешь отпустить, — говорю я Вику. — Он не тяжелый. Я сам справлюсь.

Но Вик тоже сходит в реку. Ноги мертвого мальчика намокли, черная рабочая одежда впитала влагу.

— Не очень-то похоже на Прощальный банкет! — кричит Вик офицеру. В его голосе гнев. — Значит, это он выбрал наш вчерашний ужин? Если да, то он заслужил смерть!

Прошло так много времени с тех пор, когда я в последний раз позволял себе почувствовать гнев, что сейчас я его уже не просто чувствую. Он запечатывает мне рот, я проглатываю его, вкус у гнева резкий и металлический, как будто жуешь алюминиевый контейнер для еды. Этот мальчик умер из-за того, что чиновники приняли неправильное решение. Они давали ему слишком мало воды, и он умер раньше, чем нужно.

Нам приходится прятать тело, поскольку предполагается, что в лагерях временного содержания не умирают. Предполагается также, что мы здесь просто дожидаемся отправки в деревни, где Враг сам с нами разберется. Но не всегда выходит так, как задумано.

Общество хочет, чтобы мы боялись смерти. Но я не боюсь. Я боюсь только одного — умереть неправильно.

— Так умирают все, имеющие статус «Отклонение от нормы», — нетерпеливо отвечает офицер. Он делает шаг в нашу сторону. — И вам это известно. Никакого Прощального банкета. Никаких последних слов. Опускайте и вылезайте.

Так умирают все, имеющие статус «Отклонение от нормы». Опустив глаза, я вижу, что вода почернела одновременно с небом. Но я еще не готов отпустить.

Граждан провожают банкетом. Последними словами. Хранят образцы их тканей, дающие надежду на будущее бессмертие.

Банкет и образцы тканей не в моей власти, но у меня есть слова. Они постоянно крутятся у меня в голове наряду с картинками и цифрами.

И я шепотом произношу те из них, которые лучше всего подходят для этой реки и этой смерти.

Здесь останутся Время и Место,
А меня унесет далеко,
За последней чертой я узреть надеюсь
Кормчего своего.

Вик смотрит на меня удивленно.

— Отпускай, — говорю я, и мы одновременно разжимаем руки.

ГЛАВА 2
КАССИЯ

Грязь стала частью меня. От горячей воды, что течет в угловой раковине, руки у меня становятся красными, и я вспоминаю о Кае. Теперь мои руки немного похожи на его.

Признаться, почти все вокруг напоминает мне о Кае.

Куском мыла цвета нынешнего месяца, унылого цвета ноября, я в последний раз оттираю пальцы. Мне по-своему нравится грязь. Она впитывается в каждую трещинку моей кожи, образуя карту на тыльной стороне моих кистей. Однажды, когда мне было совсем плохо от усталости, я рассматривала картографию своей ладони и воображала, что она поможет мне найти дорогу к Каю.

Кай исчез.

Все это — Отдаленные провинции, трудовой лагерь, грязные руки, усталое тело, измученный разум — из-за того, что Кай исчез, и я хочу его найти.

Оказывается, отсутствие может ощущаться как присутствие. Отсутствие бывает столь всепоглощающим, что исчезни оно вдруг сейчас, то, обернувшись, я поражусь пустоте комнаты, в которой до сих пор пребывало нечто, пусть даже не он сам.

Я отворачиваюсь от раковины и обвожу взглядом наш барак. Маленькие окна под крышей раскрашены темнотой вечера. Сегодня последняя ночь перед очередной пересылкой; а мое следующее рабочее назначение станет последним. Мне уже сообщили, что после меня переведут в Центральный — самый большой город Общества, где я получу окончательную работу в одном из сортировочных центров. Настоящую работу, а не рытье земли, не тяжкий физический труд. За три месяца исправительных работ я побывала в нескольких трудовых лагерях, но все они располагались здесь, в провинции Тана. Я надеялась как-то добраться до Отдаленных провинций, но до сих пор ни на шаг не приблизилась к Каю.

Если я хочу бежать, чтобы продолжить поиски, это придется сделать очень скоро.

Инди, одна из моих соседок по бараку, протискивается мимо меня к раковине.

— Ты оставила нам хоть немного горячей воды? — спрашивает она.

— Да, — отвечаю я. Инди что-то цедит себе под нос, включает воду и берет мыло. Несколько девочек выстроились в очередь за ее спиной. Остальные терпеливо сидят на краешках своих коек, расположенных вдоль стен.

Сегодня седьмой день — день, когда приходит почта.

Я осторожно отвязываю от пояса маленький вещмешок. У каждой из нас есть такой мешок, мы должны все время носить его с собой. Мой вещмешок набит посланиями; как и большинство других девочек, я храню бумажные письма до тех пор, пока не зачитаю до дыр. Они похожи на хрупкие лепестки новых роз, которые Ксандер подарил мне перед отъездом. Эти лепестки я тоже сохранила.

Пока мы ждем, я перебираю старые письма. Другие девочки делают то же самое.

Очень скоро бумага начнет желтеть по краям и рассыпаться, слова выцветут и исчезнут. В последнем письме Брэм сообщает мне, что усердно трудится на полях, примерно учится в школе и никогда не опаздывает на занятия, и я невольно улыбаюсь, поскольку точно знаю: мой братишка слегка приукрасил действительность, по крайней мере, в последнем случае. Но слова Брэма вызывают у меня не только смех, но и слезы — он пишет, что просматривал дедушкину микрокарту, ту, что хранится в золотой коробочке с Прощального банкета.

«Историк читает краткий обзор дедушкиной жизни, а в самом конце есть перечень самых любимых дедушкиных воспоминаний, — пишет мне Брэм. — Там есть по одному о каждом из нас. Про меня он выбрал то, где я сказал свое первое слово, и оно оказалось: “еще”. А свое любимое воспоминание о тебе он назвал “день красного сада”».

Я не очень внимательно смотрела микрокарту в день Прощального банкета — тогда я была слишком поглощена последними мгновениями дедушкиной жизни в настоящем, чтобы в полной мере воспринимать его прошлое. Я хотела пересмотреть карту еще раз, да так и не собралась и теперь очень жалею об этом. Но еще сильнее мне жаль того, что я не могу припомнить никакого «дня красного сада». Я помню много дней, когда мы с дедушкой сидели на скамейке и болтали среди алых бутонов весны, красных новых роз лета или багровых листьев осени. Наверное, это он и имел в виду. Скорее всего, Брэм ошибся — дедушка вспоминал «дни красных садов», во множественном числе... Весенние, летние и осенние дни, когда мы с ним разговаривали.

Письмо от мамы и папы полно радости — им сообщили, что моя следующая пересылка в трудовой лагерь станет последней.

Я не могу винить своих родителей за эту радость. Их веры в любовь хватило на то, чтобы дать мне шанс отыскать Кая, но они не огорчаются из-за того, что эта возможность исчерпана. Я восхищаюсь ими за то, что они позволили мне попытаться. Немногие родители пошли бы на это.

Я тасую письма, думаю о карточной игре, вспоминаю Кая. Что если попробовать отправиться к нему со следующей пересылкой, тайком забраться в аэротанкер, спрятаться там и камнем с неба свалиться прямо в Отдаленные провинции?

Если я сделаю это, что он подумает, увидев меня после такой долгой разлуки? Вдруг он меня не узнает? Я знаю, что стала выглядеть по-другому. И дело не только в моих руках. Несмотря на полноценные порции еды, я сильно похудела от работы. Под глазами у меня залегли тени, потому что я совсем перестала спать по ночам, хотя Общество не записывает наши сны. И хотя меня беспокоит, что они так мало интересуются нами, я наслаждаюсь свободой от датчиков. Ночи напролет лежу без сна, думая о старых и новых словах, о поцелуе, тайком украденном у Общества. Но я стараюсь уснуть, честное слово, очень стараюсь, ведь во сне я вижу Кая лучше, чем наяву.

Мы можем видеться с другими людьми, только когда это разрешено Обществом. Или в жизни, или через порт, на микрокарте. Когда-то Общество разрешало гражданам носить с собой изображения любимых. Если люди умирали или уезжали, то их близкие могли хотя бы помнить, как те выглядели. Но это уже много лет как запрещено. А теперь Общество отказалось даже от традиции вручать новым Обрученным фотографии друг друга после первого личного свидания. Об этом я узнала из тех посланий, которые не храню — из сообщения Департамента подбора пар, разосланного всем, состоящим в базе Обрученных. Там, в частности, говорилось: «Отныне процедуры подбора пар упрощаются в целях достижения максимальной эффективности и повышения числа оптимальных результатов».

Интересно, у них случались новые ошибки?

Я снова закрываю глаза и пытаюсь увидеть лицо Кая. Но все образы, которые я вызываю в последнее время, кажутся мне нечеткими, словно размытыми. Я гадаю, где сейчас Кай, что с ним случилось, сумел ли он сберечь лоскут зеленого шелка, который я дала ему перед расставанием.

Сумел ли он сберечь меня.

Я вытаскиваю кое-что еще и бережно разворачиваю лист бумаги на койке. Вместе с бумагой выпадает лепесток новой розы, на ощупь он тоже похож на бумагу и так же пожелтел по краям.

Девочка, сидящая на соседней койке, замечает, что у меня в руках, поэтому я спускаюсь на нижнюю кровать. Остальные девочки собираются вокруг, как делают всегда, когда я достаю именно эту страницу. Мне не грозят неприятности за ее хранение — в конце концов, это не контрабанда или что-то незаконное. Страница распечатана с зарегистрированного порта. Но здесь нам запрещено распечатывать что-либо, кроме писем и сообщений, поэтому мой маленький кусочек искусства становится чем-то ценным.

— Наверное, сегодня мы в последний раз смотрим на нее, — говорю я. — Бумага распадается на куски.

— А я и не догадалась принести с собой хоть одну из Ста Картин, — вздыхает Лин, опуская глаза.

— Я не догадалась, — говорю я. — Мне ее дали.

Дал Ксандер, в городке, в день нашего прощания. Это номер девятнадцать из Ста Картин — «Ущелье Колорадо» Томаса Морана, я делала по ней доклад в школе. Тогда я сказала, что это моя любимая картина, и Ксандер, оказывается, помнил об этом все эти годы. Картина каким-то необъяснимым образом пугала и завораживала меня — такое живописное небо, такая прекрасная и суровая земля, вся в провалах и вершинах. Меня страшила бескрайность этого места. И в то же время я сожалела о том, что никогда не увижу ничего подобного: зеленых деревьев, цепляющихся за алые скалы, серо-голубых облаков, несущихся в небесах, золота и тьмы кругом.

Наверное, отголосок этой тоски прозвучал в моем голосе, когда я делала доклад в школе, раз Ксандер обратил внимание на картину и запомнил ее. Между прочим, Ксандер до сих пор очень искусно разыгрывает свою игру. И эта картина — одна из его карт. Каждый раз, когда я вижу ее или дотрагиваюсь до сухого розового лепестка, я вспоминаю, каким он был близким и понимающим, и тоскую по тому, от чего пришлось отказаться.

Я оказалась права, сказав, что сегодня мы в последний раз любуемся этой картиной. Когда я стала складывать листок, он распался на кусочки. Мы одновременно охнули, и наш общий вздох взметнул клочки в воздух.

— Можем сходить и посмотреть на нее через порт, — говорю я девочкам. Единственный лагерный порт, огромный и всеслышащий, непрерывно жужжит в главном зале.

— Нет, — бросает Инди. — Уже слишком поздно.

Это правда, после ужина мы должны находиться у себя в комнате.

— Тогда завтра, за завтраком, — говорю я.

Инди с досадой машет рукой и отворачивается. Она права. Я не могу объяснить, почему это будет не то, но это так. Раньше я думала, что сам факт обладания этой страничкой делает ее особенной, но теперь вижу, что дело не только в этом. Куда важнее разглядывать что-то без надзора, без указаний, как и куда смотреть. Вот что давала нам моя картина номер девятнадцать.

Не знаю, почему я все время не носила с собой картины и стихи раньше, до того, как попала сюда? Все это изобилие бумаги в портах, вся эта роскошь. Так много тщательно отобранных фрагментов красоты, мы все равно недостаточно часто любуемся ими. Почему я не замечала раньше, что цвет зелени возле каньона столь свеж, что позволяет почти осязаемо почувствовать гладкость листа, его липкую поверхность, похожую на впервые раскрывшиеся крылышки бабочки?

Одним быстрым движением Инди смахивает кусочки бумаги с моей койки. Она делает это не глядя. И по тому, как точно она знала, где лежали обрывки, я понимаю, как сильно расстроила ее утрата картины.

Я отношу клочки в мусоросжигатель, и слезы жгут мне глаза.

«Все в порядке, — твержу я себе. — У тебя остались другие, прочные вещи, спрятанные под бумагами и лепестками. Контейнер с таблетками. Серебряная коробочка с Банкета Обручения. Компас Кая и синие таблетки Ксандера».

Обычно я не храню в вещмешке компас и таблетки. Они слишком ценны. Я не знаю, роются ли офицеры в моих вещах, но не сомневаюсь, что это делают девочки.

Поэтому в свой первый день в каждом новом лагере я выношу компас и синие таблетки наружу и зарываю их в землю, а перед пересылкой снова откапываю. Кроме того, эти вещи вне закона, они представляют огромную ценность. Компас, золотой и блестящий, может показать мне, в какую сторону идти. Что касается таблеток, то Общество учит, что при наличии воды одна синяя пилюля позволяет продержаться без пищи день или два. Ксандер украл для меня несколько дюжин, а значит, я смогла бы прожить очень долго. Вместе эти подарки представляют собой отличный набор для выживания.

Если только я смогу попасть в Отдаленные провинции и воспользоваться ими.

В такие вечера, как сегодня, — вечера перед пересылкой — мне нужно найти дорогу к своему тайнику и надеяться, что я правильно запомнила место. Сегодня вечером я вернулась в барак последней, и грязь на моих руках была с другого конца поля. Вот почему я торопилась поскорее помыть их: надеялась, что зоркая Инди, стоявшая у меня за спиной, не заметит ничего подозрительного. Еще я надеялась на то, что крупицы земли не просыплются из моего вещмешка, что никто не услышит мелодичного звяканья, звона надежды, с которым серебряная коробочка и компас стукаются друг о друга и о контейнер с таблетками.

В этих лагерях я стараюсь скрывать от других девочек, что я все еще гражданин. Общество обычно не разглашает информацию о нашем статусе, но я слышала, как девочки рассказывали друг другу, что у них отобрали контейнеры с таблетками. Это означает только одно — эти девочки каким-то образом, за проступки родителей или собственные ошибки, утратили гражданство. Они стали «Отклонением от нормы». Как Кай.

Есть лишь одна ступень ниже «Отклонения от нормы» — «Аномалия». Но о них уже давно ничего не слышно. Они как будто исчезли. И что-то подсказывает мне, что когда не стало «Аномалий», их место заняли «Отклонения от нормы», по крайней мере, в коллективном сознании Общества.

В провинции Ориа о Правилах деклассификации предпочитали молчать, поэтому одно время я очень боялась навлечь эту кару на свою семью. Но, вспоминая историю Кая и слушая откровенные разговоры девочек, я эти правила вычислила.

Итак, Правила таковы: если один из родителей теряет свой статус, то его теряет и вся семья.

Но если статус теряет ребенок, наказание не касается его семьи. Ребенок в одиночку несет бремя своего Нарушения.

Кай был лишен статуса за проступок отца. Потом, после смерти первенца Макхэмов, его перевезли в провинцию Ориа. Только теперь я в полной мере понимаю, насколько уникальной была ситуация Кая — он смог вернуться из Отдаленных, только потому что кто-то другой был убит, а его дядя и тетя, Патрик и Аида, очевидно, занимали гораздо более высокое положение в Обществе, чем мы себе представляли. Я боюсь думать о том, что с ними стало теперь. От этих мыслей меня бросает в дрожь.

Но, напоминаю я себе, отправившись на поиски Кая, я не погублю свою семью. Я могу потерять свой статус, но их это не коснется.

Я цепляюсь за эту мысль — что бы я ни сделала, моя семья будет в безопасности, и Ксандер тоже.

— Письма, — объявляет женщина-офицер, входя в комнату. У нее грубый голос и добрые глаза. Она кивает нам и начинает зачитывать имена.

— Мира Уоринг.

Мира делает шаг вперед. Мы все смотрим и считаем. Мира получает три письма, как всегда. Офицер распечатывает и читает письма до того, как отдать их нам, чтобы не тратить время в очереди девочек у порта.

Для Инди ничего нет.

И всего одно послание для меня, общее от родителей и Брэма. От Ксандера ничего. Раньше он никогда не пропускал неделю.

Что случилось? Я стискиваю пальцы на вещмешке и слышу хруст сминаемой внутри бумаги.

— Кассия, — говорит офицер. — Пожалуйста, пройди со мной в большой зал. У нас есть сообщение для тебя.

Девочки с удивлением смотрят на меня.

Меня обдает холодом. Я знаю, кто это. Моя чиновница проверяет меня через порт.

Вот ее лицо я помню очень отчетливо, каждую ледяную черточку.

И я не хочу идти.

— Кассия, — повторяет офицер. Обернувшись на девочек и на комнату, которая вдруг кажется мне теплой и уютной, я встаю, чтобы выйти следом за офицером. Она ведет меня обратно в большой зал и к порту. Я слышу, как он гудит на всю комнату.

Прежде чем посмотреть на экран, я на миг опускаю глаза. *Соберись, контролируй свое лицо, руки, глаза. Смотри на них так, чтобы они не смогли заглянуть внутрь тебя.*

— Кассия, — произносит кто-то, и я узнаю этот голос.

Я поднимаю глаза и не могу поверить тому, что вижу.

Он здесь.

Экран пуст, а он стоит передо мной — настоящий.

Он здесь.

Целый, здоровый и невредимый.

Здесь.

Не один — чиновник стоит у него за спиной — но все равно, это он...

Здесь.

Я прижимаю свои красные, исцарапанные руки к глазам, потому что просто не могу вместить этого.

— Ксандер, — говорю я.

ГЛАВА 3
КАЙ

Прошло полтора месяца с того дня, как мы опустили тело мертвого мальчика в воду. Теперь я лежу на земле, а сверху падает огонь.

«Это песня», — говорю я себе, как делаю всегда. Басовые звуки тяжелых выстрелов, сопрано криков, дрожащий тенор моего собственного страха. Все части мелодии.

«Не пытайся бежать». Другим я тоже говорю это, но новенькие подсадные никогда не слушают. Они верят в то, что сказало им Общество перед отправкой сюда: *Отбудешь свой срок в сельской местности, и через шесть месяцев мы вернем тебя домой. И ты снова получишь статус гражданина.*

Но никто не выживает шесть месяцев.

Когда я выберусь наверх, кругом будут обугленные дома и серые брызги лебеды. И обожженные неподвижные тела, разбросанные по оранжевой песчаной земле.

Когда в песне наступает пауза, я шепчу проклятия. Аэросуда улетают. Я знаю, что вызвало их огонь.

Этим утром башмаки прохрустели по инею за моей спиной. Я не стал оборачиваться, чтобы посмотреть, кто пошел за мной на край деревни.

— Что ты делаешь? — спросил кто-то.

Голос мне незнаком, но это не имеет значения. Общество регулярно отправляет новые партии людей из лагерей в деревни. В последнее время мы умираем все быстрее и быстрее.

Еще до того, как они затолкали меня в поезд из Ории, я знал, что Общество никогда не пошлет нас сражаться. Для этого в их распоряжении имеется достаточно техники и обученных офицеров. Людей без статуса «Отклонение от нормы» или «Аномалия».

Все, что нужно Обществу, — и все, для чего нас свозят сюда, — это тела. Мы — ложная цель. Подсадные крестьяне. Они привозят нас. Сгоняют туда, где им нужно иметь побольше народу, чтобы вызвать огонь со стороны Врага. Они хотят, чтобы Враг считал, будто Отдаленные провинции по-прежнему густо населены и пригодны к жизни, хотя единственные люди, которых я видел здесь, — это такие же невольники, как мы. Сброшенные сюда с воздуха вместе с запасом продовольствия, достаточным только для того, чтобы продержаться, пока Враг нас не прикончит.

Никто не возвращается домой.

Кроме меня. Я приехал домой. Отдаленные провинции — моя родина.

— Снег, — сказал я незнакомому подсадному. — Я смотрю на снег.

— Здесь нет снега, — фыркнул он.

Я не ответил. Я смотрел на вершину ближайшего плато. На это стоит посмотреть — белый снег на красных скалах. Тая, снег из белого становится прозрачным, пронизанным радугами. Давным-давно я поднимался высоко в горы, когда шел снег. Он так красиво опушал мертвые зимой растения.

Не оборачиваясь, я услышал, как подсадной повернулся и побежал обратно в лагерь.

— Посмотрите на плато! — закричал он, и тогда все высыпали из домов и начали кричать от радости.

— Давай заберемся наверх и наберем снега, Кай! — крикнул мне кто-то через несколько мгновений. — Идем!

— Ничего не выйдет, — сказал я им. — Он слишком быстро тает.

Но никто меня не послушал. Чиновники продолжают терзать нас жаждой, а та вода, которую мы получаем, воняет канистрой и на вкус такая же. Ближайшая река действительно отравлена, а дожди бывают редко.

Один глоток холодной свежей воды. Я понимал, зачем они хотели лезть на плато.

— Уверен? — крикнули мне, и я снова кивнул.

— Ты идешь, Вик? — окликнул кто-то еще.

Вик встал, прикрыл рукой свои упрямые голубые глаза и сплюнул в тронутую инеем полынь.

— Нет, — процедил он. — Кай говорит, снег растает раньше, чем мы туда доберемся. А нам еще могилы копать.

— Ты всегда заставляешь нас копать, — пожаловался кто-то из подсадных. — А мы должны вести себя, как крестьяне! Так говорит Общество.

И он прав. Общество хочет, чтобы мы использовали лопаты и семена из деревенских сараев для того, чтобы сажать зимние культуры, а тела умерших нужно бросать там, где они лежат. Я слышал, как другие подсадные говорили, что в других деревнях они так и поступали. Оставляли тела мертвых Обществу, Врагу или диким зверям — тем, кому они могли пригодиться.

Но мы с Виком хороним людей. Все началось с того мальчика в реке, и до сих пор нас никто не остановил.

Вик рассмеялся, смех получился холодным. В отсутствии офицеров и чиновников он стал у нас неформальным начальником, и подсадные порой забывают о том, что у него вообще-то нет никакой власти в Обществе. Они забывают, что у него такой же статус «Отклонение от нормы», как и у них.

— Я ничего вас не заставляю делать. И Кай тоже. Вы знаете, кто вас заставляет, но если хотите попытать счастья наверху, я не буду вас отговаривать.

Солнце вскарабкивалось все выше, как и они. Какое-то время я наблюдал за ними. Черная рабочая одежда и расстояние от деревни до плато делали их похожими на муравьев, ползущих по склону горы. Потом я встал и вернулся к работе — надо было рыть могилы для погибших под ночным обстрелом.

Вик и другие работали рядом со мной. Нам предстояло выкопать семь могил. Не так много, учитывая интенсивность огня и то, что нас было около сотни.

Я повернулся спиной к лезущим на гору, чтобы мне не пришлось своими глазами видеть, что весь снег растаял, когда они наконец поднялись на вершину. Восхождение было пустой тратой времени.

Такой же пустой тратой времени, как размышления о тех, кого нет. А учитывая то, как тут обстоят дела, у меня осталось слишком мало времени, чтобы я мог позволить себе его терять.

Но я ничего не могу с собой поделать.

В свою первую ночь в Кленовом городке я смотрел в окно в своей новой спальне, но ничто снаружи не выглядело знакомым или похожим на дом. Поэтому я отвернулся. Но тут в комнату вошла Аида, и она была так похожа на мою маму, что я вздохнул с облегчением.

Она протянула мне руку с компасом.

«У наших родителей было две дочери и только один артефакт. Мы с твоей мамой договорились хранить его по очереди, но теперь ее нет. — Аида разжала мою руку и вложила компас мне в ладонь. — У нас был один артефакт на двоих. А теперь у нас один сын. Это тебе».

«Я не могу его взять, — сказал я. — У меня статус “Отклонение от нормы”. Нам не разрешают иметь артефакты».

«Ну и пусть, — сказала Аида. — Он все равно твой».

А потом я отдал компас на хранение Кассии, а она дала мне лоскуток зеленого шелка. Я знал, что однажды они все равно отберут у меня ее подарок. Я знал, что не смогу сохранить его. Вот почему, когда мы в последний раз спускались с Холма, я задержался и привязал лоскуток к дереву. Быстро, чтобы она не заметила.

Мне приятно думать, что он и сейчас на вершине Холма, под дождем и ветром.

Потому что в конечном итоге нам редко предоставляется возможность выбирать, что сохранить. Ты можешь только выбрать способ расстаться.

2 Зак. 3443

Кассия.

Я думал о ней, когда увидел первый снег. Я думал: «Мы могли бы забраться туда. И пускай снег бы растаял. Мы бы сели и написали слова на влажном песке. Мы бы сделали это, если бы ты не ушла».

Но потом я вспомнил, что это не она ушла. А я.

Над краем могилы появляется ботинок. Я узнаю его по насечкам, вырезанным на подошве — так некоторые из нас ведут счет времени, проведенного здесь. Но ни у кого, кроме него, нет такого количества зарубок, такого количества дней.

— Ты не мертвый, — говорит Вик.

— Нет, — отвечаю я, поднимаясь на ноги. Потом сплевываю землю изо рта и берусь за лопату.

Вик копает рядом. Мы не говорим о тех, кого не сможем похоронить сегодня. О тех, кто пытался добраться до снега.

Вернувшись в деревню, я слышу, как подсадные окликают друг друга и нас. «Еще трое мертвецов здесь!» — кричат они, а потом замолкают, глядя в небо.

Никто из подсадных, отправившихся на вершину плато, никогда не вернется назад. Вопреки всему, я все равно надеюсь на невозможное — на то, что они успели утолить свою жажду до того, как началась стрельба. Что они умерли с полными ртами чистого, холодного снега.

ГЛАВА 4
КАССИЯ

Ксандер здесь, передо мной. Светлые волосы, голубые глаза и такая теплая улыбка, что я спешу дотронуться до него прежде, чем чиновник дает нам разрешение на прикосновения.

— Кассия, — говорит Ксандер и тоже не ждет разрешения.

Он притягивает меня к себе, и мы крепко обнимаемся. Я даже не пытаюсь бороться с желанием прижаться лицом к его груди, к одежде, пахнущей домом и Ксандером.

— Я скучал по тебе, — говорит Ксандер, его по-новому низкий голос рокочет над моей головой. Он выглядит сильнее. Это так хорошо и замечательно просто быть с ним, что я отстраняюсь, беру его лицо в ладони, притягиваю к себе и целую в щеку, в опасной близости к губам. Когда я делаю шаг назад, у нас обоих в глазах стоят слезы. Это так странно — видеть Ксандера в слезах, что у меня перехватывает дыхание.

— Я скучала по тебе, — говорю я, невольно спрашивая себя, сколько же боли, поселившейся во мне, порождалось в том числе разлукой с ним.

Чиновник, стоящий за спиной у Ксандера, улыбается. Наша встреча проходит без сучка и задоринки. Он незаметно делает шаг назад, оставляя нас наедине, и заносит что-то в свой датапод. Очевидно, нечто вроде: «Оба объекта проявили надлежащие эмоции при виде друг друга».

— Но как? — спрашиваю я Ксандера. — Как ты здесь оказался?

Нет, видеть его замечательно, но все-таки слишком замечательно. Очередная проверка моей чиновницы?

— Прошло пять месяцев после нашего Обручения, — говорит Ксандер. — Все Обручившиеся в одном месяце с нами получают право на первое личное свидание. Департамент пока не отменил этого правила. — Он улыбается мне, но в его глазах прячется грусть. — Я обратил внимание чиновников на то, что поскольку мы больше не проживаем рядом, то заслуживаем свидание наравне с другими. А по традиции, такая встреча проходит по месту проживания девушки.

Он не говорит «у девушки дома». Он все понимает. И он прав. Я проживаю здесь. Но этот трудовой лагерь мне не дом. Я могу назвать домом провинцию Ориа, потому что там до сих пор живут Ксандер и Эми, и я сама родом оттуда. И хотя я не жила в провинции Кейа, но тоже могу назвать ее домом, потому что там теперь мои родители и Брэм.

И еще я воспринимаю как дом то место, где сейчас находится Кай, хотя не могу назвать его и не знаю, где оно находится.

Ксандер дотрагивается до моей руки.

— Нам разрешена прогулка, — говорит он. — Если ты хочешь.

— Конечно, — отвечаю я и смеюсь, просто не могу удержаться. Всего несколько минут назад я отскребала грязь с рук и чувствовала себя бесконечно одинокой, а теперь со мной Ксандер. Это все равно, как если бы я шла мимо освещенных окон домов в нашем городке, делая вид, будто мне безразличны все мои утраты, а потом вдруг одним махом, даже не подняв руки к дверной ручке, перенеслась в комнату, залитую теплым золотым светом.

Только когда чиновник указывает нам на выход, я замечаю, что это не тот официальный представитель, который сопровождал нас во время свидания в частном пищевом зале в нашем родном городке. То свидание было специально устроено для нас с Ксандером вместо традиционной первой встречи Обрученных через порт, поскольку мы с ним уже знали друг друга. Чиновник, сопровождавший нас в тот вечер, был молод. Этот тоже, но выглядит гораздо добрее. Он ловит мой взгляд и слегка наклоняет голову жестом формальным и вежливым, но при этом неуловимо участливым.

— Общество отказалось от практики прикреплять специального чиновника к каждой паре Обрученных, — объясняет он мне. — Так более эффективно.

— Ужинать уже поздно, — говорит Ксандер. — Но мы можем сходить в город. Куда бы ты хотела пойти?

— Я даже не знаю, что тут есть, — отвечаю я. У меня сохранились очень смутные воспоминания о въезде в город на поезде дальнего следования и прогулке по улице до транспорта, которым нас доставили в лагерь. Помню почти облетевшие деревья, расцвечивавшие серое небо редкими алыми и золотыми листьями. Или это было в другом городе, возле другого лагеря? Должна была быть ранняя осень, раз листья были такие яркие.

— Здесь возможностей меньше, — говорит Ксандер. — Но есть все то же, что и у нас в городке, — мюзик-холл, игровой центр, пара шоу.

Кинозал. Я так долго не была там. На какое-то мгновение мне кажется, что это самое подходящее место, и я даже открываю рот, чтобы сказать это. Я живо представляю, как в кинотеатре гаснет свет, как сердце у меня начинает биться быстрее в ожидании картин, которые вот-вот появятся на экране, и музыки, готовой политься из динамиков. Потом я вспоминаю стрельбу и слезы, стоявшие в глазах Кая, когда зажегся свет, и это воспоминание влечет за собой другое.

— Здесь есть музей?

Что-то мелькает в глазах Ксандера, но я не могу понять что. Усмешка? Удивление? Я всматриваюсь пристальнее, пытаясь разобраться; обычно Ксандер не был для меня загадкой. Он искренний и открытый, как книга, которую я перечитываю снова и снова и каждый раз с удовольствием. Но сейчас я почему-то не могу угадать, о чем он думает.

— Да, — отвечает Ксандер.

— Я бы хотела пойти туда, — говорю я, — если ты не против.

Он кивает.

Какое-то время мы идем через городок, и в воздухе висит густой аромат сельской местности — горящего дерева, холодного воздуха и яблок, которые превращаются в сидр. Я чувствую прилив любви к этому месту и понимаю, что ее вызвал мальчик, стоящий рядом со мной. Ксандер может сделать лучше любое место и любого человека. Вечерний воздух напоен горьковато-сладким обещанием того, что могло бы быть, и я задерживаю дыхание, когда Ксандер оборачивается и смотрит на меня под теплым светом уличного фонаря. Его глаза тоже говорят о том, что могло бы быть.

В музее оказывается всего один этаж, и у меня обрывается сердце. Он такой маленький! Что если здесь все не так, как в Ории?

— Мы закрываемся через полчаса, — предупреждает мужчина за стойкой. На нем видавшая виды форма, такая же усталая и поношенная, как и он сам, того и гляди, расползется по швам.

Мужчина проводит руками по крышке стойки и подталкивает к нам датапод.

— Напечатайте свои имена, — просит он, и мы так и делаем. Чиновник печатает первым. Вблизи глаза у него выглядят такими же усталыми, как у человека за стойкой.

— Спасибо, — говорю я, забив свое имя и отправив датапод обратно к служителю.

— У нас тут немного экспонатов, — информирует он.

— Ничего страшного, — отвечаю я.

Я гадаю про себя, не кажется ли чиновнику подозрительным мой выбор места для свидания, но, к моему удивлению, он теряет к нам интерес, едва переступив порог главного зала музея. Как будто хочет дать нам возможность поговорить наедине. Подойдя к одной из застекленных витрин, чиновник склоняется над ней, заложив руки за спину, и застывает в этой позе, почти элегантной в своей небрежности. Добрый чиновник. Конечно, они должны существовать. Мой дедушка был таким.

Я испытываю огромное облегчение, когда почти сразу же обнаруживаю то, зачем сюда пришла, — застекленную карту Общества. Она висит прямо посреди зала.

— Сюда, — говорю я Ксандеру. — Давай посмотрим?

Он кивает. Пока я читаю названия рек, городов и провинций, он переминается с ноги на ногу рядом со мной, приближаясь ко мне, и проводит рукой по волосам. В отличие от Кая, который в таких местах всегда стоит неподвижно, Ксандер — это сплошной поток уверенных движений, непрерывные волны мелких жестов. Именно это делает его таким неотразимым во время игры — подергивание бровей, улыбки, порхание рук, безостановочно тасующих карты.

— Эту экспозицию давно не обновляли, — произносит голос у нас за спиной, и я вздрагиваю от неожиданности. Это служитель из-за стойки. Я обвожу глазами зал в поисках другого служащего. Он замечает мой взгляд и грустно улыбается. — Все остальные в служебных помещениях, закрывают музей на ночь. Так что если хотите что-то узнать, придется спрашивать у меня.

Я кошусь на нашего чиновника. Он по-прежнему стоит перед витриной у входа и, кажется, полностью поглощен изучением выставленных там экспонатов. Я смотрю на Ксандера и пытаюсь передать ему беззвучное послание: *Пожалуйста.*

В первое мгновение мне кажется, что он не понимает или не хочет понять. Я чувствую, как его пальцы смыкаются вокруг моих, вижу, как твердеет его взгляд и желваки едва заметно выступают на скулах. Но затем выражение его лица смягчается, и он кивает.

— Поторопись, — просит он, а потом выпускает мою руку и направляется к чиновнику в другой конец зала.

Я должна попытаться, хотя не думаю, что у этого усталого седого старика есть ответы на мои вопросы, и едва вспыхнувшая надежда вновь покидает меня.

— Я хочу побольше узнать о славной истории провинции Тана.

Пауза. Удар сердца.

Старик делает глубокий вдох и начинает рассказ.

— Провинция Тана известна своим прекрасным географическим положением, а также славится сельским хозяйством, — равнодушно заводит он.

Он не знает. У меня обрывается сердце. Дома, в провинции Ориа, Кай сказал мне, что стихи, которые оставил мне дедушка, могут иметь определенную ценность, а просьба рассказать историю провинции — это пароль, при помощи которого можно сообщить архивисту, что ты готов к сделке. Я надеялась, что здесь все устроено так же. Какая глупость. Может быть, в провинции Тана вообще нет архивистов, а если даже есть, то, наверное, они нашли себе занятие получше, чем маяться тоской от открытия до закрытия этого грустного маленького музея!

Тем временем служащий продолжает свой рассказ:

— До возникновения Общества провинция Тана часто подвергалась наводнениям, однако в настоящее время природные стихии взяты под контроль. Провинция Тана является одним из самых продуктивных сельскохозяйственных районов Общества...

Я не оглядываюсь на Ксандера. И на чиновника тоже. Я смотрю только на карту, висящую передо мной. Один раз я уже попыталась сделать это, и у меня тоже ничего не получилось. Но тогда это произошло из-за того, что я не смогла заставить себя расстаться со стихотворением, которое делила с Каем.

Я замечаю, что служащий закончил рассказ. Теперь он смотрит мне прямо в глаза.

— Вас интересует что-то еще? — спрашивает он.

Нужно признать свое поражение. Улыбнуться, отвернуться к Ксандеру и забыть обо всем этом, смириться с тем, что он ничего не знает, и уйти прочь. Внезапно я вспоминаю о последнем красном листе, храбро горящем на фоне неба. Я делаю вдох. Лист падает.

— Да, — еле слышно выдыхаю я.

Дедушка дал мне два стихотворения. Нам с Каем нравились стихи Томаса, но были и другие слова, и сейчас именно они всплывают у меня в памяти. Я не помню стихотворение Теннисона целиком, но одно четверостишие так ясно встает у меня перед глазами, как будто всегда было записано там.

Возможно, его вызвали слова служителя о наводнении.

Здесь останутся Время и Место,
А меня унесет далеко,
За последней чертой я узреть надеюсь
Кормчего своего.

По мере того как я негромко произношу четверостишие, лицо этого человека меняется. Оно становится умным, внимательным, живым. Наверное, я вспомнила все слова правильно.

— Любопытное стихотворение, — говорит служитель. — Не из Сотни, я думаю.

— Нет, — отвечаю я. Руки у меня дрожат, надежда оживает. — Но оно все равно чего-то стоит.

— Боюсь, что нет, — возражает служащий. — Если у вас нет оригинала.

— Нет, — говорю я. — Он был уничтожен.

Я его уничтожила. Я вспоминаю котлован перед библиотекой и листок, вспорхнувший в небо, прежде чем упасть вниз и сгореть.

— Мне жаль, — говорит служитель, и кажется, ему действительно жаль. — Так что же вы надеялись получить за него? — спрашивает он с ноткой любопытства в голосе.

Я показываю на карту Отдаленных провинций. Если бы только я смогла добраться туда, то появился бы крошечный, но реальный шанс найти Кая.

— Я знаю, что сюда увозят людей со статусом «Отклонение от нормы», — шепчу я. — Мне нужно знать, куда именно и как туда добраться. Нужна карта.

Он отрицательно качает головой. *Нет.*

Он не может сказать? Или не хочет?

— У меня есть кое-что еще, — говорю я.

Я горблюсь, чтобы ни Ксандер, ни чиновник не могли увидеть моих рук, и судорожно ощупываю свой вещмешок. Касаюсь пальцами контейнера с таблетками, потом гладкой поверхности компаса и замираю.

Что продать?

Внезапно у меня темнеет в глазах, и я со страхом вспоминаю тот день, когда мне пришлось сортировать Кая. Пар в огромном зале, пот, мука выбора, который мне предстояло сделать…

«Спокойно», — приказываю я себе. Покосившись через плечо, я смотрю на Ксандера и успеваю поймать быстрый взгляд его голубых глаз, прежде чем он снова поворачивается к чиновнику. Я вспоминаю, как Кай смотрел на меня с платформы аэропоезда, прежде чем они увезли его, и снова с ужасом чувствую, как уходит время.

Приняв решение, я лезу в мешок и вытаскиваю то, что хочу продать. Стараясь сдержать дрожь в руках, я слегка приподнимаю свой товар, чтобы служитель мог его рассмотреть, и пытаюсь поверить в то, что смогу с ним расстаться.

Служитель улыбается и кивает мне.

— Да, — говорит он. — Вот это чего-то стоит. Но чтобы приготовить то, что вам нужно, потребуется несколько дней, а то и недель.

— У меня есть только сегодняшняя ночь, — отвечаю я.

Прежде чем я успеваю что-то добавить, старик забирает мой товар, и моя рука пустеет.

— Куда вы идете отсюда?

— В мюзик-холл, — отвечаю я.

— Загляните под сиденье, когда будете уходить, — шепчет он. — Я сделаю все, что смогу. — Свет над нашими головами меркнет. Глаза служителя тоже тускнеют, и он говорит мне тем же бесцветным голосом, которым разговаривал раньше: — Мы закрываемся. Вам пора уходить.

Ксандер наклоняется ко мне посреди музыки.

— Получила то, что хотела? — спрашивает он, голос его звучит глубоко и низко, а дыхание щекочет мне щеку. Чиновник, сидящий сбоку от него, смотрит прямо перед собой. Он тихонько постукивает пальцами по подлокотнику кресла, отбивая ритм музыки.

— Пока не знаю, — отвечаю я. Архивист сказал мне посмотреть под кресло перед уходом, но меня так и подмывает сделать это раньше. — Спасибо, что помог мне.

— Я все время это делаю, — говорит Ксандер.

— Я знаю.

Я вспоминаю подарки, которые он дал мне: картину, синие таблетки, аккуратно лежащие в своих отделениях. Неожиданно мне приходит в голову, что даже компас, подарок Кая, сберег для меня именно Ксандер в тот день в городке, когда у нас отбирали артефакты.

— Ты еще не все про меня знаешь, — говорит Ксандер. Лукавая улыбка появляется на его лице.

Я опускаю взгляд на его руку, накрывающую мою ладонь, на его большой палец, тихонько щекочущий мою кожу, потом снова заглядываю ему в глаза. Ксандер продолжает улыбаться, но есть что-то серьезное в его лице.

— Нет, — соглашаюсь я. — Не все.

Мы держимся за руки. Музыка Общества играет вокруг нас и над нами, но наши мысли принадлежат только нам.

Когда приходит время вставать, я провожу рукой под креслом. Там что-то есть — сложенный квадратиком листок бумаги, который легко подается, когда я дергаю его за уголок. И хотя мне не терпится заглянуть в него прямо сейчас, я сую листок в карман, гадая про себя, что же я купила.

Чиновник провожает нас обратно в главный зал лагеря. Когда мы входим внутрь, он обводит взглядом помещение, длинные столы, единственный громоздкий порт, а когда снова смотрит на меня, я вижу в его глазах нечто, похожее на жалость. Я поднимаю подбородок.

— У вас есть десять минут на то, чтобы попрощаться, — говорит нам чиновник. Теперь, когда мы вернулись в лагерь, его голос звучит резче, чем раньше. Он достает свой датапод и кивает женщине-офицеру, пришедшей, чтобы отвести меня в мой барак.

Мы с Ксандером одновременно вздыхаем и дружно смеемся. Мне нравится, как наш смех звучит в гулком полупустом зале.

— Что он там так долго рассматривал? — спрашиваю я у Ксандера, кивая на чиновника.

— Витрину, демонстрирующую историю Обручений, — тихо отвечает Ксандер. У него такой вид, будто это должно что-то означать, но я ничего не понимаю. Я почти не обращала внимания на нашего чиновника.

— Девять минут, — произносит он, не поднимая головы.

— До сих пор не верю, что тебе разрешили приехать, — говорю я Ксандеру. — Я так рада, что разрешили.

— Момент был оптимальным, — отвечает Ксандер. — Я уезжаю из Ории. В любом случае проезжаю через Тану по дороге в провинцию Камас.

— Что? — я удивленно хлопаю глазами. Камас — одна из Приграничных территорий, прямо на краю Отдаленных провинций. Я вдруг чувствую себя потерянной. Я очень люблю смотреть на звезды, но не умею определять свое местоположение по ним. Я прокладываю свой курс по людям. Ксандер — точка на карте; мои родители — еще одна точка; Кай — последний пункт назначения. Если Ксандер переедет, вся география моего мира изменится.

— Я получил окончательное распределение, — говорит Ксандер. — В Центральный. Как и ты. Но они хотят, чтобы сначала я набрался опыта в Приграничных провинциях.

— Зачем? — еле слышно спрашиваю я.

Ксандер мрачнеет.

— Для моей новой работы мне потребуются знания, которые можно получить только там.

— А потом в Центральный, — повторяю я. То, что Ксандера назначают в Центральный, представляется мне правильным и логичным. Безусловно, ему самое место в столице Общества. И, безусловно, чиновники по достоинству оценили его потенциал и назначили его туда. — Ты действительно уезжаешь.

Что-то, похожее на гнев, мелькает на его лице.

— Ты хоть понимаешь, что это такое — быть покинутым?

— Конечно, — отвечаю я, слегка уязвленная его вопросом.

— Нет, — резко бросает Ксандер. — Не так, как Кай покинул тебя. Он не хотел уезжать. Ты понимаешь, что чувствует тот, кого бросили по своей воле?

— Я не по своей воле рассталась с тобой. Нас переселили.

Ксандер вздыхает.

— Ты так ничего и не поняла, — говорит он. — Ты оставила меня до того, как уехала из Ории. — Он смотрит на чиновника, потом снова переводит взгляд на меня, его голубые глаза серьезны. Он изменился с тех пор, как мы не виделись. Стал жестче. И осторожнее.

Сейчас он больше похож на Кая.

Теперь я понимаю, что он имеет в виду. Для Ксандера расставание началось тогда, когда я выбрала Кая.

Ксандер смотрит на наши руки, все еще переплетенные вместе.

Я делаю то же самое. У него сильная рука, грубая кожа на костяшках. Эти руки не умеют писать, зато они ловко и уверенно тасуют карты и играют в игры. Мне дорого это прикосновение, этот физический контакт, пусть не с Каем, но все равно с человеком, которого я люблю. Я цепляюсь за руку Ксандера, как будто не хочу его отпускать, и часть меня действительно этого не хочет.

Воздух в главном зале вдруг становится холодным, и я ежусь. Что сейчас, поздняя осень? Ранняя зима? Не знаю. Созданием экстра-зерновых культур Общество размыло границу между сезонами, между временем сева, урожая и отдыха земли. Ксандер убирает руку и наклоняется вперед, пристально глядя мне в глаза. Я ловлю себя на том, что не могу оторвать взгляд от его губ, вспоминая наш поцелуй в городке, тот сладкий невинный поцелуй до того, как все изменилось. Думаю, сейчас мы бы поцеловались по-другому.

Тихим шепотом, щекочущим мои ключицы, Ксандер спрашивает:

— Ты все еще собираешься в Отдаленные провинции на его поиски?

— Да, — шепчу я в ответ.

Чиновник громко объявляет время. У нас осталось всего несколько минут.

Ксандер с усилием улыбается и с деланной небрежностью спрашивает:

— Ты правда этого хочешь? Ты хочешь Кая, любой ценой?

Я без труда представляю слова, которые выстукивает в своем датаподе чиновник, наблюдая за нами: «Обрученная женского пола проявила признаки беспокойства после того, как Обрученный мужского пола сообщил ей о своем назначении в провинцию Камас. Мужчина сумел утешить свою Обрученную».

— Нет, — отвечаю я. — Не любой ценой.

Ксандер со свистом втягивает в себя воздух.

— И где та грань, которую ты не перейдешь? Чем не пожертвуешь?

Я сглатываю.

— Своей семьей.

— Но ты не возражаешь пожертвовать мной, — говорит Ксандер. Он крепче сжимает зубы и отворачивается. «Посмотри на меня, — мысленно прошу я. — Неужели ты не понимаешь, что тебя я тоже люблю? Что все эти годы ты был моим другом? Что я до сих пор в каком-то смысле обручена с тобой?»

— Не пожертвую, — тихо говорю я. — Я не жертвую тобой. Смотри. — И я решаюсь. Я открываю свой мешок и показываю ему то, что до сих пор лежит там, что я сохранила. Синие таблетки. Пусть он дал мне их для поисков Кая, для меня они все равно остаются подарком Ксандера.

Его глаза широко раскрываются.

— Ты продала компас Кая?

— Да, — отвечаю я.

Ксандер улыбается, и я вижу, как изумление, лукавство и счастье смешиваются на его лице. Меня удивляет Ксандер — и я сама. Оказывается, любовь, которую я испытываю к нему, гораздо сложнее, чем я думала раньше.

Но найти я должна Кая.

— Пора, — объявляет чиновник. Офицер поворачивается в мою сторону.

— До свидания, — говорю я, и мой голос срывается.

— Я так не думаю, — отвечает он, а потом наклоняется и целует меня так же, как я поцеловала его раньше, около губ. Если бы в этот миг кто-нибудь из нас хоть чуть-чуть повернул голову, все могло бы измениться.

ГЛАВА 5
КАЙ

Мы с Виком поднимаем тело и несем его к могиле. Я произношу слова, которые теперь говорю над каждым мертвым:

Здесь останутся Время и Место,
А меня унесет далеко,
За последней чертой я узреть надеюсь
Кормчего своего.

Я не могу представить себе что-то большее. Я не понимаю, что может остаться от этих тел, которые так легко умирают и так быстро разлагаются. И все-таки какая-то часть меня хочет верить, что, несмотря ни на что, поток смерти уносит нас куда-то еще. Именно эта часть меня снова и снова повторяет строки стихотворения над мертвыми, хотя я знаю, что они ничего не слышат.

— Почему ты каждый раз повторяешь это? — спрашивает Вик.

— Мне нравится, как это звучит.

Вик ждет. Он хочет, чтобы я сказал что-то еще, но я молчу.

— Ты знаешь, что это значит? — спрашивает он наконец.

— Что кто-то надеется на большее, — уклончиво отвечаю я. — Это отрывок из стихотворения, написанного до создания Общества.

Не из того стихотворения, что принадлежит нам с Кассией. Те слова я не хочу произносить ни перед кем до тех пор, пока не смогу сказать их Кассии. Стихотворение, которое я читаю сейчас, было вторым на листке, который она нашла в своем артефакте, когда украдкой открыла его в то утро в лесу.

Она не знала, что я был рядом. А я стоял и смотрел, как она читает. Я видел, как шевелятся ее губы, произнося вслух сначала слова стихотворения, которого я не знал, а затем того, которое сразу узнал. Когда я понял, что она читает о Кормчем, то невольно шагнул к ней, и ветка хрустнула у меня под ногой.

— Это им не поможет, — говорит Вик, показывая на тела, а потом раздраженно отбрасывает со лба отросшие пряди своих песочных волос. Нам не дают ни ножниц, ни бритвенных станков, чтобы постричься или побриться — ну как же, ведь эти инструменты так легко превратить в оружие, которым можно убить друг друга или самих себя. Обычно, это не имеет значения. Только мы с Виком сумели протянуть так долго, что волосы стали падать нам на глаза. — И это все? Просто какое-то старое стихотворение?

Я пожимаю плечами.

И это моя ошибка.

Обычно Вик не обращает внимания, если я ему не отвечаю, но на этот раз я читаю в его глазах вызов. Прикидываю, как лучше с ним справиться. Участившиеся обстрелы и для Вика не проходят бесследно. Он на пределе. Он крупнее меня, но ненамного, к тому же в годы своей прошлой жизни здесь я умел драться. Вернувшись сюда, я вспомнил об этом, как вспомнил снег на плато. Мои мышцы напрягаются.

Но Вик сдерживается.

— Ты никогда не делаешь зарубки на подошвах, — говорит он, его голос снова звучит бесстрастно, а глаза опять сморят невозмутимо.

— Нет, — не спорю я.

— Почему?

— Никто не должен знать, — отвечаю я.

— Знать что? Сколько ты продержался? — спрашивает Вик.

— Никто не должен ничего знать обо мне, — говорю я.

Оставив могилы позади, мы делаем перерыв на обед и усаживаемся на глыбы песчаника за деревней. У камней красновато-оранжево-бурые цвета моего детства, и поверхность такая же: грубая, сухая и холодная, как и положено в ноябре.

Узким концом своего бутафорского ружья я царапаю метку на песчанике. Я не хочу, чтобы кто-нибудь узнал, что я умею писать, поэтому не пишу ее имя.

Вместо этого я рисую извилистую линию. Волну. Как море или полоса зеленого шелка, колышущаяся на ветру.

Скрип, скрип. Песчаник, сформированный природными стихиями, водой и ветром, теперь меняется по моей воле. Так, как мне угодно. Сам я всегда изменяюсь в того, кем меня хотят видеть другие. С Кассией на Холме — только там я был настоящим собой.

Я еще не готов нарисовать ее лицо. Не знаю даже, получится ли у меня. Но я выцарапываю еще одну линию в толще скалы. Она немного похожа на «С» — первую букву, которую я научил ее писать*. Я вывожу еще одну кривую, вспоминая ее руку.

Вик наклоняется, чтобы рассмотреть, что я делаю.

— Это ни на что не похоже.

— Похоже на луну, — говорю я. — На молодую.

Вик поднимает глаза на плато. Сегодня днем какие-то аэросуда прилетели за мертвыми телами. Раньше такого не случалось. Я не знаю, что Общество с ними сделало, но жалею, что не догадался подняться на вершину и написать там что-нибудь в память о погибших.

Потому что теперь нет ни единого следа того, что они были там. Снег растаял прежде, чем они успели оставить на нем свои следы. Их жизни оборвались прежде, чем они узнали, кем могли бы стать.

— Ты думаешь, тому парню повезло? — спрашиваю я Вика. — Тому, кто умер в лагере до того, как мы перебрались в деревню?

— Повезло, — говорит Вик таким тоном, как будто не понимает, что означает это слово. Возможно,

* С — первая буква в имени Cassia (англ.) — Кассия.

так оно и есть. Везение не относится к числу слов, одобряемых Обществом. И уж точно не обозначает то, что встречается здесь в избытке.

Обстрел случился в первую же ночь после того, как нас привезли в деревню. Мы все бросились искать укрытие. Некоторые мальчики выбежали с ружьями на улицу и стали стрелять в небо. Мы с Виком и еще парой ребят остались в том же доме. Я не помню, как звали наших товарищей. Теперь они уже умерли.

— Почему ты не пытаешься открыть ответную стрельбу? — спросил меня тогда Вик. Мы с ним почти не разговаривали с тех пор, как опустили в реку тело умершего мальчика.

— В этом нет смысла, — ответил я. — Боеприпасы не настоящие, — и я положил свое бутафорское ружье на землю рядом с собой.

Вик опустил свое рядом.

— Давно ты знаешь?

— С приезда, с тех пор как они выдали нам оружие, — сказал я. — А ты?

— Тоже, — ответил Вик. — Нужно было рассказать остальным.

— Я знаю, — сказал я. — Я сглупил. Думал, у нас есть еще немного времени.

— Чего-чего, — возразил Вик, — а вот времени у нас нет.

А потом мир снаружи взорвался, и кто-то снова начал кричать.

— Хотел бы я, чтобы ружье было настоящим, — сказал Вик. — Я бы перестрелял всех на этих аэросудах. Чтобы клочья летели вниз, как фейерверк.

— Готово, — говорит Вик, складывая алюминиевый контейнер для еды в остроконечный серебристый квадратик. — Пора работать.

— Я одного не понимаю — почему бы им просто не раздать нам всем синие таблетки? — спрашиваю я. — Тогда им бы не пришлось беспокоиться о нашей кормежке.

Вик смотрит на меня так, будто я спятил.

— Ты не знаешь?

— Чего не знаю? — переспрашиваю я.

— Синие таблетки не спасают. Они тебя выключают. Если принимаешь одну, то затормаживаешься и остаешься там, где был, пока тебя не найдут. Или пока не умрешь. А две таблетки прикончат тебя наверняка.

Я трясу головой и поднимаю глаза к небу, но ничего там не ищу. Я просто хочу увидеть синеву. Я поднимаю руку и загораживаю солнце, чтобы лучше видеть синее небо вокруг. Никаких облаков.

— Прости, — говорит Вик, — но это правда.

Я смотрю на Вика. Мне кажется, я вижу участие на его суровом, как камень, лице. Это до того нелепо, что я начинаю смеяться, и Вик тоже смеется.

— Я должен был сам догадаться, — говорю я. — Если с Обществом что-то случится, они никому не позволят это пережить.

Несколько часов спустя мы слышим громкий сигнал из минипорта, который носит Вик. Он отцепляет его от ремня и смотрит на экран. Вик единственный подсадной, которому позволено носить минипорт — прибор, примерно того же размера, что датапод. Только минипорты можно использовать для связи, а датаподы предназначены исключительно для хранения информации. Вик почти все время носит минипорт с собой, но время от времени — например, когда он рассказывает новичкам о деревне и нашем бутафорском оружии — он на время прячет его куда-нибудь подальше.

Никто из нас не сомневается в том, что через минипорт Общество отслеживает наше местоположение. Мы не знаем, можно ли подслушивать через него наши разговоры, как через более крупные порты. Вик считает, что можно. Он думает, что Общество постоянно прослушивает нас. А мне кажется, что им на нас наплевать.

— Чего им надо? — спрашиваю я Вика, когда он дочитывает сообщение на экране.

— Переезжаем, — отвечает он.

Мы выстраиваемся строем и по одному идем к аэросудам, бесшумно опускающимся за деревней. Офицеры, как обычно, торопятся. Они не любят задерживаться здесь. Не знаю, мы тому причиной или Враг. Я часто спрашиваю себя, кого они считают большей угрозой.

Офицер, руководящий нашей пересылкой, молод, но чем-то напоминает мне инструктора, который руководил нашим восхождением на Холм в Ории. На лице у него написано: «Как так получилось, что я очутился здесь? Что мне делать с этими людьми?»

— Итак, — объявляет он, глядя на нас. — Случай на плато. Что это было? Что там произошло? Потери не были бы так велики, если бы вы все оставались в деревне.

— Утром выпал снег, и они хотели набрать его, — отвечаю я. — Нам все время хочется пить.

— Ты уверен, что это единственная причина, заставившая их лезть наверх?

— Здесь вообще не слишком много причин что-то делать, — говорит Вик. — Жажда. Голод. Выживание. Вот и все. Если вы нам не верите, выберите из двух оставшихся.

— Возможно, они забрались туда, чтобы осмотреться? — не сдается офицер.

Вик смеется, и это не очень хороший смех.

— Где пополнение? — спрашивает он.

— На борту, — отвечает офицер. — Мы собираемся перевести вас в новую деревню и дадим вам больше продовольствия.

— И больше воды, — говорит Вик. Он безоружен и находится в полной власти офицера, но говорит таким тоном, будто это он отдает приказы. Офицер улыбается. Общество бесчеловечно, но люди, которые на него работают, бывают человечными.

— И больше воды, — обещает офицер.

Мы с Виком выдыхаем проклятия, когда видим пополнение на борту аэросудна. Они совсем юные, намного младше нас. На вид им лет по четырнадцать или даже тринадцать. Глаза у всех широко раскрыты. Они напуганы. Один из них, с виду самый младший, немного похож на брата Кассии, Брэма. Он смуглее Брэма, даже смуглее меня, но глаза у него ясные, как у Брэма. Наверное, до того, как его остригли, у него и волосы были кудрявые, как у Брэма.

— Похоже, у Общества кончаются тела, — говорю я Вику, понизив голос.

— Может быть, в этом их план, — отвечает он.

Мы оба знаем, что Общество хочет избавиться от всех носителей статуса «Отклонение от нормы». Поэтому нас забросили сюда. Поэтому нам не позволяют сражаться. Но есть еще один вопрос, на который у меня нет ответа: «За что они нас так ненавидят?»

Мы летим вслепую. В аэросудне окна есть только в кабине пилота.

Поэтому до тех пор пока мы не выходим наружу, я не догадываюсь, куда нас привезли.

Я не узнаю саму деревню, но узнаю местность. Поля, через которые нас ведут, — рыже-песчаные, черно-каменные, желто-травяные, покрытые пожухлым ковром растительности, зеленевшей этим летом. Точно такие же поля, как повсюду в Отдаленных провинциях. Но я все равно знаю, где мы, потому что вижу перед собой кое-что.

Я дома.

Мне больно.

Вот он, на горизонте — главная веха моего детства.

Разлом.

Оттуда, где мы находимся сейчас, его нельзя увидеть целиком — только фрагменты рыжего и алого песчаника, торчащие со всех сторон. Но стоит подойти ближе — добраться до края и заглянуть внутрь Разлома — как станет ясно, что камни совсем не маленькие. На самом деле, это вершины скальных образований, огромных, как горы.

Разлом — это не один каньон и не одна гора, а целый лабиринт самых разных скал, ущелий, складок и утесов, простирающихся на многие мили. В этом месте земля вздымается и опадает, как вода, ее высокие зазубренные вершины и глубокие узкие провалы исполосованы красками Отдаленных провинций — всеми оттенками оранжевого, желтого и белого. А вдалеке огненные краски Разлома гаснут в синеве под тенью высоких облаков.

Я знаю все это, потому что несколько раз стоял на самом краю.

Но никогда не спускался внутрь.

— Чему ухмыляешься? — спрашивает Вик, но прежде чем я успеваю ответить, мальчик, похожий на Брэма, подходит к нам и смотрит прямо в лицо Вику.

— Меня зовут Эли, — говорит он.

— Отлично, — цедит Вик и отворачивается, с досадой глядя на вереницу людей, которые по молчаливому уговору выбрали его своим лидером, хотя он никогда не хотел им быть. Некоторым людям просто предназначено быть лидерами. Это заложено у них в крови, костях и мозгах, и от этого никак не избавишься.

А другим предназначено быть ведомыми.

«У ведомых больше шансов выжить, — напоминаю я себе. — Мой отец считал себя лидером. Никак не мог наиграться в лидера, и посмотри, что с ним стало».

Я стою в шаге за спиной у Вика.

— Разве ты не собираешься сказать нам речь или что-то вроде этого? — спрашивает Эли. — Ведь мы только что прибыли сюда.

— Я не отвечаю за весь этот бардак, — говорит Вик. И вот оно. Гнев, на сдерживание которого у Вика уходит столько сил, начинает проступать. — Я не докладчик Общества.

— Но ты единственный, у кого есть эта штука, — возражает Эли, указывая на порт, висящий на ремне Вика.

— Хотите услышать речь? — спрашивает Вик, и новенькие мальчики дружно кивают, не сводя с него глаз. Они уже прослушали ту же лекцию, что и мы, когда впервые вышли из аэросудов: Обществу очень нужно, чтобы мы изображали крестьян и тем самым заманивали сюда Врага, вводя его в заблуждение. Что это работа всего на шесть месяцев, а потом мы вернемся в Общество, и с нас навсегда снимут статус «Отклонение от нормы».

Обычно новичкам хватает одного обстрела, чтобы понять — никто из них не продержится здесь шесть месяцев. Даже у Вика и близко нет такого числа насечек на подошве.

— Смотрите, что делают остальные, — говорит Вик. — Ведите себя, как крестьяне. Для этого нас сюда привезли. — Он делает паузу. Потом стягивает порт с ремня и передает его подсадному, который прожил с нами почти две недели. — Пробегись-ка с ним немного, — просит Вик. — Проверь, будет ли он работать в дальнем конце города.

Мальчик убегает. Как только порт оказывается вне зоны слышимости, Вик сообщает:

— Боеприпасы все холостые. Так что не пытайтесь защищаться.

— Но в тренировочном лагере нас учили стрелять из ружей! — перебивает его Эли. Я улыбаюсь — против воли и вопреки тому отвращению, которое должен испытывать и испытываю при виде мальчика, обреченного закончить свои недолгие дни в этом месте. Просто этот мальчишка очень похож на Брэма.

— Ну и что, — говорит Вик. — А теперь они все холостые.

Эли обдумывает его слова, а потом задает следующий вопрос.

— Если это деревня, то где все женщины и дети?

— Ты — ребенок, — отвечает Вик.

— Нет, — возражает Эли. — И я не девчонка. Где они?

— Здесь нет девочек, — говорит Вик. — И женщин нет.

— Но тогда Враг догадается, что мы не настоящие крестьяне, — не понимает Эли. — Наверное, уже догадался.

— Конечно, — говорит Вик. — Нас все равно убьют. И это никого не волнует. А теперь нам пора заняться делом. Мы должны изображать деревню, населенную крестьянами. Вот и пошли крестьянствовать.

И мы отправляемся на поля. Солнце горячо припекает сверху. Я чувствую сердитый взгляд Эли даже после того, как мы повернулись к нему спиной.

— По крайней мере, воды для питья тут достаточно, — говорю я Вику, указывая на полную канистру. — Благодаря тебе.

— Не стоит меня благодарить, — отвечает Вик. И понижает голос. — Ее не хватит, чтобы утопиться.

Здесь мы будем выращивать хлопок — его практически невозможно вырастить. Коробочки хлопчатника самого дрянного качества, пушистые комочки внутри них с легкостью отделяются.

— Неудивительно, что сюда не позаботились поселить ни детей, ни женщин, — ворчит Эли у меня за спиной. — Да Враг с первого взгляда поймет, что это не настоящая деревня. Какой дурак будет выращивать тут хлопок?

Сначала я оставляю его слова без внимания. Я не собираюсь попасть в ловушку разговора за работой с кем-нибудь, кроме Вика. Я держусь в стороне от остальных.

Но именно сейчас я слаб. Сегодняшний хлопок и вчерашний снег напомнили мне рассказ Кассии о тополиной метели в июне. Общество ненавидит тополя, но это самое подходящее дерево для Отдаленных провинций. Древесина тополя годится для резьбы. Если бы я нашел тополь, то покрыл бы его кору ее именем, как накрывал ее руку своей на Холме.

Я вступаю в разговор с Эли, чтобы перестать хотеть того, что почти невозможно получить.

— Это глупо, — вслух соглашаюсь, — но, по крайней мере, не так бессмысленно, как другие затеи Общества. Несколько окрестных деревень раньше были сельскими общинами для людей с «Отклонением от нормы». И хлопок был одной из культур, которые Общество предписало им пытаться выращивать. Это было в те времена, когда здесь было больше воды. Так что нельзя сказать, что здесь совершенно невозможно что-нибудь выращивать.

— Вот как, — задумчиво бормочет Эли. И замолкает. Не знаю, зачем я пытаюсь вселить в него надежду. Может, виной всему воспоминания о тополином пухе.

Или воспоминания о ней.

Когда я снова оборачиваюсь, то вижу, что Эли плачет, однако в слезах не утонешь, поэтому я пока не вмешиваюсь.

По дороге с поля в деревню я резко киваю Вику: наш сигнал, что мне нужно поговорить с ним без порта.

— На-ка, — говорит Вик, вручая порт Эли, который уже перестал плакать. — Теперь твоя очередь проветрить прибор.

Эли кивает и убегает.

— В чем дело? — спрашивает Вик.

— Когда-то я жил неподалеку отсюда, — говорю я, стараясь вытравить из своего голоса все следы эмоций. Эта часть мира когда-то была моим домом. И мне ненавистно видеть, во что Общество превратило ее. — Моя деревня была всего в нескольких милях отсюда. Я хорошо знаю окрестности.

— Собираешься сбежать? — спрашивает Вик.

Вот он. Настоящий вопрос. Тот, что мы молча задаем себе все это время. *Собираешься бежать?* Я думаю об этом каждый день, каждый час.

— Хочешь вернуться в свою деревню? — продолжает задавать вопросы Вик. — Там есть кто-то, кто может тебе помочь?

— Нет, — говорю я. — Деревни больше нет.

Вик качает головой.

— Тогда и бежать нет смысла. Мы не можем далеко уйти, чтобы нас не засекли.

— Ближайшая река слишком далеко отсюда, — продолжаю я. — По ней тоже не сбежать.

— Тогда как? — спрашивает Вик.

— Мы не пойдем вниз или напрямик. Мы пойдем через.

Вик оборачивается ко мне.

— Через что?

— Через каньоны, — говорю я, указывая на Разлом, растянувшийся на многие мили перед нами, весь изрезанный укромными входами и выходами, невидимыми отсюда. — Если забраться подальше, там будет свежая вода.

— Офицеры постоянно твердят, что каньоны в Отдаленных провинциях населены Аномалиями, — напоминает Вик.

— Я тоже слышал об этом, — соглашаюсь я. — И некоторые выстроили в каньонах поселки, и они помогают путникам. Я слышал об этом от людей, которые бывали внутри.

— Постой. Ты знаешь людей, которые лазили в эти каньоны? — переспрашивает Вик.

— Я знал людей, которые там бывали, — повторяю я.

— И этим людям можно доверять?

— Это был мой отец, — говорю я, давая понять, что разговор окончен, и Вик кивает.

Мы проходим еще несколько шагов вперед.

— Так когда уходим? — спрашивает Вик.

— В этом проблема, — отвечаю я, стараясь не показать, как я рад, что он согласился пойти со мной. Мне бы не хотелось встретиться с каньонами в одиночку. — Если мы не хотим позволить Обществу выследить и затравить нас, чтобы преподать урок всем остальным, то лучше всего сбежать во время налета, когда кругом будет царить хаос. Например, во время ночного обстрела. Но лучше в полнолуние, чтобы можно было ориентироваться. Если повезет, они решат, что мы погибли, а не удрали.

Вик смеется.

— И у Общества и у Врага есть инфракрасные приборы. Кто-нибудь сверху непременно нас засечет.

3 Зак. 3443

— Я знаю, но они могут проглядеть трех жалких людишек, когда кругом столько легкой добычи.

— Трех? — уточняет Вик.

— Эли пойдет с нами. — Я сам не знал об этом, пока не сказал вслух.

Молчание.

— Ты спятил, — говорит Вик. — Этот малыш долго не продержится.

— Знаю, — снова соглашаюсь я. Вик прав. Рано или поздно Эли погибнет. Он маленький. Порывистый. Задает слишком много вопросов. Впрочем, такой конец рано или поздно ждет всех нас.

— Зачем возиться с ним? Зачем тащить с собой?

— В провинции Ориа я знал одну девочку, — отвечаю я. — Он напоминает мне ее брата.

— Это не причина.

— Для меня причина, — отрезаю я.

Между нами снова воцаряется молчание.

— Ты становишься слабым, — говорит наконец Вик. — И это может тебя погубить. Может привести к тому, что ты больше никогда ее не увидишь.

— Если я не позабочусь об Эли, — возражаю я, — то превращусь в того, кого она не узнает, даже если когда-нибудь увидит снова.

ГЛАВА 6
КАССИЯ

Дождавшись, когда все уснут, и дыхание спящих загустеет в комнате, я осторожно поворачиваюсь на бок и достаю из кармана бумагу архивиста.

На ощупь страничка мягкая и дешевая, совсем не та толстая кремовая бумага, на которой были написаны дедушкины стихотворения. И еще она старая, но не настолько, как дедушкина. Папа мог бы определить возраст бумаги, но его здесь нет, он отпустил меня. Я разворачиваю листок с тихим звуком, который кажется очень громким, и я надеюсь, что девочки примут его за шелест одеяла или жужжание крылышек насекомого.

Сегодня все долго не могли уснуть. Когда я вернулась с прогулки, мне сообщили, что никто из нас до сих пор не получил назначение на следующую пересылку, и офицер объявила, что нам все скажут утром. Мне понятно беспокойство девочек — я сама чувствую тревогу. Обычно нам с вечера известно, куда нас собираются отправить утром. Чем вызвана эта перемена? В случае с Обществом знаешь — на все всегда есть причина.

Я пододвигаю листок в квадрат белого света, пролитого луной в окошко. Сердце пускается вскачь, словно на бегу, хотя я лежу совершенно неподвижно. «Пожалуйста, пусть это будет что-то стоящее», — прошу я никого и в никуда, прежде чем посмотреть на бумагу.

Нет.

Я прижимаю кулак к губам, удерживая слово, готовое вырваться в тишину спящей комнаты.

Это не карта и даже не описание маршрута.

Это рассказ, и я с первой же строки понимаю, что он не входит в Сотню.

«Человек катил камень на холм. Когда он добирался до вершины, камень скатывался к подножию, и человек начинал все сначала. В соседней деревне люди заметили его старания. “Это его наказание”, — говорили они. Люди никогда не приближались к человеку и не пытались ему помочь, ибо боялись того, кто наложил наказание. Человек тащил. Люди смотрели.

Прошли годы, и новое поколение людей заметило, что человек и его камень стали врастать в гору, скрываясь из виду, словно заходящее солнце или луна. Теперь была видна только часть камня и часть человека, катившего свое бремя вверх по склону к вершине.

И вот одного из детей разобрало любопытство. И однажды маленькая девочка взошла на холм. Подойдя ближе, она с удивлением увидела, что камень испещрен именами, датами и названиями мест.

— Что означают эти слова? — спросило дитя.

— Скорби мира, — отвечал человек. — Я снова и снова тащу их на гору.

— Этими словами ты стираешь гору, — сказала девочка, заметив глубокую борозду, тянущуюся за камнем.

— Я делаю кое-что, — ответил ей человек. — Когда я умру, придет твоя очередь занять мое место.

И дитя не испугалось.

— Но что ты делаешь? — спросила девочка.

— Реку, — ответил человек.

Девочка спустилась с горы, размышляя над тем, как человек может сделать реку. Но вскоре после этого, когда пришли дожди и могучий поток, хлынув в длинную канаву, смыл человека и унес его куда-то в неизвестность, девочка поняла — человек был прав. И тогда она заняла его место, чтобы толкать камень по склону, вознося скорби всего мира.

Вот так в мир пришел Кормчий.

Кормчий — это тот, кто толкает камень и кого уносит водой. Это женщина, которая переходит реку, глядя в небо. Кормчий — это старик и младенец, у него глаза любого цвета и волосы любого оттенка, он живет в пустынях и на островах, в лесах и на горах, в долинах и на равнинах.

Кормчий возглавляет Восстание — бунт против Общества — и никогда не погибает. Когда время одного Корчмчего подходит к концу, его место занимает другой.

И так продолжается снова, снова и снова, покуда катится камень».

Кто-то в комнате повернулся и завозился во сне, и я замерла, выжидая, пока дыхание спящей вновь станет ровным и глубоким. Дождавшись, я опустила глаза на последнюю строчку.

«В месте, что находится за краем карты Общества, Кормчий будет вечно жить и вести за собой».

Горячая боль надежды пронзает все мое существо, когда я понимаю, что здесь написано, что мне досталось.

Существует мятеж. Нечто настоящее, организованное, существующее уже давно, имеющее цель и предводителя.

Мы с Каем не одни.

Слово *Кормчий*, несомненно, было условным знаком. Знал ли об этом дедушка? Не потому ли он передал мне стихи перед смертью? Неужели я ошибалась насчет того, какому стихотворению он завещал мне следовать?

Я просто не могу лежать спокойно.

— Проснись, — шепчу я так тихо, что едва слышу сама себя. — Мы не одни.

Я спускаю ногу с койки. Наверное, я могла бы спуститься вниз, разбудить девочек и рассказать им о Восстании. Может быть, они уже знают. Впрочем, вряд ли. Они такие беспомощные. Все, кроме Инди. Но хотя в ней гораздо больше огня, чем в остальных, у нее тоже нет цели. Наверное, она тоже ничего не знает.

Я должна рассказать ей.

В какой-то миг я почти готова сделать это. Я спускаюсь с нижней ступеньки лестницы, моя стопа беззвучно касается пола, я открываю рот... И слышу шаги дежурного офицера, проходящего мимо нашей двери. Я замираю, опасный листок, как белый флаг, зажат в моей руке.

И тогда я понимаю, что ничего никому не скажу. Я сделаю то, что делаю всегда, когда кто-нибудь доверяет мне опасные слова.

Я их уничтожу.

— Что ты делаешь? — тихо спрашивает Инди у меня за спиной. Я не слышала, как она подошла, поэтому едва не подпрыгиваю от неожиданности, но успеваю взять себя в руки.

— Еще раз мою руки, — шепчу я, подавляя желание обернуться. Ледяная вода стекает по моим пальцам, наполняя темный барак журчанием бегущей реки. — Я так и не успела отмыть их дочиста. Ты же знаешь, что чиновники думают о грязи на постельном белье.

— Ты всех перебудишь, — говорит Инди. — Они и так с трудом уснули.

— Прости, — искренне извиняюсь я. Но я не могу придумать другого способа смыть слова.

Мне потребовалось несколько бесконечных мучительных мгновений на то, чтобы порвать листок на мелкие клочки. Я держала его возле рта и дышала на него, чтобы приглушить звук. Надеюсь, что порвала его на такие мелкие кусочки, что они не застрянут в сливе и без проблем смоются в канализацию.

Инди протягивает руку и выключает воду. На мгновение мне кажется, будто она что-то знает. Возможно, не про Восстание и не про восставших, но меня посещает странное ощущение, будто Инди что-то известно про меня.

Щелк. Щелк. Каблуки башмаков патрульной клацают по цементному полу. Мы с Инди одновременно бросаемся к койкам, я вихрем взлетаю по ступенькам приставной лестницы и выглядываю в окно.

Офицер ненадолго замирает возле нашего барака, прислушивается, а затем идет дальше.

Секунду-другую я сижу, глядя, как она удаляется по дорожке. Затем она останавливается у двери следующего барака.

Восстание. Кормчий.

Кто бы это мог быть?

Интересно, Кай знает об этом?

Может знать. Человек из рассказа, тот, что катит камень на гору, похож на Сизифа, а Кай рассказывал мне о нем еще в городке. Я помню, как он давал мне свою историю, листок за листком. Мне уже тогда было понятно, что я не узнала всего.

Поиски Кая долгое время были моей единственной задачей. Даже без карты, даже без компаса, я все равно верю, что смогу это сделать. Я снова и снова представляю себе нашу встречу: как он прижмет меня к себе, как я шепотом прочитаю ему стихотворение. Единственное, что омрачает мою мечту, это то, что я так и не смогла сама ничего написать для него; никак не могу продвинуться дальше первой строчки. За эти месяцы я написала множество начал, но до сих пор не могу придумать середину и финал истории нашей любви.

Я прижимаю вещмешок к боку и ложусь со всей возможной осторожностью, клеточка за клеточкой, пока постель не принимает весь груз моего тела — от невесомых кончиков волос до тяжести ног и ступней. Сегодня я не засну.

Они приходят на рассвете, так же, как пришли за Каем.

Я не слышу криков, что-то другое заставляет меня насторожиться. Возможно, какая-то тяжесть в воздухе: неуловимая перемена в утреннем пении птиц, задержавшихся на здешних деревьях по пути на юг.

Я сажусь и выглядываю в окно. Офицеры выводят девочек из других бараков, некоторые из них плачут и вырываются. Я прижимаюсь к стеклу, чтобы лучше видеть, мое сердце начинает колотиться чаще: оно уже знает, куда увозят этих девочек.

Как мне отправиться вместе с ними? Мой мозг сортирует цифры. Сколько миль, сколько вероятностей, что я когда-нибудь снова окажусь так близка к цели? Похоже, мне никогда не удастся самостоятельно попасть в Отдаленные провинции, но, возможно, Общество возьмет на себя труд доставить меня туда?

Две женщины-офицера рывком распахивают нашу дверь.

— Нам нужны две девочки из этого барака, — объявляет одна из них. — Койка восемь и койка три.

Девочка с койки номер восемь резко садится, вид у нее усталый и ошеломленный.

Койка номер три — койка Инди — пустует.

Офицер вскрикивает, и я выглядываю в окно. Кто-то стоит под деревьями, что растут возле дорожки. Это Инди. Даже в тусклых сумерках рассвета я узнаю ее по ярким волосам и характерной позе. Должно быть, Инди тоже услышала суету и как-то сумела незаметно выскользнуть из барака. Я не видела, как она уходила.

Она собралась бежать.

Пока офицеры заняты тем, что тащат к выходу девочку с койки номер восемь и кричат в минипорты об исчезновении Инди, я не теряю времени даром. Первым делом я достаю из контейнера три пилюли — зеленую, синюю и красную — и заворачиваю их в пакет с синими таблетками. Я прячу их под письмами в своем вещмешке, надеясь, что меня не будут слишком тщательно обыскивать. Пустой контейнер я сую под матрас. Мне нужно постараться уничтожить как можно больше улик, выдающих мой статус гражданина.

И тут я кое-что понимаю.

В моем мешке чего-то не достает.

Серебряной коробочки с Банкета Обручения.

Я еще раз перебираю пальцами бумаги, ощупываю одеяло на койке, опускаю глаза на пол. Нет, я ее не уронила и не потеряла. Она исчезла.

Мне бы все равно пришлось от нее избавиться, именно это я и собиралась сделать, но пропажа меня нервирует.

Куда она могла подеваться?

Но сейчас мне некогда об этом беспокоиться. Я тихонько слезаю с койки и иду следом за офицером и рыдающей девочкой. Остальные обитательницы нашего барака притворяются спящими, как это делали жители городка в то утро, когда забирали Кая.

— Беги, Инди, — еле слышно шепчу я. Надеюсь, мы обе добьемся того, чего хотим.

Если ты любишь и любима, если умеешь писать и это делает тебя способной говорить, разве ты имеешь право ничего не делать? Ты можешь, по крайней мере, вырвать слова из земли и попытаться отнять их у ветра.

Потому что как только ты полюбишь, назад пути уже нет. Ты любишь и не можешь это отменить.

Кай всецело в моей памяти, глубоко в моем сердце, тепло его ладоней согревает мои пустые руки. Я должна попытаться найти его. Любовь к нему дает мне крылья, а предыдущая работа дала мне силы взмахнуть ими.

Аэротанкер опускается в центре лагеря. Офицеры, многих из которых я вижу впервые, выглядят озабоченными и как будто торопятся. Один из них, тот, что в летной форме, что-то отрывисто говорит и смотрит на небо. Скоро взойдет солнце.

— Одной не достает, — слышу я его тихий голос и поспешно встаю в строй.

— Уверены? — спрашивает другая женщина-офицер, скользя взглядом по нам.

Пересчитывает. Выражение ее лица меняется, она расслабляется. У нее красивые длинные каштановые волосы и слишком нежный вид для офицера.

— Нет, — говорит она. — Все на месте.

— Вот как? — переспрашивает первый. Он сам пересчитывает нас. Мне кажется, или его взгляд в самом деле задерживается на мне, словно вспоминая, что меня здесь только что не было? Уже не в первый раз я задумываюсь над тем, как много из того, что я делаю, на самом деле не только известно, но специально подстроено моей чиновницей. Следит ли она за мной? А Общество?

После того, как мы все по очереди входим в дверь, второй офицер затаскивает на борт Инди. На лице у него отметины ногтей. Потеки грязи на его форме и рабочей одежде Инди похожи на раны, сочащиеся жидкой землей.

— Пыталась сбежать, — говорит офицер, втаскивая Инди на кресло рядом с моим. Он защелкивает наручники на запястьях Инди. Она не морщится от громкого щелчка, а меня передергивает.

— Теперь их слишком много, — говорит женщина-офицер.

— Они же все «Отклонение от нормы», — рявкает мужчина. — Какая разница? Нам пора лететь.

— Обыскать их сейчас? — спрашивает женщина.

Нет. Они найдут мои таблетки в вещмешке.

— Займемся этим в воздухе. Все, летим.

Инди смотрит на меня, и наши взгляды встречаются. Впервые за все время нашего знакомства я чувствую странное родство с ней, загадочную близость, настолько похожую на дружбу, насколько это возможно в нашем положении. Мы познакомились в трудовом лагере. А теперь вместе отправляемся в неизвестность.

Во всем этом чувствуется какая-то странность — все происходит слишком быстро, неорганизованно, совсем не в духе Общества. И хотя я благодарна возможности проскользнуть в образовавшуюся щелку, меня не покидает ощущение, что стены сжимаются со всех сторон, их близость одновременно давит и успокаивает.

Чиновник поднимается на борт.

— Все готово? — спрашивает он, и офицер кивает. Я жду, что к нам присоединятся другие чиновники — они всегда ходят по трое — но дверь закрывается. Итак, с нами только один чиновник и трое офицеров, один из них — пилот. По тому, как офицеры обращаются к чиновнику, я догадываюсь, что он у них главный.

Аэротанкер поднимается в небо. Это мое первое путешествие на воздушном корабле — до этого я ездила только на аэропоездах и аэромобилях — поэтому у меня щемит в животе от разочарования, когда я понимаю, что в салоне нет окон.

Я совсем не так представляла себе путешествие по небу. Отсюда не видно ни земли, лежащей внизу, ни неба, на которое по ночам выходят звезды. Пилот в своем отсеке смотрит перед собой, но всех остальных Общество избавило от созерцания перелета.

7 ГЛАВА
КАЙ

— Все на тебя смотрят, — говорит мне Вик.

Я не обращаю на него внимания. Часть патронов, которыми Враг обстрелял нас прошлой ночью, не разорвались полностью. В них до сих пор остался порох. Я засыпаю его в ствол ружья. Этот пресловутый Враг ставит меня в тупик — такое впечатление, что чем дольше мы здесь живем, тем более примитивными и менее эффективными становятся его боеприпасы. Может быть, он в самом деле близок к поражению?

— Что ты делаешь? — спрашивает Вик.

Я не отвечаю. Мне нужно вспомнить, как это делается. Я пересыпаю порох между пальцами, и он окрашивает их черным.

Вик хватает меня за руку.

— Прекрати, — говорит он, понизив голос. — Все на тебя смотрят!

— Какое тебе дело до того, что они думают?

— Когда кто-то вроде тебя сходит с ума, это плохо сказывается на настрое остальных.

— Ты сам сказал, что мы им не лидеры! — огрызаюсь я. Потом смотрю на новичков. Они все отводят глаза — все, кроме Эли. Он смотрит мне в лицо, и я улыбаюсь ему, давая понять, что пока не спятил.

— Кай, — начинает Вик и вдруг догадывается. — Ты придумал, как заново зарядить боеприпасы?

— Большого проку от этого не будет, — отвечаю я. — В лучшем случае получится один большой взрыв, да и ружье придется использовать, как гранату. Бросить и бежать.

Похоже, Вику эта перспектива приходится по душе.

— Можно натолкать туда камней и всего такого. Ты уже придумал, как сделать запал?

— Нет пока, — признаюсь я. — Это самое трудное.

— Почему? — спрашивает Вик очень тихо, чтобы никто нас не услышал. — Отличная идея, честное слово, только будет трудновато взорвать это дело на бегу.

— Это не для нас, — тихо говорю я, снова поднимая глаза на ребят. — Мы научим их, как этим пользоваться перед побегом. Но у нас очень мало времени. Мне кажется, сегодня нам придется оставить мертвых без погребения.

Вик встает и поворачивается к молчаливой группке.

— Мы с Каем сегодня отдохнем от рытья могил, — объявляет он. — А вы работайте по очереди. Кстати, некоторые из новичков еще ни разу не копали.

Когда они уходят, я опускаю глаза на свои руки — угольно-черные, закопченные смертью, лившейся на нас с небес прошлой ночью, — и вспоминаю, как в моей настоящей деревне избавлялись от мусора. Общество и Враг уверены, что только они одни владеют огнем, но мы прекрасно знали, как использовать их костры. И как разводить свои собственные. Когда нам был нужен огонь, мы пользовались камнем под названием *кремень*, чтобы высечь искры.

— Я все-таки думаю, что бежать нужно ночью, когда не будет обстрела, — говорит Вик. — Если все как следует подготовить, они могут решить, будто мы подорвались этой твоей штуковиной. — Он указывает на порох, рассыпанный вокруг нас.

В его словах есть смысл. До сих пор я был настолько уверен в том, что за нами непременно будет погоня, что не подумал о других возможностях. И все-таки остальные с большей вероятностью увяжутся за нами, если очередная бойня не отвлечет их, а их смерть не заметет наши следы. А я не хочу брать с собой кого-то еще. Если исчезнет большая группа, Общество обязательно это заметит и посчитает своим долгом охотиться на нас.

Я не знаю, что нас ждет в Разломе. И не пытаюсь быть лидером. Я просто хочу выжить.

— А если мы сделаем вот как, — говорю я. — Сбежим сегодня ночью. Неважно, будет стрельба или нет.

— Идет, — отвечает Вик через мгновение.

Значит, решено. Мы бежим. Очень скоро.

Мы с Виком работаем быстро, пытаясь придумать способ взрывать наши ружья. Когда остальные возвращаются после рытья могил и видят, чем мы занимаемся, они помогают нам собирать порох и камни. Некоторые мальчики напевают и мурлыкают себе под нос. Я холодею, когда узнаю мелодию. Это Гимн Общества. Наше Общество отняло у нас музыку, тщательно отобрав Сто Песен — сто очень сложных мелодий, которые могут пропеть только специальные, искусственно созданные голоса — и Гимн остался единственным мотивом, доступным большинству людей. Хотя и в нем есть восходящая партия сопрано, с которой ни за что не справится неподготовленный исполнитель. Остальные могут только повторять плоскую басовую мелодию или самые простые ноты партий для альта и тенора. Именно это я и слышу сейчас.

В некоторых деревнях жители Отдаленных провинций сумели сохранить свои старые песни. Обычно мы пели их хором, за работой. Одна женщина както сказала мне, что нетрудно запомнить древние напевы, когда живешь среди рек и каньонов вблизи Разлома.

Мне бы очень хотелось помнить только то, как это делалось. Но следом из прошлого всегда приходят кто и зачем.

Вик качает головой.

— Даже если мы придумаем, как это сделать, нам все равно придется бросить остальных умирать, — говорит он.

— Я знаю, — отвечаю я. — Но они хотя бы смогут дать отпор.

— Один раз, — отзывается Вик. Плечи его поникают, я впервые вижу его таким удрученным. Как будто он только сейчас понял, что все-таки является лидером и всегда был им, и тяжесть этого осознания пригибает его к земле.

— Этого недостаточно, — говорю я, возвращаясь к работе.

— Нет, — соглашается Вик.

Все это время я старался не присматриваться к новобранцам, но получалось наоборот. У одного все лицо в синяках. Другой веснушчатый и так сильно похож на мальчика, которого мы опустили в реку, что я невольно думаю, не братья ли они, хотя никогда не спрашивал его об этом и никогда не спрошу. Все одеты в рабочую одежду не по размеру и навороченные теплые куртки, чтобы не мерзли в ожидании смерти.

— Как твое настоящее имя? — неожиданно спрашивает меня Вик.

— Кай — мое настоящее имя, — говорю я.

— А полное?

Я на секунду запинаюсь, впервые за много лет мое полное имя оживает у меня в памяти. Кай Финноу. Так звали меня когда-то.

— Робертс, — говорит Вик, устав от моего молчания. — Это моя фамилия. Вик Робертс.

— Макхэм, — отвечаю я. — Кай Макхэм.

Потому что это имя, под которым меня знает она. И теперь это мое настоящее имя.

Но мое другое имя тоже кажется настоящим, когда я беззвучно повторяю его про себя. Финноу. Имя, которое я делил с отцом и матерью.

Я смотрю на мальчишек, собирающих камни. Отчасти мне нравится их целеустремленность, мне приятно думать, что я помог им хоть ненадолго почувствовать себя лучше. Но в глубине души я понимаю, что не выручил их, а только бросил кость. И они все равно обречены на голодную смерть.

ГЛАВА 8
КАССИЯ

Первое, что делает Общество, когда мы сидим и трясемся в резко стынущем воздухе, — оно обещает нам куртки.

— До возникновения Общества, когда случилось Потепление, в Отдаленных провинциях произошли климатические изменения, — сообщает нам чиновник. — Здесь похолодало, но не так сильно, как раньше. По ночам тут по-прежнему можно замерзнуть, но если у вас есть куртки, вам это не грозит.

Значит, мы летим в Отдаленные провинции. Теперь уже точно. Все девочки, даже Инди, не моргая, смотрят прямо перед собой. Все дрожат, некоторые — сильнее других.

— Ваша задача ничем не отличается от обычной работы в трудовом лагере, — продолжает чиновник в ответ на наше молчание. — Мы хотим, чтобы вы сажали сельскохозяйственные культуры. В нашем случае — хлопок. Мы хотим заставить Врага думать, что эта часть страны по-прежнему населена и имеет экономическое значение. Такова стратегическая задача Общества в данном регионе.

— Значит, это правда? Идет война с Врагом? — спрашивает одна из девочек.

Чиновник смеется.

— Не то чтобы война. Власть нашего Общества тверда и неколебима. Но Враг непредсказуем. Нужно заставить его думать, что Отдаленные провинции густо населены и процветают. Но Общество не хочет, чтобы какая-то часть населения слишком долго несла на себе тяготы проживания в этих пустынных районах. Поэтому введена шестимесячная программа ротации. Как только ваш срок подойдет к концу, вы вернетесь домой полноправными гражданами.

«Все это неправда, — думаю я, — хотя ты, похоже, в это искренне веришь».

— А теперь, — говорит чиновник, указывая на двух офицеров, которые не управляют полетом, — эти люди проводят вас за занавеску, обыщут и выдадут каждой стандартную рабочую форму. Включая куртки.

«Они собираются нас обыскать. Прямо сейчас».

Меня вызывают на обыск не самой первой. Лихорадочно пытаюсь найти место, куда можно спрятать таблетки, но не вижу ничего подходящего. Разработанный Обществом интерьер аэротанкера сплошь состоит из гладких обтекаемых поверхностей, без ниш и укромных закутков. Даже кресла твердые и гладкие, ремни безопасности простые и тугие. Здесь просто некуда спрятать таблетки.

— Нужно что-то спрятать? — шепотом спрашивает Инди.

— Да, — признаюсь я. Какой смысл врать?

— Мне тоже, — шепчет она в ответ. — Я возьму твое. А ты возьмешь мое, когда придет моя очередь.

Я открываю вещмешок и вытаскиваю пачку таблеток. Прежде чем я успеваю сделать что-то еще, Инди — какая она проворная, даже в наручниках! — накрывает таблетки ладонью. И что дальше? Что ей нужно спрятать и как она достанет это что-то, если у нее скованы руки?

Но я не успеваю узнать, как она это сделает.

— Следующая, — говорит темноволосая женщина-офицер и указывает на меня.

«Не смотри на Инди, — приказываю я себе. — Не испорти все».

За занавеской мне приходится раздеться до белья, и офицер тщательно обыскивает карманы моей старой коричневой робы. Затем она протягивает мне свежий комплект рабочей одежды — черного цвета.

— Покажи мне вещмешок, — приказывает офицер. Она перебирает мои письма, и я стараюсь не морщиться при виде того, как одно из самых старых сообщений от Брэма рассыпается на куски в ее руках.

Женщина протягивает мне мешок.

— Можешь одеться, — объявляет она.

Когда я застегиваю последнюю пуговицу, офицер громко сообщает чиновнику:

— У этой ничего.

Чиновник кивает.

Вернувшись в свое кресло рядом с Инди, я просовываю руки в рукава новой куртки.

— Я готова, — говорю я, едва шевеля губами.

— Все уже у тебя в кармане куртки, — отвечает Инди.

Мне хочется спросить, как ей удалось так быстро управиться, но не хочу, чтобы нас услышали. У меня голова идет кругом от восторга перед тем, что мы сделали. Что сделала Инди.

Когда офицер вызывает Инди, она встает и идет по проходу, опустив голову и покорно неся перед собой скованные руки. «Инди отлично притворяется сломленной», — отмечаю я про себя.

Сидящая через проход от меня девочка, которую обыскивали следом за мной, вдруг начинает всхлипывать. Мне приходит в голову, что она тоже пыталась спрятать что-то и ей это не удалось — именно это случилось бы со мной, если бы не Инди.

— Что ж, есть от чего плакать, — отрешенно говорит другая девочка. — Ведь мы летим в Отдаленные провинции.

— Отвяжись от нее, — шипит третья. Чиновник замечает плачущую девочку и приносит ей зеленую таблетку.

Вернувшись с обыска, Инди не произносит ни слова. Она даже не смотрит в мою сторону. Я чувствую тяжесть таблеток в кармане своей куртки. Мне очень хочется заглянуть туда и убедиться, что они все на месте — синие таблетки Ксандера и три мои, завернутые между ними — но я не решаюсь. Я доверяю Инди, а она доверяет мне. Вес, кажется, не изменился, новая тяжесть совершенно незаметна. Не знаю, что прячет Инди, но это определенно нечто очень маленькое и очень легкое.

Я гадаю, что бы это могло быть. Возможно, Инди сама расскажет мне потом.

Они оставляют нам минимум необходимого: двухдневный запас еды, дополнительный комплект рабочей одежды, канистру с водой и рюкзак, чтобы переносить весь нехитрый скарб. Никаких ножей, ничего острого. Никаких ружей, никакого оружия. Только фонарик, но настолько легкий и с такими скругленными краями, что его никак нельзя использовать в качестве оружия.

Новые куртки легкие, но очень теплые: как видно, сделаны из какого-то специального материала. Интересно, с какой стати они тратятся на людей, которых засылают сюда? Эти куртки — единственный признак того, что Обществу не окончательно безразлично, живы мы или умерли. В отличие от остального барахла, которое они выдали нам, куртки подразумевают вложения. Расходы.

Я поднимаю глаза на чиновника. Он снова поворачивается к нам спиной и отпирает отсек пилота. Сквозь приоткрытую дверь я вижу созвездие приборов, светящихся на приборной панели. Мне они кажутся бесчисленными и непостижимыми, как звезды, но пилот разбирается в них.

— Аэротанкер шумит, как река, — говорит Инди.

— Там, откуда ты, много рек? — спрашиваю я.

Она кивает.

— Мне говорили, что в тех краях, куда нас везут, протекает только одна река — Сизифова, — говорю я.

— Сизифова река? — переспрашивает Инди. Я оглядываюсь по сторонам, чтобы убедиться, что офицеры и чиновник не слышат наш разговор. Но они выглядят уставшими: женщина даже ненадолго закрывает глаза.

— Общество отравило ее, — рассказываю я Инди. — Теперь ничто не может жить в этой реке или по ее берегам. И вокруг больше ничего не растет.

Инди смотрит мне в глаза.

— На самом деле, реку нельзя убить, — говорит она. — Невозможно до конца убить то, что постоянно движется и обновляется.

Чиновник проходит по салону, беседует с пилотом, обращается к офицерам. Что-то в его походке напоминает мне Кая — то, как он балансировал в движущемся аэропоезде, заранее предчувствуя малейшие изменения направления.

Для этого Каю не нужен был компас. Значит, и я смогу путешествовать без него.

Я лечу к Каю, прочь от Ксандера, в место, которое даже называется Отдаленным, чужим.

— Почти прилетели, — объявляет каштанововолосая женщина-офицер. Она смотрит на нас, и я вижу в ее взгляде нечто особенное — жалость. Ей жаль всех нас. И меня тоже.

Но она не должна этого делать. И никто здесь не должен меня жалеть. Я наконец-то лечу в Отдаленные провинции!

Я представляю, что Кай будет ждать меня у трапа, когда мы приземлимся. Всего несколько мгновений отделяют меня от встречи с ним. А может быть, от прикосновения его руки, а потом, в темноте, от его губ.

— Ты улыбаешься, — говорит Инди.

— Знаю, — отвечаю я.

ГЛАВА 9
КАЙ

Вечер стремительно приближается, мы ждем, когда выйдет луна. Небо становится синим, потом розовым, потом снова синим. Темная, глубокая синева, предшествующая черноте.

Я до сих пор не сказал Эли, что мы уходим.

Незадолго до этого мы с Виком показали всем, как взрывать ружья. Теперь мы ждем момента, чтобы бросить их и нырнуть в зияющую зубастую пасть Разлома.

Раздается резкое пиликанье входящего сообщения на минипорте. Вик подносит прибор к уху и слушает.

Я гадаю, что Враг думает о нас — о людях, которых Общество даже не пытается защищать. Они косят нас огнем с неба, а мы появляемся снова, неистощимым потоком заполняя деревни. Возможно, для Врага мы все равно, что крысы, мыши, блохи или прочие паразиты, которых никак не удается уничтожить? Или Враг догадывается о том, что делает Общество?

— Слушайте! — кричит Вик. Он только что отключил минипорт. — Я получил сообщение от ответственного чиновника.

Ропот пробегает по толпе. Ребята стоят вокруг нас, их руки черны от пороха, а глаза полны надежды. Трудно выдержать их взгляд. И тут слова начинают звучать у меня в голове, повинуясь знакомому ритму, и только через несколько мгновений я понимаю, что делаю. Оказывается, я читаю им напутствие мертвым.

— Скоро к нам привезут новых крестьян, — говорит Вик.

— Сколько? — выкрикивает кто-то.

— Не знаю, — отвечает Вик. — Мне сообщили только то, что чиновники считают это пополнение необычным, но приказывают относиться к новичкам, как к обычным крестьянам, и напоминают, что мы в ответе за все, что с ними произойдет.

Все молчат. Из всего, что нам говорили чиновники, правдой оказалось только это — если один из нас убьет или ранит другого, Общество покарает нарушителя. Быстро. Мы уже видели это раньше. Общество ясно дает нам понять: нам не позволено калечить друг друга. Это дело Врага.

— Может, они пришлют большой отряд? — спрашивает кто-то. — Может, подождем, пока они прибудут сюда, и дадим отпор Врагу?

— Нет, — говорит Вик, и в голосе его звучат командные нотки. — Если Враг придет сегодня, то отстреливаться будем сегодня. — Он показывает на круглую белую луну, встающую над горизонтом. — По местам.

— Как ты думаешь, что это значит? — спрашивает Эли, когда все уходят. — Что это за необычное пополнение?

Вик сжимает губы в узкую полоску, и я понимаю, что мы думаем об одном и том же. Девочки. Они присылают сюда девочек.

— Ты прав, — говорит Вик, глядя на меня. — Они избавляются от всех Отклонений от нормы.

— Я уверен, что всех Аномалий они перебили до нас, — добавляю я, но не успеваю договорить, как рука Вика сжимается в кулак и взлетает к моему лицу. Я едва успеваю отстраниться. Он промахивается, и я инстинктивно бью его в живот. Вик отлетает назад, но не падает.

Эли ахает. Мы с Виком смотрим друг на друга.

Боль, которую я вижу в его глазах, вызвана не моим ударом. Ему нанесли удар гораздо раньше, как и мне. Но мы можем справиться с этой болью. Я не до конца понимаю, почему мои слова вызвали у Вика такую реакцию, но знаю, что он ни за что мне не расскажет. У меня есть свои секреты. У Вика — свои.

— Думаешь, я Аномалия? — очень тихо спрашивает Вик. Эли делает шаг назад, соблюдая дистанцию.

— Нет, — отвечаю я.

— А если да?

— Был бы рад это слышать. Это значило бы, что хоть кто-то выжил. Или что я ошибаюсь насчет намерений Общества...

Мы с Виком одновременно поднимаем глаза к небу. Мы слышим тот же звук, чувствуем ту же дрожь в воздухе.

Враг.

Луна встала.

Сегодня она полная.

— Они летят! — кричит Вик.

Другие голоса подхватывают его крик. Подсадные кричат и вопят, я слышу в их голосах ужас, гнев и что-то еще, знакомое мне по далекому прошлому. Восторг сопротивления.

Вик смотрит на меня, и я снова понимаю, что мы думаем об одном и том же. Нам хочется остаться и принять этот бой. Я качаю головой. *Нет.* Он может остаться, но я нет. Я должен убраться отсюда. Я должен попытаться вернуться к Кассии.

Лучи фонарей приходят в движение, колышутся полосы света. Темные фигуры с криками разбегаются.

— Пора, — говорит Вик.

Я бросаю ружье и хватаю за руку Эли.

— Идем с нами, — говорю я ему. Он растерянно смотрит на меня.

— Куда? — спрашивает Эли, и я указываю ему в сторону Разлома. Его глаза распахиваются.

— Туда?

— Туда, — подтверждаю я. — Сейчас.

Эли колеблется всего мгновение, потом кивает, и мы бежим. Я оставляю свое ружье на земле. Возможно, это лишний шанс для кого-то другого. Краем глаза вижу, что Вик тоже бросает свое ружье, а рядом кладет и минипорт.

В ночной темноте кажется, будто мы со всех ног мчимся по спине какого-то огромного зверя, несемся по его хребту и через поросль высокой, чахлой золотистой травы, которая в лунном свете отливает серебром, как мех. Когда мы почувствуем под ногами твердые камни, это будет означать, что мы уже совсем рядом с Разломом, а значит, снова на виду.

Примерно через полмили я чувствую, что Эли начинает отставать.

— Брось ружье, — приказываю я ему, а когда он не слушается, оборачиваюсь и выбиваю оружие у него из рук. Оно лязгает об землю, и Эли останавливается.

— Эли! — говорю я, но тут начинается стрельба.

И крики.

— Беги! — кричу я на Эли. — Не слушай!

Я тоже пытаюсь не слышать ничего этого — криков, воплей, смерти.

Мы с Эли добегаем до начала песчаников, где догоняем Вика, который остановился, чтобы оглядеться.

— Сюда, — выдыхаю я, указывая рукой.

— Нужно вернуться и помочь им, — просит Эли.

Вместо ответа Вик снова бросается бегом.

— Кай!

— Беги, Эли, — приказываю я.

— Тебе все равно, что они погибают? — спрашивает Эли.

Хлоп-хлоп-хлоп.

Жалкие хлопки заряженных нами ружей раздаются у нас за спиной. С такого расстояния их звуки просто ничтожны.

— Ты хочешь жить? — кричу я на Эли, злясь на то, что он все усложняет, не позволяет мне забыть о том, что творится позади.

И тут животное у нас под ногами содрогается. Что-то огромное падает рядом, и мы с Эли бросаемся бежать, растеряв все инстинкты, кроме воли к жизни. Я забываю обо всем, остается только одно — бежать.

Я уже делал это раньше. Много лет назад. Отец сказал мне однажды: «Если что-то случиться, беги к Разлому». Так он сказал, и так я сделал. Как всегда, я хотел выжить.

Но тогда чиновники опустились передо мной в аэротанкере, в считанные секунды преодолев долгие мили, что я пробежал за несколько часов. Они швырнули меня на землю. Я брыкался. Камни царапали мне лицо. Но я все равно сжимал в кулаке единственную вещь, которую вынес из деревни — кисточку моей матери.

В аэротанкере я увидел еще одну выжившую девочку из моей деревни. Когда мы поднялись в воздух, чиновники протянули нам красные таблетки. Но я слышал, что говорили люди. Я думал, что умру. Поэтому сжал зубы. Нет, я ни за что не хотел глотать таблетку.

— Ну что же ты, — сочувственно сказала одна из чиновниц, а потом ловко раскрыла мне рот и всунула туда зеленую таблетку. Искусственное спокойствие охватило меня, и я уже не смог сопротивляться, когда она вложила мне в рот и красную таблетку. Но мои руки все помнили. Они с такой силой сжимали кисточку, что сломали ее пополам.

Я не умер. Чиновники завели нас за занавеску в салоне, вымыли нам руки, лица и волосы. Они были добры к нам все время, пока мы забывали, они выдали нам чистую одежду и рассказали новую историю, которую нам предстояло запомнить вместо того, что случилось на самом деле.

— Нам так жаль, — сказали они, придавая своим лицам выражение печали. — Враг нанес удар по полям, где трудились крестьяне из вашей деревни. Общие потери оказались невелики, но ваши родители погибли.

А я подумал: «Зачем вы нам это рассказываете? Неужели вы думаете, что мы забудем? Потери не были невелики. Почти все погибли. И они не были на полях! Я все видел».

Девочка плакала, кивала и верила всему, что ей говорили, хотя должна была знать, что они лгут. И тогда я понял, что это я и должен сделать — забыть.

И я сделал вид, что забыл. Я закивал, как девочка, и попытался придать своему лицу то же пустое выражение, что было у нее, несмотря на слезы.

Но я не плакал, как она. Я знал, что если начну, то уже не смогу остановиться. И тогда они догадаются, что я видел.

Они забрали у меня сломанную кисточку и спросили, зачем она мне.

На мгновение я запаниковал. Я не мог вспомнить. Неужели красная таблетка все-таки подействовала? Но потом я вспомнил. Я взял кисточку, потому что она мамина. Я нашел ее в деревне, когда спустился туда с плато после обстрела.

Я посмотрел на чиновников и сказал:

— Не знаю. Я ее нашел.

И они поверили мне, а я научился врать, как нужно, ровно настолько, чтобы не попадаться.

Разлом уже рядом.

— Куда? — кричит мне Вик.

Только подойдя к Разлому вплотную, можно разглядеть то, чего не видно издалека — глубокие трещины на его поверхности. Каждая из них — это отдельный каньон и отдельный выбор.

Я не знаю. Я никогда не был здесь раньше, только слышал рассказы отца, но решать нужно немедленно. Теперь, на какое-то время, я — лидер.

— Сюда! — говорю я, указывая на ближайшую трещину в земле. Ту, возле которой высится груда камней. Что-то в ней выглядит, как надо, словно история, которую я уже знал когда-то.

Теперь никаких фонарей. Придется обходиться луной. Нам понадобятся обе руки, чтобы спускаться внутрь земли. Я рассекаю руку о камень, колючки разных растений облепляют меня со всех сторон, как безбилетники.

За нами раздается глухой стук — этот звук не похож на огонь Врага. И доносится не со стороны деревни. Он совсем рядом. Это что-то на равнине, прямо за нами.

— Что это? — спрашивает Эли.

— Лезь! — хором кричим ему мы с Виком и все вместе карабкаемся вниз, все быстрее и быстрее, расцарапанные, окровавленные, все в синяках. Загнанные.

Вскоре Вик вдруг останавливается, и я огибаю его. Нам предстоит спуститься вглубь каньона, и прямо сейчас.

— Осторожнее! — кричу я. — Здесь одни камни!

Я слышу, как сопят Вик и Эли.

— Что это было? — снова спрашивает Эли, когда мы оказываемся внутри.

— За нами кто-то бежал, — отвечает Вик. — И его подстрелили.

— Можем немного передохнуть, — говорю я, забираясь под выступающую скалу. Вик и Эли залезают следом.

Вик хрипло дышит. Я смотрю на него.

— Все в порядке, — отвечает он. — Со мной такое бывает, когда я бегу, особенно если много пыли.

— Кто его подстрелил? — спрашивает Эли. — Враг?

Вик молчит.

— Кто? — пронзительно взвизгивает Эли.

— Не знаю, — признается Вик. — Честное слово, не знаю.

— Ты не знаешь? — не верит Эли.

— Никто не знает всего на свете, — рассудительно замечает Вик. — Кроме Кая. Он уверен, что нашел истину в девочке.

Ненависть вскипает во мне — чистая, разреженная ярость, но прежде чем я успеваю что-то сделать, Вик добавляет:

— Кто знает, может, он прав.

Он отстраняется от скалистой стены, к которой только что прислонялся.

— Идем. Ты первый.

Воздух каньона холодом обжигает мне горло, когда я делаю глубокий вдох и жду, пока глаза привыкнут к темноте, а черные тени превратятся в очертания скал и растений.

— Сюда, — говорю я. — Если вам понадобятся фонари, то светите вниз, но мне кажется, хватит и луны.

Общество предпочитает держать нас в неведении, но ветру безразлично, много или мало мы знаем. Все время, пока мы идем вглубь каньона, он услужливо

4 Зак. 3443

приносит нам подсказки о том, что произошло наверху — запах дыма и белые хлопья, медленно падающие сверху. Белый пепел.

Я ни на миг не принимаю его за снег.

ГЛАВА 10
КАССИЯ

Когда мы приземляемся, мне не терпится первой выбраться из аэротанкера, чтобы посмотреть, здесь ли Кай. Но я вовремя вспоминаю, что еще в городке он учил меня смешиваться с толпой, поэтому терпеливо стою в группке девочек и высматриваю Кая в бесконечных шеренгах одетых в черное мальчиков, выстроившихся перед нами.

Его здесь нет.

— Помните, — говорит чиновник мальчикам, — что к новым крестьянам следует относиться так же, как к остальным. Никакого насилия. Мы все видим и все слышим.

Никто не отвечает. Похоже, у них нет лидера. Стоящая возле меня Инди переступает с ноги на ногу. Девочка сзади нас подавляет рыдание.

— Идите и получите свой паек, — командует чиновник, и никто не толкается. Не пихается. Мальчики молча выстраиваются друг за другом и по очереди подходят. Должно быть, прошлой ночью шел дождь. Ботинки у них густо облеплены красной глиной.

Я вглядываюсь в каждое лицо.

У некоторых вид напуганный, в других — хитрый и опасный. Никто не выглядит добрым. Они все слишком многое видели. Я смотрю на их спины, на их руки, когда они берут свой паек, на их лица, когда они проходят мимо чиновника. Они не дерутся за еду, ее хватает на всех. Они наполняют свои фляги из больших синих канистр с водой.

«Я их сортирую, — вдруг осознаю я. И думаю: — А если бы мне пришлось сортировать саму себя? Что бы я увидела? Сумела бы я разглядеть в себе ту, которая выживет?»

Пробую отстраненно посмотреть на себя — на девочку из толпы, наблюдающую за чиновником и офицерами, которые собираются и улетают обратно на аэротанкере. На девочке непривычная одежда, она жадно вглядывается в незнакомые лица вокруг. Я смотрю на ее спутанные каштановые волосы, на то, как она стоит — маленькая, но с прямой спиной — даже после того, как чиновники и офицеры улетают, а один из мальчиков, выйдя вперед, сообщает новеньким девочкам, что здесь нет никакого хлопка, что Враг обстреливает их каждую ночь, что недавно Общество перестало выдавать им оружие, хотя боеприпасы всегда были холостыми, и что все они сосланы сюда умирать, только никто не знает, за что.

Эта девочка стоит прямо и гордо, когда все остальные горбятся от страха, потому что она с самого начала знала все это. Но она не может сдаться, не может воздеть руки к небу или оросить слезами землю, потому что ей нужно найти одного человека. Поэтому она, единственная из всех девочек, тихонько улыбается.

«Да, — говорю я себе. — Она выживет».

Инди просит дать ей сверток. Когда я протягиваю ей вещмешок, она молча вытаскивает что-то из таблеток и возвращает пачку обратно, а я понимаю, что до сих пор не знаю, что она прятала. Но сейчас не время спрашивать. У меня есть другой, более насущный вопрос: где Кай?

— Я ищу кое-кого, — громко объявляю я. — Его зовут Кай.

После того как старший мальчик выложил нам всю правду, некоторые уже начали расходиться.

— У него темные волосы и голубые глаза, — кричу я, повышая голос. — Он из города, но знает эту местность. У него есть слова.

Хотя, может быть, он уже продал стихи, обменяв их на что-нибудь нужное для выживания здесь.

Мальчики смотрят на меня разноцветными глазами — голубыми, карими, зелеными, синими, серыми. Но ни один из этих оттенков не принадлежит Каю — ни одна синева не похожа на ту, которую я ищу.

— Постарайтесь отдохнуть прямо сейчас, — говорит мальчик, который сообщил нам правду. — По ночам тут непросто уснуть. В это время обычно начинается обстрел.

Он выглядит усталым, а когда он отворачивается, я вижу у него в руке минипорт. Может быть, это и есть их лидер? Возможно, он и сейчас по привычке передает информацию Обществу?

Остальные тоже поворачиваются к нам спиной. Царящая здесь апатия пугает меня больше, чем положение, в котором мы оказались. Похоже, эти ребята ничего не знают о Восстании и восставших. Но если они все сдались и им все безразлично, кто же поможет мне найти Кая?

— Я не смогу уснуть, — еле слышно говорит девочка из нашей партии. — Вдруг это мой последний день?

По крайней мере, она может говорить. Другие просто впали в ступор от шока. Я вижу, как один из мальчиков подходит к девочке и что-то говорит ей. Она пожимает плечами, оглядывается на нас и уходит с ним.

Мое сердце пускается вскачь? Может быть, я должна ее остановить? Что он собирается с ней сделать?

— Ты видела их ботинки? — шепотом спрашивает меня Инди.

Я киваю. Я обратила внимание и на глину, и на сами ботинки — резиновые, на толстой подошве. Похожи на наши, только края подметок на башмаках покрыты зарубками. Я догадываюсь, что они означают и что отмечают. Прожитые дни. У меня щемит сердце, потому что зарубок у всех совсем немного. А Кая забрали почти двенадцать недель назад.

Все постепенно расходятся. Наверное, возвращаются туда, где спят, им больше нет дела до нас. Но часть мальчиков окружают нашу группку. И вид у них голодный.

«Не сортируй, — приказываю я себе. — Смотри».

На подошвах у них совсем мало зарубок. Они пока не выглядят безучастными. Они до сих пор чего-то хотят. Значит, это новенькие. Вряд ли они пробыли здесь так долго, чтобы успеть узнать Кая.

«Ты опять сортируешь. Смотри!»

У одного из них руки покрыты ожогами, он от ботинок до колен перепачкан каким-то черным порошком и держится позади всех. Заметив, что я смотрю на его руки, мальчик впивается в меня взглядом и делает жест, который мне совсем не нравится. Но я не опускаю глаз. Я стараюсь увидеть.

— Ты его знаешь, — говорю я мальчику. — Ты знаешь, о ком я спрашиваю.

Я не рассчитываю, что он признается, но мальчик кивает.

— Где он? — спрашиваю я.

— Умер, — отвечает мальчик.

— Ты врешь! — говорю я, подавляя поток слез и всколыхнувшуюся тревогу. — Но я слушаю тебя, если хочешь рассказать правду.

— С чего ты взяла, что я скажу тебе что-нибудь? — цедит он.

— У тебя осталось не так много времени на разговоры, — отвечаю я. — Как и у всех нас.

Инди стоит рядом со мной, глядя на горизонт. Высматривает то, что нас всех ждет. Остальные подходят ближе, прислушиваясь к нашему разговору.

В какой-то момент мне кажется, что мальчик сейчас заговорит, но он смеется и уходит.

Я не волнуюсь. Я знаю, что он вернется, — я видела это в его глазах. И я буду готова.

День тянется долго и при этом проносится быстро. Все чего-то ждут. Стайка мальчиков возвращается, но что-то заставляет их держаться от нас подальше от нас. Возможно, они опасаются своего лидера, который остается возле нас, держа наготове мини-порт, чтобы немедленно сообщить о малейшем проявлении неподобающего поведения. Неужели они боятся, что чиновники вернутся, если они причинят нам какой-то вред?

Я вместе со всеми девочками ем свой ужин из алюминиевого лотка, когда вижу, что мальчик с обожженными руками приближается ко мне. Я встаю и протягиваю остатки своего ужина. Порции здесь совсем маленькие, поэтому все, кому посчастливится прожить здесь достаточно долгое время, обречены на голодание.

— Глупо, — цедит сквозь зубы Инди, но тоже встает. После того как мы помогли друг другу в аэротанкере, нас связывает нечто вроде молчаливого союза.

— Подкупаешь? — ядовито спрашивает мальчик, подойдя ближе и увидев мое подношение — жаркое, богатое мясом и углеводами.

— Само собой, — отвечаю я. — Ты единственный, кто был здесь. И единственный, кто знает.

— Я могу просто взять твою порцию, — возражает он. — Я могу взять у тебя все, что захочу.

— Можешь, — соглашаюсь я. — Но это было бы не слишком умно.

— С чего бы это?

— С того, что никто, кроме меня, не станет тебя слушать, — говорю я. — Никто ничего не хочет знать. А я хочу. Я хочу знать, что ты видел.

Он колеблется.

— Ведь остальные не захотели тебя выслушать, правда? — не унимаюсь я.

Он откидывает голову и машинально проводит рукой по голове, я догадываюсь, что этот жест сохранился у него с того времени, когда его еще не остригли.

— Ладно, — решает мальчик. — Только это было в другом лагере. В том, где я был до этого. Возможно, это не тот, кто тебе нужен. Но тот Кай знал слова, как ты и говорила.

— Какие слова у него были? — спрашиваю я.

Мальчик пожимает плечами.

— Те, что произносят над мертвыми.

— Какие именно? — не отстаю я.

— Я толком не помню, — говорит он. — Что-то насчет Кормчего.

Я моргаю. Значит, Кай тоже знает стихотворение Теннисона? Но откуда? Потом я вспоминаю тот день в лесу, когда впервые открыла медальон. Кай говорил, что он тогда видел меня. Наверное, он мог и стихотворение увидеть у меня через плечо, а может быть, я шептала его вслух, когда снова и снова перечитывала в лесу. Я улыбаюсь. *Значит, второе стихотворение тоже принадлежит нам обоим.*

Инди переводит взгляд с мальчика на меня, в глазах у нее любопытство.

— Что это за Кормчий такой? — спрашивает она.

Мальчик снова пожимает плечами.

— Не знаю. Он говорил что-то такое всегда, когда кто-то умирал. Вот и все. — Мальчик вдруг смеется, но в его смехе нет и следа веселья. — Но той ночью ему пришлось бы повторять эти слова часами.

— Что случилось той ночью?

— Обстрел, — говорит он, на этот раз без всякого смеха. — Самый страшный из всех.

— Когда это было?

Он опускает взгляд на свои ботинки.

— Две ночи тому назад, — шепчет мальчик таким тоном, словно с трудом верит своим словам. — А кажется, что прошла куча времени.

— Ты видел его той ночью? — спрашиваю я с колотящимся сердцем. Если верить этому мальчику, Кай был жив и поблизости еще две ночи тому назад. — Ты уверен? Ты видел его лицо?

— Не лицо, — отвечает мальчик, — а спину. Он и его друг Вик удрали, а нас бросили умирать. Они оставили нас погибать под обстрелом, чтобы спастись самим. Из всего нашего лагеря в живых осталось только шестеро. Я не знаю, куда офицеры отправили остальных пятерых, но меня привезли сюда. Из нашего лагеря я тут единственный.

Инди смотрит на меня, и в глазах у нее вопрос: это он? Это не похоже на Кая — бросить людей, и в то же время похоже — найти единственный выход в безвыходной ситуации и воспользоваться им.

— Значит, он сбежал в ночь обстрела. И бросил вас... — я не могу закончить предложение.

Молчание повисает под небом.

— Я их не виню, — говорит мальчик, и в его голосе больше нет горечи, одна усталость. — Я бы на их месте сделал то же самое. Если бы мы все пустились в бега, нас бы поймали. Они даже пытались нам помочь. Показали, как зарядить ружья, чтобы разок выстрелить, так что мы смогли хотя бы дать отпор. И все-таки... Они знали, что делают, когда выбрали ту ночь. Самое подходящее время. Слишком много людей полегло, некоторые от наших же ружей, так что Общество могло и не разобрать, кто превратился в пепел, а кто нет. Но я заметил. Я видел, как они сбежали.

— Ты знаешь, где они сейчас? — спрашивает Инди.

— Где-то там, — он указывает на горные образования из песчаника, едва различимые вдали. — Наша деревня была возле тех скал. Он называл их Разломом. Наверное, он совсем потерял голову. Там повсюду смерть. Аномалии, скорпионы, ливневые паводки. И все-таки... — Мальчик замолкает, глядя в небо. — Они забрали с собой мальчика. Его звали Эли. Он был самым младшим среди нас, лет тринадцати, не больше, болтун, каких мало. Рта не закрывал. Какой им от него прок? Почему бы не взять кого-нибудь из нас?

Нет, это все-таки Кай. Волны надежды и разочарования захлестывают меня.

— Но если ты видел, как они убегают, почему не пошел за ними? — спрашиваю я.

— Потому что увидел, что стало с тем, кто попробовал это сделать, — равнодушно отвечает мальчик. — Он опоздал. Его расстреляли в упор с аэротанкера. Спаслись только эти трое. — Он снова смотрит в сторону Разлома, словно припоминая что-то.

— Далеко отсюда до Разлома? — спрашиваю я.

— Порядком, — отвечает мальчик. — Миль двадцать пять, а то и все тридцать. — Он поднимает брови и смотрит мне в глаза. — Думаешь добраться туда в одиночку? Прошлой ночью шел дождь. Все следы смыло.

— Помоги мне, — прошу я. — Покажи, куда он ушел.

Мальчик ухмыляется. Его улыбка не нравится мне, но я ее понимаю.

— Что я получу взамен?

— То, что поможет тебе выжить в этих каньонах, — говорю я. — Кое-что, украденное из медицинского центра Общества. Я скажу тебе больше, когда ты отведешь нас в Разлом. — Я перевожу глаза на Инди. Я не спрашиваю ее о том, пойдет она со мной или нет, но чувствую, что отныне мы одна команда.

— Ладно, — говорит мальчик, и я вижу, что сумела заинтересовать его. — Но мне не нужны объедки, воняющие алюминием. — Инди удивленно хмыкает, но я понимаю, почему мне не удалось его подкупить — мальчик хочет пойти с нами. Он тоже хочет сбежать, но не может сделать это один. Не смог, когда был в одном лагере с Каем. Не может и сейчас. Мы нужны ему не меньше, чем он нам.

— Без обмана, — обещаю я. — Даю слово.

— Придется бежать всю ночь. Сможете?

— Да, — отвечаю я.

— Я тоже, — говорит Инди, и я снова перевожу взгляд на нее. — Я с вами, — повторяет она, и это не вопрос. Она делает то, что хочет. А это — побег ее жизни.

— Хорошо, — говорю я.

— Я приду за вами, когда стемнеет и все уснут, — говорит мальчик. — Найдите место, чтобы поспать. Здесь есть старый сарай, на краю деревни. Наверное, там будет лучше всего. Мальчишки там вас не обидят.

— Хорошо, — снова соглашаюсь я. — А если начнется обстрел?

— Если начнется обстрел, значит, я отыщу вас после него. Если, конечно, вас не убьют. Вам фонарики выдали?

— Да, — киваю я.

— Возьмите их с собой. Луна нам поможет, но полнолуние уже прошло.

Белая луна всходит над черной горной грядой, и я понимаю, что эта гряда все время была здесь, просто я забыла о ее существовании, хотя должна была догадаться по отсутствию звезд на огромном куске неба. Звезды здесь такие же, как в провинции Тана, несметные и нестерпимо яркие в чистом ночном небе.

— Я скоро вернусь, — говорит Инди и ускользает, прежде чем я успеваю ее остановить.

— Осторожнее, — шепчу я, но уже поздно. Ее нет.

— Когда они обычно налетают? — спрашивает одна из девочек. Мы все столпились возле окон, в которых давно нет стекол. Ветер задувает в пустые проемы, гоняя реку холодного воздуха от окна к окну.

— Это неизвестно, — отвечает мальчик. В его лице полная обреченность. — Неизвестно, — он вздыхает. — Но когда это начинается, лучше всего отсидеться в подвалах. В этой деревне подвалы есть. А в некоторых нету.

— Кто-то пробует переждать снаружи, — вступает в разговор еще один мальчик. — Я сам терпеть не могу подвалы. Мне там не по себе.

Они рассуждают так, словно провели тут целую вечность, но когда я опускаю луч фонарика вниз, то вижу, что у обоих на ботинках не больше пяти-шести насечек.

— Пожалуй, я буду снаружи, — говорю я спустя некоторое время. — Это ведь не против правил?

— Держись в тени и не свети фонарем, — советует мне мальчик, который не любит подвалы. — Не привлекай к себе внимание. Что если они уже летают над нами и ждут?

— Понятно, — киваю я.

Инди бесшумно проскальзывает внутрь как раз в тот момент, когда я собираюсь выйти, и я с облегчением перевожу дух. Значит, она не сбежала снова.

— Там красиво, — как ни в чем ни бывало сообщает она, встав рядом со мной.

Она права. Если суметь отвлечься от всего, что творится вокруг, здесь очень красиво. Луна заливает белым светом бетонные тротуары, и я вижу мальчика. Он осторожен: все время держится в тени, но я знаю, что он здесь. Поэтому не удивляюсь, когда слышу над ухом его шепот, и Инди тоже не вздрагивает.

— Когда уходим? — спрашиваю я.

— Сейчас, — отвечает мальчик. — Иначе вы не справитесь до рассвета.

Мы идем за ним на край деревни; по дороге я вижу, как другие ребята тоже суетятся в тени, пытаясь чем-то занять немногое отпущенное им время. Кажется, нас никто не замечает.

— Отсюда вообще пытаются бежать? — спрашиваю я.

— Редко, — отвечает мальчик.

— А что насчет мятежа? — спрашиваю я, когда мы подходим к окраине. — Кто-нибудь здесь упоминал о нем?

— Нет, — равнодушно отвечает мальчик. — Не упоминал. — Он останавливается. — Снимайте куртки.

Мы молча смотрим на него. Он коротко смеется, потом стаскивает свою куртку и просовывает ее под лямку рюкзака.

— Нам они еще долго не понадобятся, — поясняет наш проводник. — Вы скоро и так согреетесь.

Мы с Инди снимаем куртки. Наша черная рабочая одежда сливается с ночью.

— За мной, — говорит мальчик.

И мы бросаемся бежать.

Спустя милю руки у меня все еще мерзнут.

Дома, в городке, я бежала босиком по траве, чтобы помочь Каю. Здесь на мне тяжелые ботинки, и все время приходится огибать камни, чтобы не подвернуть ногу, и все же мне легче, чем там, и даже легче, чем когда я наматывала мили по гладкой поверхности тренажера. Меня переполняют адреналин и надежда, я чувствую, что могу бежать так целую вечность, — ведь я бегу к Каю.

Мы останавливаемся, чтобы попить, и я чувствую, как ледяная вода течет по моему телу. Я чувствую весь путь от горла до желудка, всю холодную дорожку, которая заставляет меня вздрогнуть, прежде чем закрутить крышку фляги.

И все-таки я слишком быстро начинаю выдыхаться.

Я спотыкаюсь о камень и не успеваю обогнуть куст. Он цапает меня своими колючими семенными коробочками за одежду и ногу. Иней хрустит под нашими подметками. Нам повезло, что нет снега; воздух холодный, как в пустыне, этот разреженный острый холодок обманывает чувство жажды, потому что дышать им все равно, что глотать лед.

Но когда я дотрагиваюсь пальцами до губ, они сухие.

Я не оглядываюсь, чтобы посмотреть, не гонится ли кто-нибудь за нами, не летит ли сквозь ночь, чтобы зависнуть над нашими головами. Все силы уходят на то, чтобы смотреть перед собой. Света луны хватает, чтобы видеть дорогу, но в темных местах мы все-таки решаемся включать фонарики.

Мальчик поворачивает луч своего фонаря и тихо ругается сквозь зубы.

— Я забыл смотреть вверх, — говорит он.

Подняв глаза к небу, я вижу, что пытаясь избежать небольших оврагов и острых камней, мы начали сворачивать обратно.

— Ты устал, — говорит Инди мальчику. — Давай я пойду первой.

— Или я, — предлагаю я.

— Нет, — говорит мне Инди, и голос у нее усталый и напряженный. — Думаю, только у тебя хватит сил повести нас в самом конце.

Наша одежда цепляется за колючие кусты, в воздухе чувствуется резкий и сухой запах. «Может быть, это и есть шалфей? — думаю я про себя. — Любимый запах в прежней жизни Кая».

Спустя еще несколько миль мы перестаем бежать в линию. Теперь мы бежим рядом. Это неэффективно. Но сейчас мы слишком нуждаемся друг в друге.

Мы все выбились из сил. Мы все в крови. Мальчик повредил плечо, у Инди расцарапаны все ноги, я свалилась в неглубокий овраг, и у меня болит все тело. Мы бежим очень медленно, мы почти идем.

— Марафон, — хрипло выдыхает Инди. — Так называется такой бег. Я слышала историю об этом.

— Расскажешь мне? — спрашиваю я.

— Пожалеешь, что узнала.

— Не пожалею.

Какая разница, лишь бы отвлечься от того, как нам тяжело и как долго еще предстоит идти. Мы приближаемся, но теперь каждый шаг дается с огромным трудом. Не представляю, как Инди еще может говорить. Мы с мальчиком много миль назад бросили даже пытаться.

— Это случилось в дальнем краю. Нужно было доставить одно послание. — Инди тяжело дышит, ее слова звучат отрывисто. — Один человек побежал, чтобы передать его. Двадцать шесть миль. Как мы с вами. И он добежал. Передал сообщение.

— И его наградили? — спрашиваю я, прерывисто выдыхая. — Аэротанкер прилетел и спас его?

— Нет, — говорит Инди. — Он доставил сообщение. И умер.

Я смеюсь, безрассудно растрачивая дыхание, но ничего не могу с собой поделать. Инди тоже смеется.

— Я же говорила, что ты не захочешь этого знать!

— По крайней мере, он доставил сообщение, — говорю я.

— Наверное, — соглашается Инди. Она смотрит на меня с улыбкой, и я понимаю: то, что я принимала в ней за холодность, на самом деле было теплом. В Инди живет огонь, который позволяет ей оставаться живой и восприимчивой даже в таких местах, как это.

Мальчик заходится кашлем и сплевывает. Он провел здесь больше времени, чем мы. Успел ослабнуть.

Мы прекращаем разговоры.

До Разлома остается несколько миль, и воздух пахнет по-другому. Он больше не чистый, как запах растений, а темный и дымный, как гарь пожарища. Я смотрю вперед и вижу нечто, похожее на россыпь углей, на мерцание света, на янтарно-оранжевые осколки под луной.

Я различаю еще один новый запах — не узнаю его, но мне кажется, что так пахнет смерть.

Никто из нас не произносит ни слова, но этот запах заставляет нас снова побежать, а казалось бы, никакая сила на свете не могла этого сделать, и какое-то время мы даже не переводим дыхание.

Мы бежим целую вечность. Я снова и снова твержу строчки стихотворения в такт движению собственных ног. Я уже не узнаю свой голос. Я не знаю, откуда беру воздух, и начинаю путать слова: «Здесь останутся Смерть и Местность, а меня утащит туда», но это не имеет значения. Раньше я не знала, что слова могут утратить смысл.

— Ты говоришь это для нас? — хрипло выдыхает мальчик, впервые подав голос за несколько часов.

— Мы не умерли, — говорю я.

Потому что мертвые не чувствуют усталости.

— Пришли, — говорит мальчик и останавливается. Я смотрю в ту сторону, куда он указывает, и вижу скопление скал, по которым очень трудно, но все-таки возможно спуститься вниз.

Мы добрались.

Мальчик сгибается пополам от изнеможения. Мы с Инди переглядываемся, и я кладу руку на плечо мальчика, думая, что ему плохо, однако он выпрямляется.

— Идем, — говорю я, не понимая, чего он ждет.

— Я не пойду с вами, — отвечает мальчик. — Я полезу в тот каньон. — Он указывает в противоположный конец Разлома.

— Почему? — спрашиваю я, а Инди говорит:

— С чего нам тебе верить? Откуда мы знаем, что ты показал нам тот каньон?

Мальчик устало качает головой.

— Тот, — выдыхает он, протягивая руку за платой. — Быстрее. Уже почти утро. — Он говорит спокойно, без эмоций, и это убеждает меня в том, что мальчик говорит правду. Он слишком устал, чтобы врать. — Враг еще не закончил ночной обстрел. Люди поймут, что мы сбежали. Могут сообщить об этом через минипорт. Мы должны спуститься в каньоны.

— Идем с нами, — прошу я.

— Нет, — отказывается мальчик. Он смотрит на меня, и я понимаю, что мы ему нужны были, чтобы сбежать. Этот путь слишком трудно проделать одному. Но теперь он почему-то хочет отправиться своей дорогой. — Пожалуйста, — шепчет он.

Я опускаю руку в карман и достаю таблетки. Пока я разворачиваю их — мои руки плохо слушаются и почему-то мерзнут, хотя пот струйками стекает у меня по спине — мальчик смотрит назад, в ту сторону, куда хочет отправиться. Мне хочется, чтобы он пошел с нами. Но это его выбор.

— Вот, — говорю я, протягивая ему половину своего запаса. Несколько секунд мальчик смотрит на таблетки, запечатанные в маленькие ячейки и аккуратно помеченные сзади. Синие. Синие. Синие. Синие.

И мальчик начинает смеяться.

— Синие, — выдавливает он, заходясь еще сильнее. — Все синие.

И тут, словно мальчик вызвал цвет своими словами, мы все замечаем, что небо уже начинает светлеть в преддверии рассвета.

— Возьми, — говорю я, делая шаг к мальчику. Я вижу льдинки замерзшего пота на концах его слишком коротко остриженных волос, вижу иней на ресницах. Мальчик ежится. Ему нужно как можно скорее надеть куртку. — Возьми хоть несколько штук, — повторяю я.

— Нет, — отказывается он, отталкивая мою руку. Таблетки падают на землю. Я с криком бросаюсь на колени, чтобы подобрать их.

Мальчик медлит.

— Ладно, может, парочку, — решается он, и я вижу, как его рука падает вниз. Он хватает пачку и отрывает от нее два маленьких квадратика. Прежде чем я успеваю его остановить, он швыряет мне остатки и убегает.

— У меня есть другие! — кричу я ему вслед. Он помог нам добраться сюда. Я могу дать ему зеленую таблетку, чтобы помочь успокоиться. Или красную, чтобы забыть весь этот ужасный бесконечный побег и запах смерти его друзей, доносившийся из горящей деревни. Я могу даже дать ему обе таблетки! Я открываю рот, чтобы позвать мальчика, и вспоминаю, что не знаю его имени.

Инди не двигается.

— Нужно догнать его, — кричу я, подгоняя ее. — Идем!

— Номер девятнадцать, — тихо произносит Инди. Я не понимаю, о чем она говорит, поэтому перехватываю ее взгляд и тоже заглядываю за валуны. Теперь я вижу, что скрывается за ними: Разлом, совсем близкий и впервые освещенный.

— Ой, — шепчу я. — Ой.

Здесь мир совсем другой.

Передо мной простирается земля каньонов, край расселин, впадин и ущелий. Земля теней и сумерек, подъемов и провалов. Пространство красного, синего и чуть-чуть зеленого. В светлеющем небе я вижу изрезанные скалы и зияющие пропасти, благодаря которым Разлом действительно немного напоминает картину, которую дал мне Ксандер.

Только Разлом настоящий.

Мир настолько больше, чем я его себе представляла.

Если мы спустимся в Разлом с его бесконечными милями гор и пространствами долин, с его утесами и пещерами, то почти полностью растворимся. Исчезнем. Станем почти ничем.

Неожиданно для себя я вспоминаю один день в средней школе, еще до начала специализации, когда нам показывали схемы строения наших тел и костей, наглядно демонстрируя, насколько мы слабы и как легко можем сломаться или заболеть, оставшись без Общества. Хорошо помню, что когда я впервые увидела на картинках, что наши белые кости заполнены изнутри алой кровью и костным мозгом, то подумала про себя: *«Я даже не знала, что у меня внутри»*.

Теперь оказывается, я не знала и того, что находится внутри у земли. Разлом выглядит бескрайним, как небо, под которым он лежит.

И это отличное место для того, чтобы здесь мог спрятаться такой человек, как Кай. Все мятежники могли бы укрыться здесь. Я улыбаюсь.

— Постой, — говорю я, когда Инди начинает спускаться по камням в Разлом. — Через несколько минут встанет солнце.

Я жадничаю. Мне хочется увидеть еще больше.

Инди отрицательно качает головой.

— Нужно спуститься вниз, пока не стало светло.

Она права. Я бросаю последний взгляд на уменьшающуюся фигурку мальчика, который убегает гораздо быстрее, чем я могла подумать. Мне жаль, что я не успела поблагодарить его за все.

Следом за Инди я начинаю спускаться в тот самый каньон, куда, возможно, два дня назад ушел Кай. Прочь от общества, прочь от Ксандера, от моей семьи, от всей знакомой мне жизни. Прочь от мальчика, который привел нас сюда, и от света, расползающегося по земле, окрашивая небо синим, а камни красным, от света, который может нас погубить.

ГЛАВА 11
КАЙ

В каньоне должны быть патрули. Я думал, нам придется торговаться с ними или выпрашивать разрешение пройти через их посты, как это делал мой отец в свой самый первый раз. Но никого нет. Поначалу тишина вызывает тревогу. Потом я начинаю понимать, что Разлом по-прежнему кишит жизнью. Черные вороны проносятся в небе над нашими головами, оглашая резкими криками глубины каньонов. На земле попадается помет койотов, зайцев и оленей, мелкие лисьи следы ведут прочь от ручья, к которому мы подходим напиться. Маленькая птица ищет укрытия на дереве с длинным темным порезом посередине. Наверное, дерево когда-то поразила молния, а потом ствол разросся вокруг ожога.

Но здесь нет ничего человеческого.

Неужели что-то случилось с Аномалиями?

Чем дальше мы заходим в каньон, тем шире становится ручей. Я веду нас по круглым, вылизанным до гладкости камням вдоль берега. Если ступать по ним, то отпечатков почти не остается. «Летом я беру посох и иду прямо по реке», — говорил мне отец.

Но сейчас вода слишком холодна, чтобы идти по ней. Пласты льда блестят вдоль берегов. Огибая их, я стараюсь представить, что мой отец видел здесь летом. Редкие деревья, которые сейчас стоят голые, наверное, были одеты листвой, настолько, насколько это возможно в пустыне. Солнце горячо палило землю, прохладная вода приятно остужала отцовские ступни. Рыбки бросались во все стороны, предчувствуя его приближение.

На третье утро мы ступаем на землю, покрытую инеем. Мне до сих пор не попался ни один кремень, которым можно высечь огонь. Без курток мы бы замерзли насмерть.

Эли говорит, словно подслушав мои мысли:

— Все-таки Общество дало нам хоть что-то хорошее. У меня никогда не было такой хорошей куртки.

— Да она, считай, почти армейская, — соглашается Вик. — До сих пор не понимаю, с какой стати Общество так расщедрилось для нас?

Прислушиваясь к их болтовне, я ловлю себя на мысли, которая уже давно беспокоит меня: «Что-то здесь не так».

Я стаскиваю с плеч куртку; порыв ветра хочет заставить меня дрожать от холода, но я унимаю дрожь в руках и хватаю острый обломок агата.

— Что ты делаешь? — спрашивает Вик.

— Режу свою куртку.

— Ты не хочешь объяснить — зачем?

— Сейчас покажу. — Я расстилаю куртку на земле, как тушу мертвого животного, и делаю первый надрез. — Общество не любит попусту тратить ресурсы, — поясняю я. — Значит, эти куртки у нас по какой-то причине.

Я срезаю верхний слой материи. Провода в водонепроницаемой оболочке — синие и красные — оплетают подкладку изнутри, как кровеносные сосуды.

Вик с проклятием пытается сорвать с себя куртку. Я жестом останавливаю его.

— Подожди немного. Мы еще не выяснили, для чего это.

— Да они, наверняка, следят за нами, — говорит Вик. — Общество может узнать, где мы.

— Наверняка, но тебе незачем мерзнуть, пока я разбираюсь, — возражаю я. Потом вытягиваю проводки, вспомнив, как это делал мой отец. — В подкладке греющее устройство. Я уже видел такие провода, — говорю я. — Вот почему эти куртки так здорово греют.

— А что еще? — не сдается Вик. — Зачем им заботиться о том, чтобы мы не мерзли?

— Чтобы мы не снимали куртки, — отвечаю я. Потом рассматриваю аккуратную сеть синих проводков, которые вместе с красными образуют греющий механизм куртки. Синие жилы прошивают воротник, идут по рукавам до самых манжет. Сложная сеть покрывает всю спину куртки, перед, бока и внутреннюю часть рукавов. А в том месте, где должно находиться сердце, в ткань вшит маленький серебристый диск размером с микрокарту.

— Зачем? — ахает Эли.

А я захожусь хохотом. Протягиваю руку, отцепляю синие проводки от диска, осторожно отматываю их от красных. Я не хочу испортить греющее устройство. Оно отлично выполняет свое назначение, пусть работает и дальше.

— Затем, — говорю я Эли, — что Обществу наплевать на нас, но они очень любят статистику. — Отсоединив серебристый диск, я беру его пальцами. — Думаю, эта штука фиксирует частоту нашего пульса, процент содержания жидкости в организме, момент смерти. И все прочее, что им хочется знать о нас, пока мы живем в деревнях. Они не следят за нами постоянно. Но собирают данные после нашей смерти.

— Эти куртки не всегда сгорают, — вспоминает Вик.

— Но даже если сгорают, диски-то огнеупорные, — отвечаю я. И усмехаюсь. — Мы усложнили им задачу, — говорю я Вику. — Все те ребята, которых мы похоронили. — Но улыбка сбегает у меня с лица, когда я представляю, как офицеры выкапывают тела из земли, чтобы снять с них куртки.

— Тот первый мальчик, в реке, — говорит Вик. — Они приказали нам снять с него куртку, перед тем, как избавиться от тела.

— Но если им наплевать на нас, то зачем им информация о нас? — не понимает Эли.

— Смерть, — отвечаю я. — Это единственное, что они до сих пор не сумели подчинить. Они хотят узнать о ней как можно больше.

— Мы умираем, они узнают, как этого избежать, — голос Эли звучит отрешенно, словно он думает не только о куртках, но о чем-то еще.

— Интересно, почему они не остановили нас? — удивляется Вик. — Мы несколько недель хоронили умерших.

— Не знаю, — признаю я. — Может, хотели посмотреть, как долго мы будем этим заниматься?

Какое-то время никто из нас не произносит ни звука. Я разматываю синие провода, внутренности Общества, и оставляю их под камнем.

— Хотите, я вытащу ваши? — предлагаю я. — Это быстро.

Вик протягивает мне свою куртку. Теперь, когда мне известно, где проходят синие жилы, я режу более осторожно. Делаю всего несколько небольших отверстий и вытягиваю через них провода. Одна из дырок приходится над сердцем Вика, из нее я достаю диск.

— Как ты теперь будешь носить свою куртку? — спрашивает Вик, поспешно натягивая одежду.

— Придется так, пока не придумаю, как ее починить, — отвечаю я. Неподалеку от места, где мы стоим, растет однохвойная сосна, по стволу ее сочится смола. Я беру несколько капель и кое-как склеиваю края порезов на спине куртки. Резкий, земной запах смолы навевает воспоминания о высоких соснах на Холме. — Надеюсь, она все равно будет греть, нужно только быть осторожнее с красными проводами.

Я протягиваю руку за курткой Эли, но он отступает назад.

— Нет, — говорит он. — Пускай. Я не против.

— Ладно, — соглашаюсь я, удивляясь про себя. Но потом мне кажется, что я его понимаю. Этот крошечный серебристый диск — самое близкое подобие бессмертия, доступного таким, как мы. Конечно, не такое надежное, как вечное хранение образцов тканей, которого удостаиваются идеальные граждане — им всем обещан шанс вернуться к жизни после того, как Общество придумает соответствующую технологию.

Не думаю, что у них когда-нибудь получится. Даже Общество не может возвращать людей обратно. Но точно, что наши данные хранятся вечно, кочуя из сводки в сводку, пока не превратятся в цифры, необходимые Обществу. Это похоже на то, что Восстание сделало с легендой о Кормчем.

Я знаю о Восстании и его лидере столько, сколько себя помню.

Но я никогда не рассказывал об этом Кассии.

Ближе всего я был к этому в тот день на Холме, когда рассказал ей легенду о Сизифе. Не в интерпретации Восстания, а в том виде, в каком она мне больше всего нравится. Мы с Кассией стояли в густом зеленом лесу. У нас обоих в руках были красные флажки. Я закончил историю и уже хотел рассказать ей остальное. И тут она спросила, какого цвета у меня глаза. Вот тогда я понял, что любовь может быть гораздо опаснее всего на свете, даже Восстания.

Всю свою жизнь я слышал строки из стихотворения Теннисона, но только в Ории, увидев слова Теннисона на губах Кассии, я понял, что это стихотворение не принадлежит Восстанию. Оно не было написано для восставших — Теннисон сложил его задолго до возникновения Общества. Так же, как и история о Сизифе. Она существовала до того, как Восстание, или Общество, или мой отец присвоили ее себе.

Но когда я стал жить в городке, снова и снова выполняя одну и ту же работу, я тоже изменил эту историю для себя. Тогда мне казалось, что собственные мысли важнее всего остального.

Поэтому я не рассказал Кассии ни о том, что уже слышал это стихотворение, ни о Восстании. Зачем? Разве мало было того, что Общество пыталось проникнуть в наши отношения? Зачем впускать в них кого-то еще? Стихотворение и истории, которыми мы поделились друг с другом, могли означать для нас только то, что мы хотели. И мы могли сами выбирать свой путь.

Наконец, мы натыкаемся на первый след Аномалий — место, с которого они обычно поднимались наверх. Земля у подножия скалы испещрена голубыми крупинками. Я наклоняюсь, чтобы получше рассмотреть их. Вначале я принимаю их за сломанные крылышки какого-то красивого насекомого. Синие снаружи и темно-лиловые изнутри. Раздавленные, втоптанные в глину.

Но потом я понимаю, что это ягоды можжевельника с куста, растущего у стены каньона. Они упали на землю и были раздавлены чьим-то башмаком, а потом дождь смыл следы, так что остались лишь едва заметные вмятины. Я провожу рукой по глубоким выемкам в скале и металлическим скобам, за которые Аномалии цепляют свое снаряжение для восхождения.

Веревки исчезли.

12 ГЛАВА
КАССИЯ

По дороге я все время ищу следы Кая, проходившего через эти места. Но ничего не нахожу. Ни отпечатков обуви, ни других следов человеческой жизни. Даже деревья здесь маленькие и чахлые, а одно из них изуродовано черным шрамом прямо посередине. Я надломлена, как и это дерево. Мальчик, убежавший в другую часть Разлома, предупреждал нас, что недавно прошли дожди, но я все равно надеялась найти следы Кая.

И еще я надеялась найти приметы Восстания. Я открываю рот, чтобы спросить Инди, слышала ли она о нем, но что-то останавливает меня. В конце концов, я все равно не знаю, как должны выглядеть следы мятежников.

Здесь есть ручей, но он такой мелкий, что почти иссякает, когда мы с Инди одновременно опускаем в него свои фляги. У края Разлома ручей и вовсе не то пересыхает, не то полностью уходит под землю. Из-за темноты я не успела заметить, когда он появился, просто вдруг возник и все. Обломки плавника валяются на узких песчаных берегах — сухие, ломкие, явно принесенные сюда очень давно и гораздо более сильным течением. Я все время думаю, как это выглядит сверху: сверкающая серебристая нить, словно вытянутая из одного из Ста Платьев, вьется по бескрайнему пространству красных скал, образующих Разлом.

Сверху мы с Инди должны казаться такими маленькими, что нас и не видно.

— Мне кажется, мы не в том каньоне, — говорю я Инди.

Инди отвечает не сразу. Она наклоняется и поднимает с земли что-то серое и очень хрупкое. Она бережно берет это в руки и показывает мне.

— Старое осиное гнездо, — говорю я, глядя на тонкие, салфеточные слои, бесконечно обвивающиеся друг вокруг друга.

— Похоже на раковину, — говорит Инди. Она открывает свой рюкзак и бережно засовывает туда брошенное осиное гнездо. — Хочешь вернуться? — спрашивает она. — Перейти в другой каньон?

Я задумываюсь. Мы идем почти двадцать четыре часа, у нас кончается еда. Мы съели большую часть двухдневного пайка, чтобы восстановить свои силы после долгого побега в Разлом. Я не хочу тратить таблетки на возвращение обратно, тем более когда у меня нет уверенности в том, куда идти и чего ждать дальше.

— Наверное, стоит идти дальше, — решаю я. — Может быть, мы скоро увидим какие-нибудь следы.

Инди кивает, забрасывает рюкзак на плечи и подбирает два кинжально-острых камня, которые несет с собой всю дорогу. Я делаю то же самое. Следов Аномалий мы пока не встретили, зато наталкивались на отпечатки лап каких-то животных.

Мы вообще не видели никаких следов людей — ни живых, ни мертвых, ни Аномалий, ни Отклонений, ни чиновников, ни мятежников.

Ночью, в темноте, я сижу и сочиняю собственное стихотворение. Это помогает мне отвлечься от мыслей о том, что я оставила позади.

Я пишу очередную первую строчку.

Я не могу придумать,
как долететь до тебя,
Вот почему я иду,
все время иду по камням...

Очередное начало... Может быть, в каком-то смысле даже хорошо, что я еще не нашла Кая, ведь я до сих пор не знаю, что прошепчу ему, когда увижу, какие слова лучше всего подойдут для нашей встречи.

Инди первая нарушает молчание.

— Есть хочу, — говорит она. Голос у нее пустой, как брошенное осиное гнездо.

— Могу дать тебе синюю таблетку, если хочешь, — предлагаю я. Не знаю, почему я сама до сих пор не решаюсь принять их, ведь мы попали именно в такую ситуацию, в которой хотел помочь мне Ксандер. Может быть, потому, что сбежавший мальчик не захотел их взять? Или потому, что я надеюсь хоть что-то дать Каю, когда мы встретимся, раз уж мне пришлось отдать его компас? Или потому, что в ушах у меня звучит голос дедушки, когда-то отговорившего меня принимать другую таблетку, зеленую: «Ты достаточно сильна, чтобы обойтись без нее».

Инди бросает на меня недобрый, озадаченный взгляд.

И тут меня осеняет одна мысль, и я вытаскиваю фонарик. Я свечу по сторонам, пока вновь не замечаю то, что увидела раньше и до времени отложила в память: растение. Мама не учила меня распознавать большинство растений, зато объяснила общие признаки ядовитых. В этом растении я их не вижу, да и наличие шипов должно указывать на то, что у него есть нечто, нуждающееся в защите. Растение мясистое, зеленое, с пурпурной каймой на листьях. Оно не такое пышное, как растительность в нашем городке, но все равно лучше чахлых пучков сухих веток и листьев, в которые зима превратила большую часть здешней зелени. У некоторых растений с голых ветвей свисают серые коконы — грустные напоминания о бабочках.

Инди молча наблюдает, как я с опаской отрываю один из широких, колючих листьев. Потом подсаживается поближе ко мне и делает то же самое, после чего мы нашими каменными ножами аккуратно счищаем с листьев колючки. На это уходит немало времени, но в результате перед каждой из нас оказывается по небольшому кусочку ободранной серо-зеленой мякоти.

— Как ты думаешь, оно ядовитое? — спрашивает Инди.

— Не знаю, — говорю я. — Вряд ли. Но давай, я первая попробую.

— Нет, — решает Инди. — Попробуем обе по маленькому кусочку и посмотрим, что будет.

Минуту-другую мы старательно жуем, и хотя по вкусу растение совершенно не похоже на еду, кото-

5 Зак. 3443

рую я ела всю свою жизнь — то есть на Общественную еду, — оно явно пригодно для того, чтобы заглушить и подавить чувство голода. Возможно, если бы сейчас кто-нибудь разрезал меня пополам, то увидел бы девочку, тело которой соединено воедино не костями, а волокнистыми сухожилиями, похожими на кору, клочьями свисающую со стволов здешних деревьев.

Выждав несколько минут, мы решаемся отведать еще по кусочку. Я ищу новое слово, которое можно было бы срифмовать, записываю его, потом стираю. Нет, не то.

— Что ты делаешь? — спрашивает Инди.

— Пробую написать стихотворение.

— Одно из Ста?

— Нет. Совсем новое. Своими словами.

— Как ты научилась писать? — Инди придвигается ближе и с любопытством смотрит на буквы, нацарапанные на песке.

— Он меня научил, — отвечаю я. — Мальчик, которого я ищу.

Инди снова замолкает, а я обдумываю новую строчку.

«Твоя рука поверх моей, ты мне показываешь, как...»

— Почему ты Отклонение? — вдруг спрашивает Инди. — Ты первое поколение?

Я медлю, мне не хочется лгать ей, но потом я понимаю, что это больше не ложь. Если Общество узнает о моем побеге, я, безусловно, заслужу статус «Отклонение от нормы».

— Да, — подтверждаю я. — Первое поколение.

— То есть это ты что-то сделала? — уточняет она.

— Да. Я сама навлекла на себя деклассификацию.

Это тоже правда или будет правдой. Когда мой статус изменится, это произойдет не по вине моих родителей.

— Моя мама построила лодку, — говорит Инди, и я слышу, как она проглатывает еще один кусок растения. — Она выдолбила ее из старого дерева. Работала много лет. Она уплыла на этой лодке, а чиновники нашли ее через час. — Инди вздыхает. — Они подобрали ее и спасли. А нам сказали, что она просто хотела опробовать свою лодку и была благодарна, что они вовремя ее отыскали.

Из темноты раздается странный звук, который я не могу определить, затем осторожное движение, похожее на шепот. Мне требуется несколько мгновений, чтобы понять, что этот звук издает Инди, рассеянно крутя в руках пустое осиное гнездо.

— Я никогда не жила возле океана, — говорю я. — И вообще около воды.

— Она зовет, — тихо шепчет Инди. Прежде чем я успеваю спросить, что она имеет в виду, Инди добавляет: — Потом, когда чиновники ушли, мама рассказала нам с отцом, что произошло на самом деле. Она сказала, что хотела сбежать. Сказала, что хуже всего было то, что берег даже не успел скрыться вдали, когда ее поймали.

Я представляю, будто стою на краю океана, и что-то знакомое тихо плещется у моих ног. Мне кажется, я вижу женщину в лодке, которая уплывает все дальше и дальше, пока за ее спиной не остается ничего, кроме моря и неба. Я словно наяву слышу глубокий вздох облегчения, с которым она отворачивается от того места, где еще недавно был берег, и всей душой желаю ей отплыть как можно дальше.

Инди очень тихо заканчивает:

— Когда чиновники узнали о том, что она нам рассказала, они дали нам всем красные таблетки.

— О, — только и могу сказать я. Как я должна вести себя дальше? Сделать вид, будто я знаю, что произошло потом? Что к ним пришло забвение?

— Я не забыла, — продолжает Инди. И хотя вокруг так темно, что мне не видны ее глаза, я чувствую, как она смотрит мне в лицо.

Должно быть, она думает, что я знаю о красных таблетках. Инди такая же, как Кай и Ксандер. Она невосприимчива.

«Сколько же еще таких, как они? Что если я — тоже одна из них?»

Красная таблетка, спрятанная среди синих, опять искушает меня, как в то утро, когда забрали Кая. Только сейчас я хочу принять ее не для того, чтобы забыть. А для того, чтобы узнать. Что если у меня тоже иммунитет?

А если подействует? Сейчас не время забывать. Кроме того, красная таблетка может понадобиться мне позже.

— Ты рассердилась на мать за то, что она пыталась убежать? — спрашиваю я, думая о Ксандере и о том, как он упрекнул меня в бегстве. Я не успеваю закончить вопрос, как уже жалею о сказанном, но Инди не обижается.

— Нет, — говорит она. — Она планировала вернуться за нами.

— Вот как, — вздыхаю я.

Какое-то время мы молчим, и я неожиданно вспоминаю, как мы с Брэмом стояли перед маленьким прудом в лесном питомнике и ждали маму. Брэм хотел швырнуть камень в пруд, но знал, что у него будут неприятности, если кто-нибудь поймает его за этим занятием. Поэтому он ждал. И смотрел. И вот когда я подумала, что он сдался, Брэм вдруг выбросил руку вперед, камень рухнул вниз, и рябь кругами разошлась по воде.

Инди заговаривает первая.

— Мама услышала о мятеже на острове вдали от берега. Она хотела найти их, а потом вернуться за семьей.

— Я тоже слышала о мятеже, — говорю я, не в силах скрыть свою радость. — Тот, о котором я слышала, называется Восстание.

— Это одно и то же, — с горячностью подтверждает Инди. — Маме сказали, что оно повсюду. По-моему, Разлом очень похож на подходящее место.

— Я тоже так думаю, — соглашаюсь я. Мысленно я представляю себе лист прозрачной бумаги, лежащий поверх карты Общества, и на этом листе отмечены все места, о которых Общество ничего не знает или не хочет, чтобы мы узнали.

— Ты веришь в лидера, которого называют Кормчим? — спрашиваю я.

— Да, — взволнованно отвечает Инди. А потом, совершенно неожиданно для меня, она нараспев читает нежным голосом, так непохожим на ее обычный резкий тон:

Каждый день катится солнышко
Через все небо, в ночные ворота.
Каждую ночь сверкают звездочки,
Высоко-высоко, до самого восхода.
Каждый день ждем ее лодочку,
Вдруг да прилетит, по волнам на берег...

— Это ты написала? — спрашиваю я, чувствуя неожиданный укол зависти. — Я знаю, что это не из Ста Стихотворений.

— Это не я написала. И это не стихотворение, — уверенно отвечает Инди.

— А похоже на стихотворение, — говорю я.

— Нет.

— Тогда что это? — спрашиваю я. Я уже давно поняла, что спорить с Инди бесполезно.

— То, что моя мама говорила мне каждую ночь перед сном, — охотно объясняет Инди. — Когда я подросла и спросила ее, она сказала, что это слова про Кормчего, который возглавит Восстание. Мама думала, что это будет женщина, которая придет к нам по морю.

— Вот оно что, — удивленно бормочу я. Честно говоря, я всегда представляла, что Кормчий придет с небес. Но может быть, Инди права. Я снова вспоминаю стихотворение Теннисона. В нем говорилось о воде.

Инди думает о том же.

— Помнишь то стихотворение, которое ты читала, когда мы бежали, — начинает она. — Я его раньше не слышала, но там тоже говорится, что Кормчий может прийти по воде. Отмель — это нанос песка на мелководье. А Кормчий — тот, кто стоит у руля, чтобы бережно и безопасно вести корабль по морю и обратно в гавань.

— Я почти ничего не знаю о Кормчем, — признаюсь я, и это правда, хотя мне жаль расставаться с собственными мечтами о лидере Восстания, которые не вполне согласуются с версией Инди. Впрочем, в главном у нас нет разногласий, к тому же, в истории, которую дал мне архивист говорится, что Кормчий время от времени сменяется. — Я думаю, это не важно. Он может быть и мужчиной, и женщиной, и прийти может хоть с неба, хоть с моря. Как ты думаешь?

— Да! — торжествующе восклицает Инди. — Я так и знала! Ты ищешь не только мальчика. Ты ищешь еще кое-что.

Я поднимаю глаза на узкую реку неба, усеянную чистыми ясными звездами. «Так ли это? Я прошла долгий путь от городка, — думаю я, испытывая неожиданный прилив изумления и восторга. — Но мой путь еще далеко не закончен».

— Можем вылезти отсюда, если хочешь, — негромко предлагает Инди. — Пойти поверху. Можем попробовать спуститься в другой каньон. Может, там мы найдем его или Восстание. — Она включает свой фонарик и скользит лучом вверх по стене каньона. — Я умею лазить по горам. Этому учат в Сономе. Это моя провинция. Завтра найдем подходящее место, где стены не слишком высоки и отвесны.

— Я никогда раньше не лазила, — признаюсь я. — Думаешь, у меня получится?

— Если будешь осторожна и не станешь смотреть вниз, — заверяет Инди.

Когда молчание вновь повисает между нами, я поднимаю глаза и вижу, что даже узкая щель неба между стенами каньона вмещает гораздо больше звезд, чем я когда-либо видела в городке. Почему-то это вселяет надежду на то, что впереди меня ждет еще много неизвестного. Я надеюсь, что все будет хорошо у моих родителей и Брэма, Кая и Ксандера.

— Что ж, попробуем, — шепчу я.

— Только место будем искать пораньше, — говорит Инди. — Пока не станет слишком светло. Я не хочу идти поверху днем.

— Я тоже, — соглашаюсь я, а потом записываю на песке новую первую строчку, за которой впервые появляется вторая:

Я спускаюсь во тьму за тобой,
Ждешь ли ты меня среди звезд?

ГЛАВА 13
КАЙ

Склоны каньона черные и оранжевые. Как пылающий огонь, обращенный в камень.

— Как глубоко, — ахает Эли, с изумлением глядя вверх. В этом месте стены вздымаются выше всех зданий, которые я когда-либо видел, даже выше Холма. — Как будто какой-то великан разрезал землю и бросил нас внутрь.

— Так и есть, — отвечаю я. Внутри Разлома прячутся реки, пещеры и камни, которые ни за что не разглядеть сверху. Это можно сравнить с тем, как если бы человеку представилась возможность взглянуть изнутри на работу своего собственного тела: увидеть, как кровь бежит по жилам, услышать, как бьется сердце.

— В Центральном ничего такого нет, — говорит Эли.

— Ты из Центрального? — хором спрашиваем мы с Виком.

— Я там вырос, — отвечает Эли. — И больше нигде не был.

— Наверное, здесь тебе одиноко, — говорю я, вспоминая, как в возрасте Эли переехал в Орию, где испытал совершенно иной вид одиночества — одиночества от того, что кругом слишком много людей.

— Как же Аномалии смогли тут поселиться? — спрашивает Эли.

— Это было очень давно, в то время, когда появилось Общество. Первые Аномалии сами захотели быть такими, — поясняю я. Внезапно я кое-что вспоминаю. — Кстати, люди, которые живут в Разломе, не называют себя Аномалиями. Они предпочитают зваться крестьянами.

— Но как они могли что-то выбирать? — ошеломленно спрашивает Эли.

— Еще до того, как Общество взяло всю власть в свои руки, некоторые люди поняли, к чему это приведет и не пожелали в этом участвовать. И они начали потихоньку переносить в Разлом запасы всего необходимого. — Я показываю рукой на изгибы и выемки в стенах из песчаника. — Здесь повсюду полно невидимых пещер. У крестьян было достаточно еды, поэтому они могли терпеливо ждать, когда посеянные ими семена дадут всходы. Они назвали свое селение Поселком, потому что не хотели использовать названия, принятые Обществом.

— Неужели Общество их не выследило?

— Со временем, разумеется. Но у крестьян было преимущество, ведь они пришли сюда первыми. Они могли прогнать всех, кто пытался выследить их. В конце концов, Общество решило, что горстка крестьян рано или поздно сама вымрет среди скал.

Ведь выжить здесь совсем не просто. — Кусок моей куртки снова отклеивается, и я останавливаюсь, чтобы набрать свежей смолы. — Кроме того, Аномалии сослужили Обществу неплохую службу. Многие люди в Отдаленных провинциях побоялись убежать в Разлом, поскольку Общество распространяло слухи о жестокости здешних крестьян.

— Думаешь, они действительно попытаются нас убить? — с тревогой спрашивает Эли.

— Вообще-то они безжалостны ко всем членам Общества, — признаю я. — Но мы больше не состоим в Обществе. Мы — Отклонение от нормы. Крестьяне не убивают таких, как мы, или Аномалий, если только те сами не нападают на них.

— А как они догадаются о том, кто мы такие? — не унимается Эли.

— Посмотри на нас, — отвечаю я. — Разве мы похожи на граждан или на чиновников?

Мы трое слишком молоды, слишком грязны и оборваны, сразу видно, что мы в бегах.

— А почему твой отец не переселился сюда вместе со всей семьей? — спрашивает Вик.

— Общество кое в чем право, — говорю я. — Здесь умираешь свободным, но быстрее. У крестьян нет лекарств и технологий, которыми владеет Общество. Моя мать не хотела для меня такой жизни, и отец уважал ее решение.

Вик кивает, мой ответ удовлетворил его.

— Значит, мы должны отыскать крестьян и попросить у них помощи. Ведь твоему отцу они помогли.

— Да, — соглашаюсь я. — И я надеюсь кое-что выменять у них. У крестьян есть карты и старинные книги. По крайней мере, раньше были.

— А что ты предложишь им взамен? — резко спрашивает Вик.

— То же, что есть у тебя и у Эли, — отвечаю я. — Информацию об Обществе. Мы жили в нем и знаем его изнутри. В Отдаленных провинциях уже давно нет настоящих крестьян, а значит, обитатели каньонов давным-давно ни с кем не разговаривали и не торговали.

— Но если даже они захотят с нами обменяться, — рассуждает Эли без особой уверенности в голосе, — что мы будем делать с кучей бумаг и старых книг?

— Все, что захотим, — отвечаю я. — Кстати, тебя никто не заставляет брать бумагу. Попроси что-нибудь еще. Мне все равно. Но мне нужна карта — я хочу попробовать добраться до одной из Приграничных провинций.

— Постой, — не понимает Эли. — Ты хочешь вернуться обратно в Общество? Но зачем?

— Я не буду возвращаться, — возражаю я. — Нет, я пойду не тем путем, которым мы сюда пришли. И пойду недалеко, мне нужно только послать ей сообщение. Чтобы она знала, где я.

— А как ты это сделаешь? — не отстает Эли. — Даже если ты сможешь добраться до Приграничных провинций, Общество все равно следит за всеми портами. Они заметят, если ты пошлешь ей хоть слово.

— Поэтому мне и нужны бумаги из поселка, — отвечаю я. — Я продам их архивистам. У них есть способ передать сообщение, минуя порты. Но это дорого стоит.

— Архивисты? — озадаченно переспрашивает Эли.

— Люди, которые торгуют на черном рынке, — поясняю я. — Они занимались этим до всякого Общества. Мой отец тоже торговал с ними.

— Значит, вот какой у тебя план, — задумчиво тянет Вик. — И ничего больше?

— Пока нет, — отвечаю я.

— Как ты думаешь, получится? — спрашивает Эли.

— Не знаю, — честно признаюсь я.

Над нами запевает птица — скальный крапивник. Песня у нее отчетливая и навязчивая. Звуки льются, как водопад по скалистой стене каньона. Я узнаю их, потому что отец часто напевал мне песенку крапивника. Он называл ее голосом Разлома.

Ему нравилось здесь.

Когда отец рассказывал мне что-нибудь, то легко стирал границу между правдой и вымыслом. «В каком-то смысле все правда», — оправдывался он, когда мама дразнила его, поймав на слове.

«Но поселок в каньоне настоящий? — всегда переспрашивал я, чтобы знать наверняка. — То, что ты о нем рассказываешь, это правда?»

«Да, — отвечал отец. — Когда-нибудь я возьму тебя туда. Сам все увидишь».

Поэтому когда он вдруг появляется перед нами из-за следующего поворота, я резко останавливаюсь, не веря своим глазам. Вот он, точно такой, как описывал отец, — поселок в широкой части ущелья.

Зябкое ощущение нереальности охватывает меня, как свет догорающего вечера, льющийся по склонам каньона. Поселок выглядит точно так, как рассказывал нам отец, в первый раз вернувшись из Разлома:

«Солнце село, позолотив все вокруг: мост, здания, людей, даже меня. Я столько лет слышал об этом месте, но не мог поверить, что оно настоящее. Позже, когда крестьяне научили меня писать, я вновь испытал то же чувство. Как будто солнце всегда было у меня за спиной».

Зимнее солнце бросает оранжево-золотые отсветы на дома и мост перед нами.

— Пришли, — шепчу я.

— Настоящий, — говорит Вик.

Эли сияет.

Здания перед нами то лепятся друг к другу, то разбегаются, обходя реку и каменные осыпи. Дома. Более крупные строения. Крошечные поля, втиснутые в те места, где стены каньона расступаются чуть шире.

Но чего-то не хватает. Людей. Здесь царит абсолютное спокойствие. Вик косится на меня. Он тоже чувствует это.

— Мы опоздали, — говорю я. — Они ушли.

Это случилось недавно. То тут, то там еще видны следы.

Еще я замечаю приметы того, что люди сознательно готовились уйти. Это было не паническое бегство, а тщательно спланированный уход. С корявых черных яблонь снят урожай; лишь несколько золотых яблочек сияют среди голых ветвей. Большая часть сельскохозяйственных инструментов тоже исчезла — наверное, крестьяне разобрали их и унесли с собой. Осталось только несколько ржавых деталей.

— Куда они ушли? — спрашивает Эли.

— Не знаю, — отвечаю я.

Неужели больше никого не осталось вне Общества?

Мы проходим мимо вереницы тополей на берегу ручья. Невысокое корявое дерево одиноко торчит с краю.

— Подождите, — предупреждаю я своих спутников. — Это недолго.

Я режу неглубоко — боюсь погубить деревце. Аккуратно вырезая ее имя на коре, я, как всегда, вспоминаю о том, как держал ее руку в своей, когда учил писать. Вик и Эли не произносят ни слова, пока я пишу. Они ждут.

Закончив, я отступаю на шаг, чтобы полюбоваться деревом.

Редкие корни. Песчаная почва. Серая грубая кора. Листья давно облетели, но ее имя все равно кажется мне прекрасным.

Нас неудержимо тянет к домам. Как давно мы не видели места, выстроенного настоящими людьми с намерением поселиться и жить! Дома старые, исхлестанные дождями и ветром, их стены выстроены из глыб песчаника или выцветшего серого дерева. Эли поднимается по ступенькам в один из них. Мы с Виком идем следом.

— Кай, — ахает Эли, когда мы входим внутрь. — Смотри!

То, что я вижу внутри, заставляет меня изменить свое мнение. Возможно, жители все-таки уходили в спешке. Иначе как они могли бросить свои дома в таком виде?

Сами стены кричат о поспешности. О нехватке времени. Они покрыты рисунками, и если бы у крестьян было больше времени, они бы, безусловно, вымыли стены дочиста. Потому что картины слишком о многом говорят.

В этом доме нарисована лодка в небе, покачивающаяся на белой подушке облаков. Художник подписал свое имя в углу. Буквы свидетельствуют, что картина — и ее смысл — принадлежат этому человеку. И хотя это то самое место, в которое я стремился всю свою жизнь, у меня перехватывает дыхание.

Это поселок, в котором он учился.

Учился писать.

И рисовать.

— Давайте останемся здесь, — предлагает Эли. — Тут есть койки. Можем жить тут всю жизнь.

— Ты ничего не забыл? — спрашивает Вик. — Люди, которые здесь жили, ушли не случайно.

Я киваю.

— Давайте поищем карты и какую-нибудь еду и пойдем дальше. Нужно обыскать пещеры.

Мы осматриваем все пещеры вдоль склонов каньона. В некоторых из них стены покрыты росписями, как и в домах, но нигде нет ни клочка бумаги.

Крестьяне научили моего отца писать. Они умели это. Где же они оставили свои слова? Не могли же они забрать их все с собой! Близится ночь, и в гаснущем свете краски на картинках выцветают до серого. Я запрокидываю голову и смотрю на стены пещеры.

— Странная картина, — говорит Эли, тоже разглядывая роспись. — От нее мало что осталось, — он светит фонариком наверх. Настенные росписи разрушены водой, сохранилась только самая верхняя часть — фрагмент женской головы. Только лоб и глаза.

— Она похожа на мою маму, — тихо прибавляет Эли.

Я удивленно оборачиваюсь к нему. Потому что он произнес то самое слово, которое я снова и снова повторяю про себя, хотя моя мать никогда не была здесь. И я спрашиваю себя: что если это слово — *мама* — для Эли так же опасно, как для меня? Даже опаснее, чем слово «отец». Потому что к матери я не испытываю гнева. Только чувство утраты, а его так просто не вырвешь из сердца.

— Я знаю, где они могли спрятать карты, — вдруг говорит Эли. В его глазах вспыхивают лукавые искорки, которых я никогда не видел раньше, и мне приходит в голову, что, возможно, он понравился мне не потому, что напомнил Брэма, а потому, что похож на меня. Мне было столько же лет, сколько ему, когда я украл красные таблетки у Кэрроу.

Тогда я был новичком в Ориа и никак не мог привыкнуть к толпам людей, одновременно выходивших из домов, с рабочих мест и из аэропоездов. Меня нервировало то, что они каждый день в одно и то же время отправляются в одни и те же места. Поэтому я представлял себе, будто улицы — это пересохшие ущелья, а люди — потоки дождевой воды, превращающие пересохшие русла в живые реки. Я говорил себе, что все эти люди в серой и синей рабочей одежде есть не что иное, как природная стихия, движущаяся по своим законам.

Но это плохо помогало. Однажды я заблудился в одном из городков, на одной из улиц.

И Ксандер увидел, как я пытаюсь найти дорогу при помощи компаса. И пригрозил рассказать всем о том, что Патрик позволил мне хранить артефакт, если я не украду красные таблетки.

Наверное, Ксандер откуда-то узнал про мой статус «Отклонение от нормы». До сих пор не знаю, как ему удалось так быстро это разнюхать, потом мы никогда об этом не говорили. Но это неважно. Это был полезный урок. Никогда не внушай себе, что одно место похоже на другое, и не ищи сходства. Всегда смотри на то, что на самом деле перед тобой.

— Где, Эли? — спрашиваю я.

Несколько секунд он молчит, ухмыляясь от уха до уха, а я вспоминаю то, что было потом, — миг своего разоблачения.

Я протянул руку и показал Ксандеру две украденные красные таблетки. Он не верил, что я смогу это сделать. Мне хотелось, чтобы Ксандер знал — я ничем не хуже его, несмотря на свой статус. Единственный раз, когда мне захотелось заслужить чье-то признание, потом я стал притворяться самым ничтожным из ничтожных. Но в тот момент я чувствовал себя сильным. Таким, как мой отец.

— Там, куда вода не достанет, — торжествующе говорит Эли, глядя на изображение женщины, почти полностью уничтоженное паводком. — Пещеры не внизу. Они должны быть наверху.

— Ну конечно, как я не догадался! — восклицаю я, и мы, выбежав наружу, смотрим на вершины скал. Отец рассказывал мне о наводнениях. Порой крестьяне заблаговременно замечали подъем уровня воды в реке и знали, чего ждать дальше. Но иногда, во время ливневых паводков, все случалось внезапно. Крестьяне строились и распахивали поля на дне каньона, но когда вода прибывала, им приходилось все бросать и перебираться в верхние пещеры.

«В Разломе граница выживания очень тонка, — говорил отец. — И ты надеешься, что находишься по правильную сторону от нее».

Теперь, когда мы знаем, что искать, следы былых паводков бросаются в глаза повсюду — отметины наносов на стенах каньона, мертвые деревья, заброшенные в высокие трещины яростью внезапных наводнений. Сила стихии, способной творить такое, могла бы поставить на колени все Общество.

— Я всегда думал, что безопаснее всего закапывать ценности в землю, — вздыхает Вик.

— Не всегда, — говорю я, вспоминая Холм. — Порой гораздо надежнее унести их как можно выше.

У нас уходит почти час на поиски тропы. Снизу увидеть ее практически невозможно — крестьяне так искусно вырубили ход в поверхности скалы, что он полностью сливается с неровными стенами каньона. Мы поднимаемся все выше и выше, пока не огибаем утес и не оказываемся за не видимым снизу склоном. Впрочем, сверху его, наверное, тоже не видно. Он открывается только тем, кто рискнет подняться сюда и посмотреть в упор.

Только отсюда нам открываются пещеры.

Это идеальные хранилища — высокие, надежные и укромные. Сухие. Вик ныряет в первую.

— Еда есть? — спрашивает Эли, и у него громко урчит в животе. Я улыбаюсь. Всю дорогу мы старательно экономили пищу, но поселок повстречался нам как нельзя вовремя.

— Нет, — отзывается Вик. — Кай, взгляни-ка.

Я влезаю следом и вижу, что в этой пещере хранятся только пузатые канистры и ящики. Возле двери на полу видны глубокие борозды и следы ног, как будто кто-то совсем недавно вытащил что-то из кучи и вынес наружу.

Мне уже доводилось видеть такие ящики.

— Осторожнее! — предупреждаю я Вика, а сам с опаской открываю крышку и заглядываю внутрь. Провода. Кнопки. Взрывчатка. Судя по виду, все это произведено в Обществе.

Возможно ли, что крестьяне заключили союз с Обществом? Мне в это не верится. Впрочем, они могли украсть или выменять все это добро на черном рынке. Нужны были долгие годы, чтобы скопить запасы, хранящиеся в этой пещере.

Куда же подевались остальные вещи?

Эли шелестит у меня за спиной, и я хватаю его за руку, чтобы удержать на месте.

— Это похоже на проводку, которая у нас в куртках, — говорит он. — Возьмем с собой немного?

— Нет, — отвечаю я. — Лучше ищи еду. И не забудь про карту!

Эли выскальзывает из пещеры.

Вик медлит.

— Вообще-то это может нам пригодиться, — говорит он, указывая на груду запасов. — Ты ведь мог бы к чему-нибудь приспособить это добро?

— Можно попробовать, — соглашаюсь я. — Но лучше не стоит. Давай оставим в карманах побольше места для еды и бумаг.

Я не говорю ему главного — где провода, там жди беды. Я помню об отцовской одержимости электрикой, которая в итоге привела его к гибели. Он думал, что сможет стать новым Сизифом и обратить оружие Общества против него самого.

Да, в деревне я попытался сделать то же самое, когда перед побегом зарядил порохом ружья остальных мальчишек. И судя по всему, это помогло им не больше, чем крестьянам в отцовской деревне.

— Пытаться продать это слишком опасно. Я не уверен, что архивисты захотят иметь с этим дело.

Вик качает головой, но не спорит. Он заходит в пещеру глубже и вытаскивает рулон толстого пластика.

— Знаешь, что это такое? — спрашивает он.

— Какое-то укрытие? — предполагаю я, внимательно разглядывая находку. Под слоями пластика угадываются какие-то веревки и тонкие трубки, закатанные внутрь.

— Лодка, — отвечает Вик. — Я видел похожую на армейской базе, где жил раньше.

Он впервые упоминает о своем прошлом, и я жду, не добавит ли он еще что-то.

Но снаружи раздается ликующий крик Эли.

— Если хотите есть, я нашел еду!

Он громко хрустит яблоком в соседней пещере.

— Наверное, эти запасы им было слишком тяжело тащить, — говорит он. — Тут куча разных яблок и галеты. И еще полно семян.

— Может быть, они оставили их на тот случай, если вернутся? — предполагает Вик. — Они все продумали.

Я утвердительно киваю. Стоя здесь, глядя на все, что оставили после себя эти люди, я испытываю преклонение перед ними. И разочарование. Мне бы очень хотелось встретиться с ними.

Вик чувствует то же самое.

— Мы все мечтали сбежать, — говорит он. — Но им это удалось.

Мы набиваем рюкзаки едой из крестьянских запасов. Мы берем яблоки и какие-то твердые хлебцы, которых, кажется, нам хватит надолго. Еще мы находим несколько смоляных спичек, по виду самодельных. Возможно, мы отыщем место, где можно будет без опаски развести огонь. Закончив паковать рюкзаки, мы находим в пещере еще несколько мешков и набиваем их тоже.

— Теперь ищем карту и что-нибудь на продажу, — говорю я. Потом делаю глубокий вдох. В этой пещере пахнет песчаником — глиной и водой. И еще яблоками.

— Спорим, это там! — кричит Эли, его голос приглушенно доносится до нас из глубины пещеры. — Здесь еще одна комната.

Мы с Виком тоже заворачиваем за угол и попадаем в очередную пещерную нишу. Посветив фонариками, мы видим, что здесь очень чисто. Очень аккуратно. Полно коробок и ящиков. Я обхожу пещерное помещение и поднимаю крышку одной из коробок. Там лежат бумаги и книги.

Я запрещаю себе думать: «Должно быть, здесь он учился. Может быть, он сидел на этой самой скамейке».

— Сколько же всего они оставили, — шепчет Эли.

— Они не могли унести все это с собой, — отвечаю я. — Наверное, выбрали только самое ценное.

— Может, у них был датапод? — предполагает Вик. — Тогда они могли бы ввести в него всю информацию из книг.

— Может, и так, — соглашаюсь я. Но в глубине души я уверен, что им было очень тяжело оставить здесь оригиналы. Информация, собранная в этой пещере, бесценна, особенно в своем первозданном виде. К тому же, предки крестьян собирали это все вручную, листок за листком. Представляю, как трудно им было уйти без книг.

Посреди комнаты стоит стол, сделанный из кусков дерева, которые, вероятно, сначала по отдельности внесли в пещеру, а потом сколотили. Вообще, вся эта комната, как и остальной поселок, устроена очень продуманно. Каждый предмет на своем месте. Это не подачки, преподнесенные Обществом. Нет, здесь все заработано. Найдено. Сделано своими руками.

Я скольжу лучом фонаря по столу, высвечиваю выдолбленную деревянную миску, полную угольных карандашей.

Протянув руку, я беру себе один. Он оставляет маленькое черное пятнышко у меня на ладони. Карандаши напоминают мне инструменты для письма, которые я сделал себе в городке. Я подбирал обломки прутиков на Холме или в городке, когда клены роняли ветки. Потом связывал эти палочки вместе и опускал в мусоросжигатель, чтобы обуглить концы и сделать пригодными для письма и рисования. Один раз, когда мне срочно понадобился красный цвет, я тайком ощипал с клумбы несколько лепестков кроваво-алой петунии и раскрасил соком руки чиновников, свои руки и солнце на рисунке.

— Смотри, — раздается голос Вика у меня за спиной. Он нашел ящик с картами. Вытаскивает несколько штук. В теплом свете фонариков бумага преображается, кажется более старой, чем есть на самом деле. Мы перебираем карты, пока не находим ту, на которой изображен Разлом.

— Вот она, — говорю я, расстилая лист на столе. Мы склоняемся над картой. — Вот наш каньон. — Я показываю на него, но смотрю на изображение соседнего ущелья. Одно место на нем обозначено толстыми чернильными крестиками, похожими на строчку черных стежков. Что это значит? *Жаль, что я не могу перерисовать эту карту*. Было бы гораздо проще изобразить мир таким, каким я хочу его видеть, чем пытаться понять, как он устроен на самом деле.

— Я бы хотел уметь писать, — говорит Эли, и мне жаль, что у меня нет времени научить его. Может быть, однажды. А сейчас нам надо идти.

— Какая красивая, — шепчет Эли, бережно дотрагиваясь до карты. — Совсем не похожа на то, что мы рисуем на экранах в Обществе.

— Так и есть, — соглашаюсь я. Тот, кто нарисовал эту карту, был настоящим художником. Цвета, рисунок и масштаб подобраны идеально.

— Ты умеешь рисовать? — спрашивает Эли.

— Немного, — отвечаю я.

— Как?

— Моя мама научилась сама, а потом научила меня, — рассказываю я. — Отец часто приходил сюда, чтобы торговать с крестьянами. Однажды он принес матери кисточку. Настоящую. А вот краски достать никак не мог. Он всегда хотел, но так и не сумел.

— Значит, она не могла рисовать, — разочарованно вздыхает Эли.

— Нет, — качаю головой я. — Могла. Она рисовала водой на камне. — Я думаю о древних рельефах в расселине возле нашего дома. Мне впервые приходит в голову, что, возможно, именно они подсказали моей маме мысль писать на камне. Только она пользовалась водой, и ее мазки были очень нежны. — Ее рисунки таяли на воздухе, — тихо говорю я.

— Откуда же ты знаешь, какие они были? — спрашивает Эли.

— Я видел их до того, как они высыхали, — объясняю я. — Они были очень красивые.

Эли и Вик молчат, и мне кажется, что они мне не верят. Наверное, думают, что я все это придумал, вообразил себе картины, которых никогда не видел. Но я сказал им правду. Мамины картины были как живые — они сияли и таяли, а потом новые образы появлялись из-под ее рук. Эти картины были прекрасны и сами по себе, и мимолетностью своего существования.

— Ладно, — говорю я. — Нам нужно попасть вот сюда.

Я показываю им, что наш каньон дальше переходит в равнину, расположенную с противоположной стороны от того места, где мы спускались. Если верить карте, там есть растительность и даже еще один ручей, крупнее того, что течет по каньону. В горах, расположенных с другой стороны равнины, нарисован маленький черный домик, что должно обозначать либо другое поселение, либо укрытие, поскольку точно таким же значком неизвестный картограф изобразил и свой поселок. А еще дальше, к северу от гор, лежит место, обозначенное словом ОБЩЕСТВО. Это одна из Приграничных провинций.

— Думаю, до равнины два-три дня пути. И еще несколько дней, чтобы пересечь ее и дойти до гор.

— На равнине есть ручей, — говорит Вик, глаза его вспыхивают, когда он всматривается в карту. — Жаль, что мы не можем взять одну из здешних лодок и спуститься вниз по течению.

— Почему, можно попробовать, — размышляю я, — но мне кажется, что лучше все-таки идти в горы. Смотрите, там есть какой-то поселок. А куда ведет ручей, нам не известно.

Горы находятся в самой верхней части карты, а ручей сбегает вниз и обрывается за краем листа.

— Пожалуй, ты прав, — соглашается Вик. — Но мы могли бы остановиться и порыбачить. Копченая рыба долго хранится.

Я пододвигаю карту Эли.

— Что скажешь? — спрашиваю я.

— Давайте пойдем туда, — говорит он, тыча пальцем в черный домик в горах. — Я надеюсь, там живут крестьяне. Мне так хочется их увидеть!

— Что еще возьмем с собой? — спрашивает Вик, просматривая книги.

— Давайте завтра отберем, — предлагаю я. Почему-то вид этих аккуратно сложенных и брошенных книг вызывает у меня грусть. И усталость. Мне бы хотелось, чтобы Кассия была сейчас здесь. Со мной. Она бы переворачивала каждую страницу, читала вслух каждое слово. Я представляю ее в тусклом свете пещеры — ее ясные глаза, ее улыбку — а потом закрываю глаза. Возможно, это смутное воспоминание — моя единственная возможность увидеть ее вновь. У нас есть карта, но расстояние, которое нам предстоит пересечь, кажется неодолимым.

— Теперь нужно поспать, — говорю я, отгоняя сомнения. Какой в них прок? — С рассветом мы должны выйти отсюда. — Я поворачиваюсь к Эли. — Что скажешь? Хочешь спуститься вниз и заночевать в одном из домов? Там есть постели.

— Нет, — отвечает Эли, сворачиваясь калачиком на полу. — Давайте останемся здесь.

Я понимаю почему. Поздно ночью брошенный поселок выглядит беззащитным — перед рекой, перед одиночеством, поселившимся в нем с уходом крестьян, перед призрачными глазами и руками росписей на стенах. Зато пещеры, в которых крестьяне берегли свои ценности, обещают уберечь и нас троих.

Мне снится, что летучие мыши всю ночь снуют туда-сюда по пещере. Одни летят грузно и медленно, и я знаю, что они отяжелели от крови других живых существ. Другие порхают выше, и я знаю, что они невесомы от голода. Но все они очень шумные и громко хлопают крыльями.

На исходе ночи, перед рассветом, я вдруг просыпаюсь. Вик и Эли еще спят, и я не сразу понимаю, что меня разбудило. Может быть, какой-то звук, донесшийся из поселка?

Я подхожу к двери из пещеры и выглядываю наружу.

Внизу, в окне одного из домов, мелькает свет.

14 ГЛАВА
КАССИЯ

Я жду рассвета, закутавшись в свою куртку. Здесь, в Разломе, я сплю и передвигаюсь глубоко-глубоко в толще земли, и Общество меня не видит. Потихоньку я начинаю верить в то, что они в самом деле не знают, где я. Что я сбежала.

Это странное ощущение.

Всю свою жизнь я жила под надзором. Общество наблюдало, как я иду в школу, учусь плавать, поднимаюсь по лестнице на Банкет обручения; оно сортировало мои сны, и если находило мои данные любопытными, как это показалось моей чиновнице, то меняло условия моего существования и фиксировало мою реакцию.

И хотя совершенно по-другому, моя семья тоже наблюдала за мной.

На закате своей жизни мой дедушка вечерами сидел у окна и смотрел, как садится солнце. В то время я часто гадала, не сидит ли он так всю ночь, дожидаясь, когда солнце снова встанет над горизонтом. Может быть, во время одной из таких долгих, бессонных ночей он принял решение отдать мне стихотворения?

Я представляю, что дедушка не исчез, а плывет в небе над нами и что из всего многообразия мира, видимого с высоты, он выбирает смотреть на маленькую девочку, съежившуюся на дне каньона. Смотрит и гадает, проснется ли она, встанет ли, когда станет ясно, что рассвет уже близко?

Неужели дедушка хотел, чтобы я закончила свою жизнь здесь?

— Ты проснулась? — спрашивает Инди.

— Я не спала, — отвечаю я, хотя не до конца уверена в том, что это правда. Может быть, мои мысли о дедушке были всего лишь сном?

— Можно стартовать через несколько минут, — говорит Инди. За те секунды, что мы обмениваемся репликами, становится светлее. Я уже лучше вижу ее.

Она находит отличное место, даже я это понимаю. Стены здесь не такие высокие и отвесные, как в других частях ущелья, а после давнего камнепада внизу остались груды камней, на которые можно вскарабкаться.

И все-таки стены каньона выглядят устрашающе, а у меня совсем нет опыта — если не считать вчерашней тренировки перед сном.

Инди властным жестом протягивает вперед руку.

— Давай рюкзак.

— Что?

— Ты не умеешь взбираться, — спокойно отвечает она. — Я переложу твои вещи к себе, а ты понесешь пустой рюкзак. Так будет проще. Не хватало еще, чтобы тяжесть барахла сбросила тебя вниз.

— Ты уверена? — Только сейчас до меня доходит, что если Инди возьмет мои вещи, у нее окажется слишком много ценностей. Я не хочу отдавать ей таблетки.

Инди теряет терпение.

— Я знаю, что делаю. Как ты, когда сорвала растение. — Она хмурит брови. — На аэротанкере ты мне доверяла.

Она права, и это заставляет меня вспомнить кое о чем.

— Инди, — спрашиваю я, — что ты принесла сюда с собой? Что ты дала мне спрятать на аэротанкере?

— Ничего, — отвечает она.

— Ничего? — удивленно повторяю я.

— Я подумала, ты не сможешь мне доверять, пока не поверишь, что мне тоже есть что терять, — с усмешкой объясняет Инди.

— Но в деревне ты сделала вид, будто что-то забрала у меня, — растерянно говорю я.

— Ну да, — соглашается Инди, и ни тени вины не проходит по ее лицу. Я качаю головой, но неожиданно для себя смеюсь и, сняв рюкзак, протягиваю его Инди.

Она открывает его и вытряхивает все содержимое — фонарик, съедобные листья, пустую флягу, синие таблетки — в свой рюкзак.

Внезапно я чувствую себя виноватой. Я могла бы запросто сбежать со всеми этими таблетками, и все же она доверяет мне.

— Знаешь, ты оставь часть таблеток, — предлагаю я. — Для себя.

Лицо Инди меняется.

— Да? — выдавливает она, и голос ее звучит настороженно. — Ну, хорошо.

Она протягивает мне пустой рюкзак, и я вскидываю его на плечи. Мы обе в куртках, которые сковывают движения, но Инди считает, что тащить их за спиной еще сложнее. Она закидывает на плечи свой рюкзак, прижимая длинную косу, которая вспыхивает ярче алых утесов в свете встающего солнца.

— Готова? — спрашивает Инди.

— Наверное, — отвечаю я, поднимая глаза вверх.

— Тогда за мной, — командует Инди. — Я буду говорить тебе, что делать.

Она вставляет пальцы в выемки и подтягивается. Я так тороплюсь за ней, что спотыкаюсь о кучку камней. Они рассыпаются у меня под ногой, и я цепенею.

— Не смотри вниз, — говорит Инди.

Восхождение наверх занимает гораздо больше времени, чем падение вниз.

В это трудно поверить, но большая часть времени уходит не на сам подъем, а на то, чтобы держаться и ждать, обдумывая очередной шаг. Мои руки крепко впиваются в камень, пальцы на ногах скрючиваются изо всех сил. Я полностью сосредоточена на текущей задаче, и хотя я совсем не думаю о Кае, мысли о нем поглощают меня целиком. Наверное, это потому, что сейчас я похожа на него.

В этом месте стены каньона красновато-оранжевые, с черными потеками. Я не знаю, откуда взялась эта чернота; может быть, когда-то очень давно могучий океан черной смолы плескался в стенах каньона.

— У тебя отлично получается, — хвалит Инди, когда я поднимаюсь за ней на выступ. — Сейчас будет самый трудный участок, — предупреждает она, указывая рукой. — Подожди, сначала я попробую.

Я сажусь на выступ, приваливаюсь спиной к скале. Руки ноют от напряжения. Мне хочется, чтобы скала помогала нам, поддерживала в подъеме, но она этого не делает.

— Кажется, получилось, — негромко кричит сверху Инди. — Когда заберешься сюда...

Раздается грохот осыпающихся камней и звук тела, царапающегося о скалы. Я вскакиваю на ноги. Выступ очень узок, я с трудом удерживаюсь на нем.

— Инди!

Она висит у меня над головой, цепляясь за камни. Одна ее нога болтается рядом со мной, расцарапанная, окровавленная. Я слышу, как Инди тихо ругается сквозь зубы.

— Ты в порядке? — кричу я, запрокидывая голову.

— Подтолкни! — хрипло выдыхает она. — Подтолкни меня вверх!

Я подставляю ладони под подошву ее ботинка, истертую побегом через долину, покрытую пылью скал и каньона.

Несколько ужасных мгновений Инди опирается на мои руки, да так тяжело, что я понимаю — она никак не может найти, за что уцепиться наверху. Потом она исчезает, и тяжесть ее ботинка покидает мою ладонь, оставив на ней отпечаток подметки.

— Я уже наверху, — доносится сверху голос Инди. — Отойди несколько шагов налево. Я буду руководить тобой сверху.

— Это безопасно? Ты уверена, что с тобой все в порядке?

— Я сама виновата. Эти скалы мягче тех, на которые я лазила раньше. Я слишком сильно надавила на камень, и он треснул.

Царапины на ноге Инди опровергают ее слова о мягкости камня, но я понимаю, что она хотела сказать. Здесь все по-другому. Отравленные реки, мягкие камни. Никогда не знаешь, что ждет тебя впереди. Что поддержит, а что предаст.

Вторая часть подъема проходит более гладко. Инди оказалась права: лезть по отвесному участку труднее всего. Я цепляюсь за тонкие края камней одними подушечками пальцев, всем сердцем желая, чтобы костяшки никогда не разгибались, а ступни не скользили. Я вжимаюсь руками и коленями в трещины, вертикально сбегающие по поверхности скалы, используя свою одежду и кожу так, как учит Инди, — для лучшего сцепления тела с камнем.

— Почти добрались, — раздается голос Инди у меня над головой. — Выжди минутку и поднимайся. Все нормально.

Я перевожу дух и отдыхаю в расщелине. Скала все-таки удержала меня, думаю я и улыбаюсь, радуясь тому, как высоко мы забрались.

Каю бы это понравилось. Может быть, он сейчас тоже карабкается наверх.

Время для последнего рывка к вершине.

Я не буду смотреть ни вниз, ни назад, ни куда-то еще — только вверх и вперед. Пустой рюкзак слегка смещается, и я пошатываюсь, впиваясь ногтями в камень. *Держись. Жди.* Что-то легкое и крылатое проносится мимо, напугав меня. Чтобы успокоиться, я вспоминаю стихотворение, которое Кай подарил мне на день рождения, стихотворение о воде.

И водяные птицы, и окрыленные деревья над фермами и над головами...

6 Зак. 3443

Здесь, на этом каменистом берегу, я чувствую себя существом, оставшимся на суше после того, как вода отхлынула обратно в море. Существом, пытающимся вскарабкаться туда, где может быть Кай. Даже если его там нет, я все равно найду его. Я буду идти все дальше и дальше, пока не попаду туда, где будет он.

Я выжидаю еще немного, чтобы полностью обрести равновесие, а потом, неожиданно для себя, оборачиваюсь назад.

Этот вид совершенно не похож на то, что мы с Каем видели с вершины Холма. Ни домов, ни Сити-холла, ни зданий. Только песок, скалы и одинокое чахлое дерево; но это преодоленная мной высота, и меня вновь посещает ощущение, будто Кай совершил восхождение вместе со мной.

— Я почти добралась, — шепчу я ему и Инди.

Я подтягиваюсь на край скалы, улыбаюсь и поднимаю взгляд.

Мы здесь не одни.

Теперь я знаю, почему это называется «вести огонь».

Пепел. Он повсюду. Ветер гуляет по Разлому, несет пыль мне в глаза, и все вокруг расплывается сквозь слезы.

Это просто остатки большого костра, беспомощно твержу я про себя. Поленья сложены рядком, дым поднимается в небеса.

Но выражение лица Инди говорит о том, что она видит правду, которую уже знает мой разум. Черные фигуры, рассыпанные по земле, это не поленья. Они были живыми, эти десятки тел, лежащих наверху Разлома.

Инди наклоняется, потом выпрямляется, держа что-то в руках. Обугленная веревка, большей частью целая.

— Идем, — говорит она, пепел веревки чернит ее ладони. Она поднимает руку, чтобы заправить за ухо прядку рыжих волос, бьющуюся на ветру, и пачкает лицо.

Я смотрю на мертвецов. У всех них тоже есть отметины на коже, только не черные, а синие, в виде извилистых линий. Я не знаю, что они означают.

Зачем вы пришли сюда? Как вы сделали веревку? Чему еще вы научились здесь, когда все остальные забыли о вашем существовании? Или никогда не знали о нем?

— Как давно они умерли? — спрашиваю я.

— Давно, — говорит Инди. — С неделю, может, больше. Я точно не знаю. — Голос ее звучит резко. — Тот, кто это сделал, может вернуться. Нужно уходить.

Краем глаза я замечаю какое-то движение и оборачиваюсь. Высокие красные флаги, расставленные вдоль гребня горы, яростно трепещут на ветру. Они воткнуты в землю, а не привязаны к деревьям, но все равно напоминают мне красные лоскутки, которые мы с Каем оставляли на Холме.

Кто пометил эту землю? Кто убил всех этих людей? Общество? Враг?

Где же Восстание?

— Нам нужно уходить, Кассия, — говорит Инди за моей спиной.

— Нет, мы не можем оставить их так.

— Так погибают Аномалии, — в голосе Инди холод. — Вдвоем мы ничего не можем с этим поделать. Нужно найти других.

— Может, это и есть люди, которых мы ищем, — отвечаю я.

«Пожалуйста! Пусть Восстание не закончится до того, как мы найдем его!» — думаю я.

И еще я думаю: «Ох, Кай. Я не знала. Значит, вот как выглядит смерть, которую ты видел».

Мы с Инди бежим по вершине Разлома, прочь от мертвых тел. «Кай жив, — твержу я на бегу. — Он жив».

В пустом небе есть только солнце. В нем никто не летает.

Здесь нет ангелов.

ГЛАВА 15
КАЙ

Мы идем без остановки, пока не оставляем позади поселок и того, кто скрывался в нем. Мы почти не разговариваем, быстро шагая по главному каньону. Через несколько часов я достаю карту и сверяюсь с ней.

— Мне кажется, мы все время идем вверх, — слегка запыхавшись, говорит Эли.

— Так и есть, — подтверждаю я.

— Тогда почему мы не поднялись выше? — спрашивает Эли.

— Потому что стены каньона тоже поднимаются, — отвечаю я. — Смотри. — Я показываю ему, как крестьяне отметили это повышение на карте.

Эли непонимающе качает головой.

— Представь, что Разлом со всеми своими каньонами, это одна большая лодка, — приходит ему на помощь Вик. — Та местность, где мы входили, находится глубоко под водой. Место, куда мы идем, расположено наверху. Понял? Когда мы поднимемся, то окажемся над этой огромной равниной.

— Ты разбираешься в лодках? — с уважением спрашивает Эли.

— Немного, — отвечает Вик. — Чуть-чуть.

— Можем немного передохнуть, — говорю я Эли и достаю флягу. Делаю глоток.

Вик и Эли следуют моему примеру.

— Помнишь то стихотворение, которое ты читал над мертвыми? — начинает Вик. — То, о котором я тебя спрашивал раньше?

— Да, — киваю я, глядя на горный поселок, обозначенный на карте. «Вот куда нам нужно попасть».

— Откуда ты его знаешь?

— Слышал как-то, — говорю я. — В Ориа.

— А не в Отдаленных провинциях? — спрашивает Вик.

Он знает, что мне известно больше, чем я говорю. Я поднимаю глаза. Вик и Эли стоят с другой стороны от карты, смотрят на меня. В последний раз Вик ополчился против меня в деревне, когда я упомянул о том, что Общество убило всех Аномалий. Теперь я вижу в его глазах тот же каменный взгляд. Значит, он решил, что пришло время поговорить начистоту.

И он прав.

— И там тоже, — признаю я. — Я слышу о Кормчем всю свою жизнь.

Так и есть. В Приграничных провинциях, в Отдаленных провинциях, в Ориа и вот теперь здесь, в Разломе.

— И как ты думаешь, кто он такой? — спрашивает Вик.

— Некоторые считают, что Кормчий — это лидер восстания против Общества, — отвечаю я, и глаза Эли вспыхивают от радости.

— Восстание, значит, — удовлетворенно кивает Вик. — Об этом я тоже слышал.

— Значит, существует мятеж? — нетерпеливо спрашивает Эли. — И Кормчий его возглавляет?

— Может быть, — говорю я. — Но к нам это не имеет никакого отношения.

— Еще как имеет, — сердится Эли. — Почему ты не рассказал об этом остальным? Может быть, вместе мы могли бы что-то сделать!

— Что сделать? — устало спрашиваю я. — Мы с Виком оба слышали о Кормчем. Мы не знаем даже, мужчина это или женщина. И даже если бы знали... Я все равно не верю, что этот Кормчий способен на нечто большее, чем погибнуть и погубить кучу людей вместе с собой.

Вик качает головой, но не спорит вслух.

— Это дало бы людям надежду, — упорствует Эли.

— Какой в смысл в пустых надеждах? — спрашиваю я.

Он упрямо стискивает зубы.

— Но ты сам ты пытался это сделать, когда заряжал ружья.

Он прав. Мне нечего возразить. И я вздыхаю.

— Я знаю. Но если бы я рассказал им о Кормчем, это ни к чему бы не привело. В конце концов, это просто история, которую мне рассказывал отец.

Неожиданно я вспоминаю, как моя мать рисовала иллюстрации к рассказу отца. Когда он заканчивал легенду о Сизифе, а рисунки высыхали, мне всегда казалось, что тот наконец-то может немного передохнуть.

— Я тоже слышал о Кормчем еще дома, от одного человека, — говорит Вик. Молчит. Потом спрашивает: — Что с ними случилось? С твоими родителями?

— Погибли под огнем, — отвечаю я. Сначала я хочу сказать только это. Но почему-то продолжаю дальше. Я должен рассказать Вику и Эли о том, что случилось, иначе они не поймут, почему я ни во что не верю. — Мой отец обычно созывал всех жителей деревни на собрания.

Я вспоминаю, какое это было радостное событие, как все оживленно рассаживались по лавкам и разговаривали друг с другом. Лица людей озарялись, когда мой отец входил в комнату.

— Отец придумал способ отключать наш деревенский порт без ведома Общества. Так он считал. Не знаю, может быть, порт все же работал, а может, кто-то сообщил Обществу об этих собраниях. Так или иначе, вся деревня была в сборе, когда открыли огонь. И почти все погибли.

— Значит, твой отец был Кормчим? — с благоговением спрашивает Эли.

— Даже если и был, то теперь он мертв, — сухо отвечаю я. — И забрал с собой всю деревню.

— Он не убивал их, — твердо говорит Вик. — Ты не можешь винить его в этом.

Я могу и виню. Но в словах Вика есть доля истины.

— Их убило Общество или Враг? — помолчав, спрашивает Вик.

— Аэротанкеры были похожи на Вражеские, — отвечаю я. — Но Общество появилось только после того, как все было конечно. Раньше такого никогда не было. До этого они хотя бы делали вид, что защищают нас.

— Где ты был, когда это случилось? — спрашивает Вик.

— На плато, — говорю я. — Я полез посмотреть, скоро ли будет дождь.

— Как те ребята, что полезли за снегом, — вспоминает Вик. — Только ты не погиб.

— Нет, — отвечаю я. — Аэротанкеры меня не заметили.

— Повезло, — говорит Вик.

— Общество не верит в везение, — напоминает Эли.

— А я решил, что буду верить только в это, — отвечает ему Вик. — В везение и невезение, только нам все больше не везет.

— Неправда, — возражает Эли. — Мы сбежали от Общества и забрались в каньон. Мы нашли пещеру с картами и удрали из поселка до того, как нас заметили.

Я ничего не говорю. Я не верю ни в Общество, ни в Восстание, ни в Кормчего, ни в удачу. Я верю в Кассию. Если меня спросят, верю ли я в нечто большее, я отвечу, что верю в бытие и небытие.

Сейчас я жив и собираюсь таким остаться.

— Идем, — говорю я, скатывая карту.

Когда спускаются сумерки, мы решаем остановиться в одной из пещер, обозначенных на карте. Когда мы забираемся внутрь, свет наших фонарей выхватывает из темноты росписи и резьбу на стенах.

Эли останавливается как вкопанный. Я понимаю, что он чувствует.

Я помню, когда впервые увидел такой каменный орнамент. В маленькой скалистой расселине возле нашей деревни. Мама с папой взяли меня туда, когда я был совсем маленьким. Мы пытались угадать, что означают эти непонятные каменные рисунки. Отец старательно перерисовывал знаки на песке. Это было до того, как он научился писать. Он всегда хотел учиться, стремился отыскать смысл во всем вокруг. В каждом символе, слове или событии. Если ему не удавалось найти этот смысл, он придумывал его сам.

Но эта пещера поражает воображение. Росписи горят сочными красками, фигуры, высеченные вдоль них, полны мельчайших деталей. Если вырезать картины в камне, обработанная поверхность будет выглядеть светлее, а не темнее.

— Кто это сделал? — спрашивает Эли, нарушая молчание.

— Много людей, — отвечаю я. — Росписи выглядят свежими. Наверное, их сделали крестьяне. А вот резьба очень старая.

— Насколько старая? — спрашивает Эли.

— Больше тысячи лет, — говорю я.

На самом древнем каменном орнаменте изображены люди с широкими плечами и растопыренными пальцами. Они выглядят сильными. Один из них воздевает руку к самому небу. Я долго смотрю на эту фигуру, на протянутую руку и вспоминаю, когда в последний раз видел Кассию.

Общество нашло меня рано утром. Солнце еще не встало, но звезды уже погасли. Самое глухое время, когда проще всего видеть все в истинном свете.

Я проснулся в тот миг, когда они наклонились надо мной в темноте и разинули рты, приготовившись сказать то, что они говорят всегда: «Вам нечего бояться. Пройдемте с нами». Но я напал на них прежде, чем они успели что-то сказать. Я пустил им кровь раньше, чем они схватили меня, чтобы отправить проливать свою. Все инстинкты приказывали мне драться, и я дрался. В тот раз.

Я дрался, потому что нашел мир в Кассии. Потому что знал, что могу обрести покой в ее прикосновении, которое одновременно сжигало меня дотла и отмывало дочиста.

Драка длилась недолго. Их было шестеро, а я один. Патрик и Аида еще спали.

— Иди тихо, — сказали мне офицеры и чиновники. — Так будет проще для всех. Или хочешь, чтобы мы применили кляп?

Я помотал головой.

— Классификация рано или поздно все равно проявится, — сказал один из них остальным. — Вот с этим не должно было быть никаких проблем, он был законопослушным много лет. Но Отклонение от нормы есть Отклонение.

Мы почти вышли из дома, когда нас увидела Аида.

Потом мы уходили по темным улицам, Аида бежала и кричала, а Патрик все говорил что-то, тихо, спокойно и настойчиво.

Нет. Я не хочу думать о Патрике и Аиде, о том, что случилось потом. Я люблю их больше всех на свете, если не считать Кассию, и если я найду ее, мы вместе будем искать их. Но я не могу долго думать о них — о родителях, которые приняли меня, не получив взамен ничего, кроме новой утраты. Они были настоящими храбрецами, осмелившись полюбить снова. Их пример дал мне силы верить, что я тоже сумею.

Кровь была у меня во рту и под кожей, где уже наливались синяки. Голову вниз, руки за спиной.

А потом.

Мое имя.

Она выкрикивала мое имя перед всеми. Ей было безразлично, кто узнает, что она любит меня. И я тоже стал кричать ее имя. Я видел ее растрепанные волосы, босые ступни, глаза, обращенные только на меня, а потом она указала рукой в небо.

Я знаю, Кассия, ты хотела сказать, что всегда будешь помнить обо мне, но я боюсь, что ты забудешь.

Мы расчищаем себе местечко от камней и веток. Среди камней попадаются кремни, судя по всему, припасенные крестьянами для разведения огня. Еще мне попадается кусочек песчаника, почти идеально круглый, и я сразу вспоминаю о своем компасе.

— Как ты думаешь, крестьяне останавливались здесь по дороге в Разлом? — спрашивает Эли.

— Не знаю, — отвечаю я. — Наверное. Похоже, это место использовалось довольно часто.

Повсюду черные пятна старых кострищ, полузатертые отпечатки подошв на песке и разбросанные повсюду кости животных, приготовленных и съеденных здесь.

Эли засыпает моментально, как всегда. Он сворачивается клубочком прямо у ног огромной фигуры с поднятыми руками.

— Что ты взял? — спрашиваю я Вика, вытаскивая рюкзак, набитый сокровищами из пещерной библиотеки. Мы убегали из поселка в такой спешке, что, не глядя, схватили первые попавшиеся под руку книги и бумаги.

Вик смеется.

— В чем дело?

— Надеюсь, ты выбрал что-нибудь получше, — смеется Вик, показывая мне свою добычу. Оказывается, он в суматохе прихватил целую пачку тоненьких брошюрок в коричневых обложках. — Мне показалось, я видел что-то похожее в Тане. А оказывается, набрал одинаковых книг.

— О чем они? — спрашиваю я.

— Что-то историческое, — отвечает Вик.

— Тогда, может быть, они ценные, — решаю я. — А если нет, я дам тебе что-нибудь из своих запасов. — Я справился с делом лучше, чем Вик. Мой улов составляют стихи и две книжечки рассказов, не включенных в Сотню. Я смотрю на рюкзак Эли. — Надо будет попросить Эли показать нам свои книги, когда он проснется.

Вик рассеянно перелистывает несколько страниц.

— Слушай, а это интересно.

Он протягивает мне брошюру, открытую на первой странице.

Бумага рыхлая. Дешевое массовое издание, выпущенное где-то в отдаленном уголке Общества на старом оборудовании, возможно, подобранном на свалке какого-нибудь реставрационного проекта. Я открываю брошюру и начинаю читать при свете фонарика:

Восстание
Краткая история нашего Мятежа против Общества

Восстание началось в период создания Комитета Ста.

За год до начала внедрения Ста сборников, показатель Искоренения рака зафиксировался на отметке 85,1 процент. Это был первый случай неудачи со времени внедрения программы Искоренения болезней. Общество очень болезненно восприняло этот факт. Несомненно, оно осознавало, что абсолютное совершенство во всех областях принципиально недостижимо, однако считало задачей первостепенной важности добиться стопроцентного результата в отдельных областях. Общество понимало, что эта задача требует полной отдачи и самоотверженности.

Было принято решение сосредоточить все усилия на увеличении производительности труда и физическом здоровье населения. Чиновники высшего уровня проголосовали за устранение всех отвлекающих факторов, таких как избыточное количество стихотворений, музыкальных произведений и картин, установив их оптимальное число, которое должно было сохраняться и поддерживаться с целью удовлетворения культурных запросов населения. Для проведения этого отбора были созданы Комитеты Ста, по одному на каждый вид искусства.

С этого момента Общество начало злоупотреблять своей властью. Следующим шагом стала отмена закона, согласно которому каждое поколение должно было голосованием решать, хочет оно или нет жить под властью Общества. Далее Общество начало отделять людей со статусами «Аномалия» и «Отклонение от нормы» от остальных, изолируя или уничтожая тех из них, кто вызывал наибольшие неприятности.

В числе произведений, исключенных Обществом из Сотни, было стихотворение «Переступая черту» Альфреда Теннисона. Название этого стихотворение стало тайным паролем участников нашего восстания. В этом стихотворении отражены два существенных момента Восстания:

1. Его возглавляет лидер, которого мы называем Кормчим.

2. Участники Восстания верят в возможность вернуться в лучшие дни Общества — в эпоху до внедрения Ста сборников.

Часть Аномалий, спасшихся от Общества в ранние годы его тирании, примкнули к Восстанию. В наше время Восстание существует во всех частях Общества, однако его позиции сильнее всего в Приграничных и Отдаленных провинциях, особенно в тех местах, куда после введения Сотен стали в массовом порядке ссылать людей со статусом «Отклонения от нормы».

— Ты уже знал обо всем этом? — спрашивает Вик.

— Частично, — признаюсь я. — Знал про Кормчего и про Восстание. Ну и про Комитеты Ста комиссий, конечно.

— И про уничтожение Аномалий и Отклонений, — добавляет Вик.

— Ну да, — соглашаюсь я. В моем голосе звучит горечь.

— Когда я услышал, как ты читаешь это стихотворение над первым мальчиком, которого мы бросили в воду, — говорит Вик, — я подумал, ты сообщаешь мне, что принадлежишь к мятежникам.

— Нет, — твердо говорю я.

— Нет? Несмотря на то, что твой отец был лидером?

— Нет.

Больше я ничего не прибавляю. Я не согласен с тем, что делал мой отец, но я не собираюсь предавать его. Это еще одна неуловимая граница, которую я боюсь переступить, чтобы не оказаться на неправильной стороне.

— Никто из других не узнал эти слова, — продолжает Вик. — Я думал, что гораздо больше «Отклонений от нормы» знают о Восстании и рассказывают о нем своим детям.

— Может быть, те, кто знал об этом, сумели сбежать до того, как Общество стало ссылать нас в эти деревни? — предполагаю я.

— И крестьяне, выходит, тоже не участвовали в Восстании, — размышляет Вик. — А я думал, ты ведешь нас к ним, чтобы примкнуть к восставшим.

— Я никуда вас не вел и не веду, — резко бросаю я. — Крестьяне знают о восстании. Но не думаю, что они в нем участвуют.

— Много ты знаешь, — с усмешкой говорит Вик.

Я неожиданно для себя начинаю смеяться.

— Нет, — отвечаю я. — Не много.

— Я думал, у тебя какая-то более важная цель, — задумчиво говорит Вик. — Например, собрать людей и привести их к восставшим. Но ты пришел в Разлом только для того, чтобы спасти свою жизнь и вернуться к девочке, которую любишь. Только и всего.

— Только и всего, — соглашаюсь я. Это правда. Он может думать обо мне хуже, это его право.

— Этого вполне достаточно, — хмыкает Вик. — Спокойной ночи.

Я царапаю камень обломком агата, и на гладкой поверхности появляются яркие белые рубцы. Этот компас никогда не будет работать, конечно. Он не открывается. Стрелка никогда не закрутится, но я все равно продолжаю царапать. Мне нужен другой кусок агата. Этот стачивается о камень, а не ломается.

Вик и Эли спят, а я доделываю компас. Закончив, поворачиваю его в руке, так чтобы стрелка указывала туда, где, по моим представлениям, находится север, и тоже ложусь. Сохранила ли Кассия настоящий компас, который мои дядя с тетей сберегли для меня?

Она снова стоит на вершине холма. В руках у нее круглый кусочек золота: это компас. Диск ослепительного золота висит над горизонтом: это встает солнце.

Она открывает компас и смотрит на стрелку.

На лице ее слезы, в волосах у нее ветер.

Она в зеленом платье.

Ее юбка шуршит по траве, когда она наклоняется, чтобы положить компас на землю. Когда она снова выпрямляется, руки у нее пусты.

Ксандер ждет рядом с ней. Он протягивает руку.

«Он ушел, — говорит Ксандер. — Я здесь».

Голос у него грустный. Полный надежды.

Нет, хочется сказать мне, но Ксандер прав. Меня там нет, по-настоящему. Я лишь тень, наблюдающая за ними с небес. Они — настоящие. А я — уже нет.

— Кай! — шепчет Эли, тряся меня за плечо. — Кай, проснись. Что с тобой?

Вик включает фонарик и светит мне в глаза.

— Тебе приснился кошмар, — говорит он. — Что это было?

Я трясу головой.

— Ничего, — отвечаю я, глядя на камень, зажатый у меня в кулаке.

Стрелка компаса застыла на месте. Ни малейшего движения. Никаких изменений. Как у меня с Кассией. Я застыл на одной идее, на одной путеводной звезде в небе. На одной правде, за которую нужно держаться, даже когда все кругом рассыпается в прах.

16 ГЛАВА КАССИЯ

Мне снится, что он стоит на фоне солнца, поэтому кажется темным, хотя я знаю, что он — это свет. «Кассия, — говорит он, и от нежности, звучащей в его голосе, у меня слезы наворачиваются на глаза. — Кассия, это я».

Я не могу вымолвить ни слова. Я протягиваю руки, улыбаюсь и плачу от счастья, что мое одиночество закончилось.

«Сейчас я отойду, — говорит он. — Будет очень ярко. Но тебе придется открыть глаза».

«Они открыты», — отвечаю я, запутываясь. Как же иначе я могла бы его видеть?

«Нет, — говорит он. — Ты спишь. Но должна проснуться. Пора».

«Ты ведь не уйдешь, правда?» Я могу думать только об этом. О том, что он может снова уйти.

«Я ухожу», — отвечает он.

«Не надо, — прошу я. — Пожалуйста».

«Тебе придется открыть глаза», — повторяет он, и я подчиняюсь и просыпаюсь под рассветным небом.

Но Ксандера уже нет.

«Нельзя плакать», — твержу я себе, но все равно не могу остановиться. Слезы текут по моему лицу, оставляя дорожки в пыли. Я стараюсь не всхлипывать, чтобы не разбудить Инди, которая все еще спит, несмотря на свет. После обнаружения мертвецов, расписанных синими линиями, мы целый день шли по пересохшему руслу второго каньона. Больше мы ничего не видели и никого не встретили.

Я крепко прижимаю ладони к лицу, чувствуя тепло своих слез.

«Я так боюсь, — думаю я. — За себя, за Кая. Я думала, что мы забрались не в тот каньон, потому что до сих пор не видела его следов. Но если они превратили его в пепел, я уже никогда не узнаю, что он был здесь».

Все это время я надеялась, что найду его, — в течение бесконечных месяцев в полях, в ночном перелете на аэротанкере без окон, в долгом побеге к Разлому.

«Но искать-то, может быть, некого, — зудит тоненький голос у меня в голове. — Возможно, Кая больше нет, как и Восстания. Что, если Кормчий умер и никто не занял его место?»

Я смотрю на Инди и спрашиваю себя, не поторопилась ли я считать ее своей подругой. «Может быть, она шпионка, — горько думаю я. — Возможно, Общество послало ее наблюдать за тем, как я сдамся и умру в Разломе, чтобы моя чиновница получила полную информацию о ходе и завершении поставленного эксперимента».

«Откуда берутся все эти мысли? — гадаю я, и вдруг до меня доходит: — Я заболела!»

В Обществе болезни случаются крайне редко, но ведь я уже давно не в Обществе. Мой разум привычно сортирует все возможные варианты: истощение, обезвоживание, чрезмерное умственное напряжение, неподходящая еда. Что ж, это должно было случиться.

Понимание приносит облегчение. Если я заболела, значит, я сама не своя. На самом деле я не верю всем этим гадким мыслям о Кае, Инди и Восстании. Мой разум настолько затуманен, что я забыла: эксперимент затеяла вовсе не моя чиновница. Я хорошо помню тень, мелькнувшую в ее глазах, когда она солгала мне возле музея в Ориа. Она не знала, кто внес имя Кая в базу данных подбора пар.

Я делаю глубокий вдох. На какое-то мгновение ощущение недавнего сна о Ксандере вновь возвращается ко мне, и я успокаиваюсь. «Открой глаза» — вот что он сказал мне. Он хотел, чтобы я увидела что-то, но что? Я обвожу взглядом пещеру, в которой мы остановились на ночлег. Вижу Инди, скалы, свой рюкзак с таблетками.

По крайней мере, эти синие таблетки я получила не от Общества, а от Ксандера, которому можно доверять. Я и так слишком долго ждала.

Я долго не могу справиться с клапаном рюкзака, мои пальцы вдруг сделались очень непослушными. Наконец я выдавливаю из пачки первую синюю таблетку, кладу ее в рот и с усилием глотаю. Я принимаю таблетку впервые в жизни — насколько мне известно, конечно, но тем не менее. На миг перед глазами у меня встает лицо дедушки, он выглядит разочарованным.

Я смотрю на ячейку, где только что была синяя таблетка, ожидая увидеть пустоту. Но там что-то есть — маленький клочок бумаги.

Бумага для порта. Дрожащими руками я достаю ее и разворачиваю. В запечатанной пачке бумага оставалась целой и невредимой, но после соприкосновения с воздухом она быстро превратится в пыль.

«Род занятий: санитар. Вероятность постоянного назначения и повышения до должности врача: 97,3 процента».

— О, Ксандер, — шепчу я.

Это фрагмент официальной информации о Ксандере из базы подбора пар. Я никогда не читала его микрокарту, думая, что все это мне и так известно. Я смотрю на пачку таблеток, зажатую в моей руке. Как он это сделал? Как он ухитрился спрятать туда клочок бумаги? Интересно, есть там еще?

Я представляю себе, как Ксандер распечатывает информацию о себе с порта, аккуратно рвет каждую строчку на кусочки и находит способ засунуть их в пачку. Должно быть, он догадался, что я никогда не просматривала микрокарту, — он знал, что я отвергла его, решив смотреть на Кая.

«Посмотри на меня еще раз», — кажется, говорит мне Ксандер.

Я вытаскиваю еще одну таблетку из ячейки. На очередной бумажке написано: *«Полное имя: Ксандер Томас Кэрроу»*.

Новое воспоминание: я вижу себя маленькой девочкой, ждущей, когда Ксандер выйдет на улицу поиграть.

«Ксандер! Томас! Кэрроу!» — кричу я, прыгая с камня на камень по дорожке перед его домом. Когда я была маленькая, то все время забывала понижать голос, подходя к чужому дому. Наверное, имя Ксандера было очень приятно произносить вслух. Оно замечательно звучало. Все слова двухсложные, под них так и хочется маршировать, отбивая ритм.

«Тебе не нужно кричать, — говорит Ксандер. Он распахивает дверь и улыбается мне. — Я уже здесь».

Я скучаю по Ксандеру, поэтому не могу удержаться, чтобы не распотрошить еще ячейки — не для того, чтобы проглотить их синее содержимое, а чтобы прочитать написанное на бумажках.

«Проживал в Кленовом городке с рождения.

Любимый вид активного отдыха: плавание.

Любимое развлечение: игры.

Число сверстников, указавших Ксандера Томаса Кэрроу в числе наиболее популярных учеников: 87,6 процента.

Любимый цвет: красный».

А вот это неожиданность. Я всегда думала, что Ксандер больше всего любит зеленый. Что же еще я о нем не знаю?

Я улыбаюсь, чувствуя себя гораздо лучше. Перевожу взгляд на Инди и вижу, что она еще спит. Я не могу усидеть на месте, поэтому решаю выйти наружу и как следует осмотреть место, в которое мы пришли затемно.

На первый взгляд это похоже на очередное расширение каньона — испещренное пещерами, усыпанное камнями и сглаженное волнистыми каменными стенами. Но стоит мне оглядеться по сторонам, как я сразу замечаю, что стены здесь какие-то странные.

Я пересекаю пересохшее русло и дотрагиваюсь рукой до скалы. Чувствую ладонью грубую поверхность. И все-таки она какая-то неправильная. Слишком гладкая.

Вот почему я сразу понимаю, что передо мной Общество.

Я вижу трещины в его совершенстве. Я вспоминаю размеренное дыхание исполнительницы одной из Ста песен и то, как Кай сказал, что Общество знает о нашем желании слышать дыхание певцов. Нам хочется считать их голоса человеческими, но человечность, которую они пытаются изобразить, слишком вымерена и просчитана, чтобы быть настоящей.

У меня обрывается сердце. Если Общество проникло даже сюда, то никакого Восстания нет и быть не может.

Не отрывая руки от камня, я шагаю вдоль стены, выискивая место, где Общество соприкасается с Разломом, но успеваю дойти только до зарослей темных кустов у скал, как вижу что-то, лежащее на земле.

Это мальчик. Тот самый, который вместе с нами сбежал в Разлом, а потом ушел в этот каньон.

Он лежит на боку. Глаза у него закрыты. Тонкий слой пыли, принесенной ветром, припорошил его кожу, волосы и одежду. Его руки лишены цвета и красны от крови, как и участок каменной стены, которую он исступленно царапал ногтями, но так и не смог заставить расступиться. Я зажмуриваюсь. Вид запекшейся крови и крупинок каньонной грязи напоминает мне глазурь и кроваво-красные ягоды пая на тарелке у дедушки, и тошнота волной подступает к моему горлу.

Я снова открываю глаза и смотрю на мальчика. Можно ли что-нибудь сделать для него? Я наклоняюсь ниже и вижу, что губы у него перепачканы чем-то синим. Меня никогда не обучали медицине, я ничего не знаю о первой помощи людям. Мальчик не дышит. Я дотрагиваюсь до его запястья в том месте, где, как мне говорили, должен быть пульс, но там ничего не бьется.

— Кассия, — шепчет кто-то, и я оборачиваюсь.

Это Инди. Я с облегчением перевожу дыхание.

— Это тот мальчик, — произношу я.

Инди опускается на корточки рядом со мной.

— Он умер, — говорит она и смотрит на руки мальчика. — Что он делал?

— Мне кажется, он пытался пройти внутрь, — говорю я, указывая на скалу. — Они замаскировали это под скалу, но я думаю, там дверь. — Инди подходит ближе, и мы молча смотрим на окровавленную скалу и руки мальчика. — Он не смог пройти, — наконец говорю я. — Тогда он принял синюю таблетку, но было уже слишком поздно.

Инди бросает на меня колючий пытливый взгляд.

— Нужно убираться из этого каньона, — говорю я. — Здесь Общество. Я точно знаю.

Инди медлит с ответом.

— Ты права, — говорит она, помолчав. — Нужно вернуться в тот каньон. Там хотя бы была вода.

— Как ты думаешь, нам придется возвращаться тем же путем, каким мы пришли? — спрашиваю я, невольно вздрагивая при мысли о трупах, лежащих на вершине Разлома.

— Можем попробовать перелезть тут, — отвечает Инди. — Теперь у нас есть веревка. — Она кивает на корни деревьев, которые густой бородой свисают со стены каньона и растут там, где не могло бы вырасти ни одно дерево. — Это сэкономит нам время.

Инди открывает свой рюкзак. Я смотрю, как она достает веревку, перебрасывает ее через плечо, а потом бережно перекладывает что-то, оставшееся на дне рюкзака.

«Осиное гнездо», — вспоминаю я.

— Ты его сберегала, — говорю я вслух.

— Что? — озадаченно переспрашивает Инди.

— Осиное гнездо, — поясняю я. — Оно не сломалось.

Инди кивает, но вид у нее при этом настороженный. Должно быть, я сказала что-то не то, но не могу понять, что именно. Меня вдруг охватывает страшная усталость, одновременно с которой приходит безумное желание свернуться клубочком рядом с мальчиком и остаться лежать на земле.

Выбравшись на вершину Разлома, мы не смотрим в ту сторону, где лежат тела. Мы все равно слишком далеко, чтобы увидеть их.

Я не разговариваю. Инди тоже. Под серым небом и холодным ветром мы быстро движемся к противоположному краю Разлома. Пробежка выводит меня из оцепенения, напоминает, что я еще жива и мне рано умирать, как бы порой этого ни хотелось.

Кажется, что мы с Инди единственные живые люди во всех Отдаленных провинциях.

Инди закрепляет веревку с другой стороны вершины.

— Давай, — командует она, и мы спускаемся обратно в первый каньон, откуда начали свои странствия. Возможно, мы не найдем в нем следов Кая, зато там есть вода, и не замечено никаких следов Общества.

Пока.

Надежда приходит в образе отпечатка ботинка, половинки следа, оставленного в том месте, где неизвестный позабыл об осторожности и наступил в мягкую глину, которая затем затвердела, но оказалась так густа, что вечерние и утренние ветра не смогли развеять ее по ущелью.

Я пытаюсь не думать о других следах, которые видела в каньонах, об окаменевших свидетелях времен настолько давних, что от них не осталось ничего, кроме отпечатков или костей кого-то бывшего, кого-то жившего... Но этот след — недавний. Я должна в это верить. Я должна верить, что здесь есть еще кто-то живой. И должна верить, что это может быть Кай.

17 ГЛАВА КАЙ

Мы вылезли наверх из Разлома. За спиной у нас остались каньоны и поселок крестьян. Внизу, под нами, простирается длинная и широкая равнина — коричневая, золототравная. Купы деревьев обступают ручей, а на другой стороне равнины возвышаются синие горы с заснеженными вершинами. Этот снег никогда не тает.

Лежащий перед нами путь был бы очень долог в любое время года, но особенно трудным он будет сейчас, перед самой зимой. Я знаю, шансы у нас невелики, но все равно рад, что нам удалось так далеко зайти.

— Так далеко, — вторит Эли, стоящий рядом со мной, голос его дрожит.

— Возможно, это не так далеко, как кажется по карте, — отвечаю я.

— Давайте двинем к первой рощице, — предлагает Вик.

— Это безопасно? — спрашивает Эли, глядя в небо.

— Если будем осторожны, — отвечает Вик и срывается с места, не сводя глаз с воды. — Этот ручей не похож на тот, что шел по каньону. Мне кажется, в этом водится рыба!

Мы добираемся до первой группы деревьев.

— Ты что-нибудь знаешь о рыбалке? — спрашивает меня Вик.

— Ничего, — отвечаю я. Я практически ничего не знаю о воде. Возле нашей деревни ее почти не было, если не считать той, что гнало по трубам Общество. В каньонах ручьи были гораздо шире и медленнее, чем этот. Эта речушка заметно меньше, зато быстрее. — Разве рыба еще не передохла? В такой-то холодной воде...

— Проточная вода редко замерзает, — объясняет мне Вик. Он садится на корточки и смотрит в ручей, в котором мелькают какие-то тени. — Попробуем поймать их, — возбужденно говорит он. — Кажется, это речная форель. Вкусная до невозможности!

Я сажусь рядом с ним, пытаясь разглядеть рыбу.

— Как же мы ее поймаем?

— Сейчас она заканчивает нереститься, — объясняет Вик. — В это время рыба обычно вялая. Мы войдем в воду и попробуем вычерпать ее на берег. Конечно, это неправильно, — недовольно вздыхает он. — Дома мы никогда так не делали. Но дома у нас были удочки.

— Где дома? — спрашиваю я.

Несколько мгновений Вик молча смотрит на меня, обдумывая что-то, но, видимо, решает, что раз я рассказал ему о своих корнях, то и он может немного открыться.

— Я из Камаса, — роняет он. — Жаль, вы не видели, как у нас красиво. Там горы выше, чем здесь, — он показывает рукой на равнину. — А в ручьях полно рыбы.

Он замолкает. Снова смотрит на воду, где на глубине мелькают тени.

Эли все еще сидит на корточках, пригнувшись к самой земле, как я его учил. Но мне все равно не нравится это открытое пространство между Разломом и горами.

— Ищи стремнину, — говорит Вик, обращаясь к Эли. — Это такое место в ручье, где вода движется быстрее всего. Вот как здесь. А потом делай вот так.

Он медленно и бесшумно опускается на корточки около края воды. И ждет. Потом резко окунает руку в воду позади рыбы и начинает потихоньку перемещать пальцы по течению, пока они не оказываются под брюхом у сонной рыбины. Тогда Вик молниеносно выкидывает форель на берег. Она бьется и хватает ртом воздух, у нее гладкое блестящее тело.

Мы все смотрим, как рыба умирает.

Этой ночью мы возвращаемся в Разлом, чтобы дым от костра не привлек к нам внимания. Я высекаю огонь кремнем, чтобы сэкономить крестьянские спички. Это наш первый настоящий костер, и Эли с наслаждением подставляет руки пляшущим языкам пламени. Одно дело — попасть под огонь, и совсем другое — согреться.

— Не подходи слишком близко, — предупреждаю я Эли. Он кивает. Пламя мерцает на стенах каньона, отбрасывая отсветы цвета заката. Оранжевый огонь. Оранжевый камень.

Мы медленно готовим рыбу на углях, чтобы ее хватило на путешествие через долину. Я смотрю на дым и надеюсь, что он рассеется раньше, чем поднимется над стенами каньона.

Вик говорит, что на приготовление всей рыбы уйдет несколько часов, поскольку нам нужно полностью выпарить из нее жидкость. Так рыба сохранится дольше, а нам нужна еда. Мы прикидываем шансы — возможно, тот, кто был ночью в поселке, до сих пор незаметно идет за нами следом, но для перехода через равнину нам понадобятся новые запасы еды. После того как мы увидели, какой огромный путь нам предстоит пройти, у всех вдруг страшно разыгрался аппетит.

— А раньше в ручьях водилась форель, которая называлась радужной, — говорит Вик, лицо его задумчиво. — Она в основном давно вымерла, еще во время Потепления, но я как-то поймал одну в Камасе.

— Она такая же вкусная, как эта? — спрашивает Эли.

— О, конечно, — говорит Вик.

— Ты ее отпустил, да? — спрашиваю я.

Вик невесело усмехается.

— Не смог ее съесть. Я ведь никогда такой раньше не видел. Думал, она вообще последняя на свете.

Я перекатываюсь на пятки. Я сыт и чувствую себя свободным не только от Общества, но и от крестьянского поселка. Все нельзя отравить. Бегущая вода редко замерзает. Хорошо, что я узнал две эти истины, от них на душе становится легче.

Я чувствую себя таким счастливым, каким не был ни разу после Холма. Сейчас мне кажется, что я все-таки сумею вернуться к ней.

— Твои родители были офицерами до того, как их деклассифицировали? — спрашивает меня Вик.

Я смеюсь. Мой отец — офицер? Или мама? Сама мысль об этом звучит абсурдно, по многим причинам.

— Нет, — отвечаю я. — С чего ты взял?

— Ты разбираешься в ружьях, — рассуждает Вик. — И в проводке, зашитой в куртки. Я подумал, родители тебя научили.

— Отец научил меня этому, — соглашаюсь я. — Только он не был офицером.

— Значит, он научился этому у крестьян? Или у мятежников?

— Нет, — отвечаю я. — Кое-чему он научился у Общества, это было связано с его работой. — Но большую часть узнал сам. — А кем были твои родители?

— Мой отец был офицером, — отвечает Вик, и я ничуть не удивлен. Все сходится: уверенное поведение Вика, его умение командовать, то, как он сразу узнал в наших куртках одежду военного образца и, наконец, его слова о том, что он когда-то жил на армейских базах. Какое же преступление могло навлечь деклассификацию на мальчика с таким высоким статусом — член семьи офицера?

— А моя семья умерла, — говорит Эли, когда становится ясно, что Вик не собирается ничего добавлять к своим словам.

Я подозревал нечто подобное, но мне больно слышать эти слова.

— Как? — спрашивает Вик.

— Родители заболели. Они умерли в медицинском центре в Центральном. А потом меня отослали из города. Если бы я был гражданином, меня бы кто-нибудь усыновил. Но я не был. Сколько себя помню, у меня всегда был статус «Отклонение от нормы».

Его родители заболели? И умерли? Такое не должно было случиться — и, насколько мне известно, никогда не случалось — с такими молодыми людьми, какими должны были быть родители Эли. Даже с Отклонениями. В Обществе люди так рано не умирают, если только они не живут в Отдаленных провинциях. И тем более такое не могло произойти в Центральном. Наверное, они умерли той же смертью, какая была предназначена Эли, — под огнем, в какой-нибудь заброшенной деревне.

Но Вик, похоже, ничуть не удивлен. Возможно, он щадит чувства Эли, а может быть, знает больше, чем я.

— Мне жаль, Эли, — говорю я. Мне когда-то повезло. Если бы сын Патрика и Аиды не погиб и Патрик не надавил на все рычаги, меня бы никогда не привезли в Ориа. Меня вообще давно не было бы на свете.

— Мне тоже, — говорит Вик.

Эли молчит. Он придвигается ближе к огню и закрывает глаза, словно разговор утомил его.

— Я не хочу больше говорить об этом, — очень тихо произносит он. — Просто хотел рассказать вам.

После паузы я меняю тему.

— Слушай, Эли, — спрашиваю я. — Что ты взял из крестьянской пещерной библиотеки?

Эли открывает глаза и подтягивает к себе свой рюкзак.

7 Зак. 3443

— Они тяжелые, поэтому я взял немного, — торопливо объясняет он. — Всего две. Но вы поглядите! Это же настоящие книги. Со словами и даже с картинками! — Он открывает первую книгу, чтобы показать нам. На картинке изображено огромное крылатое существо с разноцветной спиной, оно извивается в небе над громадным каменным домом.

— Кажется, отец рассказывал мне про такие книги, — говорю я. — Это были истории для детей. Пока родители читали слова, дети могли рассматривать картинки. А когда дети подрастали, они читали сами.

— Вот эти книги точно чего-то стоят! — восклицает Вик.

Я подозреваю, что добычу Эли будет непросто продать. Слова можно скопировать, но картинки — никак. Но когда Эли выбирал эти книги, он меньше всего думал о торговле.

Мы сидим возле прогоревшего костра и читаем истории, глядя через плечо Эли. Там попадаются слова, которых мы не знаем, но мы догадываемся о смысле по картинкам.

Эли зевает и захлопывает книжку.

— Завтра еще посмотрим, — решительно объявляет он, и я невольно улыбаюсь, глядя, как он убирает книги в рюкзак. Всем своим видом он говорит нам: *я принес эти книги, и вы будете смотреть их только тогда, когда я захочу!*

Я подбираю с земли палочку и вывожу имя Касссии на земле. Дыхание Эли замедляется, он засыпает.

— Я тоже кое-кого любил, — говорит Вик спустя несколько минут. — В Камасе. — Он глухо откашливается.

История Вика. Я не думал, что он захочет ее рассказать. Но в нашем ночном костре есть что-то такое, что развязывает нам языки. Я медлю, обдумывая, как лучше задать вопрос. Яркая искра ослепительно вспыхивает на углях и тут же гаснет.

— Как ее звали?

Молчание.

— Лэни, — задумчиво произносит Вик. — Она работала на базе, где мы жили. Это она рассказала мне про Кормчего. — Он снова откашливается. — Конечно, я и до этого слышал о нем. Люди на базе часто гадали, мог бы кто-нибудь из наших офицеров быть Кормчим. Но для Лэни и ее семьи все было по-другому. Когда они заговаривали о Кормчем, то имели в виду нечто большее.

Он смотрит на землю, которую я исписал именем Кассии.

— Жаль, я так не умею, — говорит Вик. — У нас в Камасе были только порты и скрайбы.

— Я могу тебя научить.

— Лучше сам напиши, — просит Вик. — На этом. — Он протягивает мне кусок дерева. Тополь, наверное, из той рощицы, где мы ловили рыбу. Не глядя на Вика, я начинаю процарапывать буквы острым осколком камня. Эли тихо спит рядом с нами.

— Она тоже ловила рыбу, — продолжает Вик. — Я встречался с ней возле ручья. Она... — Он ненадолго замолкает. — Мой отец страшно разозлился, когда узнал об этом. Я и раньше видел его в ярости. Так что я знал, что так будет, но все равно встречался с Лэни.

— Люди влюбляются, — говорю я внезапно севшим голосом. — Так бывает.

— Только не между гражданами и Аномалиями, — усмехается Вик. — И большинство людей не отмечают открыто свой Контракт.

Я боюсь дышать. Девушка Вика была Аномалией? И они отпраздновали свой Контракт?

— Общество этого не санкционировало, — говорит Вик. — Но когда пришло время, я выбрал отказ от Обручения. И спросил у родителей Лэни, могу ли я заключить Контракт с ней. Они сказали — да. У Аномалий свои церемонии. Таких нет больше ни у кого, только у них.

— Я этого не знал, — признаюсь я, глубже вонзая осколок агата в дерево. Я понятия не имел, что Аномалии существовали где-то, кроме Разлома, да еще так недавно и так близко к Обществу. В Ориа их много лет никто не видел, если не считать того сумасшедшего, который убил моего двоюродного брата, первенца Макхэмов.

— Я попросил разрешения у ее родителей в тот день, когда заметил радужную форель, — продолжает Вик. — Я вытащил рыбину из реки и увидел, как она сверкает всеми цветами на солнце. Когда я понял, что это такое, то тут же выпустил ее. Я рассказал об этом родителям Лэни, и они сказали, что это доброе предзнаменование. Знак. Ты знаешь, что это такое?

Я киваю. Мой отец иногда говорил о знаках.

— Больше я знаков не видел, — рассказывает Вик, — не считая той радужной форели. И это оказался совсем не добрый знак, — добавляет он и глубоко вздыхает. — Всего через две недели после этого я узнал, что чиновники нас выследили. Я бросился к Лэни, но ее уже не было. Как и всей ее семьи.

Вик протягивает руку к щепке. Я отдаю ее ему, хотя еще не закончил. Он переворачивает деревяшку, смотрит на то, как выглядит сейчас ее имя — ЛЭН — почти все прямые линии. Как зарубки на подошве башмака. И тут мне становится ясно, что означали его насечки. Не дни, прожитые в Отдаленных провинциях, а дни, проведенные без нее.

— Меня схватили до того, как я успел вернуться домой, — глухо говорит Вик. — И отправили прямиком в Отдаленные провинции.

Он отдает мне щепку, и я возвращаюсь к работе. Отсветы огня играют на агатовом осколке, наверное, солнце так же переливалось на чешуе радужной форели, которую Вик вытащил из воды.

— Что стало с твоей семьей? — спрашиваю я.

— Надеюсь, ничего, — отвечает Вик. — Общество автоматически деклассифицировало меня, это понятно. Но ведь я не родитель. Моя семья должна быть в норме, — я слышу нотки неуверенности в его голосе.

— Уверен, так и есть, — говорю я.

Вик смотрит мне в глаза.

— Правда?

— Общество избавляется от Аномалий и Отклонений, это всем известно. Но если бы оно хотело отделаться от всех, кто имеет к ним отношение, то скоро вообще никого не осталось бы.

По крайней мере, я надеюсь на это — на то, что с Патриком и Аидой все в порядке.

Вик кивает, потом громко вздыхает.

— Знаешь, о чем я подумал?

— О чем?

— Ты будешь смеяться, — говорит Вик. — Но когда ты впервые прочитал то стихотворение, то я подумал, что ты участник Восстания. И надеялся, что ты прибыл к нам, чтобы вытащить меня оттуда. Мой собственный Кормчий.

— С чего ты это взял? — спрашиваю я.

— Мой отец занимал большой пост в Армии, — поясняет Вик. — Очень высокий. Я был уверен, что он непременно пошлет кого-нибудь спасти меня. Вот и решил, что он послал тебя.

— Прости, что разочаровал тебя, — говорю я, и мой голос звучит очень холодно.

— Ты меня не разочаровал, — хмыкает Вик. — Ведь ты в самом деле вытащил нас оттуда.

Я не ожидал, что мне будет приятно услышать это от Вика. Я улыбаюсь в темноте.

— Думаю, ее семья сбежала, — продолжает Вик. — Аномалии и Отклонения у нас часто исчезали, но я не думаю, что Общество извело их всех. Может быть, ее семья ушла, чтобы найти Кормчего.

— Думаешь, это возможно? — Сейчас я уже почти жалею о том, что так горячо доказывал им, что Кормчего не существует.

— Надеюсь, — отвечает Вик. Теперь, когда он закончил свой рассказ, голос его звучит безжизненно.

Я даю ему щепку с вырезанным именем. Несколько мгновений он смотрит на нее, потом убирает в карман.

— Ну вот, — говорит Вик. — Значит, что теперь? Нужно решить, как нам пересечь равнину и найти тех, кого удастся. Какое-то время я буду следовать за тобой.

— Не говори так, — прошу я. — Я не командую и не веду за собой. Мы все делаем вместе. — Я поднимаю глаза к небу, усыпанному звездами. Мне не известно, почему они светят и горят.

Мой отец хотел быть тем, кто все меняет и всех спасает. Это было опасно. Но все верили в него. Крестьяне. Моя мама. Я сам. Потом я стал старше и понял, что он не смог бы победить. И тогда я перестал верить. Я не погиб вместе с ним, потому что перестал ходить на его собрания.

— Хорошо, — соглашается Вик. — Но все равно спасибо, что завел нас так далеко.

— Тебе тоже, — отвечаю я.

Вик кивает. Прежде чем уснуть, он достает свой осколок камня и делает очередную зарубку на подошве. Еще один день, прожитый без нее.

18 ГЛАВА КАССИЯ

— Ты плохо выглядишь, — говорит Инди. — Может, пойдем помедленней?

— Нет, — отвечаю я. — Нельзя. Если я остановлюсь, то уже не смогу снова подняться.

— Думаешь, будет лучше, если ты умрешь по пути? — сердито спрашивает Инди.

Я смеюсь.

— Я не умру.

Я чувствую себя изможденной, опустошенной, внутри у меня все пересохло и болит, но мысль о смерти кажется мне нелепой. Я не могу умереть, тем более теперь, когда каждый шаг приближает меня к встрече с Каем. Кроме того, у меня есть синие таблетки. Я улыбаюсь, думая о том, что написано на полосках бумаги в других ячейках.

Всю дорогу я ищу и ищу новые следы Кая. Конечно, я не умираю, но, кажется, больна серьезнее, чем мне показалось вначале, потому что эти следы теперь мерещатся мне повсюду. Я вижу послание от Кая в растрескавшейся глине на дне каньона, когда-то раскисшей под дождем, а затем засохшей причудливым узором, в котором мне чудятся буквы. Я опускаюсь на корточки, чтобы получше рассмотреть.

— Как тебе кажется, на что это похоже? — спрашиваю я у Инди.

— На глину, — отвечает она.

— Да нет же! Приглядись получше.

— Хорошо, на шкуру или на чешую, — отвечает Инди, и я на несколько секунд замолкаю, обдумывая ее слова. Шкура или чешуя... Может быть, весь этот каньон есть не что иное, как длинная-предлинная извивающаяся змея, по которой мы шагаем, а когда дойдем до конца, то окажемся прямо у нее на хвосте... Или войдем в ее пасть, и она проглотит нас целиком.

Наконец, когда небо над каньоном из голубого становится сине-розовым, а воздух остывает, я обнаруживаю настоящее послание от Кая.

Это мое имя: Кассия, вырезанное на стволе молодого тополя, растущего на клочке земли возле узкого ручейка.

Деревцу вряд ли суждена долгая жизнь: его корни уже вырвались наружу от мучительных усилий высосать жалкие капли воды из земли. Кай так бережно вырезал мое имя на коре, что оно кажется частью дерева.

— Ну, а это ты видишь? — спрашиваю я у Инди.

После недолгого молчания она отвечает:

— Да.

Я так и знала.

Возле ручья мы находим небольшое поселение и садик черных скрюченных деревьев с золотыми плодами, висящими на низких ветках. При виде настоящих яблок мне хочется принести несколько штук Каю, как доказательство того, что я всю дорогу неотступно шла за ним по пятам. Мне непременно нужно придумать, что еще подарить ему, кроме стихотворения, — ведь я могу не успеть закончить его или не найти нужных слов.

Еще раз осмотрев землю вокруг хлопчатника, я обнаруживаю следы, ведущие вглубь каньона. Я не сразу замечаю их среди следов других животных, приходивших к ручью напиться. Но между всех этих очертаний когтистых звериных лап-подушечек затерялись отчетливые отпечатки человеческих ботинок.

Инди перелезает через изгородь в сад.

— Иди сюда! — зову я. — Здесь нет смысла останавливаться. Мы и так видим, куда они пошли. У нас есть вода и таблетки!

— Твои таблетки нам не помогут, — говорит Инди, срывая яблоко с ветки и вгрызаясь в него зубами. — Нужно хотя бы этого набрать с собой побольше.

— Таблетки помогут! — заверяю я. — Я уже приняла одну.

Инди перестает жевать.

— Ты приняла одну? Но зачем?

— Конечно же, приняла! — восклицаю я. — Синие таблетки заменяют питание и позволяют выжить.

Инди бросается ко мне, протягивает надкушенное яблоко.

— Съешь его. Сейчас же! — Она сокрушенно качает головой. — Когда ты выпила таблетку?

— В другом каньоне, — отвечаю я, сбитая с толку ее тревогой.

— Так вот почему ты заболела, — бормочет Инди. — Ты что, ничего не знаешь?

— Чего я не знаю?

— Синие таблетки — это яд.

— Никакой они не яд, — возмущаюсь я. Какая глупость. Ксандер никогда не дал бы мне что-то ядовитое.

Инди сжимает губы в ниточку.

— Таблетки отравленные, — повторяет она. — Ни в коем случае не принимай их больше. — Она открывает мой рюкзак и ссыпает туда яблоки. — Откуда ты знаешь, куда нам идти?

— Просто знаю, — отвечаю я, нетерпеливо указывая рукой на отпечатки ботинок. — Я сортирую знаки.

Инди смотрит мне в лицо. Она никак не может решить, стоит мне верить или нет. Она думает, что я сошла с ума от таблетки.

Но она своими глазами видела мое имя на стволе дерева и знает, что я никак не могла вырезать его сама.

— Мне все-таки кажется, что тебе нужно отдохнуть, — снова говорит она.

— Я не могу, — повторяю я, и Инди видит, что это правда.

Я услышала это вскоре после того, как мы миновали поселок. Звук шагов за спиной. Мы идем вдоль ручья, и я резко останавливаюсь.

— Там кто-то есть, — говорю я, оборачиваясь к Инди. — Кто-то идет за нами.

Инди смотрит на меня, в ее глазах тревога.

— По-моему, ты слышишь то, чего нет. Точно так же, как до этого ты видела то, чего не было.

— Нет! — возражаю я. — Прислушайся!

Мы замираем, вслушиваясь в тишину каньона. Кругом все тихо, только листья шелестят на ветру. Когда ветер стихает, шелест тоже замирает, но я все равно что-то слышу. Шаги по песку? Прикосновение ладони к камню? Что-то.

— Вот! — говорю я Инди. — Ты ведь слышала?

— Я ничего не слышала, — повторяет Инди, но вид у нее испуганный. — Ты больна. Давай немного передохнем.

Вместо ответа я поворачиваюсь и иду дальше. По дороге я изо всех сил прислушиваюсь к звукам за спиной, но слышу только листву, колышущуюся и трепещущую под ветром каньона.

Мы идем до наступления темноты, а потом включаем фонарики, чтобы продолжать путь. Инди была права: мне больше не кажется, что за нами кто-то идет. Я слышу только свое дыхание, чувствую только себя: слабость в каждой жилке, натяжение каждого мускула, каждый вымученный шаг. Но я ничему не позволю остановить меня, когда я так близка к Каю. Я приму еще несколько таблеток. Я не верю тому, что сказала Инди.

Дождавшись, когда она отвернется, я вытаскиваю еще одну таблетку, но у меня слишком дрожат руки. Таблетка падает на землю, а вместе с ней — крошечный клочок бумаги. Только тогда я вспоминаю. Записки Ксандера. Я хотела прочитать их.

Бумажку уносит ветром, она уже слишком далеко, чтобы пытаться догнать ее или отыскать синее в темноте.

ГЛАВА 19
КАЙ

Я просыпаюсь от звука чего-то большого и тяжелого в небе.

«С каких пор они начали обстреливать нас в такую рань?» — в панике думаю я. Но оказывается, сейчас уже намного светлее и позже, чем мне казалось. Должно быть, я слишком устал и проспал.

— Эли! — зову я.

— Я здесь.

— Где Вик?

— Он хотел пару часов порыбачить перед уходом, — отвечает Эли. — Велел мне сидеть возле тебя и не будить.

— Нет! Нет, нет, нет, — твержу я, а потом мы больше не можем разговаривать, потому что рев моторов над головами заглушает все вокруг. Звуки стрельбы тоже другие. Тяжелые и аккуратные. Прицельные. Это не беспорядочный ливень, к которому мы привыкли в деревнях. Как будто градины, тяжелые, как булыжники, со стуком падают с неба на землю.

Когда все смолкает, я не могу усидеть на месте, как требует осторожность.

— Сиди здесь, — приказываю я Эли, а сам выбегаю на равнину и ползу по траве к этому проклятому ручью, к проклятому болоту.

Но Эли идет за мной, и я не прогоняю его. Я подползаю к тому месту на берегу и зажмуриваюсь.

Я верю только тому, что вижу своими глазами. Значит, если я не увижу Вика мертвым, это никогда не будет правдой.

Поэтому я смотрю на ручей, в котором что-то взорвалось. Присыпанная песком буро-зеленая болотная трава похожа на спутанные волосы людей, ушедших под землю.

Сила взрыва была такова, что ручей засыпало землей. Запрудило, превратив в лужи. В маленькие кусочки реки, которой больше некуда бежать.

Я прохожу несколько шагов вниз по течению, ровно столько, чтобы убедиться — они бомбили снова, снова и снова, вдоль всего ручья.

Потом я слышу, как сзади зарыдал Эли.

Тогда я поворачиваюсь и смотрю на Вика.

— Кай, — говорит Эли. — Ты можешь ему помочь?

— Нет, — отвечаю я.

То, что сбросили с неба, упало с такой силой, что Вика подбросило в воздух. У него сломана шея. Наверное, он умер мгновенно. Я знаю, что должен радоваться этому. Но я не рад. Я долго смотрю в пустые глаза, которые равнодушно отражают синее небо, поскольку в них больше не осталось ничего от Вика.

Что привело его сюда? Почему он не мог ловить рыбу под деревьями, а вылез на открытое место?

Ответ я нахожу в луже рядом с ним, в озерце недавно застывшей воды. Я сразу понимаю, что это за рыба, хотя никогда не видел ее раньше.

Радужная форель. Она трепещет, полыхая всеми оттенками радуги.

Видел ли ее Вик? Это из-за нее он выбежал из укрытия?

Лужица темнеет на глазах. Что-то большое и круглое виднеется на дне ручья. Приглядевшись, я вижу, что из этой сферы медленно сочится яд.

Они не собирались убивать Вика. Они хотели убить ручей.

На моих глазах радужная форель переворачивается белым брюхом вверх. И всплывает на поверхность.

Она мертва, как Вик.

Мне хочется хохотать и кричать одновременно.

— Он что-то держал в руке, — говорит Эли. Я смотрю на него. Он держит щепку с вырезанным на ней именем Лэни. — Выпало, когда он упал. — Эли дотрагивается до руки Вика, сжимает ее. Потом складывает ему руки на груди. — Сделай что-нибудь! — шепчет он, и слезы текут по его лицу.

Я отворачиваюсь и рывком снимаю куртку.

— Что ты делаешь? — в страхе спрашивает Эли. — Ты не можешь бросить его так!

Но у меня нет времени на ответ. Я швыряю куртку на землю и погружаю руки в ближайшую лужу — в ту самую, где плавает мертвая форель. Пальцы тут же сводит от холода. «Проточная вода редко замерзает, но эта вода больше не бежит». Обеими руками я вытаскиваю сферу, продолжающую сочиться ядом. Она очень тяжелая, но я переворачиваю ее на бок, кладу у скалы и лезу за следующей. Я не могу разгрести всю землю, которую выворотило взрывом, запрудив ручей, но могу избавить от яда хотя бы часть луж. Я понимаю, что это бесполезно, как и все, что я делал до этого. Как и попытка вернуться за Кассией в Общество, которое хочет меня убить.

Но я не могу удержаться.

Эли подходит ко мне и тоже лезет в воду.

— Это очень опасно, — предупреждаю я. — Вернись к деревьям.

Вместо ответа он помогает мне вытащить еще одну сферу. Я вспоминаю, как Вик помогал мне хоронить мертвых, и разрешаю Эли остаться.

Весь день Вик разговаривает со мной. Наверное, это означает, что я спятил, но его голос не отпускает меня. Вик говорит со мной все время, пока мы с Эли вытаскиваем сферы из ручья. Снова и снова он рассказывает мне историю о Лэни. Я вижу все, как наяву. Вот Вик влюбляется в Аномалию. Признается Лэни в своих чувствах. Любуется радужной форелью и отправляется к родителям девушки. Встает, чтобы вслух объявить о Контракте. Улыбается и берет ее за руку, открыто заявляя о своем беззаконном счастье, противоречащем воле Общества. Прибегает обратно и видит, что Лэни исчезла.

— Прекрати, — прошу я Вика. Я не обращаю внимания на удивленный взгляд Эли. Я превращаюсь в своего отца. Он постоянно слышал голоса в голове, которые приказывали ему разговаривать с людьми и пытаться изменить мир.

Мы с Эли вытаскиваем все сферы, которые сумели найти, а потом вместе копаем Вику могилу. Земля здесь рыхлая, но работа все равно продвигается очень медленно, и хотя я до боли надрываю мышцы, могила все равно получается не очень глубокой. Эли упрямо трудится наравне со мной, вычерпывая землю своими маленькими ладошками.

Закончив, мы опускаем Вика в могилу.

Он вытряхнул свой рюкзак в пещере и притащил сюда, чтобы сложить в него улов. Я нахожу внутри одну дохлую серебристую рыбешку и кладу ее в могилу к Вику. Мы не снимаем с него куртку. Дырка напротив сердца, зияющая на месте вырванного датчика, похожа на ранку. Если Общество выкопает Вика, оно все равно никогда ничего о нем не узнает. Даже насечки на его подошвах означают нечто такое, чего им никогда не понять.

Вик продолжает говорить со мной все время, пока я вырезаю из мягкого песчаника грубое подобие рыбы и ставлю этот памятник на его неглубокой могиле. Чешуя у рыбы тусклая и оранжевая. Это радужная форель, только лишившаяся своих красок. Она не похожа на настоящую, которую видел Вик. Но это лучшее, что я мог сделать. Мне хотелось отметить не только то, что он умер, но и то, что в жизни он любил и был любим.

«Они меня не убили», — говорит мне Вик.

«Нет?» — переспрашиваю я, но очень тихо, чтобы Эли не слышал.

«Нет, — отвечает он с усмешкой. — Я не умру до тех пор, пока здесь водится рыба, пока она плавает, плещется, мечет икру».

«Ты не видишь, что здесь творится? — спрашиваю я Вика. — Мы пытались. Но тут все равно все умрет».

И тогда Вик перестает разговаривать со мной, и я понимаю, что он ушел, но хочу снова услышать его голос. Теперь я знаю, что пока мой отец слышал голоса в голове, он никогда не бывал одинок.

ГЛАВА 20
КАССИЯ

Мое дыхание звучит неправильно. Как будто маленькие волны ручья с тихим усталым плеском бьются о скалу, пытаясь источить камень.

— Поговори… со мной, — прошу я Инди. Я замечаю, что она несет два рюкзака и две фляги. Почему? Это мои вещи? Но я слишком устала, чтобы думать об этом. Мне все равно.

— Что ты хочешь, чтобы я сказала? — спрашивает она.

— Что угодно.

Мне просто нужно слышать что-нибудь, кроме своего неправильного дыхания, кроме стука своего усталого сердца.

Временами, прежде чем слова Инди вновь превращаются в бессмысленные звуки у меня в ушах, я понимаю, что она рассказывает мне много разного, очень много всего; она просто не может удержаться теперь, когда понимает, что я все равно ее не слышу.

Мне бы хотелось слушать ее внимательнее, хотелось бы запомнить хоть что-то. Но я выхватываю лишь несколько фраз.

Всегда по ночам, перед тем, как я засыпала...

И еще:

Я думала, после этого все будет по-другому...

И:

Я не знаю, как долго смогу верить...

Это похоже на стихи, и я снова спрашиваю себя, успею ли я закончить стихотворение для Кая. Смогу ли найти правильные слова, которые скажу, когда снова увижу его. И будет ли у нас время на что-то большее, чем бесконечные первые строки...

Я хочу попросить Инди достать мне еще одну синюю таблетку из рюкзака, но прежде чем успеваю открыть рот, вдруг снова вспоминаю, как дедушка сказал, что у меня хватит сил и без таблеток.

«Но, дедушка, — думаю я, — оказывается, я понимаю тебя гораздо меньше, чем мне казалось раньше. Взять хотя бы эти стихотворения. Я считала, что понимаю, зачем ты отдал их мне. Но теперь я даже не знаю, какому из них ты завещал мне верить?»

Я вспоминаю, что сказал мне дедушка в ту последнюю встречу, когда я взяла у него листок бумаги. «Кассия, — прошептал он, — я даю тебе то, чего ты пока еще понять не можешь. Но, я думаю, придет время, и ты поймешь. Именно ты скорее, чем остальные».

Неожиданная мысль мелькает у меня в голове, она похожа на траурницу, одну из тех бабочек, чьи коконы я видела на ветках и здесь, и в Ориа. Эта мысль уже приходила ко мне раньше, но до сих пор я не позволяла себе додумать ее до конца.

Дедушка, неужели ты когда-то был Кормчим?

Следом приходит другая мысль, настолько яркая и быстрая, что я не успеваю поймать ее, однако она оставляет у меня все то же впечатление мягко колышущихся крылышек.

«Они мне больше не нужны», — говорю я себе. Ни таблетки, ни Общество. Не знаю, так ли это на самом деле. Но сейчас мне кажется, что так.

И тогда я вижу это. Компас, сделанный из камня, лежащий на скальном выступе как раз на уровне моих глаз.

Я хватаю его, выронив все остальное.

Я сжимаю его в руке на ходу, хотя он весит больше груды вещей, высыпавшихся на землю. Я иду и думаю: «Какой хороший, хоть и тяжелый. Этот хороший, потому что он удержит меня на земле».

21 ГЛАВА
КАЙ

— Скажи слова, — просит Эли.

Мои руки дрожат от усталости после многочасовой работы. Небо над нашими головами темнеет.

— Я не могу, Эли. Они ничего не значат.

— Скажи, — приказывает Эли, слезы вновь брызжут у него из глаз. — Сделай это.

— Я не могу, — повторяю я, ставя рыбу из песчаника на могилу Вика.

— Ты должен сказать, — твердит Эли. — Ты должен сделать это для Вика.

— Я уже сделал для Вика все, что мог, — говорю я. — Мы с тобой сделали. Мы пытались спасти ручей. А теперь нам пора уходить. На нашем месте он сделал бы то же самое.

— Теперь мы не сможем перейти долину, — шепчет Эли.

— Мы будем держаться под деревьями, — обещаю я. — Ночь еще не наступила. Пройдем столько, сколько сможем.

Мы возвращаемся за вещами в свой лагерь у входа в каньон. Заворачиваем копченую рыбу, и серебряные чешуйки остаются у нас на руках и одежде. Мы делим вещи из рюкзака Вика.

— Хочешь взять что-нибудь из этого? — спрашиваю я у Эли, вытаскивая пачку брошюр, которые Вик взял в пещере.

— Нет, — отвечает он. — Мои книжки мне больше нравятся.

Я кладу одну брошюру себе в рюкзак, а остальные бросаю. Нет смысла тащить их все.

Потом мы с Эли в сумерках шагаем через долину.

Внезапно Эли останавливается и оборачивается. Это ошибка.

— Нужно идти, Эли.

— Подожди, — говорит он. — Стой.

— Я не буду останавливаться, — говорю я.

— Кай, — просит он. — Обернись.

Я оборачиваюсь и в гаснущем вечернем свете вижу ее.

Кассия.

Даже на таком расстоянии я узнаю ее по тому, как ветер развевает ее темные волосы, по тому, как она стоит на красных скалах Разлома. Она красивее, чем снег.

Неужели это наяву?

Она указывает рукой в небо.

22 ГЛАВА
КАССИЯ

Мы почти на вершине, мы уже можем окинуть взглядом всю равнину.

— Кассия, стой, — говорит Инди, когда я начинаю карабкаться на слоистые выступы скал.

— Мы почти пришли, — отвечаю я. — Мне нужно посмотреть.

За последние часы я немного окрепла, и голова чуть-чуть прояснилась. Мне хочется встать на самой вершине, чтобы попытаться увидеть Кая. Ветер холоден и свеж. Он приятно обдувает меня.

Я карабкаюсь на верхушку самой высокой скалы.

— Не надо, — кричит Инди снизу. — Ты упадешь!

— Ах, — вырывается у меня. Отсюда столько всего видно! Оранжевые скалы и поросшая бурой травой равнина, вода и синие горы. Темнеющее небо, тяжелые тучи, красное солнце и редкие хлопья белого снега, медленно опускающиеся на землю.

Две темные фигурки, глядящие вверх.

Они смотрят на меня?

Это он?

Они очень далеко, но есть лишь один способ узнать.

Я указываю рукой в небо.

В первое мгновение ничего не происходит. Фигурка стоит неподвижно, я тоже стою, замерзшая и живая, а потом...

Он бросается бежать.

Я бросаюсь со скалы, поскальзываюсь, спотыкаюсь, съезжаю вниз, спеша спуститься в долину. «Как жаль, — думаю я, ноги у меня такие неуклюжие, бегут слишком быстро, но все равно недостаточно быстро, — как жаль, что я не могу бежать; жаль, что не дописала стихотворение; жаль, что не сохранила компас...»

А потом я сбегаю на равнину и больше не жалею ни о чем.

Кай. Бежит ко мне навстречу.

Я никогда не видела, чтобы он так бегал — быстро, свободно, сильно, исступленно. Какой он красивый, как безупречно каждое движение его тела.

Он останавливается так близко, что я вижу синеву его глаз и мгновенно забываю остальные цвета — красный на моих руках, зеленый, в котором хотела бы встретить его.

— Ты здесь, — говорит он, жадно и хрипло хватая ртом воздух. Его лицо покрыто потом и грязью, он смотрит на меня так, словно я — то единственное на свете, что ему нужно видеть.

Я открываю рот, чтобы сказать «да». Но успеваю только вдохнуть, и вот уже он оказывается рядом. А потом остается только поцелуй.

23 ГЛАВА
КАЙ

— Наше стихотворение, — шепчет она. — Ты прочитаешь его мне?

Я прижимаюсь лицом к ее уху. Мои губы касаются ее шеи. Ее волосы пахнут шалфеем. Ее кожа пахнет домом.

Но я не могу произнести ни слова.

Она первая вспоминает о том, что мы не одни.

— Кай, — шепчет она.

Мы слегка отстраняемся друг от друга. В гаснущем свете я вижу ее спутанные волосы и загар на коже. Ее красота, как всегда, причиняет мне боль.

— Кассия, — выдыхаю я, и мой голос звучит хрипло. — Это Эли.

Она оборачивается, лицо ее озаряется, и я убеждаюсь, что мне не почудилось сходство мальчика с Брэмом.

— Это Инди, — говорит Кассия, показывая на девочку, стоящую рядом с ней. Инди смотрит на меня, скрестив руки на груди.

Пауза. Мы с Эли переглядываемся. Я знаю, мы оба думаем о Вике. Сейчас мы бы представили его девочкам, но он умер.

Еще прошлой ночью Вик был жив. Сегодня утром он стоял у ручья, смотрел на плывущую форель. Он думал о Лэни, когда сияло солнце и радуга красок переливалась на воде.

А потом он умер.

Я указываю на Эли, который стоит очень прямо.

— Сегодня утром нас было трое, — говорю я.

— Что случилось? — спрашивает Кассия. Ее пальцы крепче обхватывают мою руку, я отвечаю ей нежным пожатием, оберегая порезы, глубоко врезавшиеся в ее кожу. *Через что ты прошла, чтобы найти меня?*

— Налет, — отвечаю я. — Они убили нашего друга Вика. И реку тоже.

Внезапно я вспоминаю, насколько мы заметны сверху. Мы стоим на равнине, на открытом месте, нас так легко увидеть!

— Давайте спустимся в Разлом, — говорю я. На западе, за синими горами солнце садится — почти ушло — покидая день света и тени.

Вик ушел. Кассия здесь.

— Как тебе это удалось? — спрашиваю я, наклоняясь к ней, когда мы снова оказываемся в Разломе. Она оборачивается, чтобы ответить, ее дыхание обжигает мне щеку. Мы снова сливаемся в поцелуе, наши руки и губы нежны и жадны друг с другом. Я шепчу в ее теплую кожу: — Как ты нас нашла?

— Компас, — отвечает она, вкладывая его мне в ладонь. Как ни странно, это тот самый компас, который я сделал из камня.

— Куда теперь пойдем? — срывающимся голосом спрашивает Эли, когда мы возвращаемся к тому месту, где останавливались на ночлег с Виком. Здесь все еще пахнет дымом. Лучи наших фонарей выхватывают из тьмы серебряные искры упавших рыбьих чешуек. — Будем переходить через равнину, как решили?

— Не получится, — говорит Инди. — По крайней мере, в ближайшие день-два. Кассия больна.

— Я уже здорова, — поспешно возражает Кассия. Голос у нее ее звучит вполне твердо.

Я достаю из рюкзака кремень, чтобы развести еще один костерок.

— Думаю, ночь нам лучше провести здесь, — говорю я Эли. — А остальное решим завтра.

Эли кивает и, не задавая лишних вопросов, начинает собирать хворост для костра.

— Он такой маленький, — тихо шепчет мне Кассия. — Неужели Общество послало его сюда?

— Да, — отвечаю я. Ударяю кремнем. Ничего.

Кассия накрывает мою руку своей, я закрываю глаза. Когда я ударяю снова, искры с треском вылетают из-под кремня, и Кассия задерживает дыхание.

Эли приносит большую охапку крепких, упругих веток. Когда он подкладывает их в костер, пламя весело трещит, и в небо поднимается запах шалфея — резкий и дикий.

Мы с Кассией сидим близко-близко друг к другу. Она привалилась ко мне, я обнимаю ее за плечи. Нет, я не льщу себе мыслью, будто поддерживаю в ней силы, с этим она справляется сама; просто обнимая ее, я удерживаю себя на земле.

— Спасибо, — говорит Кассия Эли. Я слышу по ее голосу, что она улыбается ему, и Эли тоже улыбается ей в ответ, через силу. Он садится на то место, где прошлой ночью сидел Вик. Инди отодвигается, чтобы ему было удобнее, и наклоняется, любуясь пляской огня. Она искоса смотрит на меня, и я вижу, как что-то мелькает в ее глазах.

Я слегка изменяю позу, загораживая нас спиной от пытливого взгляда Инди, и опускаю луч фонарика на руки Кассии.

— Что случилось? — спрашиваю я.

Она смотрит вниз.

— Порезалась о веревку, — говорит Кассия. — Перед тем, как вернуться сюда, мы спускались в другой каньон, чтобы посмотреть, нет ли там тебя. — Она смотрит на Эли и Инди, улыбается им, а потом еще теснее прижимается ко мне. — Кай, — шепчет она. — Мы снова вместе.

Мне всегда нравилось слышать, как она произносит мое имя.

— Я до сих пор не могу в это поверить.

— Я должна была найти тебя, — говорит Кассия. Она обвивает меня руками, забирается под куртку, я ощущаю ее пальцы на своей спине. Я делаю то же самое. Она такая хрупкая и маленькая. И сильная. Никто на свете не смог бы сделать то, что сделала она. Я прижимаю ее еще больше, прикосновение к ней причиняет смесь боли и облегчения, я помню это по Холму. Только теперь это чувство стало еще сильнее.

— Я должна сказать тебе кое-что, — шепчет Кассия мне на ухо.

— Слушаю, — говорю я.

Она делает глубокий вдох.

— У меня больше нет твоего компаса. Того, который ты отдал мне в Ориа. — Она торопится, и я слышу слезы в ее голосе. — Я продала его архивисту.

— Все нормально, — говорю я и нисколько не лукавлю. Она здесь. В конце концов, компас не самая большая утрата за все это время. К тому же я отдал его Кассии не для того, чтобы она хранила его для меня. Я отдал ей его, чтобы он стал ее компасом. И все-таки мне интересно. — И что ты получила за него?

— Не то, что ожидала, — признается Кассия. — Я просила информацию о том, куда увозят Отклонений и как туда добраться.

— Кассия, — шепчу я и осекаюсь. Это было очень опасно. Но она знала об этом, когда решилась. Она не нуждается в моих замечаниях.

— А вместо этого архивист дал мне историю, — рассказывает Кассия. — Сначала я подумала, что он обманул меня, и ужасно рассердилась, ведь после обмена у меня остались только синие таблетки, чтобы добраться до тебя.

— Постой, — говорю я. — Синие таблетки?

— Мне их Ксандер дал, — объясняет она. — Я сохранила их, ведь они были нужны мне, чтобы выжить в каньонах. — Она смотрит на меня и неправильно истолковывает мой взгляд. — Ой, прости. Мне пришлось принимать решение так быстро...

— Нет, не в этом дело, — перебиваю я, хватая ее за руку. — Синие таблетки ядовитые! Ты их пила?

— Всего одну, — отвечает Кассия. — И я не верю, что они ядовитые.

— Я пыталась ей сказать, — вмешивается Инди. — Меня не было рядом, когда она выпила таблетку.

Я выдыхаю.

— Как же ты могла идти? — спрашиваю я. — Ты что-нибудь ела? — Она кивает. Я вытаскиваю из рюкзака лепешку. — На, съешь сейчас же, — прошу я. Эли лезет в свой рюкзак и тоже достает кусок хлеба.

Кассия берет у нас еду.

— Откуда ты знаешь, что таблетки отравлены? — все еще недоверчиво спрашивает она.

— Мне сказал Вик, — говорю я, стараясь не паниковать. — Общество постоянно твердит нам, что в случае любого несчастья синяя таблетка спасет нам жизнь. Но это ложь. На самом деле синяя таблетка практически парализует человека. Он остается на месте и умирает, если вовремя не подоспеет помощь.

— Я все равно не верю, — говорит Кассия. — Ксандер никогда не дал бы мне то, что может мне навредить.

— Наверное, он сам не знал, — предполагаю я. — А может, думал, что таблетки тебе пригодятся для обмена.

— Если бы таблетка подействовала, то все было бы уже кончено, — говорит Инди. — Каким-то образом ты через это прорвалась. Я никогда не слышала о том, чтобы это кому-то удалось. Но ты ни разу не остановилась, пока мы не нашли Кая.

Мы все смотрим на Кассию. Она что-то обдумывает, ее глаза серьезны. Она сортирует информацию. Ищет факты, которые могут объяснить случившееся, но мне уже ясен единственный ответ, который ей нужен: Кассия обладает силой, непостижимой даже для Общества.

— Я приняла всего одну, — тихо говорит Кассия. — Вторую уронила. И записку тоже.

— Записку? — переспрашиваю я.

Кассия поднимает глаза, словно только сейчас вспоминает о нашем присутствии.

— Ксандер спрятал маленькие клочки бумаги с напечатанными на них записками в таблетках. Крошечные кусочки информации со своей микрокарты.

— Но как? — спрашиваю я. Инди всем телом подается вперед.

— Я не знаю, как ему удалось все это сделать — украсть таблетки и спрятать в них записки, — отвечает Кассия. — Но он это сделал.

Ксандер. Я качаю головой. Он всегда играет по правилам. Разумеется, Кассия не забыла его окончательно. Он ее лучший друг. И она до сих пор обручена с ним. Однако Ксандер совершил ошибку, дав ей таблетки.

— Ты не могла бы вернуть их? — просит Кассия у Инди. — То есть, не сами таблетки, только записки.

Я снова замечаю, как что-то мелькает в глазах у Инди. Вызов. Я пока не понимаю, в чем тут дело — возможно, ей зачем-то нужны записки, а может быть, она просто не любит, когда ей говорят, что делать. Однако Инди молча лезет в рюкзак и достает плоскую упаковку с фольгой на обратной стороне.

— Бери, — говорит она. — Они мне все равно не нужны.

— Ты можешь сказать мне, что в этих записках? — спрашиваю я, стараясь не выдать свою ревность. Инди бросает на меня быстрый взгляд, и я понимаю, что ее мне одурачить не удалось.

— Всякие пустяки, например, его любимый цвет или вид досуга, — мягко отвечает Кассия. Я понимаю, что она тоже услышала фальшь в моем голосе. — Я думаю, он догадался, что я никогда не открывала его микрокарту.

И в тот же миг моя тревога проходит, растворяется без остатка, и мне становится стыдно за себя. Кассия прошла весь этот долгий путь, чтобы найти меня.

— Тот мальчик, в другом каньоне, — напоминает Инди, не сводя глаз с Кассии. — Когда ты сказала, что он слишком поздно принял таблетку, я подумала, ты имела в виду, что он слишком долго ждал, чтобы покончить с собой.

Кассия зажимает рот ладонью.

— Нет! — ахает она. — Я подумала, что он слишком долго берег питательную таблетку, и она не успела его спасти! — Ее голос обрывается до еле слышного шепота. — Я не знала. — Она в ужасе смотрит на Инди. — Ты думаешь, он знал? Он хотел умереть?

— Что за мальчик? — спрашиваю я у Кассии. Столько всего произошло, пока мы были в разлуке.

— Мальчик, который вместе с нами сбежал в Разлом, — отвечает Кассия. — Он показал нам, куда ты ушел.

— Откуда он узнал? — спрашиваю я.

8 Зак. 3443

— Он был среди тех, кого вы бросили, — резко говорит Инди. Она отодвигается от гаснущего костра. Теперь ее лицо почти в тени. Она обводит рукой стены каньона. — Это та самая картина, да? — спрашивает она. — Номер девятнадцать?

Я не сразу понимаю, что она имеет в виду.

— Нет, — отвечаю я. — Немного похоже, но те горные образования гораздо больше этих. Они расположены дальше на юг. Я никогда не видел их, но мой отец знал людей, которые видели.

Я жду, что она на это скажет, но Инди молчит.

— Тот мальчик, — снова начинает Кассия.

Инди сворачивается калачиком, приготовившись спать.

— Мы должны забыть о нем, — говорит она Кассии. — Его больше нет.

— Как ты себя чувствуешь? — шепотом спрашиваю я Кассию. Я сижу, привалившись спиной к скале. Ее голова лежит у меня на плече. Я не могу спать. Возможно, Инди права, и действие таблетки уже закончилось, да и Кассия выглядит здоровой, но я все равно должен всю ночь наблюдать за ней, чтобы убедиться, что все в порядке.

Эли ворочается во сне. Инди лежит тихо. Я не знаю, спит она или подслушает, поэтому говорю очень тихо.

Кассия не отвечает.

— Кассия?

— Я хотела найти тебя, — тихо шепчет она. — Я продала компас потому, что мне нужно было найти тебя.

— Я знаю, — говорю я. — И ты меня нашла. Даже если архивисты тебя надули.

— Они не надули, — отвечает Кассия. — Во всяком случае, не совсем. Они дали мне историю, которая оказалась больше, чем легендой.

— Что за история?

— Она похожа на легенду о Сизифе, которую ты мне рассказывал, — шепчет она. — Только там Сизиф называется Кормчим и рассказывается о восстании. — Она наклоняется ко мне. — Мы не одни, Кай! Где-то здесь существует Восстание. Ты о нем слышал?

— Да, — отвечаю я, но больше не прибавляю ни слова. Я не хочу говорить о Восстании. Кассия говорит «мы не одни» так, словно это хорошо, но сейчас мне больше всего на свете хочется чувствовать, что мы одни в этом лагере. В Разломе. В мире.

Я провожу рукой по ее лицу, вдоль изгиба щеки, который я когда-то пытался вырезать в камне.

— Не переживай из-за компаса. Я ведь тоже не сохранил твой лоскуток из зеленого шелка.

— Они и его забрали?

— Нет, — говорю я. — Он и сейчас на вершине Холма.

— Ты оставил его там? — удивленно спрашивает она.

— Я привязал его к ветке одного из наших деревьев, — отвечаю я. — Не хотел, чтобы они отобрали его.

— На Холме, — повторяет Кассия. Несколько секунд мы молчим, вспоминая. А потом она вдруг с едва уловимой усмешкой шепчет: — Ты до сих пор не сказал мне те слова из нашего стихотворения.

Я наклоняюсь к ней, теперь я могу это сказать. И я шепчу, хотя часть меня хочет кричать во весь голос:

— «Покорно в ночь навек не уходи...»

— Не уходи, — соглашается она, ее кожа и голос так нежны в этом ночном напутствии. А потом она крепко целует меня.

ГЛАВА 24
КАССИЯ

Наблюдать за Каем лучше, чем за рассветом. Только что он был неподвижен и погружен в себя, а в следующее мгновение вдруг возвращается из тьмы, выныривает на поверхность. Его лицо меняется, губы шевелятся, глаза открыты. А потом, как солнце, появляется улыбка. Он наклоняется ко мне, я обнимаю его за шею и мгновенно согреваюсь, когда наши губы соприкасаются.

Мы говорим о стихотворении Теннисона, о том, как мы оба вспоминали его, и о том, что Кай увидел меня, читающей это стихотворение в лесу в Ориа. Он тоже слышал, что строки Теннисона когда-то служили паролем: очень давно, когда был маленьким, и совсем недавно, от Вика.

Вик. Кай тихим голосом рассказывает мне о своем друге, который помогал ему хоронить мертвых, и о девушке по имени Лэни, которую Вик любил. Потом твердым и холодным голосом Кай сообщает мне о своем побеге и о том, как он бросил остальных ребят. Он беспощаден и к себе, и к своему поступку. Но я вижу перед собой не тех, кого он бросил, а того, кого он взял с собой. Эли. Кай сделал то, что смог.

Я пересказываю ему слова Инди о Кормчем, рассказываю о мальчике, убежавшем в противоположный каньон Разлома.

— Он что-то искал, — говорю я, а сама думаю, знал ли мальчик о том, что находится за дверью Общества в том каньоне. — Но умер.

В самом конце я рассказываю Каю о мертвых Аномалиях с синими отметинами, лежавших на вершине Разлома, и высказываю предположение, что они имели какое-то отношение к Восстанию.

Потом мы долго молчим. Потому что не знаем, что будет дальше.

— Значит, в том каньоне тоже Общество, — задумчиво говорит Кай.

Эли широко распахивает глаза.

— И в наших куртках тоже.

— Что это значит? — спрашиваю я, и мальчики рассказывают о проводках, которые согревают нас, одновременно собирая необходимую информацию.

— Я вырвал свой датчик, — сообщает Кай, и я понимаю, что означают дыры в ткани его куртки.

Я перевожу глаза на Эли, который с вызовом скрещивает руки на груди.

— А я свой оставил, — говорит он.

— Все нормально, — успокаивает его Кай. — Ты поступил так, как считал нужным.

Он смотрит на меня, спрашивая, что выберу я.

Я улыбаюсь, снимаю свою куртку и отдаю ему. Кай берет ее в руки и смотрит на меня так, словно до сих пор не может поверить своим глазам. Я не отвожу взгляда. Улыбка трогает его губы, потом он раскладывает мою куртку на земле перед собой и быстрыми, уверенными движениями вспарывает подкладку.

Закончив, он вручает мне клубок синих проводов и маленький серебряный диск.

— Что вы сделали со своими? — спрашиваю я.

— Похоронили, — отвечает Кай.

Я киваю и начинаю разгребать землю, чтобы закопать свои провода. Когда дело сделано, я снова встаю. Кай держит мою куртку, и я всовываю руки в рукава.

— Тебе все равно будет тепло, — обещает он. — Красные провода я не трогал.

— А ты? — спрашивает Эли у Инди.

Она качает головой.

— Я, как ты, — отвечает она, и Эли робко улыбается.

Кай кивает. Кажется, он не удивился.

— Что дальше? — спрашивает Инди. — Не думаю, что нам стоит идти через долину, учитывая, что случилось с вашим другом.

Эли морщится от ее резкости, голос Кая тоже звучит натянуто.

— Это так. Они могут вернуться, но даже если нет, вода все равно отравлена.

— Но мы же вытащили часть яда, — напоминает ему Эли.

— Зачем? — спрашивает Инди.

— Пытались спасти ручей, — говорит Кай. — Это было глупо.

— Нет, не было, — возражает Эли.

— Мы вытащили такую малость, что это не имеет никакого значения.

— Нет, имеет, — упрямо твердит Эли.

Кай лезет в рюкзак и достает оттуда карту, очень красивую, пестрящую красками и отметками.

— Сейчас мы здесь, — говорит он, указывая на какую-то точку у края Разлома.

Я не могу сдержать улыбки. Мы здесь, вместе. В этом бескрайнем, диком мире мы все-таки сумели найти друг друга. Протянув руку, я провожу пальцем вдоль всего пути, который прошла в поисках Кая, пока не упираюсь в его кисть, лежащую на карте.

— Я пытался отыскать тебя, — говорит он. — Хотел перейти долину, а потом как-нибудь вернуться в Общество. В крестьянском поселке мы взяли кое-какие вещи на продажу.

— В том старом брошенном поселении? — переспрашивает Инди. — Мы тоже проходили через него.

— Оно не брошенное, — говорит Эли. — Кай видел там свет. Кто-то там остался.

Я содрогаюсь, вспоминая ощущение, будто за нами кто-то идет.

— Что вы взяли? — спрашиваю я у Кая.

— Эту карту, — отвечает он. — И еще вот это. — Он снова лезет в свой рюкзак и протягивает мне кое-что еще — книги.

— О, — шепчу я, вдыхая их запах и пробегая пальцами по корешкам. — А там еще есть?

— У них есть все, — отвечает Кай. — Рассказы, исторические книги, все, что только можно себе представить! Они долгие годы хранили эти сокровища в скальной пещере.

— Тогда давайте вернемся туда! — решительно восклицает Инди. — В долине все равно небезопасно. К тому же нам с Кассией тоже нужно взять что-нибудь для обмена.

— Там и еды можно раздобыть, — подхватывает Эли. Потом хмурится. — Но тот свет...

— Мы будем осторожны, — заверяет его Инди. — Все равно это лучше, чем пытаться идти к горам сейчас.

— Что скажешь? — спрашивает меня Кай.

Я вспоминаю далекий день в Ориа, в реставрационном центре, когда рабочие потрошили книги и страницы дождем падали на землю. Я представляю, как страницы взлетают в воздух и летят, порхая, далеко-далеко, в безопасное и укромное место. Новая мысль приходит мне в голову: среди книг и бумаг, сбереженных крестьянами, непременно должна быть какая-нибудь информация о Восстании!

— Я хочу увидеть все слова, — говорю я Каю, и он кивает.

Ночью Кай и Эли показывают нам место для стоянки, которое мы с Инди не заметили, когда вылезали из Разлома. Это пещера — незаметная снаружи, но большая и просторная внутри; и когда Кай обводит ее лучом своего фонаря, у меня перехватывает дыхание. Росписи.

Я никогда в жизни не видела таких картин — они настоящие, не изображение на экране порта и не распечатка на листе бумаги. Какие краски. Какой масштаб — картины полностью покрывают все стены, захлестывают потолок. Я поворачиваюсь к Каю.

— Но... как? — выдыхаю я.

— Наверное, пещеру расписали крестьяне, — отвечает он. — Они умеют делать краски из растений и минералов.

— А еще есть? — спрашиваю я.

— В поселке расписаны многие дома, — отвечает Кай.

— А это что? — спрашивает Инди. Она указывает на противоположную стену пещеры, покрытую другими произведениями искусства — вырезанными из камня картинами, на которых изображены дикие, первобытные фигуры в движении.

— Эти гораздо старше, — объясняет Кай. — Но смысл тот же.

Он прав. Крестьянские картины менее грубые, более утонченные: например, целая стена девушек в красивых платьях и босых мужчин в разноцветных рубашках. Но жесты этих людей повторяют телодвижения более ранних барельефов.

— О, — шепчу я. — Как ты думаешь, это изображение Банкета обручения? — Произнеся эти слова, я немедленно стыжусь своей глупости. Разумеется, у них тут не было никаких Банкетов обручения!

Но Инди не смеется надо мной. Выражение ее лица, когда она проводит пальцами по настенным росписям, очень сложно прочитать: тоска, гнев и надежда смешиваются воедино в ее глазах.

— Что они делают? — спрашиваю я у Кая. — Все эти фигуры... движутся.

Одна из девушек вскинула руки над головой. Я тоже поднимаю свои руки, пытаясь угадать, что это может значить.

Кай смотрит на меня тем особенным взглядом, в котором грусть соседствует с любовью; он всегда смотрит на меня так, когда знает что-то, чего не знаю я, и ему кажется, будто меня обокрали.

— Они танцуют, — говорит он.

— Что? — переспрашиваю я.

— Когда-нибудь я тебе покажу, — обещает Кай, и от его голоса, глубокого и нежного, у меня по телу пробегают мурашки.

25 ГЛАВА
КАЙ

Моя мама умела петь и танцевать, а еще она каждый вечер уходила смотреть на закат.

«В главных провинциях никогда не бывает таких закатов!» — говорила она.

Моя мама умела во всем находить что-то хорошее, и при любой возможности пользовалась своими находками.

Она верила в моего отца и ходила на его собрания. А он гулял вместе с ней по пустыне после ливней и был рядом, когда она находила ложбинки, залитые дождем, и рисовала водой на камнях. Мой отец стремился делать то, что останется надолго. Например, перемены. А мама знала, что все, созданное ее руками, обречено исчезнуть.

Только когда я увидел, как Кассия танцует, не отдавая себе отчета в том, что делает, — радостно кружится на месте, любуясь картинами и барельефами на стенах, — мне стало окончательно понятно, почему мои родители верили каждый в свое.

Оно прекрасно и реально — время, отпущенное нам, чтобы быть вместе, — но при этом оно может оказаться мимолетно, как снег на плато. И нам остается либо попробовать все изменить, либо просто наслаждаться каждым мгновением.

26 ГЛАВА
КАССИЯ

Кай оставляет один фонарь включенным, чтобы мы могли видеть друг друга, когда говорим. Когда Инди и Эли засыпают, он выключает свет, чтобы не тратить его понапрасну. Девушки на стенах пещеры, танцуя, отступают в темноту, и мы остаемся совсем одни.

Воздух в пещере сгущается между нами.

— Одна ночь, — говорит Кай. В его голосе я слышу Холм. Я слышу ветер на Холме, шелест веток по нашим рукавам и голос Кая, когда он впервые сказал, что любит меня. Мы и раньше крали время у Общества. И можем сделать это снова. Это все равно будет меньшее того, что нам нужно.

Я закрываю глаза и жду.

Но не дожидаюсь.

— Выйди со мной наружу, — просит Кай, и я чувствую его руку в своей. — Мы не отойдем далеко.

Я его не вижу, но слышу смешанные чувства в его голосе, чувствую их в его прикосновении. Любовь, забота и что-то незнакомое, что-то горьковато-сладкое.

Выйдя из пещеры, мы проходим несколько шагов вниз по тропе. Я прислоняюсь спиной к скале, Кай встает передо мной, проводит рукой по моей шее, запускает пальцы мне под волосы, под воротник моей куртки. Ладони у него грубые, все в ссадинах от резьбы по камням и лазанья по скалам, но прикосновение теплое и нежное. Ночной ветер свистит в каньоне, Кай закрывает меня своим телом от холода.

— Одна ночь... — напоминаю я. — А что было дальше в этом рассказе?

— Это не рассказ, — тихо шепчет Кай. — Я хотел попросить тебя кое о чем.

— О чем?

Мы прижимаемся друг к другу под небом, наше дыхание становится белым паром, наши голоса звучат приглушенно.

— Одна ночь, — шепчет Кай, — разве это такая большая просьба?

Я ничего не говорю. Он придвигается ближе, я чувствую его щеку на своей щеке и дыхание, пахнущее шалфеем и соснами, старой пылью, свежей водой и Каем.

— Можем мы хотя бы одну ночь думать только друг о друге? Не об Обществе, не о Восстании и даже не о своих семьях?

— Нет, — отвечаю я.

— Что нет? — Он запускает одну руку в мои волосы, а второй еще ближе притягивает меня к себе.

— Нет, вряд ли мы сможем, — говорю я. — И нет, это не слишком большая просьба.

27 ГЛАВА
КАЙ

Я никогда не называл того, что писал раньше.
Какой в этом смысл,
Ведь мои строки
Все равно имели бы только одно заглавие —
«Для тебя».
Но я обязательно дам имя этой единственной,
Неповторимой ночи —
Той ночи
Когда мы позволили миру стать только тобой
И только мной,
Когда мы стояли на нем,
А он вертелся под нами —
Зеленый, синий и красный —
И даже когда музыка смолкла,
Мы все равно
Пели.

ГЛАВА 28
КАССИЯ

Когда солнце заглядывает в Разлом, оно застает нас в пути. Тропа такая узкая, что большую часть времени приходится брести, глядя в затылок друг другу, но Кай все равно ухитряется идти рядом со мной, его рука обвивает меня за талию, наши пальцы соприкасаются и переплетаются при первой же возможности.

У нас никогда не было этого раньше — целая ночь на разговоры, поцелуи и объятия — и предательская мысль «такого никогда больше не будет» снова и снова посещает меня, не желает оставаться под спудом, несмотря на прекрасное утро в Разломе.

Когда все проснулись, Кай предложил свой план: мы вернемся в поселок вечером и попытаемся забраться в какой-нибудь дом подальше от того места, где он видел свет. И будем наблюдать. Если свет зажжется снова, мы утром попробуем разведать, что там и как. Нас четверо, а их, как считает Кай, не больше двух.

Все это так, но Эли еще совсем маленький.

Я оборачиваюсь на него. Он не замечает моего взгляда. Идет, опустив голову. Хотя я несколько раз видела улыбку на лице Эли, для меня очевидно, что смерть Вика тяжким грузом лежит на душе у них обоих. «Эли хотел, чтобы я прочитал стихотворение Теннисона над Виком, — сказал мне Кай. — Но я не смог».

Шагающая впереди Инди поправляет рюкзак и оборачивается, проверяя, идем ли мы следом. Я гадаю, как бы она повела себя, если бы я умерла. Заплакала бы или просто порылась бы в моих вещах, отобрала бы нужное и пошла бы дальше?

В сумерках мы осторожно прокрадываемся в поселок, Кай идет первым.

Когда мы были здесь с Инди, я ни на что не обращала внимания, поэтому теперь с любопытством разглядываю дома, мимо которых мы торопливо проходим. Наверное, здешние жители сами строили себе жилища, поэтому каждый дом отличается от соседнего. Как странно... Оказывается, обитатели поселка могли свободно заходить друг к другу домой, в любое время переступать через соседские пороги. Об этом говорят утоптанные тропинки, которые, в отличие от нашего городка, не ведут напрямую от входной двери к тротуару. Здесь они вьются, разбегаются в разные стороны, пересекаются. Судя по всему, люди ушли отсюда не так давно, следы их ног еще не полностью стерлись. Я вижу их отпечатки в пыли. Я почти слышу эхо их голосов в каньоне, их перекличку: *привет, пока, как дела?*

Мы вчетвером пробираемся в маленький облезлый домик с деревянной дверью, помеченной потеками воды.

— Кажется, нас никто не видел, — говорит Кай.

Но я его не слушаю. Я не могу отвести глаз от картин, нарисованных на стенах. Эти образы явно принадлежат другой руке, чем росписи во вчерашней пещере, но они все равно прекрасны. У фигур нет крыльев за спинами. Они не выглядят изумленными своим полетом. Их глаза не обращены в небо, они смотрят на землю, словно хотят сохранить ее в памяти для будущих, горних дней.

Но я все равно я узнаю их.

— Ангелы, — шепчу я.

— Да, — соглашается Кай. — Некоторые крестьяне до сих пор в них верят. По крайней мере, так было во времена моего отца.

Тьма потихоньку сгущается, и ангелы превращаются в тени за нашими спинами. А потом Кай снова видит это в маленьком домике через дорогу от нас. Он показывает нам на огонек.

— Это в том же доме, что и в прошлый раз.

— Интересно, что там внутри? — спрашивает Эли. — Как вы думаете, кто там? Вор? Может, они грабят дома?

— Нет, — отвечает Кай. Он смотрит на меня в темноте. — Я думаю, это их дом.

На рассвете мы с Каем оба у окна, наблюдаем, поэтому первые замечаем человека.

Он выходит из дома, один, несет что-то в руках, шагая по пыльной тропинке мимо нашего дома к небольшой рощице, которую я заметила еще в первый раз. Кай делает нам знак затаиться. Инди и Эли подходят к другому окну, на фасаде дома, и тоже выглядывают на улицу. Мы следим за мужчиной, украдкой выглядывая из-за подоконника.

Он высокий и выглядит сильным, смуглый, загорелый. Чем-то он напоминает мне Кая: цветом кожи, спокойными, размеренными движениями. Но в фигуре мужчины чувствуется усталость, кажется, он не замечает ничего, кроме своей ноши, и я вдруг понимаю, что он несет ребенка.

Черные волосы девочки струятся по рукам мужчины, на ней белое платье. Цвет чиновников, но девочка, разумеется, не чиновница. Платье такое красивое, словно девочка собралась на Банкет, хотя она еще слишком мала для Обручения.

И слишком неподвижна.

Я зажимаю ладонью рот.

Кай смотрит на меня и кивает. Глаза у него грустные, усталые и добрые.

Она мертва.

Я перевожу взгляд на Эли. Как он? Потом я вспоминаю, что этот мальчик видел не одну смерть. Может быть, видел и смерть ребенка.

Но я никогда не видела. У меня слезы наворачиваются на глаза. Такая юная, такая маленькая. Как такое возможно?

Мужчина бережно опускает девочку на землю, на мертвую траву под деревьями. Какой-то звук разносится ветром по каньону, долетает до наших ушей.

Пение.

Нужно немало времени, чтобы похоронить человека.

Пока мужчина роет яму, медленно и размеренно, снова начинается дождь. Это не ливень, а монотонная дробь капель по пыли и глине, и я невольно спрашиваю себя, зачем мужчина взял мертвую девочку с собой.

Может быть, он хотел, чтобы дождь в последний раз коснулся ее лица?

Или просто не хотел оставаться один.

Я больше не могу это выносить.

— Нужно ему помочь, — шепчу я Каю, но он отрицательно качает головой.

— Нет, — говорит он. — Еще рано.

Мужчина вылезает из ямы и идет к девочке. Но он не опускает ее в могилу, он подносит ее к яме и кладет рядом.

И тут я замечаю, что его руки испещрены синими линиями.

Он наклоняется и поднимает руку девочки.

Вытаскивает что-то. Синее. Проводит по ее коже. Дождь смывает синие следы, но мужчина продолжает рисовать, снова, снова и снова. Я не слышу, поет он или нет. Наконец, дождь стихает, и синева остается.

Эли больше не смотрит. Он сидит под окном, привалившись спиной к стене, и я ползком перебираюсь поближе к нему, стараясь не привлекать внимания мужчины. Я обнимаю Эли за плечи, он немного придвигается ко мне.

Инди и Кай продолжают наблюдать.

«Такая маленькая», — думаю я. Потом раздается *бум, бум, бум*, и я не сразу понимаю, что это такое — грохот моего сердца или стук земли, засыпающей маленькую девочку в могиле.

— Теперь я пойду, — шепотом говорит Кай. — А вы ждите здесь.

Я оборачиваюсь и удивленно смотрю на него. Потом поднимаю голову, чтобы снова выглянуть в окно. Мужчина закончил закапывать. Он поднимает плоский серый камень и кладет его поверх ямы, засыпанной землей. Я не слышу его пения.

— Нет, — прошу я.

Кай смотрит на меня, потом поднимает брови.

— Нет, так нельзя, — шепчу я. — Давай подождем до завтра. Посмотри, что ему пришлось сделать.

Голос Кая звучит мягко, но решительно.

— Мы дали ему столько времени, сколько могли. Теперь нам нужно узнать, в чем там дело.

— К тому же он совсем один, — замечает Инди. — И беззащитен.

Я потрясенно смотрю на Кая, но он не одергивает Инди.

— Сейчас самое время, — соглашается он.

И прежде чем я успеваю что-то сказать, он открывает дверь и уходит.

ГЛАВА 29
КАЙ

— Делайте, что хотите! — кричит мужчина, когда я подхожу к краю кладбища. — Теперь уже все равно. Я последний.

Даже если бы я не знал заранее, что передо мной крестьянин, он бы все равно выдал себя акцентом и правильностью речи. Мой отец порой говорил так же, особенно в первые дни после возвращения из каньонов.

Я просил всех остаться в доме, но Инди, разумеется, и не подумала послушаться. Я слышу, как она идет за мной, и надеюсь, что Кассии и Эли хватило ума держаться подальше.

— Кто вы? — спрашивает мужчина.

Инди отвечает у меня из-за спины. Я даже не оборачиваюсь.

— Отклонения от нормы, — говорит она. — Люди, которых Общество хочет уничтожить.

— Мы пришли в каньоны, чтобы найти крестьян, потому что хотим попросить у вас помощи, — добавляю я.

— Мы с этим покончили, — отвечает мужчина. — Все.

Шаги. Сзади. Я хочу обернуться и крикнуть Кассии и Эли, чтобы они немедленно вернулись в дом, но мне нельзя поворачиваться спиной к мужчине.

— Значит, вас четверо, — говорит он. — Это все?

Я киваю.

— Меня зовут Эли, — говорит Эли сзади.

Минуту-другую мужчина молчит. Потом говорит:

— Меня зовут Хантер. — Он внимательно разглядывает нас. Я отвечаю ему тем же. Понимаю, что он ненамного старше нас, просто ветер и непогода оставили свои следы на его лице.

— Кто-нибудь из вас жил в Обществе? — спрашивает Хантер.

— Мы все жили, — отвечаю я. — В свое время.

— Хорошо, — кивает он. — Возможно, мне кое-что понадобится от вас.

— А что взамен? — спрашиваю я.

— Если сможете мне помочь, — рассуждает вслух Хантер, — получите все, что хотите. У нас есть еда. Бумаги, — он устало указывает рукой в сторону пещерных хранилищ. Потом смотрит на меня. — Хотя сдается мне, что вы уже сами о себе позаботились.

— Мы думали, этот поселок брошен, — виновато бормочет Эли. — Но мы все вернем.

Хантер равнодушно машет рукой.

— Все пустое. Чего вам надо? Вещи для обмена?

— Да, — говорю я.

Краем глаза я вижу, как Кассия и Инди быстро переглядываются. Хантер тоже замечает это.

— Чего еще? — спрашивает он.

Ему отвечает Инди.

— Мы хотим узнать побольше о Восстании. И если здесь поблизости есть мятежники, то мы хотим знать, как до них добраться.

— И кто такой Кормчий, — нетерпеливо вставляет Кассия. Ну конечно, она хочет знать о Восстании, ведь ей кажется, будто это о нем говорится в стихотворении, которое дал ей дедушка. Сейчас я жалею, что не рассказал ей всю правду на Холме. Наверное, она бы поняла. Но теперь, когда она начала надеяться, я просто не знаю, что мне делать.

— Возможно, у меня есть ответы на ваши вопросы, — бросает Хантер. — Сначала вы поможете мне, а потом я рассажу вам все, что знаю.

— Тогда за дело, — говорит Инди. — Что тебе от нас надо?

— Это не так просто, — отвечает Хантер. — Нам придется кое-куда сходить, а сейчас уже темнеет. Приходите сюда завтра, когда будет светло.

Он берет лопату, которой рыл могилу, и я жестом приказываю всем отойти.

— Откуда мы знаем, что тебе можно доверять? — спрашиваю я.

В ответ он смеется все тем же невеселым смехом. Слабое эхо облетает стены каньона, отдается в пустоте брошенных домов.

— Скажите-ка, — спрашивает Хантер, — в Обществе люди и впрямь доживают до восьмидесяти лет?

— Да, — отвечает Кассия. — Но только граждане.

— Восемьдесят, — недоверчиво повторяет Хантер. — У нас в Разломе никто и близко до этого не дотягивал. И как вы думаете, это стоит того? — снова спрашивает он. — Лишиться выбора, но жить долго?

— Некоторые люди считают, что да, — тихо отвечает Кассия.

Хантер проводит рукой, испещренной синими линиями, по лицу, и его недавние слова обретают пугающую правду. Он кончен. Все.

— Завтра, — повторяет он. Потом поворачивается к нам спиной и уходит.

В нашем маленьком домике все спят. Эли, Кассия, Инди. Только я сижу и прислушиваюсь. Они мерно дышат во сне, мне кажется, будто это наш дом вдыхает и выдыхает, хотя его стены не колышутся. Я знаю, что Хантер не сделает нам ничего плохого, но не могу уснуть. Я должен быть начеку.

Где-то перед рассветом, когда я стою в дверях и смотрю наружу, до меня доносится какой-то звук из глубины комнаты. Кто-то проснулся.

Инди. Идет ко мне.

— Чего тебе надо? — спрашиваю я, стараясь, чтобы мой голос звучал спокойно. Я узнал Инди сразу же, как только увидел. Она такая же, как я. Непотопляемая. Я ей не доверяю.

— Ничего, — отвечает она. В тишине я слышу, как она роется в рюкзаке. Она никогда не выпускает его из поля зрения.

— Что ты там прячешь? — спрашиваю я.

— Мне нечего прятать, — резковато отвечает она. — Здесь все мое. — Несколько мгновений она молчит. — Почему ты не хочешь присоединиться к Восстанию?

Я не отвечаю. Мы стоим молча. Потом Инди забрасывает свой рюкзак на плечо и крепко прижимает его к груди. Кажется, сейчас она где-то далеко отсюда. Я тоже. Часть меня стоит с Кассией под звездами в Разломе. И под ветром на Холме. Когда я был маленьким и жил в городке, мне и в голову не могло прийти, что такое возможно. Я даже мечтать не смел о том, что когда-нибудь смогу так много украсть у Общества.

Я слышу, как кто-то снова шевелится. Кассия.

— Ей снится Ксандер, — шепчет Инди у меня за спиной. — Я слышала, как она звала его.

Я говорю себе, что записки Ксандера, спрятанные в таблетках, ничего не значат. Кассия знала Ксандера с детства, но все равно выбрала меня. А эти записки все равно скоро исчезнут. Бумага для портов разлагается очень быстро. Записки Ксандера превратятся в хлопья, хрупкие, как снежинки. Безжизненные и молчаливые, как пепел.

Я не могу потерять ее, только не теперь.

«Большую часть жизни провел в Отдаленных провинциях.

Число сверстников, указавших Кая Макхэма в числе наиболее популярных учеников: 0,00 процента».

Никто никогда не собирался получать сведения обо мне.

И никто, любящий кого-то, не захочет, чтобы его любимая обручилась с человеком, вроде меня.

Но всегда ли любить означает желать безопасности для любимого? Или это значит предоставить ему возможность выбора?

— Что ты хочешь? — спрашиваю я у Инди.

— Узнать секрет Ксандера, — говорит она.

— О чем это ты?

Вместо ответа она протягивает мне клочок бумаги.

— Кассия выронила его, — поясняет Инди. — А я подобрала и не отдала ей.

Я знаю, что не должен брать это, но беру. Осторожно, чтобы не потревожить светом Кассию и Эли, я включаю фонарик и читаю записку:

«Хранит секрет, который расскажет своей Обрученной, когда снова увидит ее».

Такая запись никогда не могла попасть в официальную микрокарту Ксандера. Значит, он добавил нечто новое в свою анкету.

— Как он сумел это сделать? — невольно спрашиваю я, как будто Инди может знать ответ. Общество тщательно следит за всем, что печатается и распечатывается. Неужели Ксандер рискнул воспользоваться школьным портом? Или домашним?

— Кажется, он очень мозговитый, — говорит Инди.

— Так и есть, — признаю я.

— Так что это за секрет? — спрашивает Инди, наклоняясь ко мне.

Я качаю головой.

— С чего ты взяла, что я знаю?

Я знаю, но не скажу.

— Вы с Ксандером были друзьями, — говорит Инди. — Кассия мне рассказывала. Я думаю, что ты знаешь гораздо больше, чем говоришь.

— О чем? — спрашиваю я.

— Обо всем, — отвечает она.

— Я думаю о тебе то же самое, — огрызаюсь я. — Ты что-то скрываешь.

Я в упор свечу на нее своим фонарем, и она зажмуривается. При свете Инди выглядит ослепительно красивой. Волосы у нее такого цвета, который редко встречается в жизни, цвета огня — алого и золотого. Она высокая, очень изящная и сильная. Необузданная. Инди хочет выжить, но ради этого она готова пойти на все, в том числе на любые непредсказуемые поступки. Это заставляет меня держаться настороже.

— Я хочу знать секрет, — повторяет она. — И как отыскать мятежников. Я думаю, ты знаешь ответы. Ты ничего не расскажешь Кассии, и, кажется, я уже догадалась почему.

Я качаю головой, но не говорю ни слова. Пусть молчание повиснет между нами. Инди сама может нарушить его, если захочет.

На какое-то мгновение мне кажется, что она заговорит. Но она отворачивается и уходит к тому месту, где спала. Даже не оглядывается на меня.

Я возвращаюсь к двери, выхожу наружу. Здесь я подставляю ладонь ветру, чтобы он унес клочок бумаги в выцветающую ночь.

30 ГЛАВА
КАССИЯ

На стене напротив ангелов совсем другая картина. Я не заметила ее раньше, настолько меня поглотили ангелы. Остальные еще спят, даже Кай ссутулился возле двери, где решил всю ночь вести наблюдение.

Я слезаю с кровати и пытаюсь понять, что же изображено на картине. Там сплошные загогулины, углы и силуэты, я никак не пойму, что это должно обозначать. Ни на одной из Ста картин нет ничего похожего. Там всегда ясно изображены люди, места или предметы. Через некоторое время я слышу, как Кай шевелится в дальнем конце комнаты. Наши взгляды встречаются над серой пустыней пола и съежившимися темными силуэтами Инди и Эли. Кай бесшумно встает на ноги, подходит ко мне и останавливается рядом.

— Ты выспался? — шепотом спрашиваю я.

— Нет, — отвечает он, наклоняясь и закрывая глаза.

Когда он снова открывает их, у нас обоих не остается ни слов, ни дыхания.

Мы смотрим на картину. Проходит несколько секунд, прежде чем я решаюсь заговорить.

— Это каньон? — спрашиваю я, но не успеваю договорить, как понимаю, что здесь есть что-то еще. Чья-то вспоротая плоть, полосы заката над рекой...

— Любовь, — говорит Кай после долгого молчания.

— Любовь? — переспрашиваю я.

— Да.

— Любовь, — тихо повторяю я, все еще не понимая.

— Я думаю «любовь», когда смотрю на это, — говорит Кай, пытаясь объяснить. — Но ты можешь думать что-то еще. Это как Кормчий в твоем стихотворении — все думают свое, когда слышат его имя.

— А что ты думаешь, когда слышишь мое имя? — спрашиваю я.

— Много чего, — шепчет Кай, посылая реки мурашек по всей моей коже. — Это. Холм. Разлом. Места, где мы были вместе. — Он отстраняется, я чувствую на себе его взгляд, и у меня перехватывает дыхание при мысли о том, как много всего он видит. — И места, где мы не были вместе, — говорит он и добавляет: — Пока.

Когда он говорит о будущем, в его голосе звучит ярость.

Мы оба не можем усидеть на месте, нам хочется немедленно выйти из дома. Инди и Эли еще спят, и мы не будим их: они сами увидят нас в окно, когда проснутся.

Каньон, раньше казавшийся мне таким сухим и пустынным, теперь поражает обилием зелени, особенно у ручья. Водяной кресс растет вдоль заболоченных берегов, мох украшает алые скалы у ручья, болотная трава переплетает зеленые стебли с серыми. Я наступаю на лед у берега, и он с хрустом ломается, совсем как разбитое мною стекло, за которым хранился лоскуток от моего зеленого шелкового платья. Опустив глаза на то место, куда угодил мой ботинок, я вижу, что сломанный лед переливается зеленым под слоем белизны. В точности оттенок моего платья для Банкета обручения. Странно, что во время своего первого путешествия по каньону я ни разу не заметила этого цвета; наверное, тогда меня полностью поглощали поиски Кая.

Снова подняв глаза, я смотрю на Кая, шагающего вдоль ручья, и невольно любуюсь его походкой, остающейся непринужденной, даже когда он перешагивает через песчаные наносы на тропе. Кай оглядывается на меня, потом останавливается и улыбается.

«Здесь твой дом, — думаю я. — Здесь ты даже двигаешься не так, как в Обществе». Все в этом поселке подходит ему — и красивые, ни на что не похожие картины, и суровая независимость пейзажа.

Не хватает только людей, которых он мог бы возглавить. Сейчас у него есть только мы.

— Кай, — говорю я, когда мы подходим к роще.

Он останавливается. Его глаза устремлены на меня, его губы касаются моих, щекочут шею, руки, внутреннюю сторону запястий, каждый палец. Когда мы целовались той ночью под холодными ясными звездами, крепко держась друг за друга, нам не казалось, будто мы воруем время. Тогда оно все принадлежало нам.

— Я знаю, — отвечает он.

Еще одно долгое мгновение мы смотрим друг другу в глаза, а потом ныряем под ветви деревьев. У деревьев серая обветренная кора, под стволами лежат наносы бурой листвы, шуршащей и разбегающейся под ветром.

Когда листья перемещаются, я вижу на земле серые камни, похожие на тот, который Хантер вчера поставил на могилу. Я дотрагиваюсь до руки Кая.

— Это все...

— Место, где похоронены люди, — отвечает он. — Да. Это называется кладбище.

— Почему они не хоронили их выше?

— Потому что та земля была нужна живым.

— А как же книги, — возражаю я. — Они хранили их высоко, а книги — они не живые.

— Но нужны живым, — мягко отвечает Кай. — В отличие от тел. Если кладбище затопит, вода уничтожит только то, что и так забрала смерть. А библиотека — это совсем другое дело.

Я опускаюсь на корточки и смотрю на камни. Места, где лежат люди, отмечены по-разному. Имена, даты, иногда строчки стихотворений.

— Что значат эти надписи? — спрашиваю я.

— Это называется «эпитафия», — отвечает Кай.

— А кто их выбирает?

— По-разному. Иногда, если человек знает, что умирает, он сам выбирает себе эпитафию. Но чаще это делают его близкие, они выбирают слова, которые лучше всего подходят к жизни умершего.

9 Зак. 3443

— Очень грустно, — говорю я. — Но красиво.

Кай вопросительно поднимает брови, и я спешу объяснить.

— Смерть совсем не красива, — говорю я. — Но мне нравится идея эпитафии. У нас Общество решает, что останется от людей после смерти. Оно выбирает, что включить в твою историю.

И все-таки я очень жалею о том, что не успела как следует рассмотреть микрокарту дедушки перед отъездом. Правда, отказавшись от консервации, дедушка сам выбрал, что останется от него после смерти: ничего.

— В твоей деревне тоже делали такие камни? — спрашиваю я Кая, и тут же жалею о своем вопросе, а еще жалею о том, что не спросила его об этом раньше.

Кай смотрит на меня.

— Моим родителям — нет, — глухим голосом отвечает он. — Не было времени.

— Кай, — шепчу я, но он отворачивается и идет к другому ряду камней. Оставшаяся без его руки, моя ладонь мерзнет.

Не нужно было мне этого говорить. За исключением дедушки, все остальные люди, которых я видела мертвыми, не были моими любимыми. Это все равно, что заглянуть в длинный черный каньон, по которому мне никогда не придется идти.

Я бреду между камней, стараясь не наступать на них, и постепенно убеждаюсь в том, что Общество и Хантер были правы относительно продолжительности жизни в каньоне. Судя по датам, выбитым на камнях, большинство умерших не дожило до восьмидесяти лет. Помимо девочки, похороненной Хантером, здесь лежат и другие дети.

— Как много детей умерло здесь, — вырывается у меня. До сих пор я надеялась, что вчерашняя девочка была исключением.

— В Обществе дети тоже умирают, — отзывается Кай. — Вспомни Мэтью.

— Мэтью, — повторяю я, и звук этого имени вдруг воскрешает в моей памяти Мэтью — впервые за все эти годы я вспоминаю его по-настоящему, думаю о нем не как о «первенце Макхэмов», а как о живом мальчике, трагически погибшем от рук Аномалии.

Мэтью. Он был на четыре года старше нас с Ксандером, такая разница делала его недоступным, недосягаемым. Он был милым мальчиком, всегда здоровался с нами на улице, хотя был намного старше. Он носил таблетки и ходил в среднюю школу. Мальчик, которого я вспомнила, услышав его имя, был похож на своего двоюродного брата Кая, только выше, крупнее, не такой проворный и ловкий.

Мэтью. Такое впечатление, будто имя умирает вместе с человеком, поэтому, называя умершего, можно сделать его более реальным...

— Но не так много, — говорю я. — Только Мэтью.

— Просто он единственный, кого ты помнишь.

— Разве были другие? — в ужасе спрашиваю я.

Звук, раздавшийся у нас за спиной, заставляет меня обернуться; это Инди и Эли закрывают за собой дверь нашего временного дома. Эли вскидывает руку и машет мне, я машу ему в ответ. Уже совсем рассвело, скоро придет Хантер.

Я опускаю глаза на камень, который он положил вчера, дотрагиваюсь рукой до вырезанного в нем имени. САРА. Она прожила совсем мало, умерла в пять лет. Под цифрами идут слова, и холодок пробегает у меня по спине, когда я понимаю, что это похоже на строку стихотворения.

КОГДА ПРОТЯНЕТ К НИМ ИЮНЬ ВЕТРОВ СВОИХ ПЕРСТЫ*

Я ищу руку Кая и сжимаю ее изо всех сил. Чтобы холодный ветер, рыщущий вокруг нас, не выхватил его у меня своими жадными пальцами, своими хищными руками, забравшими так многих на пороге весны.

* Строчка из стихотворение Эмили Дикинсон, перевод А. Величанского.

ГЛАВА 31
КАЙ

Хантер приходит на встречу с нами с флягой воды и мотком веревки, свисающей с плеча. Я не знаю, что он задумал. Но не успеваю спросить, потому что Эли меня опережает.

— Она была твоей сестрой? — спрашивает он, указывая на недавно поставленный камень.

Хантер не опускает взгляд на могилу. Едва заметная тень проходит по его лицу.

— Ты ее видел? Как долго вы за мной следили?

— Долго, — отвечает Эли. — Мы хотели поговорить с тобой, но ждали, пока ты закончишь.

— Это очень любезно с вашей стороны, — бесстрастно говорит Хантер.

— Мне жаль, — смущается Эли. — Кто бы она ни была, мне очень жаль.

— Это моя дочь, — отвечает Хантер. Кассия округляет глаза. Я знаю, о чем она думает: *Его дочь? Но он такой молодой, ему года двадцать два или двад-*

цать три, не больше. Уж точно не двадцать девять, а это самый ранний возраст, в котором человек из Общества может стать отцом пятилетнего ребенка. Но Хантер не принадлежит Обществу.

Инди первая нарушает молчание.

— Куда мы идем? — спрашивает она.

— В другой каньон, — говорит Хантер. — Вы умеете лазить по скалам?

Когда я был маленький, мама учила меня названиям цветов. «Синий», — говорила она, указывая на небо. И еще раз — «синий», указывая на воду. Она рассказывала, что я мотал головой, потому что уже тогда видел, что синева неба не всегда схожа с синевой воды.

Мне потребовалось много времени, вплоть до переезда в Ориа, чтобы научиться называть одним словом все оттенки цвета.

Я вспоминаю об этом, пока мы идем по каньону. Разлом красный и оранжевый, но в Обществе никогда не встретишь таких оттенков красного и оранжевого.

Любовь тоже имеет разные оттенки. Я любил Кассию, когда думал, что она никогда меня не полюбит. Я любил ее на Холме. И люблю сейчас, когда она пришла за мной в каньон. Теперь все совсем по-другому. Глубже. Раньше я думал, что люблю и хочу ее, но когда мы шагаем рядом через каньон, я понимаю, что меня переполняет не просто новый оттенок любви. Это целый новый цвет.

Хантер останавливается впереди и указывает рукой на скалу.

— Здесь, — говорит он. — Лучшее место.

Он оглядывается по сторонам и начинает проверять стену каньона.

Я загораживаюсь рукой от солнца, чтобы лучше видеть предстоящий нам подъем. Кассия смотрит на меня и делает то же самое.

— Это то место, где мы с Инди спустились в каньон, — узнает она.

Хантер кивает.

— Лучшее место, — повторяет он.

— В другом каньоне есть пещера, — говорит ему Инди.

— Я знаю, — кивает Хантер. — Она называется Грот. Вопрос, на который я жду от вас ответа, находится в нем.

— Мы туда не пройдем, — говорит Кассия. — Там закрыто намертво.

Хантер качает головой.

— Так только кажется. Мой народ пользовался этим Гротом с тех пор, как впервые поселился в Разломе. Когда Общество захватило Грот, мы нашли способ тайком пробираться туда.

Кассия озадаченно смотрит на него.

— Значит, вы знаете...

Хантер нетерпеливо перебивает ее:

— Да, нам известно, что там. Но мы не знаем зачем. — Он смотрит на Кассию неприятным, оценивающим взглядом. — Сдается мне, ты можешь ответить на этот вопрос.

— Я? — слегка опешив, переспрашивает она.

— Ты была частью Общества дольше, чем все остальные, — отвечает Хантер. — Я вижу.

Кассия вспыхивает и потирает ладонью руку, словно хочет убрать невидимое клеймо Общества.

Хантер переводит взгляд на Эли.

— Как думаешь, справишься?

Эли запрокидывает голову и глядит на скалу.

— Да, — кивает он.

— Хорошо, — говорит Хантер. — Подъем здесь не очень сложный. Даже люди из Общества смогли бы его преодолеть, если бы попытались.

— Почему же они этого не делали? — спрашивает Инди.

— Делали, — отвечает Хантер. — Но это одно из наших самых охраняемых мест во всем каньоне. И мы просто обрезали веревки всем, кто пытался сюда влезть. А по-другому сюда попасть невозможно. Аэротанкер в каньоне не посадишь. Слишком узко. Им приходилось лезть сюда на своих двоих, а тут уж преимущество на нашей стороне. — Он завязывает еще один узел и пропускает веревку через металлическую скобу в стене. — Так было очень долго.

Но теперь крестьяне ушли через долину. Или погибли на вершине Разлома. И это только вопрос времени, когда Общество узнает об этом и явится сюда.

Хантер знает об этом лучше, чем кто бы то ни было. Поэтому надо торопиться.

— Мы тут все облазили, — продолжает он. — Весь Разлом когда-то принадлежал нам.

Хантер опускает глаза на веревку, которую держит в руках. Наверное, снова вспоминает о том, что все ушли. Мне это знакомо. Кажется, о таком нельзя забыть, но порой это происходит — пусть всего на несколько мгновений. Я до сих пор не знаю, хорошо это или плохо. Забвение позволяет хоть немного прожить без боли, но пробуждение бьет под дых.

Все больно. Иногда, в минуты слабости, я жалею, что красная таблетка не сработала.

— Мы видели трупы на вершине Разлома, — говорит Инди. Она тоже смотрит наверх, оценивая подъем. — У них у всех были синие отметины, как у тебя. Они тоже были крестьянами? Почему они полезли наверх, если Общество лучше ждать внизу?

Я невольно восхищаюсь ею. Она не боится прямо задавать эти вопросы Хантеру. Мне тоже очень хочется узнать ответы.

— Та площадка на вершине — это единственное широкое и ровное место, где Общество может посадить свои суда, — обстоятельно объясняет Хантер. — В последнее время, уж не знаю почему, они стали все более агрессивно прорываться в Разлом, а мы не могли стеречь все каньоны. Пришлось охранять только тот, в котором был наш поселок. — Он завязывает еще один узел, подтягивает веревку. — И тогда, впервые в истории крестьянства в каньонах, у нас случился раскол, который мы не сумели преодолеть. Одни хотели вылезти наверх и сразиться с Обществом, чтобы те оставили нас в покое. Другие предлагали просто сбежать отсюда.

— А чего хотел ты? — спрашивает Инди.

Хантер не отвечает.

— А те, что отправились через долину? — не сдается она, стремясь выжать из него побольше информации. — Они собирались примкнуть к Восстанию?

— Думаю, достаточно, — говорит Хантер. Лицо у него при этом такое, что даже Инди не осмеливается продолжать расспросы. Она закрывает рот, а Хантер передает ей веревку. — У тебя самый большой опыт в скалолазании, — говорит он. Это не вопрос. Каким-то образом, он это вычислил.

Инди кивает и почти улыбается, глядя на скалы.

— Я частенько удирала тайком, — говорит она. — Возле нашего дома было отличное местечко для тренировки.

— Общество разрешало тебе тренироваться? — спрашивает Хантер.

Она отвечает ему презрительным взглядом.

— Общество? Нет, оно не разрешало мне лазить. Я нашла способ делать это без его ведома.

— Мы с тобой возьмем по одному человеку, — говорит ей Хантер. — Так будет быстрее. Справишься?

Инди смеется в ответ.

— Будь осторожна, — предупреждает Хантер. — Здесь камни разные попадаются.

— Я уже знаю, — отвечает она.

— Полезешь сам? — спрашивает меня Хантер.

Я киваю. Не стоит говорить ему, почему я предпочитаю одиночное восхождение. Если я сорвусь, то хотя бы не утащу никого вместе с собой.

— Я пригляжу за тобой.

Инди оборачивается к Эли и Кассии.

— Кто хочет со мной?

— Решай, Эли, — говорит Кассия.

— Я с Каем, — немедленно отвечает Эли.

— Нет, — обрывает его Хантер. — У Кая нет такого опыта, как у нас.

Эли открывает рот, приготовившись спорить, но я отрицательно качаю головой. Он сердито смотрит на меня, а потом делает шаг в сторону Инди. Она снова отворачивается к скале, но мне кажется, что я успеваю заметить довольную улыбку, промелькнувшую на ее лице.

Я смотрю, как Кассия пристегивается к Хантеру. Потом проверяю, надежно ли привязан Эли. Когда я снова поднимаю глаза, Хантер уже готов начать восхождение. Кассия крепко сжимает зубы.

Я не беспокоюсь за нее. Хантер — первоклассный альпинист. Кроме того, Кассия нужна ему, чтобы разобраться с пещерой. Я поверил Хантеру, когда он сказал, что ему нужно знать, зачем Общество забралось в каньон. Он все еще думает, что знание причины может иметь какое-то значение. Он еще не знает, что это знание не приносит облегчения.

Взобравшись на вершину Разлома, мы пускаемся бежать. Я держу одной рукой Эли, другой Кассию, и мы несемся вперед, наше дыхание бесшумно и прерывисто, наши ноги летят по камням.

Несколько секунд мы отлично видны и совершенно беззащитны на голых скалах под небом.

Но это длится совсем недолго. Мне кажется, я могу бежать так целую вечность.

«Смотрите! — хочется кричать мне. — Я все еще жив! Все еще здесь! Вопреки всему, чего хотят ваши данные и ваши чиновники!»

Бегущие ноги.

Полные воздуха легкие.

Руки людей, которых я люблю.

Я люблю!

Самый безрассудный поступок на свете.

Мы подбегаем к краю обрыва и разжимаем руки. Они нам понадобятся, чтобы держаться за веревки.

Второй каньон оказывается настоящей щелью — узкий, тесный, гораздо меньше крестьянского. Когда мы все благополучно добираемся до дна, Кассия указывает рукой на длинную гладкую поверхность. На первый взгляд, это похоже на песчаник, но в нем чувствуется какая-то странность.

— Здесь мы заметили вход, — говорит Кассия. Губы ее сжимаются. — Тело мальчика лежало тут, под кустами.

Свобода, которую я ощущал совсем недавно, исчезает без следа. Присутствие Общества висит в каньоне, как клочья курящихся туч после грозы.

Остальные тоже чувствуют это. Лицо Хантера мрачнеет, и я знаю, что ему сейчас тяжелее всех, ибо он ощущает присутствие Общества в месте, которое привык считать своим.

Он ведет нас к маленькой пещере, приютившейся в том месте, где стена раковиной закручивается вокруг себя. Мы впятером с трудом втискиваемся внутрь. Пещера заканчивается грудой битых камней.

— Мы сделали здесь проход, — говорит Хантер.

— И Общество его не обнаружило? — недоверчиво спрашивает Инди.

— Они просто не умеют искать, — отвечает Хантер. Он поднимает один камень. — Там, за камнями, есть расселина. Когда доберемся до нее, попадем в дальнюю часть Грота.

— Но как мы это сделаем? — спрашивает Эли.

— Продирайся сквозь землю, — отвечает Хантер. — И задерживай дыхание в самых трудных местах. — Он подходит к большому валуну. — Когда придет время, я пойду первым, — бросает он через плечо. — Потом Кассия. На поворотах будем перекликаться. Не торопитесь. Идите медленно. Там будет одно место, где придется лечь на спину и отталкиваться пятками. Если застрянете, кричите. Я буду неподалеку, услышу. Постараюсь подавать команды. Самое сложное место в самом конце.

Несколько секунд я колеблюсь, прикидывая, не ловушка ли это. Может быть, это все подстроено Обществом? Или это дело рук Инди? Я смотрю, как она помогает Хантеру ворочать камни, как длинные волосы буйно, будто в нетерпении, развеваются вокруг ее лица. Чего она хочет? Что она скрывает?

Я перевожу взгляд на Кассию. Она очутилась в новом месте, где все по-другому. Она видела людей, умерших ужасной смертью, голодала, терпела лишения, пришла в пустыню, чтобы найти меня. Она пережила все то, что никогда не должно было коснуться благополучной девочки из Общества. Я вижу, как вспыхивают ее глаза, когда она смотрит на меня, и улыбаюсь. «Затаить дыхание? — говорят ее глаза. — Продираться сквозь землю? Мы только это и делаем!»

32 ГЛАВА
КАССИЯ

Трещина такая узкая, что Хантер с трудом может в нее протиснуться. Он исчезает внутри, не оглядываясь на нас. Я следующая.

Я смотрю на Эли, его глаза широко распахиваются.

— Может, тебе лучше подождать нас здесь, — говорю я.

Эли кивает.

— Я не против пойти в пещеру. Но это же… туннель.

Я не напоминаю ему, что он самый маленький из нас, а значит, с меньшей вероятностью застрянет внутри. Я понимаю, что он имеет в виду. Кажется совершенно противоестественным, ненормальным ползти сквозь землю, как червяки.

— Все нормально, — говорю я. — Тебе не обязательно туда лезть. — Я обнимаю его за плечи, прижимаю к себе. — Думаю, это не займет много времени.

Эли снова кивает. Он выглядит чуть лучше, уже не такой бледный.

— Мы вернемся, — обещаю я. — Я вернусь.

Эли заставляет меня вспомнить о Брэме и о том, что его я тоже бросила, как и всех остальных.

Все идет нормально, пока я не начинаю слишком много думать, пока не принимаюсь подсчитывать, сколько тонн скальной породы надо мной. Мне неизвестен вес кубического фута песчаника, но общая масса должна быть грандиозной. А вот объем воздуха в камне, напротив, должен быть очень мал. Возможно, Хантер поэтому советовал нам экономить дыхание? Он знал, что здесь мало воздуха? Что однажды я выдохну и мне нечего будет вдохнуть?

Я не могу пошевелиться.

Камень, он так тесно смыкается вокруг меня. Туннель, он такой темный. Всего несколько дюймов отделяют меня от верхнего свода туннеля; съежившись, я переворачиваюсь на спину, и тогда тьма оказывается впереди и позади меня, а неподвижность скалы — надо мной, подо мной и повсюду. Вся тяжесть Разлома сдавливает меня со всех сторон, и если раньше я боялась ее безмерности, то теперь меня страшит ее близость.

Мое лицо запрокинуто к небу, которого я не могу увидеть, к высокой синеве над камнем.

Я пытаюсь успокоиться, заверить себя, что все в порядке. Живые существа могут вылететь и из более тесных мест. Я всего лишь бабочка, траурница, заточенная в коконе, слепая, с липкими крылышками. Но что если мой кокон никогда не откроется, что если у плененной в нем бабочки просто не хватит сил вырваться на свободу?

Всхлип вырывается у меня из горла.

— Помогите, — зову я.

Как ни странно, мне отвечает не голос Хантера впереди. А голос Кая сзади.

— Все будет хорошо, — говорит он. — Продвинься еще немножко.

Даже охваченная паникой, я все равно слышу музыку в его глубоком голосе, слышу звучание песни. Я закрываю глаза и представляю, что мое дыхание — это дыхание Кая, что он рядом со мной.

— Отдохни немножко, если хочешь, — говорит он.

Я мысленно уменьшаю себя, делаю еще ничтожнее, чем я есть. Забираюсь в кокон, туго оборачиваю его вокруг себя, как плащ, как одеяло. Но сейчас я не воображаю, как вырываюсь наружу. Нет, я остаюсь внутри и стараюсь увидеть, что смогу.

Сначала нет ничего.

Но потом я чувствую кое-что. Даже глубоко-глубоко, в кромешной тьме, она все равно здесь. Маленькая частица меня, которая всегда, всегда свободна.

— Но я могу, — вслух говорю я.

— Ты можешь, — вторит Кай сзади, и я отталкиваюсь. А потом вдруг ощущаю над собой пространство, воздух для дыхания и место, чтобы распрямиться.

Где мы?

Из темноты проступают силуэты и предметы, освещенные крохотными синими огоньками, сияющими на полу, как капли дождя. Однако они слишком упорядочены, чтобы казаться упавшими с неба.

Другие светильники озаряют высокие прозрачные контейнеры и приборы, которые ровно гудят, поддерживая нужную температуру в пространстве каменных стен. Передо мной Общество: классификация, организация, учет.

Кто-то двигается рядом, и я сдавленно ахаю, не сразу вспомнив. Хантер.

— Какая огромная пещера, — шепчу я, и он кивает.

— Мы обычно собирались здесь, — так же тихо объясняет Хантер. — Но мы не были первыми. Это очень старое место.

Я поднимаю глаза и вздрагиваю. Стены этой огромной пещеры покрыты панцирями мертвых животных и костями птиц, вмурованных в камень, некогда бывший глиной. Это место существовало задолго до появления Общества. Возможно, оно возникло до появления людей.

Кай входит в пещеру, стряхивает пыль с волос; я подхожу к нему и дотрагиваюсь до его рук, холодных и грубых на ощупь, но при этом живых, а не каменных.

— Спасибо, что помог мне, — шепчу я в тепло его шеи. Потом отстраняюсь, давая ему возможность увидеть все своими глазами.

— Это Общество, — говорит Кай, и голос его тих, как Грот. Он пересекает пещеру, а мы с Хантером идем за ним. Кай дотрагивается до двери, расположенной в дальнем конце помещения. — Сталь.

— Им нечего здесь делать, — напряженным голосом говорит Хантер.

Все это выглядит неестественно: наносной слой стерильности и Общества поверх толщи земли и органики. «Обществу нечего было делать и в наших отношениях с Каем», — думаю я, вспоминая, как моя чиновница рассказала мне, что им был известен каждый наш шаг. Общество проникает повсюду, заползает в каждую щель, оно подобно воде, которая точит камень до тех пор, пока он не сдастся и не изменит форму.

— Я должен знать, для чего они нас убивали, — говорит мне Хантер, указывая рукой на ящики. Они заполнены пробирками. Бесконечные ряды стеклянных трубочек, сверкающих в синем свете. «Красивые, как море», — думаю я.

Инди вылезает в пещеру. Оглядывается вокруг, удивленно распахивает глаза.

— Это зачем? — спрашивает она.

— Дайте-ка я получше рассмотрю, — говорю я, направляясь между двумя рядами контейнеров. Кай идет за мной. Я провожу рукой по корпусу, сделанному из гладкого прозрачного пластика. Как ни странно, на дверцах нет замков, и я без труда открываю одну, чтобы заглянуть внутрь. Когда дверца с тихим шипением отворяется, я упираюсь взглядом в ряды пробирок, ошеломленная их количеством, сходством друг с другом и бесконечностью выбора.

Я не хочу дотрагиваться до пробирок из опасения потревожить какую-нибудь секретную охранную сигнализацию, поэтому изо всех сил вытягиваю шею, пытаясь разглядеть информацию на трубочке в центре среднего ряда. «ГАНОВЕР, МАРКУС, КА». Первые два слова — это, вероятно, имя, а третье — аббревиатура провинция Кеа. Под названием провинции выбиты две цифры и штрих-код.

Это образцы тканей людей, погребенные в толще земли вместе с костями давно вымерших животных, вместе с остатками морей, давным-давно превратившихся в камень. Бесконечные ряды стеклянных пробирок, точно таких же, как та, в которой содержался образец ткани дедушки.

Несмотря на усталость и истощение, я чувствую, как шестеренки моего привыкшего к сортировке разума начинают вертеться, с жужжанием включаясь в работу. Пытаются понять смысл того, что я вижу, извлечь информацию из цифр, оказавшихся у меня перед глазами. Эта пещера — место консервации, случайной и намеренной, как в виде окаменелостей, погребенных в песчанике над нашими головами, так и в форме образцов тканей в пробирках.

«Но почему именно здесь? — спрашиваю себя я. — Почему так далеко, на самом краю Общества? Существуют гораздо более подходящие места, их очень много!» Это хранилище — полная противоположность кладбищу. Отрицание прощания. И мне такой подход ближе. Приходится признать, что в каком-то смысле это кажется мне более разумным, чем навсегда зарывать людей в землю, как поступают крестьяне.

— Это образцы тканей, — говорю я Каю. — Но зачем Общество хранит их здесь?

Я невольно вздрагиваю, и Кай обнимает меня.

— Я понимаю, — говорит он.

Но это не так.

Разлому все равно.

Мы живем, мы умираем, мы превращаемся в камень, лежим в земле, тонем в море, сгораем дотла, и Разлому нет до этого никакого дела. Мы приходим и уходим. Общество придет и уйдет. Каньоны останутся.

— Ты знаешь, что это такое, — роняет Хантер. Я смотрю на него. Что должен человек, никогда не живший в Обществе, думать о чем-то подобном?

— Да, — отвечаю я. — Но не знаю зачем. Подождите. Дайте мне подумать.

— Сколько их здесь? — спрашивает Кай.

Я на глаз прикидываю количество рядов.

— Тысячи, — отвечаю я. — Сотни тысяч. — Пробирки маленькие, сложены рядами, контейнер на контейнере, проход за проходом, по всему пространству огромной пещеры. — Но недостаточно, чтобы хранить здесь все образцы, собранные годами. Это не может быть единственное хранилище.

— Может быть, они вывозят их из Общества? — спрашивает Кай.

Я растерянно качаю головой. Зачем это делать?

— Образцы разложены по провинциям, — говорю я, отметив, что все пробирки в этом ящике помечены шифром «КА».

— Найди Ориа, — предлагает Кай.

— Это должен быть соседний ряд, — прикидываю я и быстро иду туда.

Инди и Хантер, стоя рядом, смотрят на нас. Я захожу за угол и обнаруживаю пробирки с маркировкой «ОР», то есть Ориа. При виде знакомой аббревиатуры в этом незнакомом месте я испытываю странное чувство, смесь родства и отчужденности.

Какой-то звук раздается со стороны потайного входа в Грот. Мы все оборачиваемся. Эли выходит из расщелины, как Кай, — улыбаясь и отряхивая песок с волос. Я бросаюсь к нему, сгребаю в охапку, прижимаю к себе, у меня сердце заходится при мысли о том, что он проделал весь этот пусть совсем один.

— Эли, — шепчу я. — Я думала, ты нас подождешь.

— Да все в порядке, — говорит он. И выглядывает из-за моего плеча, ища Кая.

— Ты справился! — кричит ему Кай, и Эли становится как будто выше ростом. Я укоризненно качаю головой. Пообещал одно, а потом передумал и все сделал по-своему. Брэм поступил бы так же.

Эли, вытаращив глаза, оглядывается по сторонам.

— Тут хранилище пробирок! — ахает он.

— Мы думаем, они рассортированы по провинциям, — объясняю я, а потом замечаю, что Кай машет мне рукой.

— Кассия! Кажется, я что-то нашел.

Я спешу к нему, а Эли и Инди медленно обходят ряды, ища свои провинции.

— Если первая дата — это день рождения, — говорит Кай, — то вторая, очевидно... — Он выдерживает паузу, давая мне время прийти к тому же выводу.

— Дата смерти. Дата, когда был взят образец, — говорю я. И вдруг понимаю, что это значит. — Но между этими числами совсем небольшой промежуток. Гораздо меньше восьмидесяти лет.

— Они не просто хранят образцы умерших, — кивает Кай. — Эти люди... Здесь не только мертвые.

— Значит, у нас берут образцы не только после смерти, — говорю я, лихорадочно соображая. Я вспоминаю — о да, сколько угодно возможностей! Наши вилки. Наши ложки. Одежда. Или мы сами давали им свои образцы, кивали, делали соскобы, отдавали чиновникам, а потом принимали красные таблетки. — Получается, предсмертные образцы не имеют никакого значения. У Общества и так есть пробирки на всех, кто ему интересен. Может быть, образцы более молодых тканей даже важнее. А поскольку мы ничего не знаем об этом, Общество держит нас в покорности до самого конца.

У меня щемит сердце от запоздалой благодарности Обществу.

«Дедушка, наверное, тоже не догадывался, что его образец хранится здесь. Может быть, не имеет значения, что папа уничтожил его пробирку с Последнего банкета?»

— Кассия, — тихо говорит Кай. — Здесь Ксандер.

— Что? Где? Он нас нашел? Но как он узнал?

— Вот, — все так же тихо говорит Кай, указывая на одну из подсвеченных синим пробирок.

Ну, конечно. Стараясь не смотреть на Кая, я гляжу на пробирку. «КЭРРОУ. КСАНДЕР. ОР». Дата рождения правильная. Это образец Ксандера, но Ксандер не умер.

Насколько мне известно.

А потом мы с Каем вместе оказываемся перед контейнером, наши глаза бегают по номерам, пальцы переплетаются. Кто здесь? Кто спасен?

— Вот ты, — находит Кай, указывая рукой. Так и есть, дата моего рождения. И мое имя: «РЕЙЕС, КАССИЯ». Я резко втягиваю в себя воздух. Мое имя. Увидев его я, вспоминаю, что почувствовала, когда мое имя прозвучало на Банкете обручения. Оно напоминает мне о том, что когда-то я была частью целого. Что Общество проявляло огромную заботу о моем будущем.

— Меня здесь нет, — говорит Кай, наблюдая за мной.

— Ты, наверное, в другой провинции, — говорю я. — Ты можешь быть...

— Меня здесь нет, — повторяет Кай. И на какой-то миг, в сумерках пещеры и с его умением растворяться в любой тени, мне кажется, будто Кая и в самом деле нет. Только ощущение его руки, крепко сжимающей мою, доказывает, что это не так.

Хантер подходит и встает рядом со мной, и я пытаюсь объяснить.

— Это образцы тканей, — говорю я Хантеру, — кусочки кожи, волос или ногтей. Общество берет их у всех граждан, чтобы когда-нибудь в будущем воскресить каждого из нас. — При слове «нас» я невольно морщусь — большая вероятность, что в этой пещере хранится пробирка только с моим образцом. Да и то, наверное, потому лишь, что мне еще не успели сменить статус. Я снова смотрю на стены пещеры, на кости, зубы, раковины и панцири, вмурованные в камень. Если то, что мы есть, находится не в наших костях, оно должно быть в наших тканях. Где-то же оно должно быть.

Хантер смотрит на меня, потом переводит взгляд на пробирки. Он так долго не отводит взгляд, что я готовлюсь повторить свои объяснения, но тут Хантер вдруг засовывает руку в ящик и, прежде чем я успеваю его остановить, выхватывает одну из пробирок.

Сигнализация не срабатывает.

И это меня нервирует. Может быть, сейчас где-то в Обществе зажглась тревожная лампочка, сообщающая чиновникам о незаконном вторжении?

Хантер поднимает пробирку и светит на нее фонарем. Образцы настолько малы, что их не видно в растворе, плещущемся внутри.

Хрусть. Пробирка трескается, алая кровь течет по руке Хантера.

— Они убивали нас, чтобы сохранить себя, — говорит он.

Все смотрят на Хантера. На миг меня охватывает дикое, необузданное желание присоединиться к нему — открыть дверцы всех контейнеров, схватить что-нибудь, какую-нибудь палку. Сбросить на пол бесконечные ряды пробирок, сверкающих серебристо-синими отсветами. Провести по ним палкой и проверить, зазвенят ли они, как колокола. Мне интересно узнать, как прозвучит мелодия чужих жизней — фальшиво и тускло или, наоборот, сильно, чисто и глубоко, как настоящая музыка? Но я ничего не крушу. Вместо этого, пока все ошеломленно смотрят на Хантера, я делаю кое-что совсем другое, причем очень быстро.

Он разжимает руку, смотрит на кровь и жидкость, растекающуюся по его ладони. Я машинально отмечаю про себя надпись на пробирке: «ТАРСТОН, МОРГАН». Перевожу взгляд на Хантера. Чтобы раздавить пробирку в руке, нужна недюжинная сила, но он, похоже, не прикладывал никаких особых усилий.

— Зачем? — спрашивает Хантер. — Как? Они открыли способ возвращать людей обратно?

Теперь все молча смотрят на меня, ожидая, что я все объясню. И тогда во мне вскипает гнев и отчаяние. С чего они взяли, будто у меня есть ответы на все вопросы? Только потому, что я принадлежу Обществу больше, чем они все?

Как они не понимают, что существуют вещи, которых я не понимаю — ни в Обществе, ни в себе.

Кай дотрагивается до моей руки.

— Кассия, — тихо говорит он.

— Я не Ксандер! — огрызаюсь я, и мой голос слишком громко разносится в гулкой пещере. Кай морщится от этого звука. — Я ничего не понимаю в медицине. Не разбираюсь в таблетках. В хранении образцов тканей. Мне неизвестно, что Общество может, а чего не может! Я не знаю!

Несколько секунд все молчат. Инди первая приходит в себя.

— Секрет Ксандера, — громко говорит она, поворачиваясь к Каю. — Это как-то связано с ним?

Кай открывает рот, чтобы что-то сказать, но прежде чем успевает вымолвить хоть слово, мы все видим кое-что новое — красный огонек, вспыхнувший на крышке открытого Хантером контейнера.

Страх опаляет меня, и я не знаю, что пугает меня сильнее — Общество или Грот, в котором мы заперты.

33 ГЛАВА
КАЙ

Хантер хватает еще одну пробирку и давит ее в руке.

— Уходим отсюда, — говорю я Кассии и остальным. — Быстро!

Инди не медлит ни секунды. Она поворачивается, бросается к входу в пещеру и исчезает за скалами.

— Мы не можем бросить его здесь, — твердо говорит Кассия, глядя на Хантера, который не слышит и не видит ничего, кроме пробирок, хрустящих в его руках.

— Я попытаюсь уговорить его уйти вместе с нами, — обещаю я. — Но ты должна уйти. Немедленно.

— Он нужен нам, чтобы вылезти из каньона, — возражает Кассия.

— Инди тебе поможет. Иди! Я скоро.

— Мы будем ждать на перевале, — обещает Кассия. — Обществу понадобится время, чтобы добраться сюда.

«Если только они не были здесь неподалеку, — думаю я про себя. — Тогда они будут здесь в считанные минуты».

Когда все уходят, я поворачиваюсь к Хантеру.

— Хватит, — говорю я. — Идем с нами.

Он трясет головой и ломает еще одну пробирку.

— Нужно попробовать догнать крестьян, которые ушли в долину, — напоминаю я.

— Наверное, они все погибли, — отвечает он.

— Они ушли, чтобы примкнуть к Восстанию? — спрашиваю я.

Он не отвечает.

Я больше не пытаюсь его остановить. Одна пробирка, тысяча — какая разница? Общество и так обо всем узнает. Часть меня хочет присоединиться к Хантеру. Когда ты потерял все, почему не прихватить с собой столько, сколько сможешь, прежде чем они придут за тобой? Мне знакомо это чувство. Но другая, более темная часть моего существа, думает иначе. «Если он не пойдет с нами, то некому будет рассказать Кассии о Восстании и о том, как его найти. А я уверен, что Хантер это знает».

Поэтому я поворачиваюсь к выходу и нахожу подходящий камень. Отношу его Хантеру.

— Вот, попробуй этим, — предлагаю я. — Так будет быстрее.

Он не говорит ни слова, но берет у меня камень и поднимает его над головой. Потом обрушивает на ряд пробирок. Я слышу, как они бьются у меня за спиной, а сам протискиваюсь в трещину.

Выбравшись наружу, я прислушиваюсь, не гудят ли моторы аэротанкеров над ущельем.

Их нет.

Пока.

Они ждут меня.

— Ты должна была бежать вперед, — говорю я Кассии, но больше ничего не успеваю прибавить, потому что нужно быстрее пристегнуться и лезть. Вверх. Потом через. Очутившись на голом плато, я на мгновение задумываюсь, где мне лучше бежать, позади или впереди Кассии, чтобы надежнее защитить ее, но потом оказывается, что мы несемся рядом.

— Они нас найдут? — выдыхает Эли, когда мы возвращается в свой каньон.

— Будем по возможности идти по камням, чтобы не оставлять следов, — говорю я.

— Но кое-где тут один песок, — пугается Эли.

— Все нормально, — заверяю его я. — Все равно дождь пойдет.

Мы дружно задираем головы. Небо над нами цвета нежной предзимней голубизны. Серые облака висят на горизонте, но они еще далеко.

Кассия не забыла о том, что Инди сказала в пещере. Она подходит ко мне и дотрагивается до моей руки.

— О чем говорила Инди? — еле слышно шепчет она. — Что за секрет Ксандера?

— Понятия не имею, о чем она, — вру я.

При этом я стараюсь не смотреть на Инди. Ее ботинки хрустят по щебню у нас за спиной, однако она не оспаривает мои слова, и я знаю почему.

Инди хочет примкнуть к Восстанию и почему-то вообразила, будто я лучше других знаю, как это сделать. Она решила связать свою судьбу со мной, хотя я ей нравлюсь даже меньше, чем она мне.

Я беру Кассию за руку и прислушиваюсь, не летят ли аэротанкеры Общества, но их все еще нет.

Как и дождя.

Когда в тот далекий-далекий день мы с Ксандером приняли красные таблетки, то сначала сосчитали до трех, а потом одновременно проглотили. Я следил за его лицом. Не мог дождаться, когда же он забудет.

Но очень скоро я понял, что таблетка не подействовала, что он невосприимчив, как и я. Хотя до того я считал себя единственным.

— Ты должен был забыть, — сказал я Ксандеру.

— А я не забыл, — ответил он.

Кассия рассказала мне, что произошло в тот день, когда меня увезли из городка, — как она узнала, что Ксандер невосприимчив к красным таблеткам. Но она до сих пор не знает еще одного секрета Ксандера. «И я ничего ей не скажу, потому что это справедливо, — думаю я. — Потому что это его секрет, его право рассказать ей. Не мое».

Я стараюсь не думать о других причинах, удерживающих меня от того, чтобы открыть Кассии секрет Ксандера.

Потому что если она узнает, то может изменить свое мнение о нем.

И обо мне.

34 ГЛАВА
КАССИЯ

Инди несет свой рюкзак еще бережнее, чем раньше, и я гадаю, уж не случилось ли что-нибудь с ее осиным гнездом, когда она залезала в Грот. Она брала рюкзак с собой, и хотя она очень худенькая, я все равно не представляю, как ей удалось не только протащить его через узкий туннель, но и сохранить в целости все вещи. Ума не приложу, как хрупкая оболочка осиного гнезда могла не рассыпаться в труху.

Что-то в ее рассказе о матери и лодке кажется мне странным, эта история похожа на эхо, отлетевшее от дальней стены каньона, растеряв по пути часть сказанных слов. Я до сих пор не могу сказать, что знаю настоящую Инди. Но когда она снова поправляет на спине свой рюкзак, я вдруг представляю нежное кружево осиного гнезда внутри, вспоминаю рассыпавшуюся на куски картину номер девятнадцать и невесомые лепестки засохших роз. Я знаю Инди со времен трудового лагеря, и с тех пор она ни разу меня не подвела.

Кай оборачивается и торопит нас. Инди смотрит на него, и странное выражение, похожее на вожделение, тенью проходит по ее лицу.

Дождь всегда узнаешь по запаху раньше, чем услышишь или почувствуешь. Если из всех запахов Отдаленных провинций Каю больше всего нравится аромат шалфея, то я, наверное, назову своим любимым запах этого дождя, пахнущего древностью и будущим, камнем и небом, рекой и пустыней. Тучи, которые мы видели раньше, разлетаются от ветра, небо окрашивается лиловым, серым и синим, а солнце клонится к закату, когда мы наконец возвращаемся в поселок.

— Нам нельзя здесь долго оставаться, так? — тревожно спрашивает Эли, когда мы поднимаемся по тропинке к пещерным хранилищам. Раскаленный добела провод молнии пробегает между небом и землей, раскат грома прокатывается по каньону.

— Нет, — говорит Кай. Я с ним согласна. Опасность появления Общества в каньоне перевешивает угрозы, с которыми мы можем столкнуться в долине. Придется уходить.

— Но нужно зайти в пещеру, — говорю я. — Нам понадобятся запасы еды, и у нас с Инди нету книг или бумаг.

И еще, там может быть какая-нибудь информация о Восстании.

— Ливень даст нам немного времени, — соглашается Кай.

— Сколько? — спрашиваю я.

— Несколько часов, — отвечает он. — Общество не единственное, что нам угрожает. Сильный ливень может вызвать паводок, и тогда мы не сможем перебраться через ручей. И окажемся запертыми в пещере. Так что останемся, только пока не закончится гроза.

Это было очень долгое путешествие, но всего через несколько часов окончательно выяснится, найдем мы Восстание или нет. «И все-таки я пришла сюда не для того, чтобы найти Восстание, — напоминаю себе я. — Я пришла найти Кая и нашла. Что бы ни ждало нас дальше, мы все равно будем вместе».

Мы с Каем врываемся в пещерную библиотеку, к ждущим нас грудам ящиков. Инди идет следом.

— Как много, — ошеломленно ахаю я, открыв один из ящиков, доверху набитый бумагами и книгами. Передо мной совершенно новый вид отбора — слишком много страниц, слишком обширная история. Так вот, значит, как все было до того, как Общество начало редактировать, сокращать и урезать информацию для нашего употребления.

Некоторые страницы напечатаны, но многие написаны от руки разными людьми. Каждый почерк индивидуален, самобытен, как и люди, выводившие буквы. «Они все умели писать», — поражаюсь я, и вдруг меня охватывает паника.

— Как я пойму, что важно, а что нет? — спрашиваю я у Кая.

— Придумай ключевые слова, — советует он, — а потом ищи их. Что нам нужно знать?

Вместе мы составляем список. Восстание. Общество. Враг. Кормчий. Еще нам нужны сведения о воде, реке, спасении, пище и выживании.

— Ты тоже, — говорит Кай, поворачиваясь к Инди. — Складывай сюда все, где встречаются эти слова. — Он указывает на середину стола.

— Хорошо, — соглашается Инди. Несколько мгновений она молча смотрит Каю в глаза. Он выдерживает ее взгляд. Инди первая отводит глаза, раскрывает первую попавшуюся книгу и начинает перелистывать страницы.

Вскоре я нахожу нечто, что кажется мне любопытным — отпечатанную брошюру.

— Такие у нас уже есть, — говорит Эли. — Вик нашел целую кучу.

Я откладываю брошюру. Потом открываю следующую книгу и забываю обо всем, уткнувшись в стихотворение.

Падут — как снег —
Как звезды вдруг —
Как розы лепестки
Когда протянет к ним июнь
*Ветров своих персты...**

Это то самое стихотворение, из которого Хантер взял строчку для эпитафии на могиле Сары.

Страница со стихотворением оторвана и вложена в переплет, да и вся книга выглядит очень потрепанной и рассыпается в руках, как будто ее уже приготовили к сожжению в Реставрационном центре, но кто-то нашел ее, спас и бережно собрал останки. Части страниц все равно не хватает, верхнюю обложку явно заменили после утраты первоначальной. Теперь книга представля-

* Перевод А. Величанского.

10 Зак. 3443

ет собой параллелепипед плотно сброшюрованной бумаги, и мне не удается даже найти имени автора.

Я переворачиваю страницу и нахожу еще одно стихотворение.

Недосягаем ты, но я
Все ближе с каждым днем.
Три Реки и Холм у меня впереди,
Пустыня, простор морской.
Со счета собьюсь, вспоминая шаги,
Когда увижусь с Тобой.

Холм. А еще пустыня и путешествие — все это очень похоже на нашу с Каем историю. Я знаю, что должна искать что-нибудь полезное, но продолжаю читать, чтобы узнать, чем все закончится.

Пустыни две, но Год студен,
Пески не будут жечь,
Одна Пустыня позади,
Вторая люта, как смерть.
Сахара — бросовая цена,
За Десницы твоей привет.*

Я готова уплатить любую цену за то, чтобы быть с Каем. Мне кажется, я понимаю смысл стихотворения, хотя не знаю, что такое Сахара. Это слово немного похоже на «Сара», имя дочери Хантера, но мне кажется, что ребенок — слишком высокая цена за чью бы то ни было руку.

---

* Отрывки из стихотворения Эмили Дикинсон. Перевод В. Максимовой.

Смерть. Дедушкина смерть в Ориа: глазурь на тарелке; стихотворение в медальоне; чистые белые простыни; добрые последние слова. Смерть на вершине Разлома: черные отметины огня; широко распахнутые пустые глаза. Смерть в каньоне: синие линии на коже; дождь на лице девочки.

А в пещере — бесконечные ряды мерцающих пробирок.

Это никогда не будем мы, никогда. Даже если они поднимут наши тела из земли и воды, если заставят снова ходить и работать, это никогда не будет, как в первый раз. Что-то навсегда исчезнет. Общество не может возвратить нам это. Мы не можем сделать этого сами. Есть нечто особенное, неповторимое в том, чтобы жить впервые.

Кай откладывает одну книгу и берется за другую.

Тот ли он, кого я впервые полюбила?

Или мальчик, который в первый раз поцеловал меня по-настоящему? Каждая записка, переданная мне Ксандером, густо пропитана памятью, настолько живой, что я могу почти пощупать ее, попробовать и вдохнуть ее запах. Я почти слышу ее голос, зовущий меня обратно.

Раньше я всегда думала, что Ксандеру повезло родиться в городке, но теперь мне так больше не кажется. Кай так много потерял, но то, что у него осталось, язык не повернется назвать малостью. Он может создавать. Может писать собственные слова. Все, что Ксандер написал в своей жизни — печатал на порте или скрайбе, — не было его собственным. Другие всегда имели доступ к его мыслям.

Когда я снова ловлю взгляд Кая, все сомнения, посетившие меня, когда я увидела, как они переглядываются с Инди, исчезают без следа. В его взгляде нет ни тени скрытности.

— Что нашла? — спрашивает он.

— Стихотворение, — отвечаю я. — Мне нужно получше сосредоточиться.

— Мне тоже, — говорит Кай и улыбается. — Первое правило сортировки. Его несложно запомнить.

— Ты тоже умеешь сортировать? — с удивлением спрашиваю я. Он никогда не упоминал об этом. Вообще-то, это специальный навык, большинство людей им не владеют.

— Патрик научил меня, — тихо говорит Кай.

Патрик? Шок, должно быть, отразился на моем лице.

— Они думали, Мэтью мог бы стать сортировщиком, — объясняет Кай. — Патрик хотел, чтобы я тоже умел это делать. Он знал, что я все равно никогда не получу хорошее назначение. Хотел, чтобы я смог пользоваться своими умственными способностями и после того, как мне будет запрещено посещать школу.

— Но как он тебя учил? Все порты зарегистрировали бы твой вход, если бы Патрик воспользовался ими!

Кай кивает.

— Патрик придумал другой способ, — он сглатывает и быстро косится в другой угол пещеры, на Инди. — Твой отец как-то рассказал Патрику о том, что ты сделала для Брэма — как ты придумала для него игры, в которые можно играть на скрайбе. Это натолкнуло Патрика на мысль. Он придумал нечто похожее.

— И чиновники ничего не заметили?

— Он не давал мне свой скрайб, — объясняет Кай. — Он купил мне отдельный, у архивистов. И подарил в тот день, когда я получил назначение на работу в центре распределения питания. Так я узнал о существовании архивистов в Ориа.

Лицо Кая замкнуто, голос звучит отстраненно. Я узнаю этот взгляд. Так он выглядит, когда говорит о том, о чем очень долго молчал или вообще никогда никому не рассказывал.

— Мы заранее знали, что мне не приходится ждать хорошего распределения. Так что я не был удивлен, получив его. Но после того как чиновник ушел, — Кай ненадолго замолкает, погрузившись в воспоминания, — я пошел в свою комнату и вытащил компас. Я долго сидел и держал его в руке...

Мне хочется подойти и дотронуться до него, взять за руку, вложить компас ему в ладонь. Слезы наворачиваются мне на глаза, когда я слушаю, как он еле слышно рассказывает свою историю.

— Потом я встал, надел свою новую синюю спецодежду и отправился на работу. Аида и Патрик не сказали ни слова. Я тоже.

Он смотрит на меня, и я протягиваю ему руку в надежде, что он нуждается в моем прикосновении. Так и есть. Его пальцы переплетаются с моими, и я чувствую, что приняла в себя еще одну часть его истории. Все это случилось с Каем, когда я сидела у себя дома, на той же улице, ела свою готовую еду, слушала порт и мечтала о прекрасной жизни, которая вот-вот будет предоставлена мне, как предоставлялось все остальное.

— Вечером того же дня Патрик вернулся домой со скрайбом, который выменял на черном рынке. Он был старый. Тяжелый. Со смешным допотопным экраном. Сначала я сказал Патрику унести его обратно. Я думал, он слишком сильно рискует. Но он велел мне не беспокоиться. Сказал, что когда погиб Мэтью, мой отец прислал ему страницу старой книги. Вот ее он и отдал архивистам. Патрик сказал, что уже давно решил обменять эту страницу на что-нибудь нужное для меня. Мы пошли на кухню. Патрик считал, что гул мусоросжигателя заглушит звук скрайба. Мы встали так, чтобы порт нас не видел. Ну вот. Так он научил меня сортировке — в основном молча, без слов, просто показывал, что и как делать. Этот скрайб я прятал вместе с компасом у себя в комнате.

— Но ведь чиновники отобрали у нас все артефакты, — говорю я. — Как же ты его спрятал?

— К тому времени, когда они пришли, я уже обменял свой скрайб, — отвечает Кай. — На стихотворение, которое подарил тебе на день рождения. — Он улыбается мне, его глаза снова обращены на меня. Он снова здесь, со мной, в Отдаленных провинциях. Мы зашли так далеко.

— Кай, — шепчу я. — Это было так опасно! Что, если бы они поймали тебя с тем стихотворением?

Он улыбается.

— Даже в тот раз ты спасла меня. Если бы тогда, на малом холме, ты не рассказала мне о стихотворении Томаса, я бы никогда не пошел к архивисту менять свой скрайб на слова. Чиновники накрыли бы нас с Патриком. Одну страничку спрятать гораздо проще, чем скрайб. — Он проводит рукой по моей щеке. — Но благодаря тебе они ушли из нашего дома с пустыми руками. Ведь к тому времени я отдал тебе и компас.

Я обнимаю его. Общество ничего не отняло у него, потому что он все обменял, все отдал ради меня. Какое-то время мы оба молчим.

Потом Кай слегка отстраняется и показывает на страницу книги, раскрытой на столе перед нами.

— Вот, — говорит он. — Река. Одно из слов, которые мы ищем.

И то, как он произносит это, сам звук его голоса и движение губ вызывают у меня желание бросить все книги и навсегда остаться в этой пещере или в одном из домиков у воды, пытаясь разгадать только один секрет — секрет Кая.

35 ГЛАВА
КАЙ

Я листаю страницы крестьянских историй, и моя собственная история проходит у меня перед глазами. Она возвращается вспышками, как молния, полыхающая за стенами пещеры. Ярко. Стремительно. Не могу понять, что делают эти вспышки — открывают мне глаза или ослепляют. Ливень хлещет, и я представляю себе бурную реку, несущуюся по дну ущелья, сметающую все перед собой. Вот она захлестывает имя, выбитое на маленьком камне над могилой Сары, обнажает ее кости.

Меня охватывает паника. Я боюсь оказаться запертым в этой пещере! Я не могу так близко подойти к свободе и потерпеть неудачу.

Мне попадается тетрадка с линованными страничками, исписанными детскими каракулями. С-С-С. Трудная буква для новичка. Кто писал ее, может быть, дочка Хантера?

«Мне кажется, ты уже достаточно взрослый, — говорит отец, протягивая мне палочку хлопчатника, который принес с собой из каньона. У него тоже такая есть, я видел, как он писал ею на глине, мокрой после вчерашнего ночного дождя. — Я научился этому в каньонах. Смотри. Буква "К". Первая буква твоего имени. Считается, что первым делом нужно научиться писать свое имя. Даже если человек так никогда и не выучится писать другие слова, этого у него уже не отнять».

Потом он сказал мне, что собирается учить и других детей.

«Зачем?» — спросил я. Мне было пять. Я не хотел, чтобы мой папа учил кого-нибудь, кроме меня.

Он понял, о чем я думаю.

«Не умение писать делает человека интересным, — сказал он. — А то, что он пишет».

«Но если все будут уметь писать, я не буду особенным», — возразил я.

«Это не самое главное в жизни», — ответил отец.

«Но ты-то хочешь быть особенным, — сказал я. Даже тогда я знал это. — Ты хочешь стать Кормчим».

«Я хочу стать Кормчим, чтобы помогать людям», — объяснил мне отец.

И тогда я кивнул. Я верил ему. Думаю, он и сам себе верил.

Еще одно воспоминание оживает у меня перед глазами: папа вручил мне записку, чтобы я обежал все крестьянские дома и дал соседям прочитать написанное. В записке говорилось о времени и месте следующего собрания, и отец сжег ее, когда я вернулся домой.

«Что вы будете обсуждать на собрании?» — спросил я отца.

«Крестьяне опять отказались примкнуть к Восстанию», — ответил он.

«И что ты будешь делать?» — поинтересовалась мама.

Мой отец любил крестьян. Пусть они не были участниками Восстания, но они научили его писать. Что касается Восстания, то оно добралось до отца еще до того, как нас деклассифицировали. Мятежники планировали сражаться, а моему отцу всегда нравилось сражаться.

«Я останусь верным Восстанию, — ответил он маме. — Но буду продолжать торговать с крестьянами».

Инди подается вперед и ловит мой взгляд. Потом украдкой улыбается и кладет руки на свой рюкзак, давая понять, что положила туда что-то. Что она отыскала?

Я смотрю на нее до тех пор, пока она не отворачивается. Что бы там ни было, она не показала этого Кассии. Попозже я должен все выяснить.

Через несколько месяцев после последнего обстрела отец научил меня работать с проводкой. Это была его работа — чинить всю электрику в нашей деревне. У нас все постоянно ломалось, и мы привыкли к этому. Все наши приборы были отбросами Общества, как и мы сами. Подогреватели еды постоянно выходили из строя. У нас поговаривали даже, что вся еда, которую Общество поставляло нам, на самом деле была массовой продукцией со стандартным набором витаминов в отличие от индивидуально подобранной пищи, которой кормили граждан других провинций.

«Если ты будешь выполнять мою работу, — сказал отец, — например, чинить пищевые автоматы и подогреватели в домах, я смогу отлучаться в каньон. Никто не расскажет Обществу, что ты меня заменяешь».

Я кивнул.

«Не каждый может работать руками, — продолжал отец, садясь рядом со мной. — Но у тебя получается. Ты унаследовал это от нас обоих».

Я посмотрел на маму, занятую своим рисованием, и снова перевел глаза на провода.

«Я всегда знал, чего хотел, — сказал отец. — Я знал, как заработать поменьше баллов, чтобы получить назначение на выполнение мелкого ремонта».

«Это было рискованно», — заметил я.

«Было, — не стал спорить отец. — Но я всегда добиваюсь того, что мне нужно, — он улыбнулся мне и обвел взглядом Отдаленные провинции, которые так любил и которые были его домом. Потом посерьезнел. — Ну вот. Давай посмотрим, сумеешь ли ты выполнять мою работу».

Я соединил провода, платы и таймер так, как он показал, с одним небольшим изменением.

«Отлично, — воскликнул отец, явно довольный результатом. — У тебя есть интуиция! Общество полагает, будто ее не существует, но это не так».

Затем мне в руки попадает тяжелая книга с выдавленным на переплете словом «ГРОССБУХ». Я бережно листаю страницы, начиная с конца и продвигаясь к началу.

Частично я ожидал этого, но мне все равно больно видеть записи об отцовских сделках. Я узнаю их по его подписи на строчках и по указанным датам. Мой отец был одним из последних, кто осмеливался торговать с крестьянами после того, как жизнь в Отдаленных провинциях становилась все более и более опасной. Он считал, что прекратить связи с каньоном будет признаком слабости.

Как говорилось в брошюрах, Кормчий был всегда, но при этом другие люди готовились занять его место, когда наступит срок. Мой отец так и не стал Кормчим, но он был из тех, кто стоял в очереди на его место.

«Делай, что тебе говорит Общество, — сказал я ему, когда стал старше и понял, как сильно он рискует. — Только так ты не навлечешь на нас неприятности».

Но разве он мог удержаться? Он был умным и расчетливым, но при этом слишком деятельным и никогда не умел вовремя остановиться. Я видел это, даже когда был ребенком. Ему было мало просто ходить в каньоны и торговать — нет, ему нужно было принести оттуда умение писать. Ему было мало научить этому меня — он должен был обучить этому всех детей в деревне, а потом и их родителей. Ему было мало узнать о Восстании — он хотел принять в нем участие.

Это он виноват, что мы погибли. Он слишком торопил события и слишком рисковал. Люди бы никогда не стали собираться вместе, если бы не он.

А после последнего обстрела кто вернулся, чтобы забрать выживших?

Общество. Не Восстание. Я видел, как они бросают тех, кто больше не может принести им пользу. Я боюсь Восстания. И даже больше — я боюсь того, кем мне придется стать там.

Я подхожу к тому месту, где стояла Инди, когда спрятала что-то в свой рюкзак. На столе передо мной водонепроницаемая коробка с картами.

Я смотрю на Инди. Она не отрывается от своего занятия. Ее пальцы переворачивают страницы книги, а опущенная голова напоминает мне колокольчик юкки, клонящийся к земле.

— У нас мало времени, — говорю я, поднимая коробку. — Я постараюсь найти карту для каждого из нас, на случай, если мы вдруг расстанемся.

Кассия кивает. Она нашла что-то интересное. Я не вижу, что именно, зато вижу ее сияющее от радости лицо и тело, трепещущее от восторга. Одна мысль о Восстании воодушевляет ее. Это то, чего она хочет. Может быть, это та судьба, которой хотел для нее ее дедушка.

«Я знаю, что ты пришла в Разлом ради меня, Кассия. Но Восстание — это единственное место, куда я вряд ли смогу отправиться ради тебя».

36 ГЛАВА
КАССИЯ

Кай кладет карту на стол, берет маленький черный карандаш.

— Я нашел еще одну карту, которая может нам пригодиться, — говорит он, начиная делать пометки на листе. — Только ее нужно слегка подправить. Она немного устарела.

Я беру следующую книгу, перелистываю страницы, ища что-нибудь полезное, но вместо этого начинаю сочинять стихотворение. Оно не для Кая, а про него, и я невольно пытаюсь подражать неизвестному автору найденного мной стихотворения.

Я на карте отметил каждую боль,
Каждую смерть, все страданья и беды.
Я закончил, и мир стал сплошной чернотой,
В нем не осталось места для снега.

Я поднимаю глаза на Кая. Его руки размечают карту так же быстро и точно, как пишут, так же уверенно, как обнимают меня.

Он не смотрит на меня, и я чувствую себя разочарованной. Я хочу его. И еще я хочу знать, о чем он думает и что чувствует. Почему он умеет сидеть так тихо, держаться так спокойно, видеть так ясно?

Как он может одновременно притягивать и отстранять меня?

— Мне нужно выйти проветриться, — говорю я чуть позже и с досадой вздыхаю. Мы не нашли ничего конкретного — только бесчисленные страницы истории и пропаганды о Восстании, Обществе и крестьянах. Сначала мы пребывали в полном восторге, но теперь я замечаю, что река неумолимо поднимается все выше и выше. У меня ноет спина, болит голова, в груди закипает нарастающая паника. Неужели я утратила навык к сортировке? Сначала неправильное решение с синими таблетками, теперь еще это.

— Гроза прекратилась?

— Наверное, — отвечает Кай. — Сейчас посмотрим.

Эли сладко спит в пещере с продуктовыми запасами, вокруг него стоят рюкзаки, набитые яблоками.

Мы с Каем выходим наружу. Дождь еще идет, но воздух больше не наэлектризован грозой.

— Когда рассветет, можем выходить, — говорит Кай.

Я смотрю на него, на темный профиль, слабо освещенный светом фонаря в его руке. Общество никогда не додумается, как внести это в микрокарту.

«Он свой на этой земле. Он умеет убегать». Им никогда не найти слов, чтобы описать его.

— Мы так ничего и не нашли, — с невеселым смешком говорю я. — Если я когда-нибудь вернусь обратно, Обществу придется поменять мою микрокарту. Запись «проявляет исключительные способности к сортировке» придется удалить.

— То, что ты делаешь, намного больше, чем сортировка, — просто отвечает Кай. — Нам всем нужно немного поспать, если сможем.

«Он гораздо меньше, чем я, одержим поисками Восстания, — вдруг понимаю я. — Он пытается помочь мне, но если бы меня здесь не было, он бы никогда не стал искать возможность присоединиться к восставшим». Внезапно на память мне приходят строки недавнего стихотворения. *Недосягаем Ты...*

Я поспешно отгоняю эти слова. Просто я устала, только и всего, вот и расстраиваюсь по пустякам. А потом вдруг вспоминаю, что до сих пор не знаю всей истории Кая. Несомненно, у него есть причины вести себя так, просто я их не знаю.

Я думаю обо всем, что он умеет — писать, вырезать по камню и дереву, рисовать — и вдруг, совершенно неожиданно, испытываю острый прилив горечи при виде темного силуэта Кая, стоящего на краю пустого поселка. *«Таким, как он, нет места в Обществе,* — думаю я. — *В Обществе не нужны те, кто умеет создавать. Кай столько всего может, он обладает такими редкими, бесценными умениями, но Обществу на все это наплевать»*.

Может быть, глядя на этот опустевший поселок, Кай видит в нем место, которое могло бы стать его домом? Место, где он мог бы писать вместе с другими людьми, где красивые девушки с настенных картин умели бы танцевать?

— Кай, — прошу я. — Я хочу узнать остальные части твоей истории.

— Все? — спрашивает он, и голос его звучит очень серьезно.

— Все, что ты захочешь мне рассказать, — отвечаю я.

Он смотрит на меня. Я подношу его руку к своим губам, целую костяшки его пальцев, царапины на ладони. Он закрывает глаза.

— Моя мать рисовала водой, — тихо говорит Кай. — А отец играл с огнем.

37 ГЛАВА
КАЙ

Пока идет дождь, я могу придумывать историю для нас. Историю, которую я написал бы, если бы мог.

«И тогда они оба забыли о Восстании и остались в этом поселке. Они гуляли среди брошенных домов. Они сажали семена весной и собирали урожай осенью. Они окунали ступни в ручей. У них был запас стихотворений. Они шептали друг другу слова, которые эхом облетали голые стены каньона. Их губы и руки соприкасались, когда им этого хотелось, и не расставались столько, сколько им хотелось».

Но даже в моей версии того, что могло бы быть, я не могу ни переделать нас, ни избавиться от тех, кого мы любим.

«Очень скоро другие люди стали посещать их мысли. Брэм наблюдал за ними грустными, тоскующими глазами. Появлялся Эли. Их родители прохо-

дили мимо, поворачивали головы, ища детей, которых они любили.

И Ксандер тоже был здесь».

Когда мы снова возвращаемся в пещеру, проснувшийся Эли уже перебирает бумаги вместе с Инди.

— Мы не можем искать вечно, — говорит он, и я слышу подступающую панику в его голосе. — Общество нас найдет!

— Еще немножко, — успокаивает его Кассия. — Я уверена, тут есть что-то нужное.

Инди откладывает книгу, которую держала в руках, и закидывает на плечо рюкзак.

— Я спущусь вниз, — говорит она. — Еще разок взгляну на дома, вдруг мы что-нибудь упустили. — Выходя из пещеры, она ловит мой взгляд, и я вижу, что Кассия это заметила.

— Как ты думаешь, они поймали Хантера? — спрашивает Эли.

— Нет, — говорю я. — Мне кажется, Хантер закончит свое дело, как сумеет.

— Этот Грот, — ежится Эли, — он такой... жуткий.

— Я знаю, — отвечаю я. Эли трет глаза запястьями и берет очередную книгу. — Отдохни еще, Эли, — советую я ему. — Мы пока сами поработаем.

Эли обводит глазами стены.

— Интересно, почему они здесь ничего не нарисовали?

— Эли, — повторяю я, на этот раз тверже. — Отдыхай.

Он сворачивается на одеяле, теперь уже в углу библиотеки, чтобы быть поближе к нам. Кассия заботливо отворачивает от него свет фонаря. Она отбрасывает волосы с лица, и я вижу, что под глазами у нее залегли тени усталости.

— Тебе тоже нужно поспать, — говорю я.

— Здесь что-то есть, — упрямо отвечает Кассия. — И я должна это найти. — Она улыбается мне. — Понимаешь, я чувствовала то же самое, когда искала тебя. Порой мне кажется, что я становлюсь сильнее, когда ищу.

Это правда. Так оно и есть. И я люблю ее за это.

Вот почему я буду и дальше лгать ей о секрете Ксандера. Если я расскажу, она перестанет искать ответ самостоятельно.

Я встаю.

— Пойду помогу Инди, — говорю я Кассии. Пора узнать, что скрывает эта Инди.

— Ладно, — соглашается Кассия. Она отрывает руки от книги, и страница, которую она только что читала, сразу становится никчемной и ничем не примечательной. — Будь осторожен.

— Буду, — обещаю я. — Скоро вернусь.

Инди несложно разыскать. Мерцающий свет в одном из домов внизу выдает ее присутствие, как она и рассчитывала. Я спускаюсь по скалистой тропке, ставшей скользкой после дождя.

Подойдя к дому, я первым делом заглядываю в окно. Стеклянная панель помутнела от времени и воды, но сквозь нее я все равно вижу Инди. Фонарь лежит рядом с ней, а в руках она держит еще что-то, дающее свет.

Минипорт.

Она слышит мои шаги. Я выбиваю порт у нее из руки, но не успеваю схватить его. Порт ударяется о землю, но не разбивается. Инди с облегчением переводит дух.

— Ну, давай, — насмешливо цедит она. — Взгляни, раз хочешь.

Она говорит приглушенно. В ее тихом голосе я чувствую отголосок какого-то сильного желания. Ее слова не заглушают шум реки в каньоне. Инди поворачивается и дотрагивается до моей руки. Я впервые вижу, чтобы она по своей воле прикоснулась к кому-то, и это удерживает меня от намерения втоптать минипорт башмаком в половицы.

Я смотрю на экран, и знакомое лицо смотрит на меня.

— Ксандер, — изумленно выдыхаю я. — У тебя есть фотография Ксандера... Но как... — В следующую секунду до меня доходит. — Ты украла микрокарту Кассии!

— Вот что она помогла мне спрятать в аэротанкере, — без тени раскаяния говорит Инди. — Она ни о чем не догадалась. Я спрятала карту в ее таблетки, а потом забрала, чтобы посмотреть, что там на ней. — Она нагибается и выключает минипорт.

— Ты нашла его в пещерной библиотеке? — спрашиваю я. — Этот минипорт?

Инди качает головой.

— Да нет. Я украла его перед тем, как мы сбежали в каньоны.

— Но как?

— Стащила у главаря мальчишек в деревне в ту ночь, когда мы убежали. Ему следовало бы получше следить за своим добром. Все Отклонения умеют воровать.

«Не все, Инди, — сердито думаю я. — Только некоторые».

— Они знают, где мы? — спрашиваю я. — Порт передает сигнал местонахождения?

Мы с Виком так и не узнали, на что способны эти минипорты.

Инди беспечно пожимает плечами.

— Не думаю. Общество и так сюда явится, после того, что случилось в Гроте. Но я не минипорт тебе хотела показать. С ним я просто убивала время, дожидаясь, когда ты явишься.

Я хочу сказать ей, что она не имела права воровать у Кассии, но Инди лезет в свой рюкзак и вытаскивает оттуда сложенный квадрат какой-то толстой ткани. Кажется, брезента.

— Ты должен взглянуть вот на это, — она разворачивает материал. И я вижу карту. — Мне кажется, здесь обозначен путь к Восстанию, — говорит Инди. — Взгляни.

Все названия на карте закодированы, но местность знакомая: край Разлома и долина за ним. Только вместо изображения гор, в которые ушли крестьяне, здесь указан ручей, возле которого погиб Вик. Ручей проходит через всю долину и спускается в нижнюю часть карты. Он заканчивается чернильной чернотой, по которой разбросаны белые зашифрованные слова.

— Я думаю, это океан, — объясняет Инди, дотрагиваясь до черного пятна. — А эти слова обозначают острова.

— Почему ты не отдала карту Кассии? — спрашиваю я. — Она сортировщица!

— Потому что хотела отдать ее тебе, — отвечает Инди. — Потому что ты тот самый.

— О чем ты?

Она с досадой мотает головой.

— Я знаю, ты сможешь подобрать шифр. Ты умеешь сортировать.

Она права. Я умею сортировать. И я уже понял, о чем говорят белые слова: *Возвращайтесь Домой.*

— Откуда ты знаешь, что я умею сортировать? — спрашиваю я, откладывая карту и притворяясь, будто не расшифровал ее.

— Подслушала, — отвечает Инди. Потом она наклоняется вперед. Когда мы сидим вот так в свете фонаря, кажется, будто весь остальной мир утонул в черноте и я остался наедине с Инди и ее представлением обо мне. — Я знаю, кто ты такой. — Она наклоняется еще ближе. — И кем ты должен стать.

— И кем же я должен стать? — спрашиваю я. Нет, я не отстраняюсь. Инди улыбается.

— Кормчим, — отвечает она.

Я смеюсь и откидываюсь назад.

— Нет. Кстати, а как же то стихотворение, которое ты рассказала Кассии? Там говорится о женщине Кормчем.

— Это не стихотворение! — горячо восклицает Инди.

— Песня, — догадываюсь я. — Эти слова когда-то произносились под музыку...

Мне следовало догадаться.

Инди раздраженно выдыхает.

— Не имеет значения, откуда придет Кормчий, мужчина он или женщина! Смысл все равно один. Теперь я это понимаю.

— Но я-то все равно не Кормчий.

— Кормчий, — твердо возражает она. — Ты не хочешь им быть, поэтому бежишь от Восстания. Кто-то должен привести тебя к восставшим. Это я и пытаюсь сделать.

— Восстание совсем не такое, каким ты его себе представляешь, — вздыхаю я. — Это не движение Аномалий, Отклонений, мятежников и одиночек, борющихся за свою свободу. Это организация. Система.

Инди пожимает плечами.

— Какая разница. Чем бы оно ни было, я хочу к нему примкнуть. Я мечтаю об этом всю свою жизнь.

— Если ты считаешь, что это приведет нас к Восстанию, то зачем даешь ее мне? — спрашиваю я, поднимая карту. — Почему не отдала ее Кассии?

— Потому что мы с тобой одного поля ягоды, — шепотом отвечает Инди. — Ты и я. Мы похожи больше, чем ты с Кассией. Мы можем сбежать прямо сейчас. Ты и я.

Она снова права. Я вижу себя в Инди. Я испытываю к ней жалость, такую острую, что она может перейти в другое чувство. В сопричастность. Чтобы выжить, нужно во что-то верить. Инди выбрала Восстание. Я — Кассию.

Инди очень долго таилась. Пряталась. Убегала. Стремилась. Я кладу свою руку рядом с ее рукой. Я не касаюсь ее пальцев. Но она видит отметины на моей руке. Первый период моей жизни в Отдаленных провинциях оставил мне шрамы, которых не может быть у граждан Общества.

Инди опускает глаза на мою кисть.

— Давно? — спрашивает она.

— Что давно?

— Давно ты стал Отклонением?

— С детства, — отвечаю я. — Мне было три, когда нас деклассифицировали.

— Из-за кого?

Мне не хочется отвечать на этот вопрос, но я вижу, что Инди уже на пределе. Как будто ее удерживают только стены каньона. Если я сделаю неверный шаг, она обернется через плечо, шагнет вперед и решит все вопросы падением. Значит, придется дать ей небольшую часть моей истории.

— Из-за моего отца, — говорю я. — Мы были гражданами и жили в Обществе. В одной из Приграничных провинций. Потом Общество обвинило моего отца в связях с восставшими и сослало нас в Отдаленные провинции.

— Он был мятежником? — уточняет Инди.

— Был, — киваю я. — И потом, когда мы перебрались в Отдаленные провинции, он уговорил жителей нашей деревни примкнуть к Восстанию. И почти все они погибли.

— Но ты все равно его любишь, — тихо говорит Инди.

Вот теперь она довела меня до предела. И знает это. Но я должен сказать правду, если хочу помочь ей продержаться.

Я делаю глубокий вдох.

— Конечно, люблю.

Я сказал это.

Ее рука лежит рядом со мной на растрескавшихся от времени половицах. Хлещущий снаружи дождь падает золотыми и серебряными струями в луче моего фонаря. Не раздумывая, я бережно дотрагиваюсь до пальцев Инди.

— Инди, — говорю я. — Я не Кормчий.

Она трясет головой. Она мне не верит.

— Просто прочти карту, — исступленно шепчет она. — Тогда ты все узнаешь!

— Нет, — отвечаю я. — Из карты я всего не узнаю. Не узнаю твою историю. — Да, это жестоко, потому что доверить кому-то свою историю означает позволить ему узнать тебя. Дать возможность причинить тебе боль. Вот почему я открываю свою историю только по частям и только Кассии. — Если я пойду с тобой, я должен тебя узнать. — Да, я лгу. Я не собираюсь уходить с Инди и не хочу присоединяться к Восстанию. Интересно, догадывается она об этом или нет? — Все началось, когда ты сбежала, — подсказываю я, чтобы разговорить ее.

Инди смотрит на меня, взвешивая. Неожиданно, несмотря на всю ее резкость, мне хочется обнять ее и прижать к себе. Не так, как я обнимаю Кассию. Но как сестру по судьбе, которая тоже знает, что значит быть Отклонением.

— Все началось, когда я сбежала, — медленно повторяет Инди.

Я подаюсь вперед, приготовившись выслушать ее рассказ. Теперь, погрузившись в воспоминания, Инди говорит гораздо мягче, чем обычно.

— Я хотела убежать из трудового лагеря. Когда они поймали меня и притащили в аэротанкер, я подумала, что потеряла последнюю возможность спастись. Я знала, что в Отдаленные провинции нас везут на смерть. А потом я увидела на борту Кассию. Там ей было не место, как и в лагере. Я рылась в ее вещах и знала, что она не Отклонение. Так зачем тогда она пробралась на борт судна? Что она собиралась найти? — рассказывая, Инди смотрит мне в глаза, и я вижу, что она говорит правду. Впервые за все это время она до конца откровенна. И еще она очень красивая, когда не замыкается. — Потом, уже в деревне, я подслушала, как Кассия расспрашивала того мальчика о Кормчем и о тебе. Она хотела отправиться за тобой, и вот тогда я впервые подумала, что ты можешь оказаться Кормчим. Я думала, Кассия знает об этом, но держит от меня в тайне.

Инди невесело смеется.

— Позже я поняла, что она мне не врала. Она не говорила мне, что ты Кормчий, потому что до сих пор не догадалась об этом.

— Она права, — тихо повторяю я. — Я не Кормчий.

Инди раздраженно мотает головой.

— Ладно. А как насчет красной таблетки?

— При чем тут красная таблетка?

— При том, что она на тебя не действует, скажешь, нет?

Я не отвечаю, но Инди и так знает ответ.

— На меня тоже не действует, — говорит она. — И я уверена, что с Ксандером та же история. — Она не ждет, чтобы я подтвердил или опроверг ее слова, ей этого не нужно. — Я думаю, некоторые из нас особенные. Восстание каким-то образом нас избрало. Иначе с чего бы нам быть невосприимчивыми? — Голос ее дрожит от волнения, и я понимаю, что она чувствует. Что ж, скачок из отверженных в избранники — заветная мечта всех Отклонений от нормы.

— Даже если это так, мятежники палец о палец не ударили, чтобы спасти нас от смерти, на которую нас обрекло Общество, — сухо напоминаю я.

Инди презрительно смотрит на меня.

— С какой стати им нас спасать? — хмыкает она. — Ведь если мы не сумеем сами найти к ним дорогу, то не заслуживаем права вступить в ряды восставших. — Она вскидывает подбородок. — Я не знаю точно, что написано на карте, но вижу главное — там указан путь к Восстанию. Там все в точности, как моя мама говорила. Черное пятно — это океан. Там, где буквы — там остров. Нам просто нужно туда добраться. И карту нашла я. А не Кассия.

— Ты ей завидуешь, — говорю я. — Ты поэтому позволила ей выпить синюю таблетку?

— Нет, — с искренним удивлением отвечает Инди. — Я вообще не видела, как она ее выпила. Если бы видела, остановила бы. Я не хочу, чтобы она умерла.

— Но хочешь бросить ее здесь. И Эли тоже.

— Это не одно и то же, — спокойно возражает Инди. — Какая опасность ей угрожает? Общество найдет ее и вернет обратно, туда, где ей место. С ней все будет в порядке. И с Эли тоже. Он слишком мал. Наверное, его отправили сюда по ошибке.

— А если нет? — спрашиваю я.

Инди смотрит мне в лицо долгим, пытливым взглядом.

— Ты бросил людей, а сам сбежал. Не притворяйся, будто не знаешь, как это делается.

— Но я не брошу Кассию.

— Я так и думала, — кивает Инди. Но она не проиграет. — Думаешь, зачем я отдала тебе ту бумажку, где говорилось о секрете Ксандера? Чтобы напомнить тебе кое о чем, когда дойдет до дела.

— О чем напомнить?

Инди торжествующе улыбается.

— О том, что тебе все равно придется примкнуть к Восстанию! Не хочешь бежать со мной? Отлично. Но ты все равно присоединишься к Восстанию, как ни крути. — Она берет свой минипорт, и я ее не останавливаю. — Ты присоединишься к нему, потому что тебе нужна Кассия, а Восстание — то, что нужно ей.

Я качаю головой. Нет.

— Тебе не кажется, что тебе выгоднее быть в Восстании? — прямо спрашивает Инди. — Может, даже быть лидером? А иначе с какой стати ей выбирать тебя, если она может заполучить Ксандера?

С какой стати Кассии выбирать меня?

«Предполагаемый вид деятельности: рабочий в центре распределения питания, подсадной крестьянин.

Предполагаемые шансы на успех: не применимо к “Отклонениям от нормы”.

Предполагаемая продолжительность жизни: 17. Послан на смерть в Отдаленные провинции».

Кассия, конечно, возразит, что не смотрит на меня глазами Общества. Она скажет, что их данные ничего для нее не значат.

И это правда. Отчасти поэтому я ее люблю.

Но я не думаю, что Кассия выбрала бы меня, если бы знала о секрете Ксандера. Инди дала мне записку, потому что хотела воспользоваться моими сомнениями в Кассии и Ксандере. Но и записка и секрет означают гораздо больше, чем она думает.

Должно быть, что-то отразилось у меня на лице. Наверное, я чем-то выдал, что все сказанное Инди — правда. Ее глаза распахиваются, и я почти вижу, как она расставляет все по местам: мое нежелание примкнуть к Восстанию. Лицо Ксандера с микрокарты. Свою собственную одержимость Ксандером и поиском восставших. Все эти мысли тасуются в лихорадочном, но безупречно настроенном калейдоскопе острого и независимого ума Инди, складываясь в картину, которая сейчас откроет ей правду.

— Вот оно что, — протягивает она, и в ее голосе слышна уверенность. — Ты не можешь позволить ей уйти в Восстание без тебя, потому что боишься ее потерять. — Инди торжествующе улыбается. — Потому что секрет заключается вот в чем: Ксандер — участник Восстания!

Это случилось за неделю до Банкета обручения.

Они подошли ко мне, когда я шел домой и сказали: «Разве ты не устал, разве ты не проиграл, разве ты не хочешь победить, разве ты к нам не придешь, разве ты к нам не примкнешь? С нами только сможешь победить». Я ответил им — нет. Я сказал, что уже видел, как они проигрывают, и что лучше сделаю это без них.

Ксандер отыскал меня следующим вечером. Я был перед домом, высаживал новые розы в клумбу Патрика и Аиды. Он остановился передо мной, улыбнулся и сделал вид, будто мы болтаем о чем-то пустяшном и незначительном.

«Ты вступил?» — спросил он.

«Куда вступил?» — переспросил я. И вытер пот со лба. Тогда мне нравилось копаться в земле. Я еще не знал, как много мне придется копать в скором времени.

Ксандер наклонился, притворившись, будто помогает мне.

«К восстанию, — тихо ответил он. — Против Общества. На этой неделе ко мне подошли. Ты ведь тоже среди них, верно?»

«Нет», — ответил я Ксандеру.

Он удивленно округлил глаза.

«Но я думал, ты должен быть там. Я был уверен в этом».

А я покачал головой.

«Я думал, мы будем там вместе, — продолжал он. Его голос звучал как-то странно, почти растерянно. Я впервые слышал, чтобы Ксандер так говорил. — Я думал, ты уже давно все об этом знаешь. — Он помолчал. — Как ты думаешь, ее они тоже спрашивали?»

Мы оба знали, о ком он говорит. О Кассии. Конечно же.

«Не знаю, — сказал я Ксандеру. — Это вероятно. Они спросили нас с тобой. Значит, у них есть список людей, которых нужно попробовать привлечь в нашем городке».

«Что происходит с теми, кто отказывается? — спросил меня Ксандер. — Они дали тебе красную таблетку?»

«Нет», — ответил я.

«Наверное, у них нет доступа к таблеткам, — продолжал рассуждать Ксандер. — Я работаю в медцентре, но все равно не знаю, где Общество хранит красные. Видимо, отдельно от синих и зеленых».

«Или мятежники спрашивают только тех людей, которые никогда их не выдадут», — предположил я.

«Как это можно знать заранее?»

«Некоторые из них до сих пор состоят в Обществе, — напомнил ему я. — У них есть наши данные. Они могут предположить, как мы себя поведем. —

Я помолчал. — И они правы. Ты не выдашь их, потому что вступил. Я не выдам их, потому что не вступил».

И потому что я — Отклонение, хотелось добавить мне, но я промолчал. Меньше всего на свете мне было нужно привлекать к себе лишнее внимание. Тем более рапортом о Восстании.

«Почему бы тебе не присоединиться?» — спросил Ксандер. В его голосе не было даже тени насмешки. Он просто хотел знать. Впервые за все время, что мы были знакомы, я увидел в его глазах нечто, похожее на страх.

«Потому что я не верю в это», — ответил я.

Мы с Ксандером так никогда и не узнали, подходили ли мятежники к Кассии. И не узнали, принимала ли она красную таблетку. Мы не могли ни о чем спросить ее, не подвергая опасности.

Позже, когда я увидел, как она читает вслух два стихотворения в лесу, я решил, что принял неправильное решение. Я подумал, что она получила стихотворение Теннисона от мятежников и что я упустил возможность быть в Восстании вместе с ней. Но потом я узнал, что ей больше нравилось другое стихотворение. Она выбрала собственный путь. И тогда я еще сильнее влюбился в нее.

— Ты действительно хочешь примкнуть к Восстанию? — спрашиваю я у Инди.

— Да, — отвечает она. — Да.

— Нет, — говорю я. — Ты хочешь этого сейчас. Возможно, ты будешь там счастлива пару месяцев, пару лет, но это не твое.

— Ты меня не знаешь, — хмыкает Инди.

— Нет, знаю, — возражаю я. Потом быстро подаюсь вперед и снова дотрагиваюсь до ее руки. Она замирает, затаив дыхание. — Забудь это все, — прошу я. — Не нужно нам никакое Восстание! Крестьяне ушли отсюда. Мы тоже уйдем, все вместе — ты, я, Кассия и Эли. Куда-нибудь в новое место. Что стало с той девочкой, которая хотела уплыть и потеряла из виду берег? — спрашиваю я, крепко хватая ее за руку.

Инди вскидывает на меня глаза, она ошеломлена. Когда Кассия пересказала мне ее историю, я сразу смекнул, что там произошло на самом деле. Инди столько раз пересказывала свою версию истории про мать, лодку и море, что со временем сама поверила в нее.

Но теперь она вспоминает все, что хотела забыть. Вспоминает, что это была история не про мать. А про нее. С детства она слышала материнскую песню, поэтому однажды сама построила лодку и навлекла на себя деклассификацию. Ей не удалось найти Восстание. Она так никогда и не сумела потерять берег из виду. И в конце концов, Общество отослало ее подальше от океана — умирать в пустыню.

Я знаю, что случилось, потому что знаю Инди. Она не из тех, кто будет спокойно смотреть, как кто-то другой строит лодку и ставит парус.

Инди так отчаянно хочет найти Восстание, что не видит ничего вокруг. И, определенно, не видит меня. А ведь я гораздо хуже, чем она обо мне думает.

— Мне жаль, Инди, — говорю я, и мне действительно жаль. Мне больно от того, что я собираюсь сделать. — Но Восстание не может спасти никого из нас. Я видел, что сталось с теми, кто присоединялся к нему.

11 Зак. 3443

Я чиркаю спичкой по краю карты. Инди вскрикивает, но я крепко держу ее. Огонь жадно лижет уголок ткани.

— Нет! — кричит Инди, пытаясь вырвать у меня карту. Я отталкиваю ее. Она бешено оглядывается по сторонам, но мы оба оставили свои фляги в пещере. — Нет! — снова кричит Инди и бросается прочь из дома.

Я и не думаю ее останавливать. Что бы она ни задумала — набрать дождевой воды или сбегать к ручью — это займет слишком много времени. Карту уже не спасти. Воздух вновь наполняется запахом гари.

ГЛАВА 38
КАССИЯ

Очень трудно сосредоточиться на словах, лежащих передо мной, когда все мои мысли заняты совсем другими словами — теми, которые сейчас говорятся в темноте за стенами пещеры. Я снова и снова перечитываю стихотворение, еще один отрывок из «Недосягаем Ты».

Осталось море — веселей,
Уже недалеко,
Для к резвости привыкших стоп
Трудиться час пришел.
Будь пухом, мой последний груз,
Чтобы нести легко.

На этом стихотворение обрывается, хотя я чувствую, что там должно быть продолжение. Но следующая страница книги отсутствует. Тем не менее даже в этих кратких строках звучит голос поэта, обращенный ко мне. Пусть его — или ее — давно нет, но голос все равно остался.

Так почему я так не могу?

Внезапно мне становится ясно, чем меня так притягивает это стихотворение. Не столько самими словами, сколько тем, как поэт подбирает их и складывает, делая собственными.

«Сейчас на это нет времени», — строго напоминаю я себе. Следующая коробка доверху набита книгами, неотличимо похожими друг на друга; на обложке у каждой выбито слово «Гроссбух». Я открываю первую попавшуюся и пробегаю глазами по строчкам:

«Тринадцать страниц истории за пять синих таблеток. Торговая пошлина: одна синяя таблетка.

Одно стихотворение Риты Дав, первый типографский оттиск, за информацию о движениях в Обществе. Торговая пошлина: доступ к информации.

Один роман Рэя Брэдбери, третий оттиск, за один датапод и четыре оконных стекла из центра Реставрации. Торговая пошлина: два оконных стекла.

Одна страница Книги за три пузырька лекарства. Торговая пошлина: ничего. Торговец осуществил личную сделку в собственных интересах».

Значит, вот как осуществлялась торговля, и вот почему здесь так много рваных книг и недостающих страниц. Крестьяне собирали книги, но в то же время оценивали их, обменивали, продавали целиком и по частям. Мне становится грустно от этой мысли, хотя я понимаю, что у них не было другого выхода.

Точно так же делают все архивисты, и так поступила я, когда оставила таблетки и продала компас.

Таблетки. Записки Ксандера. Что, если он спрятал внутри что-нибудь секретное? Я разрываю пачку и раскладываю ее содержимое по столу в два ряда: с одной стороны синие таблетки, с другой — записки.

Ни в одной записке ничего не говорится ни о каком секрете.

«Предполагаемый вид деятельности: чиновник.

Предполагаемые шансы на успех: 99,9%.

Предполагаемая продолжительность жизни: 80 лет».

Аккуратные строчки информации, ничего нового: обо всем этом я уже знаю или могу догадаться.

Я чувствую на себе чей-то взгляд. Кто-то стоит в дверях пещеры. Я поднимаю голову, свечу лучом фонаря по песчаному полу, другой рукой торопливо заталкиваю таблетки и записки в рюкзак.

— Кай, — начинаю я, — понимаешь, я просто...

Но фигура у двери слишком высокая, чтобы оказаться Каем. Перепугавшись, я поднимаю фонарь к лицу незнакомца, и тот загораживается рукой от света. Потеки засохшей крови стекают по его рукам в синих отметинах.

— Хантер! — ахаю я. — Ты вернулся!

— Я хотел уйти, — говорит Хантер.

Сначала я думаю, он имеет в виду Грот, но потом понимаю, что это ответ на вопрос, который Инди задала ему перед подъемом: «Чего ты хотел?»

— Но не смог, — шепчу я, охваченная внезапным пониманием. Бумаги, разложенные на столе, трепещут, когда Хантер подходит ближе. — Не смог из-за Сары...

— Она умирала, — говорить Хантер. — Ее нельзя было нести.

— Разве остальные не могли тебя подождать? — спрашиваю я, отказываясь верить.

— Не было времени, — вздыхает Хантер. — Это могло бы сорвать весь побег. Те, кто не могли быстро идти, решили принять бой, но Сара была слишком мала и слишком больна. — Мускул на его щеке ходит ходуном, он смаргивает слезы с глаз. Даже не замечает их. — Я заключил соглашение с теми, кто решил остаться. Я помог им собрать взрывные устройства на вершине Разлома, а они разрешили мне остаться в поселке вместо того, чтобы ждать наверху вместе с ними. — Он сокрушенно качает головой. — До сих пор не знаю, почему их план не сработал. Наверное, аэротанкеры опустились на плато.

Я не знаю, что сказать. Он потерял дочь и всех, кого знал.

— Но ты еще можешь разыскать тех, кто ушел в долину, — выдавливаю я. — Еще не поздно.

— Я вернулся, потому что обещал кое-что сделать, — говорит Хантер. — Я забылся там, в Гроте. — Он подходит к одному из длинных плоских ящиков, нагроможденных на столе, и снимает крышку. — Но я обещал показать вам, как найти мятежников.

Пальцы у меня ходят ходуном от нетерпения, и я с трудом кладу страницу со стихотворением на стол. Наконец-то. Мы все-таки встретили того, кто что-то знает о Восстании.

— Спасибо! — говорю я. — Ты пойдешь с нами?

Мне невыносима мысль о том, что он снова останется совсем один.

Хантер поднимает глаза от ящика.

— Здесь была карта, — говорит он. — Кто-то ее взял.

— Инди, — выдыхаю я. Наверняка. — Она недавно ушла. И я даже не знаю куда.

— Я видел свет в одном из домов внизу, — говорит Хантер.

— Я иду с тобой, — решаю я, покосившись на Эли, спящего в углу пещеры.

— С ним все будет в порядке, — заверяет меня Хантер. — Общества здесь еще нет.

Следом за ним я выхожу из пещеры и спускаюсь по раскисшей от дождя тропке, горя желанием поскорее отыскать Инди и отнять у нее то, что она от нас прячет.

Но когда мы распахиваем дверь освещенного домика, то видим не Инди, а Кая. Отсветы огня играют на его лице, пока он сжигает карту места, куда я стремлюсь попасть.

39 ГЛАВА
КАЙ

Сначала я вижу Кассию, потом Хантера за ее спиной, и понимаю, что проиграл. Даже если карта сгорит, Хантер все равно сумеет объяснить ей, где искать Восстание.

Она вырывает у меня карту, бросает ее на пол и затаптывает огонь. Почерневшие края рассыпаются пеплом, но большая часть карты цела и невредима.

Она уйдет в Восстание.

— Ты хотел скрыть это от меня, — говорит Кассия. — Если бы Хантер не вернулся, я бы никогда не узнала, как найти Восстание!

Я не отвечаю. Мне нечего сказать.

— Что еще ты скрываешь? — спрашивает Кассия, ее голос срывается. Она поднимает карту и держит ее перед собой. Бережно. Так, как держала листок со стихотворениями на Холме. — Ты солгал мне о секрете Ксандера, да? Что это за секрет?

— Я не могу тебе сказать.

— Почему?

— Потому что это не мой секрет, — отвечаю я. — Ксандера.

Нет, не только эгоизм удерживает меня от того, чтобы открыть Кассии тайну Ксандера. Я знаю, что он хотел бы рассказать ей сам. Поэтому обязан молчать. Ксандер давно знал о моем секрете, о моем статусе Отклонения, но никогда никому не рассказывал. Даже Кассии.

Это не игра. Он не мой противник, а Кассия не приз.

— Но ведь это, — говорит она, глядя на карту, — это выбор. Ты хотел отнять у меня — у всех нас — возможность выбирать.

В тесном домике едко и горько пахнет жженой тряпкой. Меня бросает в холод, когда я вижу, что Кассия смотрит на меня взглядом профессионального сортировщика. Она тасует факты. Просчитывает. Посылает запрос. Я знаю, что она видит — лицо мальчика на экране и анкету Общества, проматывающуюся в соседнем окне. Не того, кто стоял рядом с ней на Холме, не того, кто обнимал ее в темном каньоне под луной.

— Где Инди? — коротко спрашивает она.

— Вышла, — отвечаю я.

— Я ее разыщу, — крякает Хантер и исчезает за дверью, а мы с Кассией остаемся одни.

— Кай, — говорит она, — это же Восстание. — Голос ее слегка дрожит от волнения. — Неужели ты не хочешь примкнуть к чему-то, что может все изменить?

— Нет, — бросаю я, и она отшатывается назад, как будто я ее ударил.

— Но мы не можем вечно убегать, — шепчет Кассия.

— Я долгие годы не высовывался, — говорю я. — Как ты думаешь, чем я занимался в Обществе? — Слова вырываются из меня потоком, который я уже не в силах остановить. — Ты влюблена в идею Восстания, Кассия! Но ты не знаешь, что это такое на самом деле! Ты не знаешь, что такое попытаться восстать и увидеть, как все гибнут вокруг тебя. Ты не знаешь.

— Ты ненавидишь Общество, — тихо говорит Кассия. Она все еще пытается все просчитать, сложить данные и подвести итог. — Но ты не хочешь примыкать к Восстанию.

— Я не доверяю Обществу и не доверяю восставшим, — отвечаю я. — Я не выбираю ни одно, ни другое. Я видел, на что они способны.

— И что же тогда остается? — спрашивает Кассия.

— Мы можем присоединиться к крестьянам, — предлагаю я.

Но думаю, она меня даже не слышит.

— Скажи мне почему, — спрашивает она. — Почему ты хотел обмануть меня? Почему хотел отнять у меня право выбора?

Ее взгляд смягчается, она снова смотрит на меня, как на Кая — на человека, которого она любит, — но от этого мне делается только хуже. Все причины моей лжи проносятся у меня в голове: потому что я не мог потерять тебя, потому что я ревновал тебя, потому что не доверяю никому, потому что не могу доверять даже себе, потому что, потому что, потому что.

— Ты знаешь почему, — с неожиданной злобой бросаю я. Во мне вскипает настоящая ярость. На все. На всех. На Общество, на Восстание, на отца, на себя, на Инди, Ксандера, Кассию.

— Нет, не знаю, — начинает она, но я не даю ей закончить.

— Из страха, — бросаю я ей в лицо. — Мы оба боялись. Я боялся потерять тебя. Ты тоже боялась, там, в городке. Когда отняла у меня право выбора.

Она отступает назад. Я вижу по ее лицу, что она знает, о чем я говорю. Она тоже не забыла об этом.

Внезапно я вновь оказываюсь в том жарком, сверкающем зале, с красными руками, в синей форме. Пот струйками сбегает у меня по спине. Я унижен. Я не хочу, чтобы она видела меня за работой. Мне жаль, что не могу поднять голову, поймать взгляд ее зеленых глаз, дать ей понять, что я все еще Кай. А не просто очередная цифра в отчете.

— Ты сортировала меня, — говорю я.

— Что еще мне оставалось? — шепчет она в ответ. — За мной следили.

Мы говорили об этом на Холме, но здесь, в каньонах, все предстает в другом свете. Здесь мне становится окончательно ясно, что она навсегда останется недосягаема для меня.

— Я пыталась все исправить, — говорит Кассия. — Я прошла весь этот путь, чтобы найти тебя.

— Меня или Восстание? — с горечью спрашиваю я.

— Кай, — шепчет она. И замолкает.

— Прости, — говорю я. — Есть только одна вещь, которую я не могу для тебя сделать. Я не могу примкнуть к Восстанию.

Я сказал это.

Ее лицо кажется очень бледным в темноте брошенного дома. Где-то высоко над нами падает дождь, а я думаю о снеге. О картинах, нарисованных водой. О строчках стихов, выдохнутых вместе с дыханием между поцелуями.

Слишком прекрасно, чтобы быть долговечным.

ГЛАВА 40
КАССИЯ

Хантер рывком открывает дверь у нас за спинами и входит в дом. Инди тоже с ним.

— У нас нет на это времени, — говорит он. — Восстание существует. Вы сможете его найти, если пойдете по карте. Прочитать шифр сумеешь?

Я киваю.

— Тогда карта ваша, как договаривались. Вы же рассказали мне, что было в пещере.

— Спасибо, — говорю я, бережно скатывая карту. Она выполнена темными красками на толстой ткани. Ею можно пользоваться в дождь, она уцелеет, даже если упадет в воду. Вот только лучше держать ее подальше от огня. Я смотрю на Кая, и у меня щемит сердце от желания возвести мост через реку всего, что пролегло между нами с отчетливостью значка перекрестка на карте.

— Я иду в горы, попробую отыскать своих, — продолжает Хантер. — Те из вас, кто не хочет примыкать к Восстанию, могу пойти со мной.

— Я хочу найти Восстание! — объявляет Инди.

— Мы можем все вместе дойти до долины, — предлагаю я. У меня не укладывается в голове, что мы прошли такой долгий путь только для того, чтобы так быстро разойтись в разные стороны.

— Тогда надо всем выходить немедленно, — командует Хантер. — Я догоню вас, как только запечатаю пещеру.

— Запечатаешь пещеру? — переспрашивает Инди.

— Мы приняли решение закрыть ее, замаскировав под оползень, — объясняет Хантер. — Нечего Обществу рыться в наших бумагах. Я обещал крестьянам, что сделаю это. Но мне потребуется время, чтобы все приготовить. Так что не ждите меня, я догоню.

— Нет, — возражаю я. — Мы подождем.

Мы не можем снова бросить Хантера. Несмотря на то, что наша компания — наша маленькая, разрозненная группка людей, случайно сошедшихся вместе, — должна вот-вот распасться, я все равно не хочу, чтобы это произошло сейчас.

— Так вот почему ты сохранил запас взрывчатки, — понимающе говорит Кай, кивая Хантеру. Я не могу ничего прочесть по его лицу — оно закрыто для меня, замкнуто. Передо мной снова Кай из Общества, и я чувствую щемящую тоску по Каю из Разлома.

— Ты умеешь обращаться с проводами? — спрашивает Хантер.

— Да, — кивает Кай. — В обмен на одну вещь, которую я видел в пещерах.

— Идет, — соглашается Хантер.

Что такое хочет выторговать Кай? Что ему нужно? И почему он не смотрит на меня?

Однако никто не возражает против моего предложения задержаться в каньоне. Мы снова вместе.

Пока.

Пока Кай и Хантер занимаются с проводами, мы с Инди бежим в пещеру будить Эли и набивать рюкзаки всем, что может пригодиться в пути. Еще нам поручено подготовить пещеру к взрыву, плотно закрыв все ящики крышками и отодвинув их поближе к стенам, чтобы не повредило взрывной волной. Я зачем-то подбираю страницы, выпавшие из книг. Просто не могу удержаться, складываю их в свой рюкзак вместе с едой, водой и спичками. Хантер показал нам, где взять налобные фонарики и другое снаряжение, а еще выдал дополнительные рюкзаки, которые мы тоже набиваем до отказа.

Эли вместе с едой прихватывает кисточки и краски. У меня не хватает духу сказать ему, чтобы он их выбросил и занял освободившееся место яблоками.

— Кажется, все, — объявляю я.

— Постой, — говорит Инди. Все это время мы с ней почти не разговариваем, и я этому рада. Не знаю, что сказать ей. Я не понимаю ее — зачем она отдала карту Каю? Что еще она скрывает от нас? Я не знаю даже, считает она меня своей подругой или нет.

— Я должна отдать тебе кое-что. — Инди лезет в свой рюкзак и достает оттуда хрупкое осиное гнездо. Оно каким-то чудом уцелело после всех передряг. Инди бережно держит гнездо в руках, и я почему-то представляю, что она достала раковину из океанского прибоя.

— Нет, — растроганно бормочу я. — Оставь его себе. Ты же несла его всю дорогу.

— Я не это имела в виду, — нетерпеливо обрывает меня Инди. Она сует руку в осиное гнездо и вытаскивает оттуда что-то.

Микрокарту.

Только через секунду до меня доходит.

— Ты украла ее у меня, — шепчу я. — Еще в трудовом лагере.

Инди кивает.

— Это ее я спрятала в аэротанкере. А потом сделала вид, будто ничего не прятала, но это не так. — Она протягивает мне карту. — Вот, возьми.

Я беру.

— А вот это я взяла у одного типа из деревни. — Она снова лезет в рюкзак и вытаскивает минипорт. — Так что можешь просмотреть свою микрокарту, — поясняет Инди. — Ну вот, теперь у тебя не хватает только одной записки. Но это уж ты сама виновата. Ты ее уронила, когда мы шли через каньон.

Совершенно оторопев, я машинально беру у нее минипорт.

— Ты подобрала мою записку? — тупо переспрашиваю я. — Ты ее прочитала?

Разумеется, прочитала, что за глупый вопрос. Инди даже не стала тратить время на ответ.

— Это из нее я узнала про секрет Ксандера, — признается она. — На той бумажке было написано, что у него есть секрет и он откроет его тебе, когда вы снова увидитесь.

— Где записка? — спрашиваю я. — Отдай мне ее.

— Не могу, прости. Ее уже нет. Я отдала записку Каю, а он ее выкинул.

— Но... зачем? — Я судорожно сжимаю в руке минипорт и микрокарту. — Зачем все это?

Сначала мне кажется, что Инди не ответит. Она отводит взгляд. Но потом вдруг снова поворачивается ко мне и отвечает. Ее лицо перекошено яростью, мышцы напряжены.

— Ты чужая, — говорит она. — Я поняла это сразу, как только увидела тебя в трудовом лагере. Поэтому хотела узнать, кто ты такая. Что ты там делаешь. Сначала я думала, что ты шпионка, подосланная Обществом. Потом решила, что ты втайне работаешь на Восстание. И еще у тебя была целая пачка синих таблеток. Я не понимала, что ты собираешься с ними делать.

— И ты у меня воровала, — медленно говорю я. — Все время, начиная с трудового лагеря и кончая Разломом.

— А как еще я должна была узнать, что ты за штучка? —Инди указывает на минипорт. — И вообще, я тебе все вернула. Даже больше, чем взяла. Теперь можешь смотреть свою микрокарту когда захочешь.

— Ты вернула мне не все, — напоминаю я. — Не забыла? Записка Ксандера пропала.

— Нет, не пропала, — парирует Инди. — Я сказала тебе, что там было написано.

Мне хочется кричать от бессильного бешенства.

— А серебряная коробочка? — спрашиваю я. — Ее ты тоже взяла! — Это глупо, но мне вдруг безумно хочется вернуть ее, мою память о Ксандере. Я хочу вернуть все, что я потеряла, неважно, украдено это или выменяно. Компас Кая. Часы Брэма. А больше всего дедушкин медальон со стихотворениями, аккуратно спрятанными внутри. Если бы он вернулся ко мне, я бы никогда его не открывала. Мне было бы достаточно знать, что стихотворения все еще там.

Точно того же я бы хотела и для нас с Каем: возможности надежно спрятать где-нибудь только самые прекрасные моменты наших отношений и запечатать навсегда, оставив снаружи все ошибки, совершенные нами обоими.

— Я оставила твою коробку в трудовом лагере, когда пыталась сбежать, — признается Инди. — Выбросила в лесу.

Я вспоминаю, как Инди всегда хотела посмотреть на мою картину; как она сердито смела клочки, когда лист рассыпался на части, и я догадалась, что она расстроилась; как она стояла в расписной пещере, любуясь девушками в платьях. Инди воровала у меня, потому что мечтала обладать тем, что принадлежало мне. Я смотрю на нее и думаю об отражении в реке. Образ никогда не бывает точным — он дрожит, колышется — но все же очень похож на оригинал. Инди — мятежница с проблесками спокойствия, а я — наоборот.

— Как ты спрятала микрокарту? — спрашиваю я.

— Когда они меня поймали, то не успели обыскать, — охотно отвечает она. — Обыскали только на аэротанкере. А там мы с тобой придумали, как выкрутиться. — Она отбрасывает волосы с лица жестом, в котором полностью отражена вся сущность

Инди — резкость и в то же время какая-то природная грациозность. Я никогда не встречала другого человека, который бы так прямо и так бесстыдно добивался того, чего хочет. — Не хочешь взглянуть? — спрашивает она.

И я не могу удержаться. Я вставляю микрокарту Ксандера в минипорт и жду, когда его лицо появится на экране.

Эту информацию я должна была просмотреть дома, в городке, где кленовые листья шелестят за окном. Брэм дразнил бы меня, а родители только улыбались бы. Я могла бы любоваться лицом Ксандера, не видя ничего вокруг.

Но на экране появилось лицо Кая, и все изменилось.

— Вот он, — невольно вырывается у Инди.

Ксандер.

Оказывается, я уже успела забыть, как он выглядит, хотя прошло всего несколько дней с тех пор, как я видела его в последний раз. Но теперь его черты возвращаются вновь вместе с анкетой, которая начинает проматываться на экране.

Данные на микрокарте в точности повторяют сведения, которые он спрятал в таблетках, именно об этом Ксандер хотел напомнить мне. «Смотри на меня, — словно говорит он. — Столько, сколько потребуется».

Я не знаю, как он сумел добавить в анкету лишнюю строчку, которую обнаружила Инди. Может быть, она соврала мне? Нет, вряд ли. Но я не понимаю, почему Ксандер не мог открыть мне свой секрет в тот день, когда мы с ним ходили в музей? Я тогда думала, что мы с ним можем больше никогда не увидеться. Неужели он думал иначе?

Но он явно не предполагал, что эту информацию будет читать кто-то еще. Я быстро проматываю записи. Микрокарту просматривали не только сегодня ночью. Ее смотрели и прошлой ночью, и позапрошлой, и позапозапрошлой.

Это делала Инди. Когда? В то время, когда я спала?

— Ты знаешь, что за секрет у Ксандера? — спрашиваю я.

— Думаю, да, — кивает она.

— Тогда расскажи мне, — прошу я.

— Это его секрет, пусть он и рассказывает, — отвечает она, вторя словам Кая. В ее голосе, разумеется, нет и тени раскаяния. Но я отмечаю кое-что другое: то, как смягчается ее взгляд, когда она смотрит на фотографию.

И тут до меня доходит. Инди влюблена совсем не в Кая.

— Ты влюбилась в Ксандера, — говорю я и сама понимаю, что мой голос звучит слишком сурово, слишком безжалостно.

Инди ничего не отрицает. Ксандер — это именно то, чего никогда не может получить Отклонение от нормы. Золотой мальчик, настолько близкий к идеалу, насколько это вообще возможно в Обществе.

Но он не ее Обрученный. Он мой.

С Ксандером у меня могла быть семья, хорошая работа, возможность быть любимой и счастливой, а также право жить в городке с чистыми улицами и аккуратными домами. С Ксандером я могла бы делать то, что всегда предполагала делать.

Но с Каем я делаю то, о чем никогда и помыслить не могла.

Я хочу обоих.

Но это невозможно. Я снова смотрю на лицо Ксандера. Казалось бы, оно говорит мне о том, что мой Обрученный никогда не изменится, но я знаю: это не так. Теперь я знаю, что в жизни Ксандера есть моменты, о которых мне ничего не известно: например, события в провинции Камас, где меня не будет с ним рядом, или секреты, о которых я не узнала, и теперь ему придется рассказать мне о них лично. Он тоже совершал ошибки: вспомнить хотя бы эти синие таблетки — бесценный дар, добытый с огромным риском и заботой, но обернувшийся совсем не тем, чем думал Ксандер. Он не спас меня.

Жизнь с Ксандером, возможно, будет менее сложной, но это все равно будет любовь. А я уже успела узнать, что любовь всегда приводит в новые места.

— Чего тебе надо от Кая? — спрашиваю я Инди. — Чего ты добивалась, когда показала ему записку и отдала карту?

— Я сразу поняла, что он знает о Восстании гораздо больше, чем говорит, — отвечает Инди. — И хотела заставить его рассказать мне.

— Зачем ты отдала это мне? — спрашиваю я, вынимая микрокарту. — Почему сейчас?

— Тебе нужно сделать выбор, — отвечает Инди. — Мне кажется, ты ни одного из них не видишь по-настоящему.

— А ты, конечно, видишь! — огрызаюсь я. Гнев захлестывает меня. Она не знает Кая, по крайней мере так, как его знаю я. А с Ксандером даже никогда не встречалась.

— Я догадалась о секрете Ксандера, — бросает Инди, а потом поворачивается к выходу из пещеры. — А тебе даже в голову не приходило, что Кай может оказаться Кормчим.

И она уходит.

Кто-то дотрагивается до моей руки. Эли. Глаза у него круглые от страха, и это выводит меня из оцепенения. Мы должны поскорее вытащить отсюда Эли. Нужно торопиться. Это все может подождать.

Я кладу микрокарту в рюкзак и вдруг замечаю кое-что среди синих таблеток.

Мою красную таблетку.

Инди, Кай и Ксандер невосприимчивы к ней.

Но я до сих пор не выяснила, как таблетка действует на меня.

Я колеблюсь. Конечно, я могу прямо сейчас положить красную таблетку в рот и даже не ждать, пока она растворится. Я просто раздавлю ее зубами, изо всех сил. Может быть, так сильно, что моя кровь смешается с краснотой, и это будет действительно мой выбор, а не Общества.

Если таблетка подействует, я забуду все, что произошло за последние двенадцать часов. Я больше никогда не вспомню то, что сделал Кай. Мне не придется прощать его за то, что он врал мне, потому что я не буду знать об этом. И я не вспомню его слов о том, как я отсортировала его.

А если таблетка не подействует, я наконец-то получу окончательное и бесповоротное доказательство своей невосприимчивости. Буду знать, что я особенная — как Кай, Ксандер и Инди.

Я подношу таблетку к губам. А потом слышу голос, донесшийся откуда-то из глубины памяти.

Ты достаточно сильна, чтобы обойтись без этого.

«Хорошо, дедушка, — говорю я про себя. — Я найду в себе силы выжить без таблетки. Но существуют другие вещи, без которых у меня не хватит сил идти вперед, и за них я готова бороться».

41 ГЛАВА КАЙ

Нести лодку все равно что нести тело: она тяжелая, громоздкая и неудобная.

— Выдержит только двоих, — предупредил Хантер.

— Не имеет значения, — отвечаю я. — Это решено.

Он поднимает на меня глаза, как будто хочет что-то добавить, но передумывает.

Мы бросаем лодку перед маленьким домиком на краю поселка, где нас ждут Инди, Кассия и Эли. Лодка с глухим стуком ударяется о землю.

— Что это? — спрашивает Эли.

— Лодка, — отвечает Хантер. Без всяких пояснений. Инди, Кассия и Эли недоверчиво разглядывают тяжелый рулон пластика.

— Впервые вижу такую лодку, — Инди первая нарушает молчание.

— А я вообще впервые вижу лодку, — хором говорят Кассия и Эли, и она улыбается мальчику.

— Это лодка, чтобы спуститься по ручью, — догадывается Инди. — Чтобы часть из нас могла быстрее добраться до Восстания!

— Но все ручьи обмелели, — напоминает Эли.

— Уже нет, — отвечаю я. — После такого ливня они снова стали полноводными.

— И кто пойдет на лодке? — спрашивает Инди.

— Мы пока не решили, — отвечаю я. На Кассию я стараюсь не смотреть. Я не могу встретиться с ней взглядом поле того, как она увидела, что я жгу карту.

Эли подает мне рюкзак.

— Это я для тебя собрал, — поясняет он. — Тут еда и всякие вещи из пещеры.

— Спасибо, Эли, — киваю я.

— Там еще кое-что, — горячо шепчет он. — Показать?

Я киваю.

— Давай, только быстро.

Эли оглядывается по сторонам, проверяя, не смотрит ли кто, потом разжимает кулак...

И я вижу пробирку из Грота, залитого синим светом.

— Эли, — изумленно шепчу я. Потом беру у него пробирку и верчу в пальцах. Внутри переливается и плещется жидкость. Потом я читаю имя, выбитое на поверхности, и у меня перехватывает дыхание.

— Не надо было брать это...

— Не удержался, — шепчет Эли.

Я знаю, что должен разбить пробирку о землю или бросить в реку. Но я кладу ее в карман.

Ливень разрыхлил песчаные склоны, превратил землю в глину. Не нужно большого заряда, чтобы вызвать оползень и сделать подход к пещерам невозможным, но наша задача — запечатать двери так, чтобы не повредить остающиеся внутри сокровища.

Хантер показывает мне план — аккуратно вычерченную схему, наглядно демонстрирующую, что и куда подключать. Впечатляюще.

— Сам сделал? — спрашиваю я.

— Нет, — отвечает он. — Это начертила наш лидер перед уходом. Анна.

Анна... Знал ли ее мой отец?

Я не задаю никаких вопросов. Просто в точности следую указаниям схемы и советам Хантера. Ливень хлещет вовсю, и очень трудно сохранить взрывчатку сухой.

— Спускайся вниз и скажи остальным, что я вставляю взрыватель, — говорит Хантер.

— Лучше это сделаю я, — предлагаю я.

Хантер пристально смотрит на меня.

— Это моя задача, — медленно говорит он. — Анна доверила это дело мне.

— Ты знаешь здешние края лучше меня, — возражаю я. — Ты знаешь крестьян. Если с взрывом что-то пойдет не так, только ты сможешь вывести остальных отсюда.

— Это ведь не попытка наказать себя? — прямо спрашивает меня Хантер. — За то, что хотел сжечь карту?

— Нет, — отвечаю я. — Это просто правда.

Хантер еще несколько мгновений смотрит на меня, а потом кивает.

Я устанавливаю таймер на взрывателе и бегу. Это инстинкт — у меня всегда должно быть как можно больше времени в запасе. Вот уже мои подошвы ударяются о землю возле ручья, и я со всех ног мчусь к остальным. Я не успеваю добежать до них, когда слышу за спиной грохот взрыва.

Ничего не могу с собой поделать — оборачиваюсь на бегу, чтобы посмотреть.

Первыми удар принимают на себя чахлые деревья, цеплявшиеся за скалу, их корни вылетают наружу, взрывая землю и камни. На какую-то долю секунды я отчетливо вижу черные переплетения ветвей каждого дерева, а потом вся скала под ними начинает проседать. Тропинка раскалывается на куски и проваливается в воду, в глину, в камнепад.

Склон приходит в движение.

«Слишком далеко, — доходит до меня. — Оползень зайдет слишком далеко, подойдет слишком близко. Он дойдет до поселка!»

Один из домишек со стоном обрушивается, скрываясь под стеной глины.

За ним второй.

Огромная масса земли врывается в поселок, расщепляя доски, кроша стекла, ломая деревья.

Она доходит до реки и останавливается.

Осыпь прорезает ровную, скользкую, глинисто-каменнистую просеку через весь город и запруживает часть ручья. Значит, уровень воды очень скоро поднимется и каньон будет затоплен. Не успеваю я сообразить все это, как вижу, что наши выбегают из дома и несутся к тропинке.

Я бросаюсь к ним, помогаю Хантеру взять лодку. Это для нее. Раз она хочет примкнуть к Восстанию, я помогу ей туда добраться.

42 ГЛАВА
КАССИЯ

Наше отступление из каньонов получается медленным и жалким, мы то и дело поскальзываемся, падаем и встаем, чтобы через несколько шагов снова упасть. К тому времени, когда нам удается найти пещеру, достаточно большую, чтобы вместить всех нас, мы вымазаны глиной с головы до ног. Лодка в пещеру не влезает. Приходится оставить ее снаружи на тропинке, и я слышу, как струи дождя барабанят по пластиковому корпусу. Мы не дошли до пещеры с танцующими девушками, наше убежище тесное и грязное, пол усыпан камнями и щебнем.

Мы все настолько оглушены усталостью, что какое-то время никто не произносит ни слова. Наши рюкзаки валяются рядом с нами. Когда мы несли их по каньону и тяжесть ноши увеличивалась с каждым увязающим в глине шагом, я представляла себе, как вышвыриваю из рюкзака еду, воду, даже документы... Я смотрю на Инди. Когда мы в первый раз выбирались в долину, я была больна. А она несла мой рюкзак большую часть пути.

— Спасибо, — говорю я ей теперь.

— За что? — удивленно и настороженно спрашивает она.

— За то, что несла мои вещи, когда мы шли здесь в первый раз, — говорю я.

Кай поднимает голову и смотрит на меня. Впервые после нашей ссоры в поселке. Мне приятно снова увидеть его глаза. В сумраке пещеры они кажутся черными.

— Нам нужно потолковать, — говорит Хантер. Он прав. То, о чем мы все знаем, но не говорим вслух, никуда не делось — в лодке не хватит места для всех. — Куда кто пойдет?

— Я иду искать Восстание, — немедленно отвечает Инди.

Эли качает головой. Он еще не решил, и я отлично понимаю, что он чувствует. Мы оба хотим примкнуть к Восстанию, но Кай ему не доверяет. И несмотря на происшествие с картой, я знаю, что мы оба попрежнему доверяем Каю.

— А я все же попробую отыскать своих, — говорит Хантер.

— Ты мог бы уйти без нас, — бросает Инди. — Но все равно нам помогаешь. Почему?

— Это же я разбил пробирки, — вздыхает Хантер. — Кто знает, может быть, Общество еще нескоро вышло бы на ваш след, если бы я этого не сделал. — Он всего на несколько лет старше нас, но выглядит намного мудрее. Возможно, мудрым его сделало отцовство или жизнь в суровых каньонах, а может быть, он был бы таким даже в Обществе, в простой и комфортной жизни. — К тому же, — продолжает Хантер, — пока мы несем лодку, вы помогаете тащить остальную поклажу. Нам всем выгодно помогать друг другу, пока не выберемся из Разлома. А уж там разойдемся каждый в свою сторону.

Кай молчит.

Снаружи шумит дождь, и я думаю о фрагменте истории, который Кай дал мне в городке со словами: «Когда идет дождь, я вспоминаю». Тогда я поклялась тоже запомнить это. Еще я думаю о том, как Кай посоветовал мне продать стихотворения. Он не стал отговаривать меня продать стихотворение Теннисона, хотя знал, что оно у меня есть, как знал и то, что оно могло помочь мне узнать о Восстании. Этот выбор — что продать и что делать с полученной информацией — он предоставил сделать мне.

— Что тебе не нравится в Восстании, Кай? — осторожно спрашиваю я. Мне не хочется задавать ему этот вопрос перед всеми, но разве у меня есть выход? — Понимаешь, мне нужно решить, куда идти. И Эли тоже. Ты мог бы нам помочь, если бы рассказал, почему ты так его ненавидишь.

Кай опускает голову и разглядывает свои руки, а я вспоминаю рисунок, который он дал мне в Обществе: тот, на котором он держал два слова — «отец» и «мать».

— Они ни разу не пришли нам на помощь, — глухо говорит Кай. — Для того, кто примкнет к Восстанию, все заканчивается смертью — и его самого, и всех, которых он любил. А те, кто выживет, больше никогда не будут прежними.

— Но ведь твою семью убил Враг, — возражает Инди. — При чем тут Восстание?

— Я им не верю, — упрямо повторяет Кай. — Мой отец верил. А я нет.

— А ты? — спрашивает Инди у Хантера.

— Даже не уверен, — раздумчиво отвечает Хантер. — Прошло много лет с тех пор, как восставшие в последний раз появлялись у нас в каньоне. — Мы все, даже Кай, подаемся вперед, ловя каждое его слово. — Они сказали нам, что проникли во все Общество, даже в Центральный, и снова пытались уговорить нас присоединиться. — Хантер едва заметно улыбается. — Но нашу Анну не переупрямишь. Мы поколениями держались особняком, и Анна считала, что мы и дальше можем так жить.

— Значит, это они принесли вам брошюры, — тихо говорит Кай.

Хантер кивает.

— И карта, которую я вам дал, тоже от них. Они надеялись, что мы передумаем и разыщем их.

— А почему они думали, что вы сумеете расшифровать надписи на карте? — интересуется Инди.

— Так это же наш собственный тайный язык, — хмыкает Хантер. — Мы пользовались им, когда не хотели, чтобы чужаки поняли, о чем мы говорим.

Он лезет в карман и достает фонарь. За стенами пещеры уже совсем стемнело.

— Они узнали наш тайный язык от кого-то из юнцов, которые ушли из поселка вместе с мятежниками. — Хантер включает фонарь и ставит его на землю, чтобы мы могли видеть друг друга. — Крестьяне целиком никогда не примыкали к Восстанию, но время от времени некоторые, особенно молодежь, уходили к восставшим. Да что говорить, я сам однажды отправился искать Восстание.

— Правда? — изумляюсь я.

— Да только никуда не ушел, — качает головой Хантер. — Добрался до того места, где ручей пересекает долину, и повернул обратно.

— Но почему? — спрашиваю я.

— Из-за Кэтрин, — хрипло выдыхает Хантер. — Из-за матери Сары. Тогда-то она, конечно, не была матерью Сары. Но она бы ни за что не ушла из поселка, и я понял, что без нее тоже не могу уйти.

— Почему она не могла уйти?

— Она должна была стать нашей новой предводительницей, — отвечает Хантер. — Кэтрин была дочерью Анны и очень на нее похожа. После смерти Анны мы все должны были голосованием решить, хотим мы или не хотим признать ее старшую дочь своим новым лидером. И мы все, разумеется, признали бы ее. Кэтрин все любили. Но она умерла, родив Сару.

Свет фонаря освещает наши грязные ботинки, наши лица тонут в темноте. Я слышу, как Хантер достает что-то из своего рюкзака.

— Анна тебя бросила, — ошеломленно говорю я. — Бросила тебя, бросила свою внучку...

— Ей пришлось так поступить, — жестко говорит Хантер. — Она наш лидер, а значит, отвечала за других детей и внуков, за жителей всего поселка. — Он долго молчит. — Теперь вы понимаете, почему мы не можем так строго судить Восстание? Они хотят добра для своих. Как мы можем винить их, если всегда делали то же самое?

— Нет, это не одно и то же, — упрямо возражает Кай. — Вы жили здесь с тех пор, как возникло Общество. А восставшие приходят и уходят.

— Как вам удалось убежать в каньоны? — с жадностью спрашивает Инди.

— А мы не убегали, — просто отвечает Хантер. — Общество позволило нам уйти.

И он рассказывает нам свою историю, одновременно расписывая свои руки синим мелком, который вытащил из рюкзака.

— Вы, наверное, помните, что люди сами выбрали Общество с его жестким контролем, поскольку видели в этом единственный способ уничтожить болезни и предотвратить будущее Потепление. Мы не могли с этим согласиться, поэтому ушли. Мы отказались стать частью Общества, поэтому нам было отказано в пользовании его достижениями и защитой. Уговор был такой: мы будем заниматься земледелием и жить по-своему, а они оставят нас в покое. И долгое время так оно и было. Если они приходили, мы их выгоняли.

Хантер продолжает:

— До тех пор, пока в Отдаленных провинциях еще были живы люди, они часто приходили к нам в каньоны за помощью. Они рассказывали нам о том, как их высылают за недозволенную любовь к неправильным людям или за желание сменить род занятий. Некоторые переселялись к нам, другие просто торговали с нами. После введения Сотен наши бумаги и книги приобрели огромную ценность. — Он тяжело вздыхает. — Всегда существовали люди наподобие архивистов. Я уверен, что они и сейчас есть. Но когда деревни вокруг нас вымерли, мы оказались отрезаны от них.

— А на что вы обменивали свои книги? — спросил Эли. — У вас же все было в каньонах!

12 Зак. 3443

— Нет, — качает головой Хантер, — не все. Медицина в Обществе всегда была лучше, да и многого другого нам тоже не доставало.

— Но если ваши бумаги имели такую ценность, — не унимается Эли, — то почему же вы оставили столько книг в пещере?

— Книг было слишком много, — объясняет Хантер. — Они не могли унести их все. Они вырвали нужные страницы, взяли с собой часть книг. Но унести все было невозможно. Вот почему я запечатал пещеру и скрыл остатки. Нельзя позволить, чтобы Общество уничтожило все эти сокровища или забрало их себе, если найдет.

Он заканчивает расписывать свои руки и собирается убрать мел обратно в рюкзак.

— Что означают эти знаки? — спрашиваю я. Хантер замирает.

— Как тебе кажется, на что они похожи? — спрашивает он.

— На реки, — отвечаю я. — На вены.

Он кивает, явно заинтересовавшись моим ответом.

— Верно, похоже и на то и на другое. Можно и так считать.

— А что они означают для тебя? — не отстаю я.

— Сеть, — отвечает Хантер.

Я непонимающе качаю головой.

— То, что связывает, — поясняет Хантер. — Когда мы рисуем такие полоски, мы всегда соединяем их вместе, вот так, — он протягивает ко мне руку, так что наши пальцы соприкасаются. Я едва не отшатываюсь от неожиданности, но заставляю себя остаться на месте. Хантер проводит мелком по своим пальцам, потом, не прерываясь, продолжает синюю линию через мою ладонь и бережно доводит ее до моего локтя.

После этого он снова садится на свое место. Мы смотрим друг на друга.

— Теперь ты можешь сама продолжить линию, — говорит Хантер. — Сначала через себя, потом выбираешь кого-то еще и делаешь линию для него. И так далее.

«Но что, если связь прервется? — хочется спросить мне. — Как тогда, когда умерла твоя дочь?»

— Если не остается никого, кто может продолжить связь, — продолжает Хантер, — делай вот так. — Он встает и прижимает обе ладони к стене пещеры. Я представляю, как множество крошечных трещин разбегаются во все стороны от места нажатия. — Соединись с чем-нибудь.

— Но ведь Разлому все равно, — говорю я. — Каньонам все равно.

— Это так, — соглашается Хантер. — Но мы все равно связаны.

— Я взяла вот это, — смущенно говорю я и лезу в рюкзак. — Может быть, ты захочешь взять...

Это стихотворение, из которого он взял строчку на могильный камень Сары. То самое, про тех, к кому протянул «июнь ветров своих персты». Страница из книги.

Хантер берет ее и читает вслух:

Падут — как снег —
Как звезды вдруг —
Как розы лепестки,
Когда протянет к ним июнь
Ветров своих персты —

Он замолкает.

— Это похоже на то, что происходило с нами в деревнях, — тихо говорит Эли. — Там все умирали так, как здесь говорится. Падали, как звезды.

Кай роняет голову на руки.

Хантер читает дальше:

И пропадут в сплошной траве —
Отыщешь след едва ль —
Но Бог заносит каждый лик
Навек в свою скрижаль.*

— Некоторые из нас верили в существование другой жизни, — объясняет он. — Кэтрин верила, и Сара тоже.

— А ты — нет, — говорит Инди.

— Я — нет, — соглашается Хантер. — Но я никогда не говорил об этом Саре. Как я мог отнять у нее эту веру? Сара была для меня всем. — Он сглатывает. — Я обнимал ее, когда она засыпала. Каждую ночь, все годы ее жизни. — Слезы текут по его щекам, как в прошлый раз, в пещерной библиотеке. Он не замечает их, как и тогда. — А потом я потихоньку отстранялся, незаметно, чтобы не разбудить, — отрешенно рассказывает он. — Поднимал руку. Отнимал лицо от ямочки на ее шее, отодвигался, чтобы мое дыхание больше не шевелило ее волосы. Я делал это постепенно, чтобы она не замечала, когда я ухожу. По ночам я смотрел на нее. Там, в Гроте, я хотел раз-

---

* Стихотворение Эмили Дикинсон. Перевод А. Величанского. Стихотворение посвящено павшим в Гражданской войне в США.

бить все пробирки и умереть в темноте, — шепчет он. — Но не смог.

Он снова опускает глаза на страницу и перечитывает строчку, которую вырезал в камне для Сары.

— *Когда протянет к ним июнь ветров своих персты*, — нараспев произносит Хантер, голос его звучит печально и нежно, как песня. Потом он встает и засовывает страницу в рюкзак. — Пойду, погляжу, как там дождь, — говорит он и уходит, чтобы постоять снаружи.

Когда Хантер возвращается, в пещере все спят, кроме нас с Каем. Я слышу ровное дыхание Кая с другой стороны от Эли. В пещере так тесно, что я могу протянуть руку и дотронуться до него, но я отстраняюсь. Очень странно продолжать путешествовать вместе, когда нас разделяет такое огромное расстояние. Я не могу забыть того, что он сделал. И не могу забыть того, что сделала сама. Зачем я его сортировала?

Я слышу, как Хантер устраивается возле входа в пещеру и жалею, что отдала ему стихотворение. Я не хотела причинить ему боль.

Если бы мне пришлось умереть здесь и кто-нибудь захотел выбить мне эпитафию на стене пещеры, то даже не знаю, какую строчку мне бы хотелось выбрать.

А какую эпитафию выбрал бы себе мой дедушка?

«Покорно в ночь навек не уходи...»

Или:

«За последней чертой я узреть надеюсь...»

Дедушка, знавший меня лучше всех на свете, в последнее время стал для меня загадкой.

Как и Кай.

Внезапно я вспоминаю тот эпизод в кинозале, когда он вновь переживал боль, которой никто из нас не знал, и плакал, когда мы все смеялись.

Я закрываю глаза. Я люблю Кая. Но я не понимаю его. Он не подпускает меня к себе, не позволяет достучаться. Я знаю, что тоже совершала ошибки, но я устала гоняться за ним по каньонам и через долины, устала раз за разом протягивать ему руку, чтобы он иногда брал ее, а иногда оставлял висеть в воздухе. Может быть, поэтому ему и присвоили статус «Отклонение от нормы»? Возможно, даже Общество оказалось бессильно предугадать, как он себя поведет?

«Но кто же поместил фотографию Кая в базу данных для Обручения?» — снова думаю я. Моя чиновница притворялась, будто ей это известно, но она врала. Тогда мне казалось, что это не имеет значения — я сама решила любить его, сама решила найти его — но вопрос никуда не исчез, он снова и снова тревожит меня.

«Кто это мог быть?» Патрик? Аида?

Внезапно мне приходит в голову еще одна мысль, совершенно неожиданная, но при этом самая правдоподобная: а не мог ли это сделать сам Кай?

Я не знаю, как ему это удалось, но ведь я не знаю и того, как Ксандер сумел спрятать записки в упаковку таблеток. Любовь меняет границы вероятного, делает невозможное возможным. Я пытаюсь вспомнить, что сказал мне Кай в городке, когда мы разговаривали о базе данных и ошибке. Сказал ли он, что неважно, кто ввел его данные в базу, если я все равно люблю его?

Я до сих пор не знаю всей его истории.

Возможно, безопаснее знать только часть любой истории. Целое может оказаться невыносимым, будь то история Общества, Восстания или отдельного человека.

Кай думает так? Он считает, что никому не нужна вся история? Что правда слишком тяжела, чтобы вынести ее бремя?

43 ГЛАВА
КАЙ

Все спят.

Если бы я хотел сбежать, то сейчас было бы самое время это сделать.

Кассия когда-то сказала мне, что хотела бы написать для меня стихотворение. Интересно, удалось ей продвинуться дальше первой строчки? И какие слова она выбрала для финала?

Она плакала перед тем, как уснуть. Я протянул руку и коснулся кончиков ее волос. Она не заметила. Я не знал, что мне делать. Ее плач сводил меня с ума. Я чувствовал, как слезы бегут по моим щекам. А потом случайно провел рукой по лицу Эли и понял, что его лицо тоже мокро от слез.

Мы все иссечены своими горестями. Изрезаны глубже, чем стены каньона.

Мои родители все время целовались. Хорошо помню один день, когда отец вернулся из каньонов. Мама стояла и рисовала. Он подошел к ней. Она рассмеялась и провела мокрой кисточкой по его щеке. Длинный мазок блестел на солнце. Потом они поцеловались, мама обвила отца руками за шею и выронила кисточку на землю.

Как это похоже на моего отца — послать ту страницу Макхэмам! Не сделай он этого, Патрик бы никогда не узнал про архивистов и не научил меня, как связаться с ними в Ориа. У нас бы никогда не было того старенького скрайба. Я бы не научился сортировать и торговать. И никогда бы не смог подарить Кассии стихотворение на день рождения.

Я больше не могу позволить моим родителям уйти навсегда без следа.

Осторожно, чтобы никого не разбудить, я ощупью крадусь в глубину пещеры. Очень быстро нахожу в рюкзаке все, что мне нужно — первым делом краски, которые взял для меня Эли. Потом кисточку. Сжимаю в кулаке ее щетину.

Потом я открываю баночки с красками и выстраиваю их в ряд. Вытягиваю руку, чтобы убедиться, что стена прямо передо мной.

Глубоко окунаю кисточку и провожу первый мазок по стене, высоко над своей головой. Капли краски падают мне на лицо.

Не дожидаясь, когда свет начнет просачиваться в пещеру, я рисую мир и своих родителей в центре этого мира. Маму. Отца. Ее — любующейся закатом. Его — учащим мальчика писать. Может быть, этот мальчик — я. В темноте не видно.

Я рисуют ручей Вика.

Самой последней я рисую Кассию.

Как много мы должны открыть тем, кого любим?

Какие эпизоды своей жизни я должен обнажить, высечь из толщи, разложить перед ней? Разве недостаточно того, что я указал ей путь к тому, кто я есть?

Неужели мне нужно рассказать ей, как часто там, в городке, я изнывал от зависти и горечи, терзаясь своей непохожестью на других? Как хотел быть Ксандером или любым другим мальчиком из числа тех, кто продолжал ходить в школу, у кого был хотя бы шанс стать ее Обрученным?

Неужели я должен рассказать ей о той ночи, когда я повернулся спиной к другим мальчишкам из деревни и сбежал, взяв с собой только Вика и Эли? Вика, потому что он мог помочь мне выжить, а Эли, чтобы хоть немного заглушить чувство вины?

Я должен рассказать ей правду, но я до сих пор не сказал ее даже самому себе.

У меня начинают трястись руки.

В тот день, когда погибли мои родители, я был один на плато. Я увидел, как огонь упал с неба. Когда все было кончено, я бросился к родителям. Что ж, хотя бы это правда.

Когда я увидел первые трупы, мне стало плохо. Меня вырвало. А потом я заметил, что кое-что уцелело. Не люди, вещи. Башмак в одном месте. Новенький, даже не открытый алюминиевый контейнер с едой в другом. Кисточка с чистой щетиной. Я поднял ее.

Теперь я вспоминаю. О том, о чем лгал себе все это время.

После того, как я подобрал кисточку, огляделся по сторонам и увидел на земле своих мертвых родителей, я не попытался унести их. Не стал хоронить.

Я увидел их и убежал.

44 ГЛАВА КАССИЯ

Я просыпаюсь первой. Луч солнца падает из входа в пещеру, и я удивленно обвожу глазами остальных, поражаясь тому, как они могут не замечать яркий свет и отсутствие дождя.

Глядя на Кая, Эли и Хантера, я думаю о том, сколько невидимых ран может снести человек. Тех ран, что оставляют рубцы на сердце, разуме, костях. «Как мы все держимся? — поражаюсь я. — Что заставляет нас продолжать свой путь?»

Я выхожу из пещеры, и небо ослепляет меня. По примеру Кая, я защищаюсь ладонью от света, а когда отнимаю руку, мне на секунду кажется, будто на небе остались отпечатки моих пальцев, следы волнистых темных линий. В следующую секунду следы приходят в движение, поворачивают в сторону, и я понимаю, что это не спирали моих папиллярных линий, а спирали птичьей стаи, летящей высоко в дали. И я смеюсь над собой, возомнившей, что могу дотронуться до неба.

Я оборачиваюсь, чтобы разбудить остальных, и у меня перехватывает дыхание.

Пока мы спали, он рисовал. Быстрыми, легкими мазками, спешащими потеками краски.

Он заполнил заднюю стену пещеры реками звезд. Он создал целый мир скал, холмов и деревьев. Он написал и ручей — мертвый, но оживленный следами ног на берегу, и могилу, над которой стоит каменная рыба, чьи чешуйки уже никогда не поймают свет солнца.

А в самом центре он нарисовал своих родителей.

Он рисовал в темноте, вслепую. Картины переходят и перетекают друг в друга. Кое-где очень странные цвета. Зеленое небо, синие камни. И я, в полный рост, в платье.

Он нарисовал его красным.

45 ГЛАВА КАЙ

Лодка так раскалилась под солнцем, что до нее больно дотрагиваться. У меня краснеют руки, и я надеюсь, что Кассия этого не заметит. Я не хочу, чтобы она вспоминала о том дне, когда отсортировала меня. Что сделано, то сделано. Нужно идти дальше.

Я надеюсь, она чувствует то же самое, но не спрашиваю. Во-первых, потому что у меня нет такой возможности — мы идем вереницей по узкой тропинке, и наш разговор будет слышен всем, — а во-вторых, потому что я слишком устал, чтобы подбирать слова. Кассия, Инди и Эли тащат наши с Хантером рюкзаки, но у меня все равно все мышцы горят огнем и рвутся от натуги.

Солнце уходит, на горизонте собираются облака.

Я не знаю, что для нас лучше — дождь или засуха. В дождь тяжелее идти, зато он смывает наши следы. Мы подходим к очередному зыбкому рубежу на пути к выживанию. Но я сделал все, что было в моих силах, чтобы Кассия оказалась по правильную сторону от границы. Для этого я достал ей лодку.

Время от времени она выручает нас и на суше — в тех местах, где тропа превращается в сплошное глинистое болото, мы бросаем лодку под ноги, переходим по ней, а потом подбираем. После этого на глине остаются отпечатки, похожие на следы узких длинных ног. Если бы не усталость, я бы, наверное, улыбнулся. Что-то подумает Общество, когда увидит эти следы? Что кто-то огромный явился в каньон, взял нас на руки и понес к выходу из Разлома?

Вечером мы остановимся на привал. И я поговорю с ней. К этому времени я буду знать, что ей сказать. Сейчас я слишком устал, чтобы думать о том, как все исправить.

Мы наверстываем время, упущенное из-за вчерашних задержек. Поэтому не отдыхаем. Мы шагаем вперед, на ходу глотая воду из фляжек и заедая сухими хлебцами. Мы успеваем дойти почти до самого края Разлома, когда свет начинает меркнуть в преддверии вечера и вновь начинает накрапывать дождь.

Хантер останавливается и опускает свой конец лодки на землю. Я делаю то же самое. Он оборачивается и смотрит на Разлом, лежащий за нашими спинами.

— Нужно идти дальше, — роняет он.

— Но уже почти стемнело, — замечает Эли.

Хантер качает головой.

— У нас мало времени, — говорит он. — Как только они узнают, что случилось, им ничто не помешает спуститься в каньон из Грота. А если у них есть минипорты? Они могут вызвать подмогу и отрезать нам путь в долину.

— А где наш минипорт? — спрашиваю я.

— Я бросила его в реку перед уходом из поселка, — отвечает Кассия. Инди громко ахает.

— Отлично, — кивает Хантер. — Не хватало еще, чтобы нас выследили.

Эли вздрагивает.

— Ты сможешь идти дальше? — с тревогой спрашивает его Кассия.

— Постараюсь, — отвечает он, глядя на меня. — Как думаешь, так надо?

— Да, — киваю я.

— У нас есть фонари, — добавляет Инди.

— Значит, идем, — решает Кассия и наклоняется, чтобы помочь нам поднять лодку.

Мы из последних сил бредем вдоль берега. Я чувствую под ногами камни, выброшенные волнами. И думаю, нет ли среди них каменной рыбы, лежащей на могиле Вика. В темноте все выглядит незнакомым, и я не могу найти места, где он лежит.

Но я знаю, что бы сделал Вик, если бы остался в живых.

Все, что угодно, лишь бы быть ближе к Лэни.

В роще, при свете налобного фонаря, повернутого линзой вниз, мы с Хантером разворачиваем пластик и достаем насос. Лодка быстро приобретает форму.

— Она выдержит двоих, — говорит Хантер. — Остальным желающим примкнуть к Восстанию придется идти вдоль ручья на своих двоих. Это будет, конечно, намного медленнее.

Воздух вздыхает в теле лодки.

На какое-то время я застываю.

Снова идет дождь — чистый, обжигающе-холодный. Он не похож на вчерашний ливень — сейчас с небес моросит, а не льет потоком. Скоро все закончится.

«А где-то высоко-высоко этот дождь падает снегом», — говорила моя мама, подставляя ладони под капель.

Я вспоминаю ее картины и то, как быстро они высыхали.

— Где-то, — говорю я вслух в надежде, что она услышит, — этот дождь совсем не чувствуется. Он легче, чем воздух.

Кассия оборачивается и смотрит на меня.

Я представляю, как капли дождя стучат по чешуе каменной рыбы, которую я вырезал для Вика. «Каждая капля лечит отравленный ручей», — думаю я, поднимая руки и широко разводя их в стороны. Я не пытаюсь ловить капли и не хочу удержать их. Я лишь позволяю им оставить на мне свой след и отпускаю.

Нужно отпустить. Моих родителей и боль того, что с ними случилось. Все то, что я не сумел сделать. Всех людей, которых не смог спасти или похоронить. Свою ревность к Ксандеру. Свою вину за то, что случилось с Виком. Тревогу о том, кем я никогда не был и ни за что не стану.

Отпустить все.

Не знаю, смогу ли я это сделать, но стоит попробовать. Поэтому я позволяю струям дождя барабанить по моим ладоням. Сбегать по пальцам в землю. «Каждая капля помогает мне», — думаю я. А потом запрокидываю голову и пытаюсь открыться небу.

Возможно, мой отец стал причиной гибели всех тех людей. Но до этого он пытался сделать их жизнь сносной. Он давал им надежду. Я привык думать, что это не имеет никакого значения, но это не так.

Хорошее и плохое. Хорошее в моем отце, плохое во мне. Никакому огню, льющемуся на меня с небес, не под силу выжечь это дотла. Только я сам могу избавиться от своей тьмы.

— Прости меня, — говорю я Кассии. — Я не должен был лгать тебе.

— Прости меня тоже, — вторит она. — Мне не нужно было сортировать.

Мы смотрим друг на друга под дождем.

— Это твоя лодка, — говорит мне Инди. — Решай, кто на ней пойдет?

— Я выменял ее для тебя, — говорю я Кассии. — Тебе выбирать, кого ты возьмешь с собой.

Я чувствую себя, как перед Банкетом обручения. Весь превращаюсь в ожидание. Гадаю, достаточно ли я сделал для того, чтобы она увидела меня снова.

ГЛАВА 46
КАССИЯ

— Кай, — отвечаю я. — Нет, я больше не могу сортировать людей.

Как он может просить меня сделать это снова?

— Быстрее, — торопит Инди.

— В прошлый раз ты все сделала правильно, — говорит Кай. — Мое место здесь.

Это правда. Так и есть. И хотя поиски Кая стали самым трудным делом в моей жизни, они закалили меня и сделали сильнее.

Я закрываю глаза и сосредотачиваюсь на релевантных факторах. Итак.

Хантер хочет уйти в горы, не по реке.

Эли самый маленький.

Инди умеет грести.

Я люблю Кая.

Кого же выбрать?

На этот раз моя задача упрощается, потому что есть всего один выбор — всего одна конфигурация — которая кажется мне правильной.

— Пора, — торопит Хантер. — Кого ты выбрала?

Я смотрю на Кая, надеясь, что он поймет. Он поймет. На моем месте он сделал бы то же самое.

— Эли, — объявляю я.

ГЛАВА 47
КАЙ

Эли растерянно мигает.

— Я? — переспрашивает он. — А как же Кай?

— Ты, — говорит Кассия. — Ты и Инди. Я не поплыву.

Инди изумленно вскидывает глаза.

— Кто-то должен доставить Эли вниз по течению, — объясняет Кассия. — Хантер и Инди единственные из нас, кто знаком с водой, но Хантер уходит в горы.

Хантер осматривает лодку.

— Почти готово.

— Ты же справишься, правда? — спрашивает Кассия у Инди. — Ты сможешь доставить туда Эли? Это самый быстрый способ переправить его, не подвергая опасности.

— Справлюсь, — без тени сомнения отвечает Инди.

— Река — это не море, — предупреждает ее Хантер.

— У нас были реки, которые текли в море, — от вечает Инди. Она достает одно из весел, лежащих на дне лодки, и ловко собирает его. — Я ходила по ним ночью для тренировки. Общество ни разу не поймало меня, пока я не вышла в океан.

— Постойте, — говорит Эли. Мы все поворачиваемся к нему. Он вскидывает подбородок и смотрит мне в лицо очень серьезным, твердым взглядом. — Я хочу идти пешком через долину. Так, как мы хотели раньше.

Хантер удивленно поднимает глаза. Ясно, что с Эли ему придется идти медленнее. Но Хантер не тот человек, чтобы бросить кого-то в беде.

— Можно, я пойду с тобой? — спрашивает Эли. — Я буду бежать изо всех сил.

— Конечно, — отвечает Хантер. — Но выходить нужно немедленно.

Я сгребаю Эли в охапку и крепко прижимаю к себе.

— Мы еще встретимся, — говорит он. — Я знаю.

— Непременно, — отвечаю я. Конечно, я не должен давать такое обещание. Я ловлю взгляд Хантера поверх головы Эли и думаю, обещал ли он то же самое Саре, когда прощался с ней.

Эли вырывается из моих рук, крепко обнимает Кассию, потом Инди, которая выглядит удивленной. Однако она тоже обнимает его, и Эли выпрямляется.

— Я готов, — объявляет он. — Идем.

— Надеюсь, еще свидимся, — говорит нам Хантер. Он поднимает руку в приветственном жесте, и в свете налобного фонаря я вижу синие полосы на его предплечье. Еще несколько секунд мы стоим, глядя друг на друга. Потом Хантер отворачивается и бегом бросается в ночь, Эли спешит за ним. Какое-то время я вижу мелькание их фонарей за деревьями, а потом все исчезает.

— С Эли все будет в порядке, — говорит Кассия. — Правда?

— Это был его выбор, — отвечаю я.

— Я знаю, — соглашается она. Голос ее тих и нежен. — Просто все так быстро.

Так и есть. Как в тот день, когда меня увезли из городка. Как в тот день, когда погибли мои родители и когда Вик ушел из жизни. Все расставания похожи. Никогда нельзя как следует отметить миг разлуки, какие бы глубокие раны она не оставила в твоем сердце.

Инди снимает свою куртку и быстрым движением каменного ножа вырезает закрепленный внутри диск. Она швыряет его себе под ноги и поворачивается ко мне.

— Эли принял решение, — говорит она. — Что скажешь ты?

Кассия тоже смотрит на меня. Потом поднимает руку, смахивает дождь и слезы с лица.

— Я пойду пешком вдоль реки, — отвечаю я. — Конечно, это будет гораздо медленнее, чем на лодке, но я догоню вас в конце пути.

— Уверен? — шепчет она.

Да, я уверен.

— Ты прошла долгий путь, чтобы найти меня, — отвечаю я. — Значит, и я смогу пойти в Восстание с тобой.

48 ГЛАВА
КАССИЯ

Дождь становится тише, превращается в снег. У меня такое ощущение, что мы еще не добрались, что мы все еще в пути. Навстречу друг другу. Навстречу тем, какими мы должны быть. Я смотрю на него, зная, что никогда не увижу всего — о да, наконец-то я это поняла — и снова делаю выбор.

— Трудно перейти, — говорю я, и у меня ломается голос.

— Куда перейти? — переспрашивает он.

— К той, какой я должна быть, — отвечаю я.

И мы бросаемся друг к другу.

Мы оба были неправы, мы оба попытаемся все исправить. Это все, что мы можем сделать.

Кай наклоняется, чтобы поцеловать меня, но его руки висят вдоль тела.

— Почему ты не хочешь меня обнять? — спрашиваю я и слегка подаюсь к нему.

Он коротко смеется и протягивает мне свои руки. Они все в земле, в краске и в крови.

Я беру его за руку, накрываю его ладонь своей. Я чувствую шероховатость грязи, гладкие потеки краски, порезы и шрамы, говорящие о его одиноком пути.

— Все можно отмыть, — обещаю я.

49 ГЛАВА
КАЙ

Я привлекаю ее к себе, она вся такая податливая, теплая и ждущая, но потом она вдруг морщится и отстраняется от меня.

— Прости, — говорит она. — Я совсем забыла.

Она вытаскивает из-под рубашки маленькую пробирку. Замечает изумление на моем лице и торопливо оправдывается:

— Не смогла удержаться.

Она протягивает мне пробирку, пытаясь объяснить. Стеклянная трубка блестит под лучами наших налобных фонарей, и мне не сразу удается прочесть имя: «Рейес, Сэмюэл». Ее дедушка.

— Я взяла ее, когда вы все смотрели на Хантера, после того, как он разбил первую пробирку.

— Эли тоже украл одну, — говорю я. — Он отдал ее мне.

— Чью он взял? — спрашивает Кассия.

Я смотрю на Инди. Она могла бы столкнуть лодку на воду и бросить Кассию. Но она этого не сделает.

Сейчас не тот случай. Если хочешь добраться туда, куда стремится Инди, то лучшего кормчего тебе не найти. Она понесет твой рюкзак и проведет через бурное море. Сейчас она неподвижно стоит спиной к нам под деревьями около лодки.

— Вика, — отвечаю я Кассии.

Сначала меня удивило, что Эли не выбрал пробирки своих родителей, но потом я вспомнил, что их там не было. Эли и его семья много лет числились Отклонениями. Зато Вик был деклассифицирован совсем недавно, и Общество еще не успело изъять образцы его тканей.

— Эли тебе доверяет, — говорит она.

— Я знаю.

— Я тоже тебе доверяю, — говорит Кассия. — Что ты собираешься делать с пробиркой?

— Спрячу, — отвечаю я. — Буду держать в тайнике, пока я не выясню, кто хранил эти образцы в Гроте и зачем. Пока я не выясню, можно ли доверять Восстанию.

— А книги, которые ты взял из крестьянской пещеры? — напоминает она.

— Их тоже, — киваю я. — Попробую найти хорошее место по дороге. — Я медлю. — Если хочешь спрятать что-нибудь из своих вещей, то я могу это сделать. И постараюсь потом как-нибудь передать их тебе.

— А тебе не будет слишком тяжело нести? — спрашивает она.

— Нет.

Она отдает мне пробирку, потом лезет в рюкзак и вытаскивает пачку разрозненных страниц, которые взяла из пещеры.

— К сожалению, все эти страницы написаны не мной, — говорит она, и я слышу боль в ее голосе. — Но когда-нибудь я сделаю это. — Она дотрагивается ладонью до моей щеки. — Последняя часть твоей истории, — шепчет она. — Ты расскажешь мне ее сейчас? Или когда мы увидимся снова?

— Моя мама, — начинаю я. — Мой отец... — Я зажмуриваюсь, пытаясь объяснить. В том, что я говорю, нет никакого смысла. Это просто вереница слов...

Когда мои родители погибли, я ничего не сделал...

А я хотел сделать...

Я хотел сделать...

Я хотел сделать...

— Порой так случается, — мягко говорит Кассия. Она снова берет меня за руку, переворачивает ее ладонью вверх, долго смотрит на мешанину шрамов, царапин, краски и грязи, не до конца смытой водой. — Ты прав. Нельзя всю жизнь ничего не делать. Но Кай, ведь ты кое-что сделал, когда твои родители погибли. Я помню рисунок, который ты нарисовал для меня в Ории. Ты пытался сберечь их.

— Нет, — выдыхаю я, и у меня обрывается голос. — Я бросил их на земле и убежал.

Она обнимает меня и шепчет мне на ухо. Слова, предназначенные только для меня — поэзия «я люблю тебя» — чтобы согреть в лютую стужу. Этими словами она возрождает меня из пепла и небытия в плоть и кровь.

ГЛАВА 50
КАССИЯ

— «Покорно в ночь навек не уходи», — вновь говорю я ему, в последний раз.

И тогда Кай улыбается мне улыбкой, которую я никогда не видела у него раньше. Такой смелой, беззаботной улыбкой можно повести за собой людей хоть под огонь, хоть в потоп.

— Это мне не грозит, — отвечает он.

Я дотрагиваюсь до его лица, пробегаю пальцами по его векам, нахожу губы, прикасаюсь к ним своими губами. Я целую выступы его скул. Соль его слез напоминает море, и я теряю из виду берег.

Он ушел в лес, я уплываю по реке, наше время подошло к концу.

— Делай, что я говорю, — командует Инди, вручая мне весло и перекрикивая рев воды. — Если скажу — левой, греби слева. Скажу — правой, гребешь справа. Скажу наклониться, делай, как сказано.

Луч ее налобного фонарика бьет мне в глаза, и я радуюсь, когда она отворачивается, чтобы посмотреть вперед. Слезы градом текут у меня по щекам от света и расставания.

— Давай, — говорит Инди, и мы вдвоем сталкиваем лодку с берега. Какое-то время мы сидим на дне, а потом течение находит нас и выталкивает на воду.

— Правой! — кричит Инди.

Редкие хлопья снега летят нам в лица, тусклые белые промельки в свете наших фонарей.

— Если перевернемся, держись за лодку! — кричит мне Инди.

Видимость впереди настолько плохая, что у нее хватает времени только на один быстрый крик, на одно стремительное решение; она сортирует в таких условиях, в каких мне никогда не приходилось работать: брызги в лицо, серебристая вода кругом, черные ветки цепляют с обоих берегов, сломанные деревья грозно вырастают перед нами из потока.

Я во всем подражаю Инди, копирую ее движения, повторяю гребки. И не устаю поражаться тому, как Общество сумело поймать ее в океане. Сегодня ночью, на этой реке, она — настоящий Кормчий.

Часы и минуты теряют смысл, теперь значение имеют только смены течения, изгибы ручья, крики Инди и весла, рассекающие воду, то с одного, то с другого борта.

Я быстро поднимаю взгляд, чтобы посмотреть, что происходит наверху: ночь рассеивается, и хотя небо еще черно, как всегда бывает перед рассветом, его чернота уже начинает тускнеть по краям;

я отвлекаюсь всего на мгновение, но пропускаю команду Инди грести правой, и мы опрокидываемся в ручей.

Холодная черная вода, отравленная ядовитыми сферами Общества, обрушивается на меня. Я ничего не вижу, но чувствую все — и ледяную воду, и плавник, колотящий меня со всех сторон. Через мгновение я умру, но тут что-то больно бьет меня по руке.

Держись за лодку.

Мои пальцы скребут по борту, я нащупываю край, хватаюсь, держусь, а потом подтягиваюсь на поверхность. Вода горькая на вкус, я выплевываю ее и хватаюсь крепче. Я в лодке, то есть под ней, пойманная и спасенная в воздушном пузыре. Что-то скребет меня по ноге. Налобный фонарь пропал.

Это как в Гроте, я стиснута со всех сторон, но жива.

«Ты сможешь», — сказал мне тогда Кай, но сейчас его нет со мной.

Внезапно я вспоминаю тот день, когда впервые увидела его: солнечный день в чистом голубом бассейне, когда они с Ксандером тоже ушли под воду, но вынырнули на поверхность.

Где Инди?

Лодку бросает в сторону, вода вдруг замирает.

Врывается свет. Это Инди рывком переворачивает лодку. Она держит ее с другой стороны и даже фонарик не потеряла.

— Мы в заводи, — яростно выкрикивает она. — Но скоро выйдем из нее. Вылезай сюда и толкай!

Я подплываю к ней. Черная маслянистая вода неподвижно стоит в широком месте ручья, запертая какой-то преградой дальше по течению.

— Весло не потеряла? — спрашивает Индии, и я к своему немалому удивлению обнаруживаю, что оно все еще при мне. — Тогда на счет три! — командует Инди, и по ее команде мы дружно переворачиваем лодку, ухватившись за борта. Потом Инди стремительно, как рыбка, ныряет в лодку, выхватывает у меня весло и подает мне руку, чтобы втащить внутрь. — А ты живучая, — говорит она. — Рано я понадеялась, что наконец-то от тебя отделалась! — Она хохочет, я подхватываю, и вскоре мы обе покатываемся со смеху, а потом очередная волна подхватывает нас, и Инди издает дикий торжествующий вопль. И я кричу вместе с ней.

— Вот теперь начинается настоящая опасность, — говорит Инди, когда встает солнце, и я понимаю, что она права. Течение по-прежнему очень быстрое, теперь мы лучше видим, но и нас гораздо лучше видно, а мы устали. Густые заросли тополей сменились редкими, предательскими рощицами хилых деревьев — слабых, серо-зеленых, ощетинившихся колючками. — Нужно держаться поближе к деревьям, — говорит Инди, — но если пойдем слишком быстро, то можем напороться на колючки и угробить лодку.

Мы проходим мимо огромного засохшего ствола тополя с чешуйчатой бурой корой, который упал на землю, подточенный многолетними усилиями удержаться за скудную землю берега. «Надеюсь, Хантер и Эли сейчас в горах, — думаю я, — а Кай прячется в лесу».

И тут мы обе слышим это. Прямо у нас над головами.

Не говоря ни слова, мы прижимаемся к берегу. Инди тычет веслом в заросли колючих ветвей, но лопасть соскальзывает, и ей не удается уцепиться. Нас начинает сносить, и тогда я вонзаю весло в воду, чтобы подтянуть лодку обратно.

Аэротанкер тем временем приближается.

Тогда Инди наклоняется и хватается голой рукой за колючую ветку. Я невольно ахаю. Мы останавливаемся, я поспешно выпрыгиваю и подтаскиваю лодку за борт к берегу, слыша сухой шелест шипов по пластику. «Только не лопни, только не надо», — беззвучно молюсь я. Инди выпускает ветку, ее ладони все в крови, мы обе замираем, затаив дыхание.

Они пролетают мимо. Они не замечают нас.

— Я бы сейчас не отказалась от зеленой таблетки, — говорит Инди, а я нервно хихикаю. К сожалению, таблеток больше нет, они утонули вместе со всеми нашими пожитками, которые унесло течением, когда лодка перевернулась. Инди привязала наши рюкзаки к одной из скамеек, но бурная вода легко справилась с ее хитрыми узлами. А может быть, какая-то ветка или сук дерева перерезали веревку, и тогда нам крупно повезло, что на ее месте не оказались наши тела или пластиковый борт лодки.

Мы снова садимся в лодку и идем как можно ближе к берегу. Солнце поднимается все выше. Больше никто не пролетает в небе.

Я думаю о своем втором компасе, который канул на дне реки, вновь превратившись в обычный камень, каким он был до того, как Кай его изменил.

Вечер. Камыши перешептываются и шуршат вдоль берегов, в полосах заката на высоком прекрасном небе уже сверкает первая звезда.

13 Зак. 3443

Потом я вижу, что она сверкает и на земле. Или не на земле, а на воде, сплошной чернотой простирающейся перед нами.

— Это не океан, — говорит Инди.

Звезда мерцает. Что-то проходит над ней, то ли в небе, то ли по воде.

— Но это такое... огромное, — шепчу я. — Что же это?

— Озеро, — говорит Инди.

Странный гул разносится над водой.

Это лодка, она быстро приближается к нам. Нам ни за что от нее не уйти, и мы настолько вымотались, что даже не пытаемся. Мы просто сидим рядышком — голодные, измученные, впервые безвольно плывущие по течению.

— Надеюсь, это Восстание, — шепчет Инди.

— Кто же еще, — вторю ей я.

Когда гул приближается, Инди вдруг хватает меня за руку.

— Я бы выбрала голубое платье, — лихорадочно говорит она. — Я бы посмотрела ему прямо в глаза, кем бы он ни был. Я бы не испугалась.

— Я знаю, — киваю я.

Инди кивает и поворачивается лицом к тому, что приближается к нам. Она выпрямляет спину. Я представляю, как голубое платье — точно такого же цвета, как Обручальное платье моей мамы, — колышется вокруг Инди. Я мысленно переношу ее на берег моря.

Она красавица.

В каждом есть частица красоты. В самом начале я обратила внимание на глаза Кая и полюбила их. Но любовь заставляет всматриваться, всматриваться и всматриваться. Ты замечаешь тыльную сторону его руки, поворот головы, походку. Когда влюбляешься впервые, то на какое-то время слепнешь и видишь лишь восхитительное, любимое целое или прекрасную сумму прекрасных черт. Но когда ты обретаешь возможность увидеть своего любимого по частям, как перечень разных почему — почему он так ходит, почему он так прикрывает глаза, — то можешь полюбить эти черты, и от этого твоя любовь становится одновременно более сложной и более глубокой.

Лодка подходит ближе, и я вижу на ее борту людей в водонепроницаемой одежде. Зачем они так оделись — чтобы не промокнуть? Или знают, что река отравлена? Я нервно стискиваю руки, внезапно почувствовав себя зараженной, хотя наша кожа не слезает лохмотьями, плоть не отделяется от костей, и мы сумели устоять перед желанием утолить жажду речной водой.

— Подними руки, — говорит Инди. — Пусть видят, что у нас ничего нет.

Она кладет весло на колени и поднимает руки в воздух. Этот покорный жест настолько нехарактерен для Инди, что мне требуется несколько секунд, чтобы последовать ее примеру.

Инди не ждет, когда к нам обратятся.

— Мы сбежали! — кричит она. — Мы хотим присоединиться к вам!

Лодка подходит еще ближе. Я смотрю на незнакомых людей, отмечая про себя их блестящие черные комбинезоны и численность: всего девять человек. И двое нас. Они смотрят на нас. Наверное, тоже отмечают: наши куртки, характерные для

Общества, видавшую виды лодку, пустые поднятые руки.

— К кому присоединиться? — переспрашивает один из них.

Инди не задумывается ни на секунду.

— К Восстанию! — выкрикивает она.

ГЛАВА 51
КАЙ

Я бегу. Сплю. Немного ем. Пью из очередной фляги. Когда она заканчивается, выбрасываю ее. Нет смысла наполнять ее отравленной водой.

Снова бегу. Все вдоль и вдоль по берегу реки, стараясь по возможности держаться поближе к деревьям.

Я бегу ради нее. Ради них. Ради себя.

Солнце сверкает на воде. Дождь перестал, но отдельные лужи сливаются в одну.

Мой отец научил меня плавать тем летом, когда выпало больше дождей, чем обычно, и часть низин на пару недель превратилась в озера. Он научил меня задерживать дыхание, держаться на плаву и открывать глаза под толщей сине-зеленой воды.

Бассейн в Ориа был совсем другой. Из белого бетона, а не из красного камня. И дно было видно почти в любом месте, если только не слепили лучи солнца. Вода примыкала к стенкам ровными прямыми линиями. Дети прыгали с трамплина. Казалось, в тот день весь городок собрался в бассейне, но я увидел только Кассию, сидевшую у края воды.

То, как она сидела, так спокойно. Она казалась полностью отстраненной, в то время как вокруг нее все кричали, визжали и носились. На секунду — впервые после моего переезда в Общество — меня покинула тревога. Я успокоился. Когда я увидел ее, сидевшую на бортике бассейна, что-то в глубине меня вновь встало на место.

Потом она встала, и я понял по ее напряженной спине, что она чем-то взволнована. Она смотрела в то место бассейна, куда только что нырнул какой-то мальчик. Я со всех ног бросился к ней и спросил: «Он утонул?»

«Не знаю», — ответила она.

Тогда я нырнул, чтобы помочь Ксандеру.

Химикаты, растворенные в воде, щипали мне глаза, и я зажмурился. В первую секунду жжение и краснота под веками, вызванная ярким светом, напугали меня, я подумал, будто истекаю кровью и вот-вот ослепну. Я судорожно прижал ладони к лицу, но почувствовал только воду, и никакой крови. Тогда я устыдился своего страха. Превозмогая боль, я отдернул руки, открыл глаза и осмотрелся.

Первым делом я увидел ноги и тела пловцов, а потом перестал искать утопленника. Я мог думать только об одном...

...здесь же ничего нет.

Я знал, что бассейн был очень чистый и ухоженный, и все-таки смотреть на него снизу оказалось очень странно. Даже в тех прудах, что рождались и умирали в краткий период ливней, жизнь брала свое. Они обрастали мхом. Водомерки носились по сверкающей на солнце поверхности воды до тех пор, пока пруд полностью не пересыхал. Но на дне этого искусственного пруда не было ничего, кроме бетона.

Я забыл, где нахожусь, и захотел вдохнуть.

Когда я, кашляя и задыхаясь, вынырнул на поверхность, то сразу понял, что она заметила мое отличие от остальных. Ее взгляд остановился на моей щеке, отмеченной шрамом из Отдаленных провинций. Но мне показалось, что я все-таки нравлюсь ей, пусть самую малость. Она отметила мою непохожесть, но решила про себя, что имеет значение, а что нет. И рассмеялась. Мне понравилось, как смех коснулся ее глаз, собрав в морщинки кожу вокруг них.

Я был ребенком. Я знал, что люблю ее, но не понимал, что это значит. Прошли годы, и все изменилось. Она изменилась. И я.

Я прячу пробирки и бумаги в двух разных местах. У меня нет никакой уверенности в том, что содержимое пробирок сохраняет свою ценность вне контейнера Грота, но Эли и Кассия доверили их мне на хранение. Памятуя об угрозе паводков, я кладу пробирки в высокое дупло старого тополя.

Страницам уготовано не столь долгое хранение, поэтому я закапываю их неглубоко в землю и отмечаю место камнем, на котором вырезаю свой знак. Я доволен рисунком. Он напоминает морские волны. Течение реки. Песчаные барханы.

Рыбью чешую.

Я ненадолго закрываю глаза и позволяю себе вспомнить всех людей, которые умерли.

Радужная форель переливается в потоке воды. Золотистые травы переплетаются на далеком берегу, где когда-то бежал Вик, думая о девочке, которую любил. Его подошвы оставляли на песке невесомые следы.

Солнце опускалось над землей, которую моя мать считала прекрасной. Ее сын рисовал рядом с ней, погружая ладони в воду. Ее муж целовал ее в шею.

Мой отец выходил из каньона. Там, в глубине, он видел людей, сеющих и убирающих свой хлеб. Людей, умеющих писать. Мой отец хотел научить всему этому людей, которых любил.

До озера осталось всего несколько сотен ярдов. Я выхожу из-под покрова деревьев.

ГЛАВА 52
КАССИЯ

После стольких смертей в Разломе, после вида стольких безжизненных, неподвижных пробирок в Гроте, зрелище бурлящего жизнью лагеря заставляет мое сердце трепетать от радости. Все эти люди — живые, подвижные. В Разломе я была уже готова поверить, будто мы единственные уцелевшие во всем мире. Пока люди из второй лодки буксируют нашу лодчонку к берегу, я украдкой смотрю на Инди и вижу, что она тоже улыбается. Наши волосы развеваются у нас за спинами, наши весла лежат у нас на коленях. «Мы это сделали, — стучит у меня в висках. — Наконец-то».

— Еще двое, — кричит один из мужчин в лодке, и, несмотря на всю мою радость от завершения пути, мне жаль, что он не может крикнуть: «Еще трое». Скоро, говорю я себе. Кай будет здесь очень скоро.

Наша лодка скребет днищем по дну, и я понимаю, что это больше не наша лодка, теперь она принадлежит Восстанию.

— Вы прибыли как раз вовремя, — говорит один из мужчин, возвышаясь над нами. Он протягивает руку в черной перчатке, чтобы помочь нам выйти на берег. — Мы как раз собираемся сниматься с места. Здесь больше не безопасно. Общество знает о нашем лагере.

Кай. Успеет ли он?

— Когда? — спрашиваю я.

— Как только сможем, — отвечает мужчина. — Идемте со мной. — Он ведет нас к небольшому зданию из шлакоблоков, стоящему неподалеку от берега. Металлическая дверь заперта, но мужчина громко стучит, и она немедленно отворяется.

— Мы нашли еще двоих на озере, — говорит он, и три человека стремительно встают со своих мест, металлические ножки их допотопных стульев старого Общественного образца громко скрежещут по полу, когда они отодвигают их от стола, заваленного картами и минипортами. Все трое одеты в зеленую форму, их лица скрыты, но я вижу их глаза.

— Отсортируйте их, — приказывает одна из них, женщина-офицер. — Вы были на реке? — спрашивает она нас.

Мы молча киваем.

— Нам придется вас дезинфицировать, — говорит женщина. — Отведите их первым делом в бокс, — она улыбается нам. — Добро пожаловать в Восстание.

Под взглядами троих офицеров мы выходим из здания. У двух из них глаза карие, у третьего — голубые. Одна женщина. Двое мужчин. У всех усталые тени под глазами. От долгой работы? От работы на Общество и Восстание одновременно?

Они собираются сортировать меня, но я могу сделать то же самое.

После того, как мы выходим из душа, молодая женщина проводит тампоном по нашим рукам, делая пробы на остатки загрязнения.

— Вы чисты, — объявляет она. — Хорошо, что шли дожди и почти весь яд смыло.

Она ведет нас через лагерь. Я пытаюсь запомнить как можно больше информации, но не вижу ничего, кроме домиков из шлакоблоков, брезентовых палаток и огромного здания, в котором, судя по всему, должно храниться что-то очень большое.

Мы заходим еще в одно маленькое здание, и женщина распахивает первую дверь в длинном коридоре.

— Ты сюда, — объявляет она Инди, — а ты туда. — Она открывает передо мной другую дверь.

Они решили разделить нас. А мы были настолько поглощены стремлением выжить, что даже не догадались придумать, что будем рассказывать о себе.

Я вспоминаю математическую игру под названием «дилемма заключенного». Нужно просчитать, на чем тебя поймают, как узнают, правду ты говоришь или нет... Я должна была догадаться, что в Восстании эта игра тоже в ходу.

У нас нет времени все обдумать. Инди посылает мне многозначительную улыбку, и я вспоминаю, как она помогла мне спрятать таблетки на аэросудне. Мы и раньше умели скрывать то, что хотели. Значит, сможем сделать это снова. Я улыбаюсь ей в ответ.

Остается только надеяться, что мы с Инди хотим сохранить в тайне одни и те же факты.

— Назовите свое полное имя, пожалуйста, — просит мужчина с приятным голосом.

— Кассия Мария Рейес.

Ничего. Никакого отклика в лице. Никакого признака, что ему знакомо это имя, никакого упоминания о дедушке или Кормчем. Я с самого начала знала, что так и будет, но все равно чувствую холодок разочарования.

— Общественный статус.

Теперь нужно решать, и очень быстро.

— Гражданка, насколько мне известно.

— Как вы оказались в Отдаленных провинциях?

Я не буду впутывать сюда дедушку и его стихотворения, архивисты тут тоже ни при чем.

— Меня сюда послали по ошибке, — лгу я. — Офицер в трудовом лагере приказал мне подняться на борт аэротанкера вместе с другими девочками и не захотел слушать, когда я сообщила ему о своем гражданском статусе.

— А потом? — спрашивает мужчина.

— Потом мы сбежали в Разлом. Нас повел один мальчик, но он умер. — Я сглатываю. — Мы пришли в поселок, но он оказался пуст.

— Что вы там делали?

— Нашли лодку, — отвечаю я. — И карту. Я расшифровала ее. Там было написано, как вас найти.

— Откуда вы узнали о Восстании?

— Из стихотворения. И потом в поселке.

— Кто-нибудь еще вышел из Разлома вместе с вами?

Вопросы следуют так быстро, что я не успеваю все обдумать. Сказать им о Кае? Или не говорить? Мое колебание, пусть секундное, выдает меня с головой, поэтому на этот раз я отвечаю честно, решив соврать кое в чем другом.

— Еще один мальчик, — говорю я. — Он тоже из деревни, только из другой. Мы все не могли поместиться в лодку, поэтому он пошел пешком.

— Его имя?

— Кай, — отвечаю я.

— Имя вашей спутницы, девочки, с которой вы были в лодке?

— Инди.

— Фамилии?

— Не знаю. — Это правда в отношении Инди и частичная неправда в отношении Кая. Какой была его фамилия, когда он жил здесь?

— Вам удалось обнаружить какие-нибудь указания на то, куда могли уйти жители каньона?

— Нет.

— Что заставило вас принять решение примкнуть к Восстанию?

— После всего, что мы видели, я утратила веру в Общество.

— Пока достаточно, — добродушно говорит мужчина, выключая минипорт. — Теперь мы просмотрим вашу анкету в базе Общества и примем решение о том, куда вас направить.

— У вас есть доступ в базе Общества? — изумляюсь я. — Прямо отсюда?

Он улыбается.

— Да. Мы пришли к выводу, что, несмотря на разницу наших подходов, сами анкеты вполне объективны. Подождите здесь, пожалуйста.

В тесной бетонной комнате с безжизненными стенами мои мысли невольно возвращаются в Грот. Там повсюду было Общество — в пробирках, в организации хранения, в замаскированных дверях. Даже трещина в стене, тайный проход, по которому нас провел Хантер, была похожа на трещины в самом Обществе. Я вспоминаю другие детали. Пыль в углах Грота. Маленькие синие напольные светильники, многие из которых давно перегорели, но так и не были заменены. Неужели Общество перестало справляться со всем, что пытается подчинить и контролировать?

Я представляю себе власть в виде руки, которая постепенно разжимается, падает, размыкает связь, и на ее место приходит Восстание.

В конце концов Общество решило, что я не достойна спасения. Моя чиновница считала меня любопытным экспериментом, она позволила мне выбросить красную таблетку и наблюдала за тем, что я буду делать дальше. Но я совершила ошибку, приняв ее личный интерес за Общественный, — мне льстила мысль, будто Общество считает меня особенной — но для них я была не более чем первоклассной сортировщицей, занятным исследовательским проектом, который можно без особого сожаления прервать в любое время, поскольку реакции объекта наблюдения полностью соответствовали всем ожиданиям.

Интересно, кем будет считать меня Восстание? Сумеют ли эти люди посмотреть на мою анкету другими глазами? Они должны. Они знают больше, чем Общество. Они знают о моем побеге в Разлом, о путешествии вниз по реке. Я рисковала. Я изменилась. Я чувствую это, я знаю это.

Дверь открывается.

— Кассия, — говорит мужчина. — Мы проанализировали вашу информацию.

— Да?

Куда же они меня пошлют?

— Мы решили, что вы лучше всего послужите Восстанию, работая внутри Общества.

53 ГЛАВА
КАЙ

— Пожалуйста, назовите свое полное имя.

Которое назвать?

— Кай Макхэм, — отвечаю я.

— Общественный статус?

— Отклонение от нормы.

— Как вы узнали о Восстании?

— Мой отец был его участником, много лет назад, — говорю я.

— Как вы нас нашли?

— По карте, которую нашли в Разломе.

Надеюсь, мои ответы не расходятся с теми, что дала она. Как обычно, нам не хватило времени. Но я доверяю своей интуиции и ее тоже.

— С вами путешествовал кто-нибудь, кроме двух девушек, приплывших ранее на лодке?

— Нет, — отвечаю я. Это простой вопрос. Я точно знаю, что Кассия ни за что не выдаст Эли и Хантера, несмотря на всю свою веру в Восстание.

Мужчина откидывается на спинку стула. Его голос звучит бесстрастно.

— А теперь, — объявляет он. — Кай Макхэм, расскажите нам более подробно о причинах, побудивших вас примкнуть к нам.

Когда я заканчиваю говорить, мужчина благодарит меня и ненадолго оставляет одного. Вернувшись, он останавливается в дверном проеме.

— Кай Макхэм.

— Да?

— Примите мои поздравления, — говорит он. — Вас назначили на должность пилота аэротанкера, поэтому вы отправляетесь в провинцию Камас для прохождения тренировок. Вы сослужите большую службу Восстанию.

— Спасибо, — отвечаю я.

— Вы отправляетесь сегодня вечером, — добавляет он, открывая дверь. — А теперь можете поесть и выспаться в общем помещении, вместе со всеми. — Он указывает на большие палатки. — Этот лагерь предназначен для сбора и сортировки беглецов вроде вас. Кстати, одна из девушек, спасшихся вместе с вами, еще должна быть здесь.

Я снова благодарю его и со всех ног бросаюсь в общее помещение. Откинув клапан палатки, я первым делом вижу ее.

Инди.

Я не удивлен — нет, я знал, что так может быть, — но сердце все равно падает. Я надеялся снова увидеть Кассию. Прямо сейчас.

Но я все равно увижу ее снова.

Инди сидит одна. Увидев меня, она слегка отодвигается, освобождая мне место за столом. Я прохожу мимо других ребят, едящих и болтающих о своих назначениях. Здесь есть несколько девушек, но в основном тут одни мужчины — все молодые, в черной форме. У дальней стены палатки выстроилась очередь за едой, но я хочу поговорить с Инди. Я сажусь рядом с ней и первым делом спрашиваю о самом важном:

— Где Кассия?

— Ее отослали обратно в Общество, — отвечает Инди. — В Центральный. Туда, куда переводят Ксандера. — Она подцепляет вилкой кусочек мяса. — Кассия до сих пор не знает его секрет, да?

— Скоро узнает, — говорю я. — Он сам ей расскажет.

— Конечно, — отвечает Инди.

— Как они отослали ее обратно? — спрашиваю я.

— На аэротанкере, — отвечает Инди. — Они послали ее в трудовой лагерь, откуда один чиновник, работающий на Восстание, переправляет людей обратно в Общество на поездах дальнего следования. Сейчас она, наверное, уже на пути в Центральный. — Они наклоняется ко мне. — С ней все будет хорошо. Восстание проверило ее анкету. Общество даже до сих пор не деклассифицировало ее.

Я киваю и отстраняюсь. Наверное, Кассия разочарована. Я знаю, она очень хотела остаться в Восстании.

— Как путешествие? — спрашивает Инди.

— Оказалось долгим, — отвечаю я. — А как река?

— Отравлена, — говорит она.

Я с облегчением смеюсь, радуясь, что получил сведения о благополучной судьбе Кассии из источника, которому, несмотря ни на что, могу полностью доверять.

— Мы все-таки сделали это, — говорю я. — Все живы.

— Мы с Кассией опрокинулись в реку, — рассказывает Инди. — Но, кажется, все обошлось.

— Спасибо дождю, — замечаю я.

— И моему искусству кормчего, — добавляет Инди.

— Они возьмут тебя на заметку, Инди, — предупреждаю я. — Ты для них ценный кадр. Будь осторожна.

Она кивает.

— Мне все равно кажется, что ты сбежишь отсюда, — говорю я.

— Я могу тебя удивить, — хмыкает она.

— Тебе уже удавалось это раньше, — отвечаю я. — Куда тебя назначили?

— Пока не сказали, — признается она, — но мы уезжаем вечером. А тебя куда определили? Куда отправляешься?

— В Камас. — Если бы я специально искал место подальше от Кассии, то выбрал бы Камас. Родину Вика. Что ж, возможно, мне удастся выяснить, что случилось с Лэни. — Похоже, мои анкетные данные говорят о том, что из меня получится неплохой кормчий.

Инди широко распахивает глаза.

— На аэротанкере, — поясняю я. — Ничего больше.

Секунду-другую Инди молча разглядывает меня.

— Что ж, — говорит она, и я слышу едва заметную насмешку в ее голосе, — летать на аэротанкере может каждый. Просто указывай нужное направление, да жми на кнопки. Это совсем не то, что идти по реке. Даже такой малыш, как Эли, мог бы... — Инди вдруг замолкает, сбившись с шутливого тона, и тихо откладывает вилку.

— Я тоже скучаю по нему, — признаюсь я. Потом накрываю ладонью ее руку и быстро пожимаю.

— Я ничего не сказала им об Эли, — шепчет Инди. — И о Хантере тоже.

— Я тоже, — говорю я.

Потом встаю. Я хочу есть, но сначала нужно еще кое-что сделать.

— Ты знаешь, когда точно тебя отправляют? — спрашиваю я у Инди.

Она отрицательно качает головой.

— Я постараюсь прийти и попрощаться, — обещаю я.

— Кассия не хотела уезжать отсюда, не попрощавшись с тобой, — говорит Инди. — Так и знай.

Я киваю.

— Она просила передать тебе, что точно знает: она обязательно увидит тебя снова, — пересказывает Инди. — И что она любит тебя.

— Спасибо, — говорю я.

Я все время жду, что Общество вот-вот низкой черной стаей пролетит над озером, но в небе чисто. Да, я знаю, что Кассия хотела бы совсем другого, но все-таки рад, что ее нет в гуще Восстания.

Чтобы не выделяться здесь, нужно демонстрировать энергию и целеустремленность. Кто-то грузится на аэротанкеры, кто-то сворачивает палатки. Здесь мне не нужно прятать глаза. Я открыто киваю всем, мимо кого прохожу.

Я не могу демонстрировать им только одного — своего отчаяния. Поэтому, когда спускается ночь, а мне все еще не удается отыскать того, кто мне нужен, я не позволяю даже тени тревоги появиться на моем лице.

И наконец замечаю человека, похожего на того, кто мне нужен.

Кассия не любит сортировать людей. Я же делаю это настолько хорошо, что начинаю тревожиться, не слишком ли мне нравится это занятие. Этот талант я унаследовал от своего отца. Однако достаточно пары неверных шагов, чтобы любой талант из средства превратился в самоцель.

Но сейчас мне придется рискнуть. Я хочу, чтобы Кассия получила свои бумаги и смогла обменять их на что-нибудь в Обществе. Они могут ей понадобиться.

— Привет, — говорю я. Мужчина еще не собрался — следовательно, он один из тех, кто покидает лагерь последним, но при этом занимает недостаточно высокое положение, раз его не пригласили на ночное совещание командиров, обсуждавших вопросы стратегии. Итак, передо мной человек, умеющий быть полезным, но при этом незаметным, компетентный, но без лишнего блеска. Что ж, идеальное положение для того, кто работает — или когда-то работал — архивистом.

— Привет, — отвечает он. На его лице написана равнодушная вежливость, голос звучит бесстрастно.

— Я хочу услышать славную историю Восстания, — прошу я.

Он быстро скрывает свое удивление, однако недостаточно быстро. При этом он умен. Он знает, что я заметил.

— Я больше не архивист, — говорит он. — Я примкнул к Восстанию. Больше не торгую.

— Так сторгуйте сейчас, — предлагаю я.

Ему не хватает воли устоять.

— Что у тебя есть? — спрашивает он, проворно, почти незаметно оглядываясь по сторонам.

— Бумаги из Разлома, — отвечаю я. Кажется, я заметил хищный блеск в его глазах. — Они неподалеку отсюда. Я скажу вам, как их найти, и попрошу переправить девушке по имени Кассия Рейес, ее только что отправили в Общество.

— Плата?

— На ваш выбор, — отвечаю я. Против такого вознаграждения не устоит ни один торговец или архивист. — Выберете любой документ, какой понравится. Но мне точно известно, что там есть, и я узнаю, если вы возьмете больше одного. Тогда я расскажу о вас Восстанию.

— Архивисты честны в сделках, — отвечает он. — Это часть нашего кодекса.

— Я знаю, — соглашаюсь я. — Но вы же сами сказали, что перестали быть архивистом.

Он улыбается.

— Архивисты бывшими не бывают.

Из-за встречи с архивистом я не успел попрощаться с Инди. Аэротанкер, на котором она улетает, отрывается от земли в свете догорающего дня, и я вижу, что днище у корабля сильно обожжено и покорежено. Похоже, однажды это судно пыталось приземлиться там, где этому не были рады и встретили незваного гостя огнем. Ружья мальчишек из опустошенных деревень не смогли бы причинить такого ущерба.

Наверное, его пытались подбить крестьяне.

— Что случилось с судном? — спрашиваю я человека, стоящего рядом со мной.

— Не знаю, — говорит он. — Несколько ночей назад оно вылетело на задание, а вернулось вот в таком виде. — Пожатие плеч. — Ты новенький? Тебе еще объяснят, что здесь положено знать только свои обязанности. Так безопаснее, на случай, если тебя поймают.

Это справедливо. И даже если мои предположения о причине повреждения судна верны, мне не известны все обстоятельства. Возможно, восставшие пытались сесть, чтобы помочь крестьянам, но те приняли их суда за силы Общества.

А может быть, и нет.

Единственный способ узнать, как тут все устроено, это приглядеться изнутри.

Архивист разыскивает меня через несколько часов, когда я уже уезжаю. Я выхожу из строя, чтобы поговорить с ним.

— Подтверждение получено, — сообщает он. — Она в Центральном. Я безотлагательно осуществлю сделку.

— Хорошо, — говорю я. Значит, Кассия в безопасности. Они сказали, что отправят ее обратно, и сделали это. Одно очко в пользу Восстания. — У вас были какие-то проблемы?

— Никаких, — отвечает он. Потом протягивает мне камень, на котором я вырезал волнистые линии, похожие на чешуйки. — Жаль бросать такую вещь, хотя я понимаю, что вы не можете взять ее с собой, — говорит он. Значит, у Восстания те же правила, что и в Обществе. Никакого лишнего имущества. — Красивое изделие.

— Спасибо, — благодарю я.

— Немногие умеют писать такие буквы, — продолжает он.

— Буквы? — переспрашиваю я. И вдруг понимаю, что он имеет в виду. Я думал, что вырезаю волны. Чешую. Рябь. Но на самом деле это похоже на букву «С», повторенную множество раз. Я опускаю камень на землю, чтобы пометить еще одно место, где мы с ней побывали.

— Вы кого-нибудь учили? — спрашивает архивист.

— Только однажды, — отвечаю я.

ГЛАВА 54
КАССИЯ

Сейчас самое начало весны, лед на озере в Центральном уже начал подтаивать у берегов. Иногда по дороге на работу я останавливаюсь возле ограждения остановки аэропоезда и смотрю на серую воду вдали, на красные ветви кустов вдоль берегов. Мне нравится стоять здесь. Когда я вижу, как ветер гонит волну и раскачивает ветви, то всегда воспоминаю, что перед возвращением в Общество, мне довелось пересечь реки и каньоны.

Но я стою здесь не только для того, чтобы насладиться видом. Архивист, с которым я имею дело, посылает на остановку своего человека, который наблюдает за мной и отмечает, как долго я стою. Так он узнает, принимаю я или нет условия нашей очередной сделки. Если я задержусь на этом месте до подхода следующего поезда — то есть еще несколько секунд, — это будет означать, что я согласна. За последние несколько месяцев архивист имел возможность убедиться в том, что я торгую редко, но владею большими ценностями.

Я отворачиваюсь от озера и вижу город, белые здания и толпу людей в темной одежде, идущую к станции. Сначала это напоминает мне вход в Разлом, а потом в памяти вновь всплывает тот далекий день в городке, когда я впервые увидела схему строения человеческого тела с реками крови и сильными белыми костями.

За секунду до того, как следующий поезд подходит к станции, я отворачиваюсь и иду вниз по лестнице.

Цена слишком низкая. Не принимаю. Пока.

Оказывается, я даже не знала, что было у меня внутри.

Как не знала того, что было в нем. Мне казалось, будто я знаю, но люди глубоки и сложны, как реки, а еще они сохраняют свою форму и покрыты шрамами, как камни.

Он прислал мне сообщение. Это очень трудно сделать, но он участник Восстания, к тому же ему и раньше удавалось невозможное. В сообщении говорится, где я могу с ним встретиться. После окончания работы я отправлюсь туда.

Сегодня вечером. Я увижу его сегодня вечером.

Морозный узор цветет вдоль бетонной стены у подножия лестницы. Я смотрю на него и воображаю, будто кто-то чудом успел нарисовать здесь россыпь звезд или цветов: мимолетную красоту, которая слишком быстро исчезнет.

БЛАГОДАРНОСТИ

Своим появлением на свет эта книга обязана доброте и поддержке:

моего мужа Скотта и наших трех замечательных мальчиков (Кэла, И и Тру);

моих родителей, Роберта и Арлин Брайтуайт, моего брата Ника, моих сестер Элайн и Хоуп и моей бабушки Элис Тодд Брайтуайт;

моих кузин Кэйтлин Джолли, Лиззи Джолли, Андрэа Хэтч и моей тети Элайн Джолли;

друзей писателя и читателя Энн Ди Эллис, Джози Ли, Лизы Магнум, Роба Уэллса, Бэкки Уилхайт, Брука Андреоли, Эмили Данфорд, Яны Хэй, Линдси и Джастина Хепуорт, Брук Хупс, Кайлы Нельсон, Эбби Парселл, Либби Парр и Хизер Смит;

Джоди Ример и восхитительной команды «Райтерз Хауз» — Алека Шэйна, Сессиль де ла Кампа и Челси Хеллер;

Джулии Страусс-Гэйбл и фантастической группы издательства Dutton/Penguin — Терезы Евангелисты, Анны Джарзаб, Лизы Каплан, Розмари Лауэр, Кэси Макинтр, Шанты Ньюлин, Ирэн Вандервурт и Дона Уэйсберга;

и, разумеется, всех моих читателей.

Литературно-художественное издание

12+

Элли Каунди
Непокорные

Зав. редакцией Сергей Тишков
Редактор Татьяна Трофимова
Ответственный за выпуск Антон Смоленцев
Технический редактор Татьяна Тимошина
Корректоры И.Н. Мокина, М.Ю. Сиротникова
Верстка Е.М. Илюшиной

Подписано в печать 27.09.2013. Формат 84×108 1/32.
Бумага газетная. Печать офсетная.
Усл. печ. л. 21,8. Тираж 2000 экз. Заказ 3443.

Общероссийский классификатор продукции
ОК-005-93, том 2; 953000 — книги, брошюры

ООО «Издательство АСТ»
127006, РФ, г. Москва, ул. Садовая-Триумфальная,
д. 16, стр. 3, пом. 1, комн. 3

Издано при участии ООО «Харвест». ЛИ № 02330/0494377 от 16.03.2009.
Ул. Кульман, д. 1, корп. 3, эт. 4, к. 42, 220013, г. Минск, Республика Беларусь.
E-mail редакции: harvest@anitex.by

Республиканское унитарное предприятие
«Издательство «Белорусский Дом печати».
ЛП № 02330/0494179 от 03.04.2009.
Пр. Независимости, 79, 220013, г. Минск, Республика Беларусь.

Элли Каунди
Обрученные

В идеальном обществе будущего все под контролем. Школа, профессия, дом, семья, увлечения, свободное время, романтические отношения. Кассия всегда доверяла официальному выбору. Не такая уж это и большая цена за долгую жизнь в спокойствии и безопасности. К тому же, кто лучше мудрых чиновников знает, какая работа тебе подойдет и какой молодой человек окажется твоей оптимальной парой. Поэтому когда в день своего семнадцатилетия Кассия узнает, что ее парой должен стать ее лучший друг Ксандер, она спокойна и счастлива. Но неожиданно в системе происходит сбой, и вместо Ксандера на микрокарте с данными партнера возникает изображение совсем другого человека. Всего лишь на секунду. Но этого достаточно, чтобы заставить Кассию задуматься о том выборе, который за нее совершило Общество и который она никогда не сможет сделать сама: между Ксандером и Каем, между жизнью по правилам и свободой, между долгом и чувством.

Бестселлер «Нью-Йорк таймс»

Первая Книга Начал

Джон Стивенс
Изумрудный атлас

Однажды под покровом ночи трое спящих детей были закутаны в одеяла и увезены из дома от смертельной опасности. С тех пор Кейт, Майкл и Эмма сменили много сиротских приютов, не переставая надеяться, что когда-нибудь их родители вернутся за ними. Но однажды дети попадают в совсем уж странное место. В огромном полузаброшенном доме они оказываются единственными воспитанниками и находят таинственный кабинет со старинными книгами. Прикоснувшись к странной книге в зеленом переплете, дети переносятся в прошлое. Теперь им предстоит сразиться со злой ведьмой, приоткрыть тайну, кем были их родители, и попытаться изменить будущее, чтобы спасти жителей маленького городка у подножия водопада и вернуться домой.

Бестселлер "Нью-Йорк таймс"

Никогда, ни при каких обстоятельствах, не ходите в лес!

Мэтт Хейг
Тенистый лес

Главный герой этой книги — двенадцатилетний Сэмюэль Блинк. Прямо сейчас он со своей сестрой Мартой сидит на заднем сиденье машины, и вместе с родителями они едут отмечать день рождения сестры. Он не подозревает о том, что вот-вот на них упадет, сорвавшись с грузовика, огромное бревно, и это событие навсегда изменит их жизнь. Он не подозревает о том, что им с Мартой придется переехать в Норвегию и поселиться у тети Иды, и не догадывается, что очень скоро Марта опрометчиво отправится одна в лес. В лес, полный одноглазых троллей, жестоких хюльдр, смертельно опасных правдивых пикси и ведьм, которые крадут тени. В лес, которым правит жестокий Мастер перемен. В лес, настолько опасный, что люди, попадающие туда, никогда не возвращаются. Но Сэмюэль Блинк еще ничего не знает об этом. Так что не говорите ему. Это испортит все удовольствие от книги…